SV

Augusto Roa Bastos

Die Nacht des Admirals

Roman

Aus dem Spanischen von
Ulrich Kunzmann

Suhrkamp Verlag

Die Originalausgabe erschien 1992
unter dem Titel *Vigilia del Almirante*
bei Alfaguara, Madrid.

Erste Auflage 1996

Druck: Wagner GmbH, Nördlingen
Printed in Germany

Die Nacht des Admirals

Für Josefina Plá, meine Lehrerin und Freundin

Ersehntes Land, der Sehnsucht gleich ...

Die Neue Welt, LOPE DE VEGA

Ersehne nichts, so wirst du der reichste
Mensch der Welt sein.

Persiles, CERVANTES

Ich verliere mein Wesen, je mehr
ich Mensch werde.

Guyravera, EIN GUARANI-SCHAMANE

Dieser Roman *ist keine reine Fiktion, vielmehr vermischt er die Wirklichkeit der Phantasie und die Phantasie der Geschichte oder schwankt zwischen beidem. Seine Sicht und Weltsicht sind die eines Mestizen, der zu »zwei Welten«, zwei einander widersprechenden und verneinenden Geschichten gehört. Darum ist er ein heterodoxes, ahistorisches, womöglich antihistorisches Werk, das jede Schwarzweißmalerei meidet, nicht im entferntesten eine Parodie oder eine Imitation, ein Bannfluch oder eine Heiligengeschichte ist.*

Dieser Text will die menschliche Gestalt jenes gewöhnlichen, auf unergründliche Weise genialen Mannes vergegenwärtigen, der, ohne es zu wissen oder zu wollen, ohne es auch nur zu ahnen, das bedeutendste kosmographische und kulturelle Ereignis bewirkte, zu dem es in zwei Jahrtausenden der Menschheitsgeschichte gekommen ist. Dieser rätselhafte, starrsinnige Mann, der sich über alles hinwegsetzte, was nicht zu seiner Zwangsvorstellung gehörte, hat uns seine Abwesenheit, seine Vergessenheit hinterlassen. Die Geschichte hat ihn um seinen Namen gebracht. Fünfhundert Jahre mußten vergehen, damit er als Mythos wiedererstand.

Mit den Worten von heute können wir seine nachempfundene Geschichte erzählen – eine der vielen, die sich ersinnen lassen, wenn man von dem verworren menschlichen Schattenhäuflein ausgeht, das vom Admiral übriggeblieben ist; wir können uns seine Gegenwart als etwas Gegenwärtiges oder, noch besser, als etwas Zeitloses vorstellen, freimütig und mit kindlicher Haßliebe, humorvoll und ironisch, mit der wilden Ungeniertheit des Kreolen, dessen angeborenes Stigma dic Spur des Vatermordes und der Blutschande, die abgöttische Anbetung der Macht, der ererbte Hang zu Völkermord und Kolonialismus, die seelische Zwiespältigkeit sind.

Die Übereinstimmungen mit den kanonischen Texten sind ebenso wie die Abweichungen, Anachronismen, Ungenauigkei-

ten und Respektlosigkeiten beabsichtigt, jedoch nicht wahllos oder willkürlich. Für die Fiktion gibt es keine allgemeingültigen Texte.

Schließlich schreibt ein Autor, der fiktive Geschichten erzählt, das Buch, das er lesen möchte und nirgendwo entdeckt; jenes Buch, das er nur in dem Augenblick einmal lesen kann, da er es schreibt, jenes Buch, das beinahe immer nichts anderes als einen geheimen Wesensgrund seines eigenen Lebens verbirgt; das unnachahmliche Buch, das jedesmal entsteht, wenn der Punkt getroffen wird, an dem individuelle und gemeinschaftliche Erfahrung genau übereinstimmen, weil eine archetypische Person als Prüfstein dient.

Das ist seine einzige Berechtigung. Seine relative Rechtfertigung.

A. R. B.

Ich fehle, weil ich der Erzähler bin.
Nur das Erzählte ist wirklich.
Du bist der Schreibende, und du wirst geschrieben.

Das Buch der Fragen, EDMOND JABÈS

I

Der Admiral erzählt

Den ganzen Abend hörte man Vögel vorüberziehen. Aus den Nebelschwaden vernahm man ihre heiseren Rufe. Vor dem roten Fleck der untergehenden Sonne konnte man sie sehen, wie sie in einem dunklen Wirbel zusammenströmten und rückwärts flogen, um den Wind zu überlisten. Niedrige, wasserpralle Wolken wandern am Himmel und riechen nach dem faulen Zahn des schlechten Wetters. Das Meer aus Blättern von der goldgrünen Farbe der spanischen Fliege verdichtet sich um drei ruhelose Nußschalen und treibt sie zurück, gegen die Strömung.

Auf einmal hat der Wind aufgehört. Die Vögel fliegen weiter im Kreis vorüber, immer mit dem Schwanz in der umgekehrten Richtung, nun ein heller Fleck, ein letzter Widerschein des verschwundenen Sonnenlichts. Manchmal bilden sie einen Bogen, der in zwei dunkle Streifen zerfällt, so daß die Zahl Sieben entsteht, die einem den Schatten der Zeit, den schmutzigen Hintern des Himmels teilenden Riß gleicht. Dann verschwinden die Vögel.

Das Meer regt sich kaum unter dem schweren Grasmeer. Nicht der leiseste Windhauch, und die Schiffe driften seit drei Tagen, sind inmitten der dicken, dunklen Decke aus verrottender Vegetation gestrandet. Das Meer ist in seiner tödlichen Stille zur Faulgrube von Wasserpflanzen geworden. Niemand kann die Weite, Dichte und Tiefe dieser unermeßlichen, erstarrten Hülle aus lebender Materie berechnen. Das Verhängnis hat dieses zweite Meer über dem anderen aufgeschichtet, um uns zweimal den Weg abzuschneiden. Seine Einbildungskraft ist imstande, bei jedem Schritt neue Hindernisse zu erfinden. Sie werden mich nicht einschüchtern. Ich bin meiner selbst so sicher, meine Seele dreht sich so zuverlässig um ihre Achse, daß ich mich nicht damit aufhalten kann, an das Schlimmste zu denken, während andere sich schon vorstellen, daß sie Schiffbruch erleiden. Es gibt immer einen Weg, solange noch ein schwaches Verlangen nach dem Delirium weiterbesteht. In meinem Innern flammt das Licht der fernen Kerze.

Niedergedrückt betrachten die Männer das Tangmeer, das sich über die tiefe See gelegt hat. Vom Achterkastell aus rufe ich ihnen zu: »Seht den Himmel an! ... Es ziehen Vögel vorüber! ...« Niemand rührt sich oder hört etwas anderes als das auf und ab tobende Bauchgrimmen der Wut. Die umherfliegenden Vögel und die riesige, schleimige Pflanzeninsel, die uns einschließt, ein zuverlässiges Zeichen, daß die Küste nahe ist, können die Angst der Männer nicht verscheuchen. Sie glauben, ich wolle sie weiter mit Lügenmärchen täuschen. Daß ich Stimmen aus dem Bauch hervorzaubere. Töne, Irrlichter, sprühende Funken, Kompaßnadeln, die von einer Wachssiegelmarke festgehalten werden und falsche Fahrtstriche angeben. Die falsche Zählung der zurückgelegten Meilen, die täglich um die Hälfte gekürzt wird. Unaufhörlich werden wir weiter zurückweichen, bis wir bei Null ankommen.

Der endlose Raum legt nun schon seinen Laich im Gemüt der Leute ab. Man muß ihre Qual lindern. Ich weiß, was diesen Männern fehlt. Sie sind keine Seeleute. Die meisten sind Zuchthausfrüchtchen, Galgenvögel, die es aus ihrer Welt und Zeit hierher verschlagen hat. Sie greinen wie Säuglinge, wenn sie spüren, daß man ihnen die Brust des Bekannten entzieht. Man muß sie zu ihrem Besten mit der Milch der vernünftigen Denkart betrügen. Unselige Niemande, die sich gegen ihren Willen in das Abenteuer gestürzt haben, eine Welt zu entdecken, von der sie nicht wissen, ob sie existiert.

Wenn es nichts zu tun gibt, ist die Angst da, qualvoll und finster, scharf wie eine Messerklinge. Die Tat ist eine Folge der Angst und unterdrückt sie. Wenn es nicht zur Tat kommt, tritt unerbittlich der Tod ein. Jene Männer, denen man die Ohren oder die Nase abgeschnitten hat, spüren, hören und riechen ihn am stärksten. Ihre Verstümmelung lastet auf ihnen mit dem Gewicht der Erde und des Meeres. Es ist zwecklos, wenn ein

Blinder die Sonne sehen will. Ich habe das Gefühl, daß ihnen Blutstropfen und keine Tränen aus den Augen fließen und über die Haut rinnen.

Die Dinge sind nicht, wie wir sie sehen und fühlen, sondern wie sie nach unserem Willen gesehen, gefühlt und getan werden sollen. Es gibt keine Täuschung in der Täuschung, sondern eine Wahrheit, die ihren Namen verbergen möchte. Oder wie es mein Freund Petrus Martyr feinsinnig auf lateinisch sagt: den angeborenen und unausrottbaren menschlichen Drang, stets einen Teil der Wahrheit zu verbergen. Nur wenn man die Dinge dieser Welt von der verkehrten Seite betrachtet, sieht man sie richtig, sollte später Gracián voll Grazie sagen. Nur wenn man rückwärts vorankommt, vermag man in die Zukunft zu gelangen. Auch die Zeit ist kugelförmig. Man darf nicht den Halt im Haltlosen verlieren.

Es kommt Oberwerkmeister Juan de la Cosa, der ehemalige Eigentümer der galicischen Galeone, die uns trägt. Er hat eine finstere Miene. Er wendet die ungeheure Haarmähne den Algen zu und fragt mich mit einer Geste: »Was nun?« Und dabei bläst er mir seinen nach Moschus stinkenden Atem ins Gesicht. »Ihr werdet doch nicht wollen«, sage ich, »daß wir die scharfen Grashalme des Meeres mit der Hand ausreißen. Leichter wäre es, daß wir Euch den Haarschopf scheren. Es weht ja auch kein Wind, und wenn er erst kommt, wird er wild daherbrausen. Seht, Don Juan, jetzt können wir nicht vorwärts und auch nicht zurück. Wir haben keine Wahl mehr. Wir stecken hier fest bis zum Tag des Jüngsten Gerichts. Dabei bleibt es. Geht auf Euren Posten. Eßt Euch an dem Plankton satt, wenn Ihr Hunger habt. Gebt acht, wie reichlich das hier gedeiht. Äußerst nahrhaft. Kümmert Euch um Euer ehemaliges Schiff und um Eure eigene Haut, die Euch bald auch nicht mehr gehört.« Der Werkmeister geht und macht gedemütigt den Buckel krumm. Beiläufig läßt er eine scheußliche und wütende, richtungs- und ziellose Furzkanonade fahren. Doch auf mich ist inmitten des allgemeinen Pestgestanks die Salve des Hinterladers gerichtet.

Mit einemmal bricht die Nacht herein. Eine Nacht, die ganz Nacht ist, ohne Himmel, ohne Sterne. Im Dunkeln sieht man Angst, Verdammung, Haß in den Augen der Meuterer funkeln. Ihre Silhouetten sind harte, versteinerte Schatten. Die vorüberfliegenden Vögel bewirken nur, daß sich ihnen rebellisch das Haar sträubt und ihnen so etwas gegen den Strich geht. Jemand lacht laut und murrt: »Ja ... Vögel, die der Sturm rückwärts durch die Lüfte treibt! Und wir sind schlimmer dran als sie! ... Von einem Narren werden wir rückwärts in den Tod getrieben ...«

Der Heißsporn hat mehr als einen Grund für seine Worte. Wir fahren rückwärts, in die verkehrte Richtung, uns schiebt die weite schwimmende Wiese, in der ungeheure, schlangengroße Aale laichen. Im Dämmerlicht sieht man die Trauben glutroter Eier, das zu einem riesigen Medusenhaupt verflochtene Gewürm. Bambusrohre und Palmstämme treiben vorüber. Es wäre kein Wunder, wenn unversehens ein wirklicher Bambus- und Palmenwald auf der schleimverklebten Insel emporwüchse und eine Oase nachbildete. Die dreieckigen Flossen eines Haifischs ziehen einen Strich auf der knochigen Meeresfläche. Es fehlt selbst der jämmerlichste Windhauch, der die Segel wiederbeleben und den uns erstickenden Gestank fortblasen könnte.

Rücklings ziehen wir in die Zukunft ein, im Krebsgang. Das ist unser Los. In den letzten drei Tagen haben wir an einem natürlichen Tag und noch einem künstlichen Tag nicht mehr als zwanzig Meilen zurückgelegt. Seitdem wir auf die endlose stinkende Wiese gestoßen waren, fuhren wir an zehn künstlichen Tagen, die man vom Aufgang der Sonne bis zu ihrem Untergang rechnet, und an zehn natürlichen Tagen, die man von Mittag bis Mittag rechnet, wieder zehn Meilen zurück. Dem muß man die sieben natürlichen Tage und Nächte hinzuzählen, in denen die Schiffe in ihrem eigenen Schatten auf dieser Faulgrube festgebannt sind. Von der Insel Hierro bis hierher, bevor wir im Sargassotang-Sumpf gestrandet sind, waren wir siebenundzwanzig Tage gesegelt. Trotz der Verspätung haben wir allerdings zwei Drittel eines Kalendertages gewonnen. Vielleicht können wir keinen weiteren Sonnenaufgang erleben. Der Vorsprung von einem Dreivierteltag, den wir den diensteifrigen Passatwinden und dem vom Piloten angegebenen schnurgeraden Kurs zu verdanken haben, wird uns nichts nützen. Das Grasmeer ist an den Schiffen verankert und liegt auf der Lauer, uns zu verschlingen.

Auf dieser Fahrt zählen nicht die Monate und Jahre, Meilen und Enttäuschungen, natürlichen und künstlichen Tage. Ein einziger, aus unzähligen Tagen bestehender Tag reicht nicht aus, um eine Fahrt zu beenden, deren Ende unmöglich ist. Eine halbe Nacht ist zu lang. Fünf Jahrhunderte sind zu kurz, um zu erfahren, ob wir angekommen sind. Wie es der Bewegungslosigkeit der Schiffe und der Todesangst unserer Seelen entspricht, müßte man die Tagereisen nach Jahrtausenden berechnen. Die Hälfte eines Millenniums würde mir genügen, um aus der Anonymität hervorzutreten.

Nun darf ich mich *Don* nennen und führe die Titel eines Admirals, Vizekönigs, Statthalters und Generalgouverneurs. Als erster Ausländer bin ich spanischer Grande. Allerdings außerhalb Spaniens. Selbst wenn die Titel falsch oder suspendiert sind. In diesen endlosen Einöden bedeuten sie nichts. Sie sind die Mohrrübe, die man der Schindmähre vors Maul gehängt hat. Man verleiht sie mir, wenn ich die Länder entdecke. Sollte ich sie nicht entdecken, so muß ich die Titel und die Algen hinunterschlucken.

Noch bin ich nicht aus der Anonymität hervorgetreten. Noch bin ich nicht aus dem Mutterkuchen der mit mir abgeschlossenen *Kapitulationen* hervorgetreten. Bisher bin ich nur der Fötus eines Entdeckers, den man in eine Flasche eingesperrt hat. Niemand wird sie ins uferlose Meer werfen. Niemand wird die Botschaft empfangen. Niemand würde sie verstehen, weil sie so überspannt, so unbedeutend ist. Ich bin in eine andere, größere Anonymität eingetreten. In den Vorraum der absoluten Anonymität. Dennoch sind jene Länder vorhanden, in greifbarer Nähe. Magnetnadeln lügen nicht. Sterbende auch nicht. Der Pilot konnte mich nicht belügen, als er schon mit dem Tode rang. Außer wenn Leben und Tod eine einzige Lüge sind.

Mein Kopf ruht auf dem Kissen meines Sterbebetts in der zerbröckelnden Klause meiner Einsiedelei in Valladolid, und mit den Augen eines Ertrunkenen betrachte ich diese Fahrt ins Unendliche, die all meine Fahrten, meine auf schicksalhafter Pilgerschaft verbrachten Nächte und Tage zusammenfaßt. Es ist ein schräg einfallendes, schattenzerfressenes Licht wie das im Kaleidoskop des Signore Vittorio in der Klippschule von Nervi. Oder das Licht, das kein Licht spendet, wie die ferne Kerze. Wirkliches und Unwirkliches wechseln ständig den Platz. In manchen Augenblicken vermischen sie sich und täuschen uns. Sie machen aus uns Scheingestalten, die glauben, daß sie es nicht sind. Erinnern heißt zurückweichen, die Geburt zurücknehmen, den Kopf in den Mutterschoß stecken, gegen den Strom des Lebens schwimmen.

Die Kreisbewegung der Zeit verläuft entgegen der gewohnten Zeitrichtung. Der Zyklus der Jahre weicht beinahe unmerklich zurück. Das Universum läßt sich in Breiten- und Längengrade von Null bis zum Schlimmsten aufteilen. Es ist unendlich, weil es kreisförmig ist. Es dreht sich um sich selbst und vermittelt das Gefühl, daß es sich zurückzieht. Doch wir sehen nur, daß sein Schatten zurückweicht. Miteinander verknüpfte zyklische Bewegungen. Und die Pole der Welt finden in einem Kuß zusammen. Die rückwärts fliegenden Vögel und das Sargassomeer, das sich gegen die Passatströmung bewegt, beurkunden oben und unten dieses allgemeine Zurückweichen. Die Welt dreht sich immer wieder. Wir müssen die Kreisbewegung einer vollständigen Drehung abwarten.

In solchen Fällen hilft es nicht viel, wenn man sich erinnert. Die Vergangenheit greift auf sich selbst zurück und spiegelt der Seele, dem Gedächtnis und sogar dem leichenstarren Körper das erbärmliche Trugbild einer Auferstehung vor. Bis zum Ende erwachen die Alten so von ihrem täglichen Tod. Sie lassen sich täuschen, weil sie sehen, daß die Sonne schwächer, vergänglicher und erinnerungsloser untergeht, als sie es an ihrem Lebensabend sind, den der zwanghafte Gedanke beherrscht, daß sie sich selbst noch einen Tag länger überleben wollen.

Neben mir steht der nasenlose Juan Zumbado, der Zuträger. Sie haben ihm die Nase abgeschnitten, weil er ein paar Kupfermünzen gestohlen hat. Er ist mindestens siebzig. Über den kurzgeschorenen Schädel krabbelt ihm eine harte, dicht wie Wanzen zusammengedrängte Läuseschicht. Selbstvergessen kratzt er sich am Kopf. Seine Bewegungen sind eingefroren. Das kommt von der Kältestarre des Rückenmarks, so daß der Kreislauf des Lebens vollständig fehlt. Der Zuträger ist bereits tot. Er aber glaubt, daß er weiterlebt, weil er sich an sein vergangenes Leben in einem schwindelerregenden Bilderwirbel erinnert, gleich jenem, den ein Ertrinkender aus seiner Atemnot hervorsprudeln sieht. Ich meine nicht den stumpfsinnigen Tod des großen Haufens. Ich meine ein kaltes und bildloses Leiden wie jenes, das den Eisenstock befallen hat, der mich durchbohrt und aufrecht hält.

Ich drehe den Globus Behaims, der Punkt für Punkt den Angaben in dem Brief und auf der Karte Toscanellis folgt. Offenbar haben sich die Herren Martin und Paolo abgesprochen. Die Fahrtroute des Piloten ist die gleiche; sie weicht lediglich bei einigen Namen ab, die wohl nicht aus der chinesischen Sprache, sondern aus regionalen Mundarten stammen. Der einzige besorgniserregende Unterschied zwischen den Angaben des Florentiners und denen des Piloten ist die Entfernung. Dieser sagt, sie betrage 750 Meilen westwärts von den Glücklichen Inseln. Toscanellis Brief nennt 1000 Meilen. Auf dem 24. Grad nördlicher Breite verläuft eine schnurgerade Linie, die des Wendekreises des Krebses. Als erstes sind die *Antyliae* eingezeichnet. Hierauf die von den seefahrenden Bischöfen gegründeten *Sieben Städte*. Es erscheint auch die geheimnisvolle Insel *Brasilien*, die ein gewisser Portugiese still und heimlich auf jenen Karten aus Methusalems Zeiten untergebracht hat. Sodann der 750 Meilen von den Kanarischen Inseln entfernte Archipel der *Elftausend Jungfrauen*, den der Pilot und seine Schiffbrüchigen bei der Einfahrt in die Indischen Lande durchquert hatten. Der genaue Kurs, den der Pilot angegeben hat. Die Differenz von 200 bis 300 Meilen mag ein Rechenfehler des Piloten sein.

Weiter westlich liegt die riesige Insel *Cipango* und noch weiter westlich, schon mitten in China, das Festland *Cathay*, wo der Großkhan herrscht, der König der Könige. Die Tempel und königlichen Gebäude haben dort goldene Dächer. Südost-zu-West befinden sich die Städte *Mangi*, *Quinsai* und *Zaiton*, welche alle in den Büchern Marco Polos beschrieben werden. Das ist, als sähe ich sie nun in der Ferne pulsieren.

Ich studiere die Himmelskarte. Es gibt eine Mondfinsternis. Die Sonne ist in der Waage, und der Mond steht im Widder. Mir wäre es lieber, wenn sie sich in den Zwillingen und der Jungfrau befänden. Wir durchqueren gerade die letzten Feuer des Äquinoktiums. Auf der nördlichen Halbkugel lassen die Iren unfruchtbare Tiere und Menschen durch diese Feuer gehen. Manchmal gewinnen sie so ihre Zeugungskraft zurück oder sterben an entsetzlicher Fieberhitze.

Uns bleibt das eisige Flammenmeer vorbehalten, das Begräbnisfeuer auf der anderen Seite der Welt. Liefert so etwas nicht den besten Beweis, daß die Erde in gewissem Maße rund ist? So rund allerdings auch nicht. Sie ähnelt mehr einer Birne als einer Orange. Einer Frauenbrust, erläuterte diskret Plinius der Ältere, bevor er als Opfer seines unersättlichen Drangs, die Naturphänomene zu erkunden, in den Krater des Vesuvs, dieses *das herculanische Maultier* genannten hermaphroditischen Kindes des Vulcanus, stürzte.

Jahrhunderte später spuckten die Eruptionen eine Sandale des Plinius wieder aus. Das Leder hatte sich zu schwerer Bronze verhärtet. Die andere hat die Form eines steinernen Fußes angenommen. Der Fuß des Plinius, den das Feuer in Zinnober abgedrückt hat, krümmt die große und die zweite Zehe nach oben, so daß sie das V des Victoria-Zeichens bilden. Eine magere Rückerstattung dessen, was einmal ein großer Mann war. Besser wäre es gewesen, wenn *das Maultier* statt der ehernen Sandale ein paar Windungen des einzigartigen Gehirns ausgespuckt hätte; und selbst wenn es nur die in Gold abgegossenen Hoden des Naturforschers wären. Im innersten Kern des Goldes gibt es immer Feuer. Das Gold selbst ist Feuer. Die gleißende Mittagsglut verwandelt das Quecksilber der Sonne in Zenitgold. Dessen Nadir sind Elend und Tod.

Im flammenden Mutterschoß der ewig brünstigen vulkanischen Bestie brüllt das Zentralfeuer. Solches Grab und solchen Gedenkstein würde auch ich gern haben, um in das *calidum innatum* zurückzukehren, da ich beides in den Tiefen des Meeres nicht finden soll. Das Feuer ist überall. Als Koch auf einem Sklavenschiff habe ich in Guinea gesehen, wie Feuer aus dem Magen gewisser Vögel aufstieg, wenn man sie zerteilte. Und jene, die über dem Sargassomeer rückwärts fliegen, hinterlassen eine feine schillernde Rauchspur, die aus ihrem Schnabel austritt, während sie schnell zurückweichen und gleichermaßen in Licht und Schatten gehüllt sind. Ein Bogen aus Pfeilen, die zur Sehne des Bogens zurückfliegen, der sie abgeschossen hat.

II

Nautische Probleme

Der Polarstern verbirgt sich im Nebel. Er taucht nicht am Rand des Astrolabiums auf. Da er in den zerfasernden Dunstfetzen versteckt ist, die Morgengrauen und Nacht gleichmachen, erlaubt er mir keine Höhenmessung. Ich werde ihn nicht wieder entdecken. An diesem Punkt der Erdhalbkugel läßt der Polarstern sein Astrallicht nicht mehr sehen. Andere Konstellationen sind an seine Stelle getreten. Er zeigt sich lediglich als verschwommen blinkender Fleck zwischen der Alhidade und den Kupferbrettchen der Diopter. Der Nebel der Andromeda blinzelt mir verstohlen zu. Ach, wenn ich mit ihr eine Tochter hätte, würde ich sie auch auf den Namen Andromeda taufen. Die jähzornige und schöne Kassiopeia mit den grünschimmernden Augen und der blonden Haarflut dreht mir den vollendet geformten Rücken, die Rundung des zarten Hinterns, das eines Medaillons würdige Profil zu. Früher einmal hat sie mir kokette Blicke zugeworfen. Das ist ihre Sache. Ich sehne mich nur nach dem Polarstern. Der »Nordstern« ist nicht der über dem Nordpol erglänzende Punkt, um den sich die Himmelsachse dreht, wie man gemeinhin glaubt. Er hat seine eigene Achse und lebt in einem eigenen Himmel. Und wenn er sein Haus verläßt, schließt er alle Türen.

Nirgends auf der Welt sind Tag und Nacht genau gleich. Die Nacht ist für mich in allen Zeiten und an allen Orten unermeßlich länger als der Tag. Der im Schatten liegende Teil des Kosmos ist die wesenhafte Mitternacht. Er vergrößert sich unablässig, je weiter sich das Universum ausdehnt. Der Gedanke kann nicht die gesamte Ausdehnung des Universums durcheilen, weil es keine Ausdehnung hat. Es ist ganz und gar unendlich. Nur Gott kann es mit den Armen umschließen, weil Er es geschaffen hat.

Als ich Schiffsjunge war, lauerte ich immer darauf, daß der

Polarstern am Horizont erschien. Ich beobachtete ihn durch ein Loch in der Wachstuchmütze, weil ich auf einem Auge schlecht sehen kann: Vor Tunis, bei einem Zusammenstoß mit Korsaren, wurde es verletzt und verfärbte sich. Während der letzten Nachtwache, wenn die Morgenröte die Sterne vertreibt und die Helle des Tages die Lichter der Nacht hinwegfegt, steigt der Polarstern noch höher, bis zu 15° über den Horizont. Einsam und allein herrscht er souverän über die Morgenfrühe, bevor er seinen Platz an Venus abtritt, der mit den gebeugten Armen und dem leuchtenden Geschlecht, das galaktisches Flaumhaar schmückt.

Mit der Mütze im Gesicht betrachtete ich sie durch das Loch und erkannte, daß sie ihren Ort gewechselt hatte und noch schöner war. Immer stand sie über dem Horizont. Ihr morgendlicher Glanz hat die bläuliche Farbe des Eises. Aus tiefstem Herzen bewunderte ich beide Sterne. Man nannte mich den »närrischen Sterngucker«. Und tatsächlich bin ich weiter sternensüchtig und werde es gewiß zum klugen Sternkundigen bringen. Allerdings soll es mir nicht vergönnt sein, unter dem Kreuz des Südens begraben zu werden und das von mir gewählte Epitaph zu erhalten: »Hier ruhet nun der Wandersmann. / Kam nie am Ziel des Weges an ...«

Am Nachthimmel gibt es Milliarden und aber Milliarden Sterne. Sie wollen etwas sagen, sie sagen etwas in einer unbekannten und unerforschlichen Sprache. Es ist das gewaltigste Buch, das seit der Schöpfung aufgezeichnet wurde. Es ist das eigentliche Heilige Buch, denn Gott selbst hat es verfaßt. Die Sternenworte sind dem Firmament klar aufgeprägt. Vielleicht steht mein Name in einer noch unsichtbaren Konstellation geschrieben. Irgendwann werde ich emporblicken und das Wort lesen.

Drückende Hitze. Gewiß ist der unsichtbare Polarstern auf wenigstens 30° gestiegen. In Sevilla mag er um diese Zeit 36° erreichen. In den Wäldern hört man die Nachtigall schlagen. Es ist jene Jahreszeit, da einst die Hesperiden ihre Ernte einbrachten. Nun sind die berühmten Gärten verschwunden, in denen König Hesperos seine goldenen Äpfel züchtete. Herakles riß die Apfelbäume aus, nachdem er die sieben Greife getötet hatte, die sie behüteten, und so vollbrachte er seine elfte Arbeit. Auf die goldenen Äpfel folgten die Aussätzigen als Früchte der Strafe, die aus der Heiligen Schrift herabgefallen sind.

Keltiberische Leprakranke suchten Genesung, indem sie eine Wallfahrt zu den märchenhaften Reichen des Königs Hesperos unternahmen, Jahrtausende früher, als in den nördlichen Gefilden der Pilgerweg des Apostels Jakobus gebahnt wurde. Sehenswert war, wie sie die Riesenschildkröten köpften und sich in deren Blutstrom badeten. Tausende und aber Tausende dieser vorsintflutlichen Panzertiere schlummern an den heißen Felsbänken, als warteten sie einzig und allein auf das Reinigungsopfer der Aussätzigen. Geheilt werden diese heimkehren, dabei große Schildkrötenpanzer als Harnische und Hüte aus dem besten Schildpatt der Welt tragen. In Huelva, Cádiz und Córdoba habe ich Pfarrer und sogar Kanoniker gesehen, die ungeheure Schaufelhüte aus diesem Material trugen, das die Sonne über ihren Köpfen in schillernde Aureolen zerlegt. Bald will ich ihnen goldene Schaufelhüte mitbringen.

Ein wertvoller Hinweis des Piloten. Er hat mir mitgeteilt, wenn sich in diesen Breiten der Große Bär unter dem Nordpol verstecke, so gehen die »Wächter« genannten Sterne am Himmel der Kariben unter. Der Pilot verstand *Kannibalen*. »Weil meine Männer das wußten«, sagte er, »konnten sie sich vor dem Schicksal bewahren, auf der Insel aufgefressen zu werden, wo jene Leute inmitten von Hügeln aus Gerippen und Schädeln leben. Sie benutzen die Hirnschalen als Näpfe und schmücken ihre Hütten damit. Sie sind beherzt und entschlossen«, erzählte er. »Sie haben Tigerzähne. Indes sind sie keine Ungeheuer. Es sind Mondwesen, schön wie Tiger, die ihre menschliche Gestalt aufgegeben haben«, erklärte der Pilot mit geschlossenen Augen. »Beim ersten Schuß der Musketen und Lombarden fliehen sie unter lautem Geschrei. Der Pulvergeruch ist für sie der Geruch des Todes.« Der Dichter Vergil nennt diese tierischen Wesen »unheilvoll« *(obsceni)* und vergleicht sie mit den kinderfressenden Harpyien des Hades. In einem Dorf von Anthropophagen in Sambia habe ich erlebt, zu welch maßlosen Grausamkeiten sich diese finsteren Menschenfleischfresser hinreißen lassen.

Ich vermag die Höhe nicht zu messen, doch ebensowenig die Stunden. Die Wasser- und die Sanduhr geben zwei unterschiedliche Zeiten an. Und das, seitdem wir von La Gomera abgefahren sind, wo die *Pinta* im Hafen liegen mußte, um das gebrochene Steuerruder ausbessern zu lassen. Es war notwendig, die lateinischen Segel durch runde zu ersetzen. Als die *Santa María* von der Insel Hierro auslief, verlor sie einen Anker, und wir waren gezwungen, sie besser abzudichten. Seit der Abfahrt aus Palos hatte das Flaggschiff ein Leck. Das verriet offenkundig die Umtriebe der Saboteure.

Die Fahrt hat unter einem ungünstigen Zeichen begonnen. Wie ein unsichtbarer Pesthauch schwebt selbst hier, siebenhundert Meilen von Palos entfernt, der Zorn dieser Leute über den Karavellen. Ein Zauber, der einen unreinen, Katastrophen verheißenden Geruch in der Luft verströmt. Reeder, Kaufleute, Matrosen und selbst der Pöbel in den Gassen und Häfen konnten sich nicht schweigend mit der Demütigung durch den königlichen Befehl abfinden. Bis aufs Blut reizte sie die Anweisung des Königs und der Königin, die sie gezwungen hat, mir die Schiffe zu überlassen und mit schweren Abgaben zur Ausrüstung der Flotte beizutragen, damit die Stadt so die rückständigen Steuern bezahlte, die sie der Krone schuldet.

Die königliche Verfügung ordnete wörtlich an: »Wir befehlen Euch, daß Ihr die besagten Karavellen ausrüstet und rechtzeitig bemannt, bevor volle dreißig Tage vergangen sind, wozu Ihr durch dieses Urteil verpflichtet seid, und daß Ihr sie dem Admiral der ganzen Flotte zur Verfügung stellt, der durch den Großen Ozean nach Ostindien vordringen wird ...« Hierauf der arglistige Hieb, der dem Ehrgefühl der Leute von Palos den Todesstoß versetzte: »Wie Ihr gut wißt, wurdet Ihr einiger Dinge wegen, die Ihr zu Unserem Schaden getan und begangen habt, dazu verurteilt, Uns zwei Monate mit den besagten Schiffen zu dienen, die auf Eure eigenen Kosten ausgerüstet und bemannt werden ...«

Der Haß, den die Einwohner von Palos und Puerto de Santa María auf mich hatten, erreichte den Siedepunkt einer Empörung, wie sie sich mit jener von Fuente Ovejuna vergleichen ließe. Ich hatte Angst, daß sie mich irgendwann in einem dunklen Gäßchen ermorden könnten. In einer stürmischen Nacht bewarf man mich von einem Balkon aus mit Blumen. Die Blumen stürzten zusammen mit ihrem schweren Marmortopf auf mich herunter. Er hätte mir beinahe das Gehirn zerquetscht. Doch er konnte nur meinen gichtbrüchigen Fuß übel verletzen.

In den Häfen von Palos und Puerto de Santa María, in Sevilla, Huelva und Cádiz fand sich immer eine brüllende Menge zusammen. Die Leute von Palos, Huelva, Puerto de Santa María, Cádiz, Sanlúcar und selbst die Biskayer haben eine ganze Reihe von Aufständen angezettelt, um – wie hundert Jahre später ihre Nachfahren, die *Comuneros* – die angestammten Sonderrechte zu verteidigen. Was in einer Gegend Andalusiens und im tiefsten Mittelalter ein wenig ordnungswidrig wirkt. Und ich bin der Sündenbock.

Mit roten und gelben Farbtupfern besprüht, bestieg ich mein eigenes Flaggschiff, während mich immer schändlichere Verhöhnungen und Beschimpfungen umschwirrten. Man bewarf mich mit Eiern, Gemüse und sogar mit Steinen. Ich verdanke es den Brüdern Pinzón, den Niños und Juan de la Cosa, daß die Flotte in See stechen konnte. Sie selbst übernahmen es, die Mannschaft zusammenzuholen und auch Proviant und Waffen zu kaufen.

Martín Alonso Pinzón hat nicht nur seine eigene Karavelle versorgt, sondern auch eine Schar von dreißig erprobten Matrosen aus Palos mitgebracht, die ihm wie einem absoluten Herrn gehorchen. Sie reichten nicht aus. Martín Alonso überredete den Stadtkommandanten Sevillas, siebzig von den Sträflingen freizulassen, mit denen die Provinzgefängnisse überfüllt waren.

Er holte zwanzig zum Galgen verurteilte Mörder herbei. Er selbst hatte einige der kräftigsten Männer mit den härtesten Strafen ausgesucht. »Dann sind sie«, sagte Martín Alonso dem Kommandanten, »in einem schwimmenden Gefängnis eingesperrt, das sicherer als das hier aus Stein ist. Das grenzenlose Meer wird diese Sträflinge in Ketten legen. Wenn wir die Länder nicht finden, die der Genuese so gern entdecken möchte, kommen die Verurteilten zurück in ihre Zelle, zu ihrer jämmerlichen Mahlzeit aus Knochenresten und zur Hochzeit mit des Seilers Töchterlein. Eine Zeitlang erspart Ihr Euch die Verpflegung und den Pestgestank ihrer Leiber.« Nur die Gefangenen Gottes, die von den Inquisitionsgerichten zum Feuertod verurteilt waren, durfte er nicht anheuern.

Es gibt etliche, denen man geringerer Vergehen wegen die Ohren oder die Nase abgeschnitten hat. Solche Verstümmelungen beeinträchtigen die Disziplin an Bord. Kann ein Flaggschiff mit Leuten ohne Ohren und Nase segeln?

Martín Alonso selbst und seine zwei Brüder haben sich dem Seeabenteuer angeschlossen, obwohl ihre Familien und der Pöbel ein lautes Zetergeschrei anstimmten. Das haben sie gewiß nicht aus bloßer Hochherzigkeit getan. Die Habsucht hat die sieben Kapitäne getrieben, sich meiner Führung zu unterstellen. Ihre Goldgier und meine seemännische Erfahrung, mit der es keiner von ihnen aufnehmen kann, der Befehl und die Unterstützung der Könige, die keiner von ihnen erreichen konnte, das sind die Gründe, die sie angespornt haben, sich auf die Rolle von gehorsamen Matrosen bei einem Entdeckungsunternehmen zu beschränken, das sie für unmöglich halten.

»Es gibt nichts Unmögliches. Das Unmögliche ist nichts weiter als die Reihe von Möglichkeiten, die sich noch nicht verwirklicht haben. Was hierauf geschieht, ist das, was niemand erwartet hat«, flüsterte mir Bruder Juan Pérez durchs Beichtstuhlgitter zu, als ich ihm unter dem Siegel des Bußsakraments das Geheimnis erzählte, das der Pilot mir anvertraut hatte. Welch große Wahrheit, mein lieber Freund, mein verehrter Beichtvater! Und Bruder Antonio de Marchena, dem ich auch das Geheimnis im

Schutz des Beichtstuhls anvertraute: »Was man findet, ist manchmal das, was man nicht gesucht hat, mein Sohn«, raunte der sternkundige Mönch. Nichts dergleichen verhindert, daß die Träume in Erfüllung gehen. Zusammen mit dem Gottesglauben muß man im tiefsten Herzen immer die Flamme des Deliriums ein wenig weiterbrennen lassen. Danke, Bruder Juan, danke, Bruder Antonio. Wie gut ihr mich verstanden habt! … Nur das Mögliche existiert. Meine Möglichkeit wird mich niemals im Stich lassen.

Vielleicht habe ich meinen Kapitänen den Erfolg zu verdanken, daß die Flotte ausgerüstet wurde. Nun rebellieren sie, weil wir die Indischen Lande nicht finden. Doch wenn wir sie finden, werden sie ebenso rebellieren und mich verraten. Ehrgeiz zerfrißt den Stein und auch das Gewissen. Einstweilen haben sie meine vorübergehende Dankbarkeit verdient. Was nicht verhindert, daß ich sie mit eiserner Faust behandle. Vor allem diesen Spitzbuben Martín Alonso Pinzón. Er hält sich für den absoluten Herrn des Unternehmens. Er ist als Kapitän der *Pinta* dabei und hat Cristóbal Quintero als Oberwerkmeister mitgenommen. Die *Niña*, die Juan Niño gehört und auf der dieser als Oberwerkmeister mitfährt, wird von Vicente Yáñez, Martíns Zwillingsbruder, als Kapitän geführt und hat die sieben Brüder Niño an Bord. Peralonso ist beinahe noch ganz ein Kind, wie es sein Name »Niño« – *Kind* – verrät. Als läge er in einer Wiege. Damit ähnelt die Karavelle *Niña* mehr einem Schulschiff für kleine Kindlein als dem Segler eines mit Sträflingen bemannten Entdeckungsgeschwaders.

Nicht das macht die Sache so schlimm. Schlimm ist die Rotte des ruchlosen Gesindels, das die Pinzones auf den Schiffen untergebracht haben. Männer, denen man nicht im mindesten über den Weg trauen darf. Ich habe sie fest im Auge. Ich mußte mich mit allem abfinden, nur damit ich in See stechen konnte. Wenn ihnen andere Qualitäten fehlen, so haben sie doch immerhin kräftige Arme, Galgengesichter und übelgesinnte Herzen.

Schließlich sind sie auch nur Menschen. Und der Mensch ist das formbarste und vergänglichste Wesen. Es kommt darauf an, was man mit ihnen in einer bestimmten Situation macht. Helden unterscheiden sich sehr wenig von Verbrechern. Manchmal sind diese größere Helden und die Helden größere Verbrecher.

Als Diener und Kammerburschen habe ich Bartolomé Torres bei mir behalten, den Mörder des öffentlichen Ausrufers von Palos. Dürr, säbelbeinig, verwachsen. Gesicht und Stimme eines Eunuchen. In seinen Augen entdeckte ich Funken andalusischen Biedersinns und Humors. Das sind beständige, urwüchsige, angeborene Eigenschaften. Der Zufall kann einen blutigen Messerstich veranlassen. Nicht der Mensch, sondern der in ihm hausende Dämon ist dann der Mörder. Und wenn der Dämon ein Weib ist, treibt er es doppelt schlimm.

»Willst du mein Diener werden?« fragte ich ihn.

»Dafür bin ich auf die Welt gekommen, Herr Admiral!« sagte er sogleich mit einer Stimme, die ihm irgendwo aus dem Körper drang, nur nicht aus dem verkrümmten, hasenschartigen Mund.

»Auf dem Schiff wirst du die Arbeit des Ausrufers verrichten, den du ermordet hast. So sollst du dein Verbrechen sühnen«, wies ich ihn zurecht und blickte ihn scharf an.

»Das ist nicht aus Bosheit geschehen, Herr Admiral«, antwortete er, während er zu Boden sah. »Es war wegen einer Weibergeschichte ...«

»Ich habe dich überhaupt nicht gefragt«, unterdrückte ich für immer den Hang des Griesgrams, sich seinem persönlichen Gram hinzugeben. »Bis hierher und nicht weiter ...« Ich bezeichnete die unergründliche, unüberwindliche Distanz zwischen einem Höhergestellten und einem Untergebenen. Meine zum Bogen gekrümmte Hand stieß ihren Rammbock gegen den vertrauensseligen Mund vor.

»Vade retro!« sagte mit einem ehrfürchtigen Pfiff die verrenkte Gestalt und spuckte in einem Blutstrahl den letzten übriggebliebenen Zahn aus.

»Auf dich kommt es an, wenn sich dir die Schlinge nicht um den Hals legen soll.«

»Wie Euer Gnaden befehlen, Herr Admiral. Ich stehe Euch zu Diensten, gerade und aufrecht wie ein Stock aus bestem Holz, wißt Ihr ...«, murmelte er mit gesenktem Kopf und nagte dabei an den warzenbedeckten Fingern, so daß er sie blutrot färbte, als wollte er sie nacheinander zerbeißen.

»Glaubst du an Gott, Unseren Herrn?«

»Wie an die Sonne, die über uns scheint, Herr Admiral!« verkündete er, von der Kraft des inneren Wunders getrieben, das ihm das runzlige Angesicht erleuchtete.

»Heute scheint die Sonne nicht, von der du redest.«

»Unser Herrgott zeigt sich uns auch nicht an allen großen Feiertagen. Er hat mir das Leben geschenkt, und Er hat mich zum Diener Eurer Gnaden gemacht!«

Ich ernannte ihn zum Ausrufer des Flaggschiffs. Wenn sie ihn nun umbringen, dann nicht wegen einer Weibergeschichte. Er ruft die Stunden und die Meilenzahl aus, er kümmert sich um die Sanduhr, um das Wasser des Hydranten, er wäscht meine Wunden aus, bringt mir die Muschelsuppe, bereitet wie ein erfahrener Kräutersammler die Emulsion aus Bärlapp und Schwefel, die mein Zentralfeuer nährt, er gibt meine Befehle weiter und trägt für mich alle, selbst die unbedeutendsten, Klatschgeschichten der Mannschaft zusammen. Das kleine Wiesel mit dem Menschengesicht, das voller Unrast und Energie steckt, erfüllt seine Aufgaben mit überirdischer Leistungsfähigkeit. »Die heiligste Sache ist für mich, Eure Befehle mit vollkommenster Bereitwilligkeit zu erfüllen«, sagt der Affe und springt mit den krummen Beinen hoch.

Nach der Abfahrt von den Kanaren wurde die Stimmung noch feindseliger. Ich muß auch an die Hexenkünste jener verhurten Matriarchinnen im Hafen von Palos denken, nach denen die Schiffe benannt waren. Nicht ohne Grund ließ ich als erstes am Bug des Flaggschiffs den Namen *La Gallega* entfernen, denn er klang so übel wie der einer Kupplerin. Ich ließ ihn durch den heiligen Namen der Jungfrau Maria, der Muttergottes, ersetzen. Nächst der Durchlauchtigsten Königin, meiner Schutzherrin, widme ich ihr meine ganze Verehrung.

Der Biskayer Juan de la Cosa hat mir die Schelmengeschichte seiner Galeone erzählt, auf der er nicht als Eigentümer, sondern als Werkmeister unter meinem Befehl mitfährt. Er wollte mich mit der pikanten Anekdote von der verrufenen Hafenhure demütigen, deren Namen sein Schiff trug. »Seht euch die *Gallega* an«, sagten die Seeleute spöttisch, wenn sie das Schiff sahen, »sie hat es zur Jungfrau und zur Heiligen gebracht!« Ich weiß, daß die meisten Leute meinen, die *Gallega* habe ihren ursprünglichen Namen erhalten, weil sie in Galicien gebaut wurde. Es ist aber so, daß die Hure auch aus Galicien kam.

Trotz ihres Hinkebeins genoß sie im Gewerbe den Ruf einer Zauberkünstlerin. In der Schenke von El Rocío hatte sie immer einen Kreis von Männern um sich, die sie mit dem Versprechen behexte, sie wolle ihnen unerhörte Lüste bereiten. Es heißt, einmal habe sie sich bis zur Taille entkleidet, um ihnen zu zeigen, wie die Verdrehung des steifen Beins die Liebeswonnen verlängerte und bis auf ein unvorstellbares Höchstmaß steigerte. Die Seeleute heulten vor Lüsternheit. Die *Gallega* jagte sie mit Peitschenhieben wie eine Priesterin aus dem Tempel hinaus. Hierauf schickte sie ihre hageren und hungrigen Schülerinnen nach unten, um die Arbeit in den Hurenquartieren des *Andalusischen Morgensterns* zu leisten, deren Äbtissin sie war.

Die Pinzones und die Niños weigerten sich, die Namen *Pinta* und *Niña* zu ersetzen. Sie behaupteten, die Namen von Personen aus Fleisch und Blut, die jener prachtvollen, ihnen wohlbekannten, die Männer im Hafen ehrenden und erfreuenden Frauen, seien mehr wert als Titel, die man sich ausgedacht habe, um sie zu rettenden Amuletten zu machen. Das alles diente keinem anderen Zweck, als mir bei unbedeutenden Kleinigkeiten zu widersprechen.

III

Aus dem Seefahrtsbuch

Es geschehen ungewöhnliche Dinge. Wenn man sie von der anderen Seite betrachtet, sind sie vielleicht gute Vorzeichen. Ich habe mich entschlossen, bei allem mit der inbrünstigsten Kaltblütigkeit vorzugehen, die das Blut in meinen Adern zuläßt. Schon seit siebenundzwanzig Jahren fahre ich auf dem Meer, ohne daß ich es eine nennenswerte Zeit verlassen hätte, und ich habe den ganzen Osten und Westen gesehen ... Ich bin durch Guinea gezogen und habe die Freude am Gold gekostet, mich sogar hin und wieder in der mühsamen Aufgabe versucht, einen Sklaventransport zu führen. Auf einer Islandfahrt wurde unser Handelsschiff von widrigen Winden abgetrieben und gelangte zur Polarkappe. Es blieb in einem Eisfeld stecken, das größer als das ganze Königreich Kastilien war.

In den Einöden des ewigen Eises erblickte ich zum ersten Mal einen Blauwal, und im Widerschein eines Nordlichts tauchte eine Schar jaspisfarbiger Sirenen auf, die, so schien es, durchsichtig waren. Von ihren wogenden Körpern sah man allein die runden und emporgereckten Brüste, deren Farbe die des Eises und des Purpurs vereinte. Ich dachte an die sieben Töchter des Polarsterns, die im Großen Ozean leben.

Ihre pechschwarzen, ungeheuer langen Haarmähnen fegten über die Eisscholle, auf der sie sich mit lässiger Wollust wie in einer regenbogenfarbenen Gondel dahingleiten ließen. Mehrere Polarbären, die ebenfalls treibenden Eisschollen glichen, umschwammen die Sirenen, als seien sie deren Wächter. Die Männer riefen sie mit freundlichen Gesten und apokalyptischen Pfiffen herbei. Die heiseren Rufe blieben als gewundene Eisnadeln an ihrem Mund hängen. Ein alter Seehund sprang aufs Eis. Schüchtern wie Novizinnen tauchten die Undinen unter und verschwanden in ihrem eigenen Glanz.

Mehr als mein halbes Leben habe ich derartige Erfahrungen

gesammelt. Auf allen heutigen Schiffahrtsstraßen bin ich gefahren. Ich habe alles gesehen, was es zu sehen gibt. Und auch, was nicht zu sehen ist. Und sogar das, was noch nicht *ist* ... Alles ist Rückerinnerung. Nichts wird erfunden. Es gibt nur winzig kleine Variationen des bereits Gesagten, Geschehenen und Geschriebenen. Alles ist wirklich. Das Unwirkliche ist nur eine Unvollkommenheit des schlechten Gedächtnisses. Ich habe alles Erlaubte versucht, ohne mir etwas zu versagen, was rechtmäßig ist und den Gesetzen Gottes und der Menschen entspricht.

Ich habe das Gefühl, daß ich das erste Mal zur See fahre. Vielleicht, weil ich zum ersten Mal auf dem Rückgrat des Meeres in westlicher Richtung emporsegele, als kletterte ich an einer schwankenden Wand zu den Orten des irdischen Paradieses hinauf. Plinius zufolge sind es die am höchsten gelegenen, weil sie nicht von den Wassern der Sintflut bedeckt wurden. Und dennoch fahre ich diesmal als Kapitän einer Flotte, denn die auf Lebenszeit verliehenen Titel eines Admirals, Vizekönigs und Generalgouverneurs sind auf unbestimmte Zeit suspendiert, bis ich die Länder, die ich dem König und der Königin versprochen habe, entdecke und erobere.

In den *Kapitulationen* von Santa Fe, nach hartem Disput mit dem Rat der Weisen, Gelehrten und Kosmographen von Salamanca und Córdoba, gleich jenem, wie es ihn schon sieben Jahre zuvor mit dem *Ausschuß der Mathematiker* in Lissabon gegeben hatte, konnte ich sie zu der Anerkennung nötigen, daß einige dieser Länder bereits entdeckt waren. Und das sind sie tatsächlich, selbst wenn man mir nicht glaubt.

Ich legte die alten Karten vor, auf denen die ersten Kartographen schon die Archipele der Vor-Inseln, der heutigen *Antillen* oder *Antyliae*, verzeichnet haben. Mehr als achtzehntausend zählte Marco Polo rund um Cipango. Der Pilot errechnete die Zahl von elftausend Inseln, die den Archipel bilden, dem er den Namen *Elftausend Jungfrauen* gab. Dringend riet er mir, ich solle nicht versuchen, nachts die Riffbarrieren der Jungfraueninseln zu durchqueren, welche die Einfahrt in die Indischen Lande und das irdische Paradies schützen. »Die Jungfrauen sind im Dunkeln ganz und gar treulos«, seufzte er.

An diesen Inseln, genauer gesagt, an einer von ihnen, der Insel der Frauen oder *Tanininó* in der Sprache der einheimischen Taínos, so unterrichtete mich der Pilot, strandete sein Schiff. Man kann nicht sagen, daß er die Inseln entdeckt hätte, denn er machte es nicht öffentlich bekannt, nur mir vertraute er es insgeheim an, als er schon im Sterben lag. Ich werde sie entdecken. Darauf konnte ich mich in den *Kapitulationen* von Santa Fe nicht berufen, weil es bedeutet hätte, das Vertrauen des schon mit dem Tode ringenden Piloten zu mißbrauchen.

Den allwissenden Skeptikern zeigte ich allerdings Toscanellis Karte und Brief, in dem er mich »Hochgeschätzter Kollege und Freund« nennt. Hinter verschlossenen Türen, in endlosen Erörterungen, bezeichnete mich der kriecherische Joan de Coloma, der Sekretär der Könige, als Aufschneider, der hoch hinauswolle. Mit meinem offiziellen Lächeln entgegnete ich: »Nur ein hochfliegender Habicht wie meine Wenigkeit kann für die Krone jene hohen jenseitigen Lande erjagen, die weit vom Schnabel der gewöhnlichen Wanderfalken entfernt sind.«

IV

Grenze

Meine eifrigsten Gönner sind Bruder Juan Pérez, der Prior von La Rábida und Beichtvater der Königin, und der sternkundige Bruder Antonio de Marchena, der Guardian des Klosters und Kustode von Sevilla. Sie haben mich ins Herz geschlossen, seitdem ich zusammen mit meinem kleinen siebenjährigen Sohn Diego zu Fuß aus Lissabon kam und der Bruder Pförtner uns fand, als wir halbtot vor Erschöpfung und Hunger an den Klostertoren, am Sockel des heiligen Kreuzes, lagen. Sie retteten uns aus der Not. Der Prior Juan Pérez und Bruder Antonio de Marchena zeigten Mitgefühl für unser Schicksal und gewährten uns Obdach. Wir waren genau zu der Grenze zwischen nichts und allem gelangt. La Rábida – das heißt »Grenze« auf arabisch – war ein Vorzeichen.

Noch sehe ich meinen kleinen Sohn Diego vor mir, den ich mehr als mich selbst liebe, wie er das große Steinkreuz umarmte. Ein kahlköpfiges Kind mit dem Gesicht eines alten Mannes. Eine vor Erschöpfung und Hunger zusammengeschrumpfte winzige Rosine. Das geschwollene Zahnfleisch, das sich über die Zähne emporstülpte, sah aus dem Mund hervor und bildete eine zweite, unnatürliche, schwarzblaue Lippe. Die wunden Füße hinterließen Blutspuren, wenn er ein paar Schritte machen wollte. Er bebte in Fieberschauern, welche die Insekten der Sümpfe mit ihrem Stachel auf das kindliche Fleisch übertragen. Bruder Antonio de Marchena nahm ihn in die Arme und brachte ihn in seine als Observatorium eingerichtete Zelle. Er holte ihm Essen.

Diego beobachtete seine ganze Umgebung mit vollständiger Gleichgültigkeit. Man konnte meinen, daß er der Stille lauschte und bereits allem gegenüber unempfindlich war. Er sah den grauen Fleck einer umherhuschenden Ratte. Als das Tierchen unter der Öffnung eines langen Rohrs vorbeikam, war es deutlicher zu erkennen, als würde es von den Mondstrahlen getüpfelt. Ebenso wie Diego witterte es die Stille, den muffigen Geruch eines vermoderten Speiserestes. In der Wand, in einer Abzugsrinne, säugte die Ratte dann mit ernstem und sorgenvollem Ausdruck ihr Junges, als sagte sie zu sich selbst: ›Da haben wir nun schon das verflixte Jahr der mageren Kühe, und obendrein kommen uns auch noch diese fremden Hungerleider auf den Hals!‹

Mein Diego tauchte überhaupt nicht aus seinem Dämmerzustand hervor. Neben dem Stuhl des Sterndeuters, unter dem Teleskop, lag eine kleine Strohschütte. Er ließ sich darauf fallen und schlief sofort ein. Die Ratte lief zu ihm und schnupperte ihm an der Nase. In einem bestimmten Augenblick schien über den Lippen des kahlköpfigen Kindes mit dem Altmännergesicht ein sehr langer Schnurrbart zu wachsen. Bruder Antonio trat ein, den versonnenen Blick schon den Sternen zugewandt, die er besuchen wollte. Als er die Hand nach dem Arm des Fernrohrs ausstreckte, spürte er, daß er eine Kinderhand berührte. Die gravitätischen Trippelschrittchen der in einem nachempfundenen Kratzfuß über das Holz schabenden Ratte veranlaßten ihn, sich nach dem ungebetenen Gast umzudrehen. Er fand das schlafende Kind, das im Traum sprach und stöhnte. Er betrachtete es mit unendlichem Kummer und Mitgefühl. Er deckte es mit einem Stück Sackleinen zu und ging wieder hinaus, um Essen zu holen.

Der Hunger weckte Diego. Doch das Auge des Teleskops wirkte auf ihn stärker als der Hunger. Er ging zum Fernrohr, stieg auf einen Stuhl und betrachtete den Zauberkreis, zuerst voller Furcht, als schwebte er zwischen zwei Himmeln. Der Bogen des Neumondes lächelte ihm beinahe in Reichweite zu. Je weiter er das lange Rohr bewegte, desto mehr Sterne und immer fernere Konstellationen kamen zum Vorschein. Er kannte ihre Namen nicht. Auf einmal erblickte er inmitten des funkelnden Sternenhaufens das Antlitz einer Frau, die ihn beim Namen rief. »Ich bin deine Mutter ...«, sagte sie zu ihm. Ihre

Stimme, so schien es, befand sich außerhalb der Zeit. »Ich bin Diego …«, antwortete er nun mit einem halblauten Stimmchen, das im Weltraum nicht zu vernehmen war. Das Frauengesicht lächelte ihm noch einmal zu und verschwand.

Diego fühlte sich im tiefsten Herzen betrübt und zum ersten Mal als Waise. Er streckte sich wieder auf der Strohschütte aus, und im Dunkel suchte er mit den Händen nach den warmen Händen seiner Mutter. Er fand nur das kalte Rohr des Teleskops. Er spürte, daß im Metall ein Herz schlug. Er ließ die Hand sinken. Tote haben kein Herz.

Nachdem er leise geweint und die Tränen hinuntergeschluckt hatte, die ihm salziger als gewöhnlich schmeckten, sah er im Traum weitere Sternenerscheinungen. Kaskaden, die sich von unten nach oben stürzten, Gärten, die mit durchscheinenden Pflanzen und bunten Blumen bedeckten Himmeln glichen, Kometen mit langem, strahlendem Schweif, ein abnehmender Mond mit zerschnittenem Halbgesicht, Baumgruppen mit Sternen in allen Farben anstatt der Blüten erschienen im hellen Kreis des Teleskops.

Vielleicht war er wach. Wenn Unschuldige keinen Schlaf finden, sehen sie den letzten, allerletzten und allerersten Urgrund. Er betrachtete eine noch nie geschaute Landschaft, wo der Mond über sieben Bäumen schien und die Sonne eines fremdartigen Tages vom Grund der Erde her strahlte und die Wurzeln ebendieser Bäume beleuchtete. Und diese Wurzeln erblühten in unterirdischen Blütentrauben. Er schloß erst die Augen vor dieser Vision, als er erkannte, daß sieben weiße Mäuse und sieben schwarze Mäuse schnell und rastlos die Wurzeln der sieben Bäume zernagten, die allmählich zerfielen. Die Erde brach auf. Er hörte die Klagelaute des Holzes. Er hielt sich die Ohren zu. Bevor er die Bäume herabstürzen sah, schreckte er aus dem Schlaf hoch. Er kniete nieder und betete, während er auf das Kleiderbündel urinierte und inmitten eines roten Staubnebels heiße Tränen vergoß.

Am Morgen, nachdem Diego und ich die Messe im Kloster gehört hatten, genossen wir beide einen Napf Milch mit frischem Brot, wobei uns Bruder Antonio de Marchena freundlich zusah. Halb gerührt und halb spöttisch erzählte er von einem kindlichen Sterndeuter, den er in der Nacht entdeckt hätte. Er tat es in einem Ton, als handelte es sich um eine uralte Legende. Was soeben geschehen ist, scheint immer in weiter Ferne zu liegen. Gedankenversunken, mit einem weißen Schaumschnurrbart an den Lippen, betrachtete ihn Diego. Der Duft des frisch gebackenen Brotes und der frisch gemolkenen Milch konnte nicht die Wahrnehmung der verrinnenden Zeit wiederherstellen.

Mit einemmal fiel mir Diegos Kopf auf, den die ersten Sonnenstrahlen beleuchteten. Das Staunen verschlug mir die Sprache. Diego hatte seit seiner Geburt unter schrecklichem Haarausfall gelitten, so daß ihm kein einziges Haar geblieben war. Nun hatte er keine Glatze mehr. In der Nacht waren ihm Haare gewachsen, doch sie waren grau, so aschgrau wie ein Mausfell. Und nun wurde sein Gesicht wieder das eines Kindes. In seinen großen braunen Augen, die denen seiner Mutter glichen, spiegelte sich Verwunderung, vielleicht der Schimmer eines unbekannten Glücks.

»Vater«, sagte er mit der selbstsicheren Unerschrockenheit der Einfalt. »Gestern habe ich durch das Himmelsrohr meine Mutter Felipa inmitten der Sterne entdeckt. Sie rief mich beim Namen, und ich wurde nicht müde, ihr wunderschönes Gesicht anzublicken ... Sie sagte, sie sei sehr glücklich, mich zu sehen ...«

»Die Legende ist in Erfüllung gegangen«, murmelte Bruder Antonio. Er umarmte Diego und küßte ihn zärtlich. Er machte das Kreuzeszeichen über Diegos Stirn und sagte: »Gott segne dich, mein Sohn, und seine heilige Mutter empfange dich in ihren Armen!«

Eine überirdische Aureole vertrieb den Brotduft und erleuchtete innerlich unsere Dankgebete. Dem Vorschlag der Patres Juan Pérez und Antonio de Marchena folgend, wurde beschlossen, daß Diego in La Rábida bleiben sollte, solange meine Reisen dauerten. Als die Flotte fertig ausgerüstet war, verabschiedete ich mich von meinen Wohltätern. Der Schmerz zerriß mir das Herz, während ich Diego zum letzten Mal von hinten umarmte und mich zur Fahrt nach dem unbekannten und fernen Kontinent einschiffte.

Nachdem ich Jahre später von meinen mehr als glücklosen Fahrten zurückgekehrt war, stellte ich fest, daß sich die Legende vom kindlichen Sterndeuter in ganz Spanien verbreitet hatte. Die Spielleute sangen sie in den Dörfern. Mein Sohn Diego, der schon zu einem kräftigen jungen Seemann herangewachsen war, lächelte bei dieser Kindheitserinnerung. Er hat die herkulische Stärke, die mächtigen nachterprobten Muskeln der sternkundigen Seeleute, die vom Mastkorb aus innige Zwiesprache mit den Sternen halten.

Der Anfang eines neuen Schicksals entrollt nun sein Knäuel.

V

Die prophetischen Vögel

Und wenn diese Indischen Lande, wie ich glaube, lediglich die 750 Meilen von den Kanaren entfernten Vor-Inseln wären? Dann befänden sich Cathay und Cipango 300 Meilen weiter westlich. Damit würden die Angaben des florentinischen Gelehrten vollständig mit dem Kurs übereinstimmen, den der Pilot auf seinen Skizzen eingezeichnet hat, denn er war ein guter Seefahrer, doch ein schlechter Kartograph, und der nahende Tod verschlimmerte diesen Mangel.

In der *Abhandlung über Himmel und Hölle* heißt es eindeutig: »Die Weltgegend der Säulen des Herakles und die der Indischen Lande werden von demselben Ozean umspült.« Der Pilot kam zu jenen Inseln und segelte auf der Rückfahrt an der großen Kontinentalmasse entlang, dem Festland von Cathay, das südlich von Cipango beginnt. Vorläufig nenne ich es wie der Pilot einfach die *Terra Incognita.* »Ein Zeichen, daß man es Stück für Stück entdecken muß. Es ist unendlich, ganz und gar unendlich ...«, sagte der Schiffbrüchige, als er in den letzten Zügen lag. Er hatte es nicht entdeckt, es sich jedoch so vorgestellt, als sei es im wilden, gedächtnis- und grenzenlosen Raum verborgen. Mit seinen Männern drang er bis zur Mündung eines Flusses vor, der seine gewaltigen Süßwasserkaskaden ins Meer ergoß, und das mit der Wucht und dem Getöse von Tausenden und aber Tausenden wütender Bisons, die sich durch zahllose Kanäle aus Schlamm, Wald und Felsen wälzten, erklärte der Pilot. Er spuckte mir seine blaugrünen Körpersäfte an die Brust. Worte kamen ihm nicht mehr über die Lippen, lediglich jene Flüssigkeit und jenes tieftraurige Wimmern eines Sterbenden.

Nur am Anfang, als er noch atmen und reden konnte, gab er mir einen vollständigen Bericht über seine erzwungene Irrfahrt. Er erzählte, daß die siebenunddreißig Männer seiner Besatzung auf der Rückreise oder nach der Ankunft auf der Insel Madeira gestorben seien. Nur er selbst und ein Matrose namens Pedro Gentil aus Sanlúcar hätten überlebt. Ich fragte, wo dieser nun sei. »Er ist auf der Insel der Frauen geblieben«, antwortete er. »Nichts konnte ihn zur Rückkehr bewegen, nachdem wir das von den Stürmen zertrümmerte Schiff wiederhergerichtet hatten.«

»Ich habe keine Eltern mehr, bin Witwer, kinderlos, ohne Zuhause und ohne Anhang«, erzählte Gentil dem Piloten, wie dieser mir berichtete. »In Spanien gibt es niemanden, der auf mich hofft oder meinetwegen die Hoffnung verliert. Ich werde der erste Indienfahrer sein, der nicht zurückkehrt. Ich bleibe für immer hier. Ich habe eine schöne Familie gefunden«, sagte Gentil nach dem Bericht des Piloten weiter. »In nicht einmal einem Jahr hat er seinen kleinen Harem aus den schönsten Frauen der Insel zusammengestellt. Ein paar waren blutjung. Wir brauchten ihm keinen Proviant dazulassen. Die Frauen brachten ihm alles, um ihn zu verwöhnen, damit er sich wohl fühlte. Sie flochten ihm sogar eine Hängematte, die zwischen den Bäumen schaukelte ...«

Der Pilot ermattete rasch. Als er schon dem Tod nahe war, lieferte er mir die genauesten Angaben, wie man zu jenen Ländern gelangen kann. Aus seinem zerschlissenen Mantelsack nahm er eine Mütze, die aus Papageienfedern in glänzenden Farben geknüpft und mit Goldplättchen, Perlen und grob geschliffenen, Achaten und Jaspissen ähnlichen Steinen verziert war. Er sagte, ein Kriegshäuptling von Cibao namens Caonabona oder *Herr des Goldenen Hauses* habe sie ihm als Unterpfand der Freundschaft überreicht. Er gab sie mir als Geschenk und als Beweis.

Der Name des Landes ließ mich aufhorchen. Auf meine Bitte wiederholte er ihn. »Cibao«, sagte der Pilot noch einmal. Meine Ahnung wurde zur Gewißheit: *Cibao* war zweifellos die von Marco Polo und Toscanelli beschriebene Insel Cipango. Mit der Hand, die ihm nur noch mit äußerster Anstrengung gehorchte, zeichnete er die Seekarte. Auf ihr gab er die Stelle an, wo sich die große Insel und der hohe Berg befanden, der deren unverkennbares Wahrzeichen war. Noch bevor ich ihn zum ersten Mal sah, hatte ich ihm schon den Namen Monte Christi gegeben, so sehr vertraute ich dem Bericht des Piloten.

Der Naturforscher Paolo Toscanelli schrieb in seinem Brief, daß die Tempel und königlichen Gebäude in den Reichen des Großkhans goldene Dächer und Säulen haben und daß die Ärmsten dort mit Gold, Perlen und Edelsteinen besetzte Gewänder tragen. Wenn der Pilot und seine Männer ganz gewiß im Cathay und Cipango des asiatischen Ostens waren, so überraschte es mich sehr, daß er mir in seinen letzten Lebenstagen nicht von diesen Dächern aus reinem Gold und von jenen Brokatgewändern erzählt hatte, die der König der Könige seinen Vasallen verleiht. Es sei denn, daß jenes Gold nichts weiter als das metaphorische Gold der Hofpoeten wäre. Die einfältige Seele des Piloten hatte nichts mehr für solche Wortspiele übrig, die etwas sagen, um etwas anderes zu sagen.

Der Pilot erwiderte nur, daß die Leute auf den Inseln alle so nackt herumlaufen, wie ihre Mutter sie zur Welt gebracht hat. Ich verstand nicht, was er mir sagen wollte. Eingehend erkundigte ich mich, während er in den letzten Zuckungen lag und ich ihn in den Armen wiegte. Ich fragte ihn laut und preßte dabei den Mund an sein Ohr, ob er jene Dächer gesehen habe. Der Pilot antwortete nicht. Er war schon tot. Das Kinn fiel ihm auf die Brust, und ich verfiel in die Unruhe und Ungewißheit, die mich nicht verlassen werden, bis ich jene Wunder des Orients erblicken kann, bevor oder nachdem ich selbst umgekommen bin.

In der Dunkelheit höre ich nicht den Ruf der Vögel. Ich vernehme sie in meinem Innern, wo ich allen Stürmen und Fluten zum Trotz die Flamme meiner Kerze bewahre. Jetzt fühle ich, wie Schiff und Meer miteinander kämpfen. Das Raunen einer gewaltigen Schlacht in den Unendlichkeiten des Meeres der Finsternis. Der geheime und unabänderliche Lauf der Dinge reibt sich am Verhängnis. Ich spüre, daß sich in meinem Innern der Eisenstock vom Scheitel bis zur Sohle spannt. Und ich spüre, daß unter mir der Kiel beim unerbittlichen Ansturm des Wassers vibriert, das härter als alle Metalle ist. Selbst wenn die Schiffe beiliegen, schlägt unter der Pflanzendecke das Wasser gegen den Rumpf. Und dieses Beben einer allgegenwärtigen Macht stimmt mit meinen trommelnden Herzschlägen überein.

Die dunkle Nacht verleiht den Segeln einen phosphoreszierenden Glanz. Ihnen vertraue ich. »Das Meer, das Meer, das immer neu beginnt«, hat ein großer Dichter des Altertums gesagt. Ich hoffe, daß ich es morgen von einem Dach aus Tauben bedeckt sehe, die meinem Namen – »Kolumbus« heißt ja *Tauber* – zur Ehre gereichen. Doch ich suche andere Dächer, die mit goldenen Ziegeln gedeckt sind. Sofern nicht die auf den Minaretten sitzenden Tauben auch aus reinem Gold sind.

Der alte Plinius hat gesagt, Land und Meer seien ein Ganzes, und unter diesem Großen Ozean liege das Land, das ihn trage, gleich einer dicken Frauenbrust. Und Aristoteles lehrt, daß diese Welt klein und die sie bedeckende Wassermasse sehr gering ist und daß man leicht von Spanien in die Indischen Lande hinüberfahren kann. Der Kardinal d'Ailly von Cambrai und Pius II. bestätigen es. Der Naturforscher Paolo versichert, daß all jene Länder nur verborgen sind, weil der Weg dorthin nicht bekannt ist, daß es indes sehr leicht wäre, zu ihnen zu gelangen. Und seit tausend Jahren bestätigt das mein Lehrmeister Averroes. Und Strabon und Eratosthenes. Und ebenso Seneca, wenn er sagt, daß Aristoteles viel von Alexander dem Großen erfahren konnte, wie Seneca selbst von Kaiser Nero, dessen Sekretär er war, und Plinius von den Römern. Zu etwas sind die Tyrannen, Inquisitoren und Eroberer gut. Sie alle boten Geld und Leute auf und bemühten sich mit größtem Eifer, die Geheimnisse der Welt zu erfahren und den Völkern mitzuteilen.

Esra versichert in seinem 4. *Buch der Prophezeiungen*, von den sieben Teilen der Welt seien sechs trocken und nur einer mit Wasser bedeckt. »Im trockenen Teil des Orients«, sagt im Namen Unseres Herrgotts der Prophet, worin ihm andere Kirchenlehrer folgen, »wird mein Sohn Jesus geboren werden und mein Sohn Christus sterben.« Ich sagte der Durchlauchtigsten

Königin und dem Katholischen König: »Spanien wird jenes Heilige Grab des Sohns Gottes wiedererobern, wie es sein Heimatland von den Mauren wiedererobert und die Juden vertrieben hat, die Christus gekreuzigt haben. Ich habe mir vorgenommen, das Heilige Grab zurückzugewinnen und Christus zu den Ungläubigen zu bringen.« Das habe ich gesagt.

»So ist der gnädigste Wille Ihrer Hoheiten«, konzediert das Dokument.

Mit dem Anagramm meines Vornamens und meiner Titel unterschrieb ich *Christum Ferens*, der Träger Christi. Bescheidener unterschreibe ich jetzt lediglich: *Christo Ferens*, der für Christus Tragende. Was bringe ich Ihm? Die Erweiterung der Christenheit in den neuen Ländern. Die Verkündigung des katholischen Glaubens auf dem ganzen Erdenrund. Wenn dieser Seezug erfolgreich ist, wird sein Ruhm darin bestehen, neue Völker entdeckt und sie im Zeichen Christi und Seines Opfers der Macht der Katholischen Herrscher und des Summus Pontifex unterworfen zu haben.

Bei mir trage ich ein Vorstellungs- und Empfehlungsschreiben, das mir die Könige für den Großkhan, den König der Könige von Cathay, mitgegeben haben. Der Kopf des Botenbriefes lautet: *Dem … Fürsten des Orients.* Ihre Hoheiten haben mir die Ehre erwiesen, daß ich selbst den Namen des chinesischen Herrschers in den Briefkopf einsetzen darf, wie es den Bräuchen jenes mächtigen Reiches entspricht.

Ihre Durchlauchtigsten Hoheiten wissen, daß dieser Fürst den Papst schon vor langer Zeit gebeten hat, hundert Theologen zu entsenden, um sein riesiges Volk zu christianisieren. Bei einer zweiten Reise kann ich selbst, wenn diese hier erfolgreich verläuft, eine solche Hundertschaft kluger theologischer Köpfe vor den Großkhan bringen. Es sind schwere Köpfe. Sie werden mir als Ballast dienen, wofür ich Weinfässer und mehrere Zentner Proviant opfern muß, die doch immer notwendiger als solche Missionarslehrlinge sind. Mögen sie in jenem fernen Bienenhaus heidnischer Völker die Saat für die Ernte Christi ausstreuen.

VI

Das Gold, das der Maure geschissen hat

Außer den bereits erwähnten heiligen Franziskanern haben mich weitere hochangesehene Leute bei diesem Vorhaben mit allem Notwendigen unterstützt. Erwähnen muß ich von ihnen Seine Eminenz, den Kardinal Don Pedro González de Mendoza, Erzbischof von Sevilla und Toledo, und Bruder Diego de Deza, den Bischof von Zamora, Salamanca, Palencia und Jaén, Erzbischof von Sevilla und Toledo, Großinquisitor und Vormund des Prinzen Don Juan. Diese zwei Prälaten verhinderten, daß ich, nachdem ich meine Hoffnungen auf die Katholischen Monarchen schon aufgegeben hatte, aus Spanien abreiste, um das Projekt dem französischen oder dem englischen König oder auch dem Meistbietenden von denen anzubieten, die sich heutzutage die Herrschaft und die Schätze des Meeres teilen.

Alonso de Quintanilla, der Hauptschatzmeister Kastiliens, hat mich den einflußreichen Prälaten vorgestellt, als ich aus Lissabon kam. Don Luis de Santángel, ein weiterer Gönner, der Verwalter der königlichen Privatschatulle und Schatzmeister des Königreichs, empfahl mich aufs wärmste dem Herzog von Medina Sidonia und Grafen von Niebla, Don Enrique de Guzmán, und dem ersten Herzog von Medinaceli und fünften Grafen von La Umbría, Don Luis de la Cerda. Sie waren die ersten, denen ich nacheinander die Expedition in die Indischen Lande vorschlug.

Die Grafen gaben mir einen Vorschuß, damit ich Beinkleider und neue Leibwäsche erwerben und so dem Empfang der Könige beiwohnen konnte. Sie ließen mich Uniform, Hut und Degen eines Generalkapitäns kaufen. Die Degenkoppel und das dazugehörige Gehänge waren aus bestem Leder und mit goldenen und silbernen Ringen verziert. Sie beköstigten mich und beherbergten mich sogar in ihren Palästen. Später verzichteten die andalusischen Aristokraten darauf, das Entdeckungsprojekt zu finanzieren, um sorgsam jeden Zwist mit den Monarchen zu vermeiden. »Das ist ein den Königen vorbehaltenes Geschäft«, sagte mit nebelhaftem Ausdruck der Graf von Niebla. »Seine Majestät würde das nicht gestatten«, sagte hierauf düster der fünfte Graf des düsteren Umbría.

Unter der Hand aber steuerten diese zwei Adligen gemeinsam mit Don Luis de Santángel, dem Verwalter der königlichen Privatschatulle und Schatzmeister des Königreichs, jeweils eine Million Maravedí für die Ausrüstung der Flotte bei, was sie beinahe wie ein Staatsgeheimnis behandelten und als Vorschuß auf das indische Gold ansahen. Doch das ganze Vermögen des neuchristlichen Schatzmeisters und der andalusischen Adligen, der ganze Beitrag der Krone an Schiffen und guten Absichten, die Enzykliken und das persönliche Interesse des valencianischen Papstes Alexander VI. sind lediglich ein Bruchteil der moralischen, religiösen und materiellen Kosten, die das Unternehmen erfordert.

Ohne die von der göttlichen Vorsehung bestimmte Hilfe der genuesischen Bankiers, die ich ebenfalls still und heimlich zu Teilhabern des Entdeckungsprojekts gemacht habe, wobei meine Titel und die von mir unterzeichneten Dokumente als Bürgschaft dienten, wäre das Unternehmen nicht zustande gekommen. Genau das will der eingefleischte Hochmut des Hofes nicht anerkennen. Ich darf den Namen dieser Bankiers nicht nennen, um den einzig und allein kastilischen Charakter des Unternehmens nicht zu beeinträchtigen. Von ihm ausgeschlossen sind die Mächte Portugal, Frankreich und England, sogar Spanien selbst – welches andere zivilisierte Land der europäischen Welt hätte dieses Hirngespinst finanzieren und unterstützen, sich sogar mit ihm identifizieren und es verwirklichen können?

So etwas vermochte nur das mächtige und glanzvolle Italien. Das unerschöpfliche Füllhorn des Abendlandes. Latium, Latium ..., wo das Tyrrhenische Meer nach Westen blickt und, seitdem es die Welt gibt, davon träumt, sich mit dem Indischen Ozean zu vereinen! Warum habe ich mein Unternehmen nicht hier begonnen? ... Ach ..., mein lieber Naturforscher Paolo, meine bewunderten, meine hochverehrten Pierre d'Ailly und Silvio Enea Piccolomini, mein violetter Kardinal und pietätvoller Papst Pius II., die ihr schon in die Seligkeit des Himmels eingegangen seid! ... Warum habt ihr in mir diesen Hang genährt, mit den von euch selbst gelieferten Nägeln am Marterholz meiner Irrtümer gekreuzigt zu werden? ... Werde ich eines Tages als der erste seefahrende Heilige und Märtyrer der Christenheit selig- und heiliggesprochen? So hoch will ich nicht hinaus, aber ich glaube an die ausgleichende Gerechtigkeit Unseres Dreieinigen Gottes.

Ich weiß, daß der Herzog von Medina Sidonia eine Denkschrift an die Könige geschickt hat, worin er den Betrag verlangt, der ihm als Rückerstattung der von mir verursachten Unkosten zustehe. Und der Herzog von Medinaceli hat an den Erzbischof und Kardinal Don Pedro González de Mendoza geschrieben und eine noch etwas ehrgeizigere Forderung angemeldet. Er verweist auf die Anfänge des Entdeckungsprojektes und seine ursprüngliche Mitwirkung bei demselben, seitdem ich vor sieben Jahren vom portugiesischen Hof gekommen war.

Er erinnert ihn, daß er mich in seinem Palast wie einen König residieren ließ. Und als ich, von der Verzögerungstaktik des spanischen Hofes entmutigt, dem französischen König das Projekt vortragen wollte, habe mich der Graf und Herzog davon abgebracht und mir angeboten, mich von El Puerto de Santa María mit drei oder vier Karavellen auszusenden, die er auf eigene Rechnung und Gefahr ausrüsten werde, um die Indischen Lande zu entdecken. Überdies erklärt er dem Erzbischof und Kardinal unter Vorbehalt, daß er mir seine Unterstützung nur entzogen hätte, als er erkannte, daß dieses Unternehmen für Unsere Herrin, die Königin, ausersehen war.

Als er über den Erfolg der ersten Reise spricht, zu der er, wie er sagt, mit einer großen Geldsumme und vielen Gefälligkeiten beigetragen habe, wie etwa, daß er mich zwei Jahre lang in seinem Hause beherbergt, beköstigt und ordentlich gekleidet hätte, wirft er mir vor, eine von seinen Mägden geschwängert zu haben. Der Graf und Herzog wolle über diese Kränkung hinwegsehen und bitte den Erzbischof und Kardinal ergeben und inständig um dessen allerhöchste Vermittlung und Hilfe bei Ihren Durchlauchtigsten Hoheiten, damit auch das Haus Medinaceli und La Umbría alljährlich einige Karavellen mit seinen Insignien und Wappen auf die Suche nach dem indischen Gold aussenden dürfe. Don Luis vergißt nicht zu erwähnen, daß er bei der Rückeroberung des Königreichs Granada mitgewirkt habe und bereit sei, die Krone auch bei der Rückeroberung des Heiligen Grabes zu unterstützen.

Alle kümmern sie sich um die tiefen Falten ihres Geldbeutels. Was den zehnten Kreuzzug zur Befreiung des Heiligen Grabes betrifft – wenn man den neunten, den Kinderkreuzzug im 13. Jahrhundert, mitrechnet, eine erschreckliche und heikle Episode, die von der Geschichte nicht verzeichnet wird –, so habe ich dem Grafen und Herzog den hochheiligen und hochgeheimen Gedanken in den Kopf gesetzt, diesen zehnten Kreuzzug mit dem indischen Gold zu finanzieren und siegreich abzuschließen. Und was die Schwangerschaft seiner Kammerjungfer und Nichte betrifft, so müßte er sie selbst fragen, wer ihr still und leise dieses Kind gemacht hat, denn die Kleine ist zu allem fähig. Sie selbst fordert es heraus, wenn sie Weintrauben und Zuckerbirnen mit dem Saft der spanischen Fliege – einem unfehlbaren Mittel, um fleischliche Begierde zu erregen – einreibt.

Am Hof diente das alles dem intriganten Protonotar, dem *gotischen* Starrkopf Rodríguez, der seines Eunuchenstimmchens wegen »der Flötenspieler von Alcalá« genannt wurde, und dem hinterhältigen Bruder Bernardo Büyl, um Klatsch und Spott über das Unternehmen zu verbreiten, wobei Joan de Coloma mit ihnen unter einer Decke steckte. Sie sind die unvermeidlichen kleinen Kläffer, deren einzige Aufgabe es ist, sich mit den Milchzähnen in die Ärmelaufschläge der Vorübergehenden zu verbeißen und sich für überaus wilde, zu Großem berufene Eisenfresser zu halten.

Die Armen sind lediglich hündische, alltägliche Wichte, die nichts anderes zu tun haben, als den Reisenden hinterherzubellen. Dafür wurden sie kastriert und abgerichtet. Sie brauchen etwas, um die tägliche Beköstigung zu rechtfertigen und zu verdienen. Aber was würden die Königreiche ohne diese Fauna von kleinen unbegabten Säugetieren anfangen! Ich schätze sie sehr. Ihre unabänderliche Nutzlosigkeit hebt die Nützlichkeit der übrigen Arten hervor, so minderwertig oder gemein sie auch sein mögen. Bruder Büyl, der geistliche Bullenbeißer, der Gehilfe der Inquisition und Doppelagent, fährt auf dem Flaggschiff mit. Sie haben ihn mir als Kaplan aufgehalst. Er weiß, warum er dabei ist. Es ist nicht schwer, sich das vorzustellen.

VII

Ein Jupiter mit Kochtopf

Sehr bald kommt alles wieder ins angemessene Gleichgewicht. Spätestens in drei Tagen finde ich jene Inseln und das indische Festland. Diese Frist habe ich denen auferlegt, die sich gegen die Autorität der Könige, die heilige Sache dieses Unternehmens und meine Amtsgewalt als suspendierter Admiral und Vizekönig empört haben.

Meine Begründung, daß die Länder nahe seien, nützte nichts. Ganz sicher flogen jene Vögel zu einer nahen Küste oder von ihr herüber. Gewiß, sie flogen rückwärts, was bei den Federtieren der bekannten Welt nicht allzu häufig vorkommt. Noch weniger lassen sich die Männer nun von der Nähe der großen Schätze rühren, die ich ihnen nachdrücklich unter die Nase reibe. Sie benehmen sich so, seitdem sie die Abweichung des Kompasses bemerkt haben. Die Magnetnadel hat sich ihnen tief ins Hirn gebohrt.

Die Windstille und die Bewegungslosigkeit der Schiffe bringen sie an den Rand des Wahnsinns. Hoffentlich schickt Gott uns bald die schnellsten Winde: den Africus, Eurus, Aquilo, Volturnus, Ábrego, Notus, Lubricus, Ziegenschinder, die schrecklichsten Monsune, Etesien und Höhenwinde. Taifune, Gewitter, Stürme, Orkane, Zyklone ... Blast kräftig, ihr knauserigen und kleinlichen Winde! Blast wütend, ihr erbärmlichen und gottvergessenen Eunuchen! Blast, ihr impotenten Hahnreie! Bläht die schlaffen Backen auf! Blast mit der ganzen Stärke eurer löcherigen Lunge!

»Es hilft nichts, daß ihr weiter elend wie arbeitslose Maultiertreiber in den Häfen herumlungert«, sage ich und bemühe mich mit meiner honigsüßesten Stimme, in die Vorstellungswelt dieser dummen Bestien vorzudringen. »Ihr seid kühne Seeleute und keine Weichtiere. Noch ein Schritt, und ihr könnt es zu steinreichen Herren bringen. Und warum nicht, vielleicht dürft ihr euch sogar *Don* nennen und goldene Sporen tragen, was zu den tausend anderen Privilegien und den Dublonen hinzukäme, die ihr als wahre Seefahrende Ritter, denn das seid ihr, von den Königen empfangen werdet. Ich selbst biete schon jetzt dem ersten, der Land sieht, ein seidenes Wams als Belohnung. Und mit dem Wams ist diese Auktion noch lange nicht zu Ende ...«

Einer, ein ungeheuer großer Kantabrer, spuckte mir ins Gesicht, ohne ein Wort zu sagen. Ich zog den Degen. Er nahm ihn mir ab, indem er lediglich den kleinen Finger krümmte, und zerbrach ihn vor meiner Nase, als wäre er ein Zahnstocher und ich nur eine Kandiszuckerstange. Der Schleimklumpen auf dem gesunden Auge zwang mich, blind, ohne einen vernünftigen Gedanken und bewegungslos dazustehen.

Diese Kantabrer, die Juan de la Cosa angeheuert hat, sind wortkarg und trotzdem unerträglich. Der Riese ist dessen Vetter. Die Andalusier reden selbst mit Händen und Füßen. Man kann sagen, daß sie nur auf die Welt gekommen sind, um zu schwatzen, doch sie sind gesitteter und nachgiebiger. Im Verlauf von achthundert Jahren haben sie von den Arabern und Juden einiges gelernt. Die Biskayer sind härter als ein Holzklotz, den die Axt nicht ritzen kann. Noch ein Glück, daß es wenigstens keine Aragonier in der Mannschaft gibt, weil die das reinste Felsgestein sind.

Die Männer drängen sich zusammen. Sie sind zu allem bereit. Ich sehe die aschgrauen Gesichter, die von einer beinahe unsichtbaren Schmarre gekerbt sind, aus der selbst der letzte Blutstropfen entwichen ist. Sie wollen mein Blut. Fünf Matrosen, die ich nicht genau erkennen kann und an deren Spitze der Kantabrer steht, haben auf einen Schlag die Messer gezückt. Sie schwingen sie drohend und kommen auf mich zu. Blitzartig geschieht etwas Unglaubliches. Im ersten Augenblick merkt niemand, was da vor sich geht.

Der beinahe nicht wahrzunehmende Torres, der Ausrufer, schlüpft wie ein Lufthauch hindurch. Er ist mit einem Steven und einer Kasserolle bewaffnet, und er stößt einen ohrenbetäubenden Alarmpfiff aus. Gleich einem wütenden und rasenden Vierhänder springt er auf die fünf Messerhelden. Den mit kochender Brühe gefüllten Topf stülpt er über den Kopf des Kantabrers, der vor Schmerz aufheult. Der schwächliche und verwachsene Homunkulus, dessen Gliedmaßen so wirken, als enthielten sie Federn wie ein Uhrwerk, hat sich an einen Henkel wie an ein Zirkustrapez geklammert und versetzt den bewaffneten Armen pfeilschnelle Schläge mit dem Steven. Eins nach dem anderen läßt er die fünf Messer in sauberen Parabeln wie fliegende Fische ins Meer sausen. Der jupiterhafte Affe löst sich vom Trapez und läutet die Glocke, als gelte es, vor einem Schiffbruch zu warnen.

Ich finde meine Donnerstimme wieder. Abermals schleudere ich ihnen die Aufforderung entgegen, die dreitägige Frist einzuhalten. »Die drei Tage des Todes und der Auferstehung Jesu Christi, Unseres Herrn«, verkündete ich im Ton eines Kanzelredners. Ich merke, daß ich allmählich widerwärtig werde. »Ich sage euch: Wenn wir jene Länder nicht in drei Tagen erreichen, könnt ihr mir den Kopf abschlagen, mich ins Meer werfen und nach Spanien zurücksegeln. Ohne daß ihr den Galgen fürchten müßt. Ich selbst werde meinen Hinrichtungsbefehl unterzeichnen: Meer, Galgen oder Enthauptung.« Ein Fetzen des Gaffelsegels fällt herab und bedeckt mein Gesicht eines neuartigen Osterlamms. Zwischen den Falten sehe ich, daß ihnen abermals der Kamm ihres Seemannsstolzes schwillt. Ihr Hahnenkammspreizen wird nicht lange dauern.

Ich weiß, daß jene Länder dort sind, wo ich sie suchen will, als hätte ich sie in einer Truhe verwahrt und den Schlüssel siebenmal im Schloß umgedreht. Den Schlüssel habe ich in das Futter meines Schicksals eingenäht. Das soll mein Freund und künftiger Panegyriker Bartolomé de Las Casas sagen, der danach als Verteidiger der Indios, Negerhändler und einer der Erfinder der *schwarzen Legende* gegen die weißen Indiohändler auftreten wird.

Das Gute am Menschen ist, daß er seine Zeiten hat und bestimmten Wandlungen unterliegt – nicht wahr, du überaus sanftmütiger und verständiger Bartolomé? Wenn du das Kleid des heiligen Dominikus empfangen hast, habe ich schon das des Jenseits angelegt. Nicht ohne den Kummer, daß ich nicht entdeckt habe, was ich als erster Seefahrer der Menschheit im unermeßlichen Meer der Finsternis zu entdecken glaubte.

Die großen Entdeckungen werden postum geboren. Die Entdecker auch. Die Nachwelt lohnt nicht die Mühe. Wer erinnert sich heute noch an den Erfinder oder Entdecker des Rades? Wer hat als erster Europa entdeckt? Wer erinnert sich noch an den Ritter Altazor und selbst an den Ritter von der traurigen Gestalt? Zunächst bilden sie ihre Legende. Im Lauf der Zeit entsteigen sie ihnen als Sagengestalten. Oder sie verschwinden, ohne daß von ihnen eine Gedächtnisspur bleibt. Ich hoffe, daß das Schicksal mir gegenüber großmütiger ist. Um Schwierigkeiten zu bewältigen, muß man lange Fristen setzen, und bei Wunschträumen muß man genug Raum für den Zweifel lassen.

VIII

Die Chronisten erzählen

Der unbekannte Pilot

In der phantastischen Vision des Entdeckungsunternehmens ist die verborgene und geheimnisvolle Gestalt des anonymen Piloten, des Vorläufers, ein weiteres Phantom. Seine wirkliche Existenz wurde von der Aureole seiner Legende überstrahlt, und danach trat diese allmählich hinter einer Geschichte zurück, die nicht weniger nebelhaft, doch vielleicht auch nicht weniger wirklich als die des Admirals war, der den Piloten und sich selbst Rücken an Rücken wie zwei siamesische Zwillinge verbunden hat.

Seitdem die Entdeckung der Kugelgestalt der Erde den alten Mythos zu Fall gebracht hatte, der sie als Teil eines geozentrischen oder besser gesagt egozentrischen Planetenrads auffaßte, haben die Kosmographen und Geschichtsschreiber Westindiens in wachsender Zahl und mit immer größerer Sicherheit erklärt, es sei möglich, daß zwei Antipoden, wenn sie entgegengesetzte Wege zurücklegen, an jedem beliebigen Punkt des Erdballs mit den Füßen zusammentreffen.

Nachdem man diese logische und kosmologische Hypothese anerkannt hatte, war es absurd, sich vorzustellen, daß nicht schon jemand zu irgendeinem Zeitpunkt durch einen glücklichen oder unglücklichen Zufall in die unerschlossenen Räume des Planeten vorgedrungen wäre und der Ökumene unbekannte Länder und Meere überquert hätte. Lange vor dem verstorbenen Ersten Piloten, viele Jahrhunderte früher, hatten das andere – keltiberische, gälische, skandinavische, angelsächsische, mongolische – Seefahrer getan und bruchstückhafte Zeugnisse ihrer Überfahrt in Felsinschriften hinterlassen, die noch nicht vollständig entziffert wurden und sich in tiefen prähistorischen Höhlen befinden, an Orten, die nicht das mindeste mit jener

Stelle zu tun hatten, wo viel später die Entdeckung erfolgte, und die am weitesten von ihr entfernt waren. Daß es aus Asien und Polynesien stammende Völker und Kulturen in Amerika gibt, beweist an Ort und Stelle, wer die wahren Entdecker gewesen sind.

Ein emblematischer Mythos des Admirals, der dessen Namen trägt, hält sich bis heute in den Dschungeln einer Region zwischen den Meeren, die einer waldigen, von Land umgebenen Insel gleicht. Tausende Meilen von jener Stelle entfernt, an der die *vom Himmel herabgestiegenen Männer* landeten, konnten die Eingeborenen in ihren seit Jahrtausenden besiedelten Landstrichen, die ohne irgendeine Verbindung mit dem übrigen Kontinent waren, nichts über den Admiral wissen. Als das Vergessen schon dessen Namen verschlungen hatte, entstand in jenen dichten Urwäldern die Legende vom *Weißen König*, die sich ganz gewiß um den Entdecker rankte, den die als *primitiv* bezeichnete Mentalität erahnte oder erriet. An einer anderen Stelle, wenn Gott mir Gesundheit und dem Leser die nötige Geduld gibt, will ich die Geschichte dieses ganz europäisch anmutenden, mysteriösen Königs erzählen, der in der animistischen Vorstellungswelt der Eingeborenen wie ein kleiner Gott aufgetaucht ist.

Das Abenteuer, das der anonyme Pilot, der *Erste Seefahrer und Vorentdecker* – wie ihn jener Historiker nennt, der das Rätsel hoffähig gemacht hat –, nicht voraussah oder suchte, hätte das gleiche Schicksal erleiden und dem Vergessen anheimfallen können. Das Unbekannte und der Tod werden von demselben Wind verweht. Daß sich schließlich die Kunde von diesem Abenteuer verlor und daß der Admiral es auf »etwas« betrügerische Weise genutzt hat, ließ es zur Legende werden. Man kann die Geschichte des Admirals nicht ohne die Legende des Piloten verstehen.

Die Polemik geht bis in unsere Tage weiter und wird wahrscheinlich nie aufhören. Utopie und Mythen waren die zwei großen Versuchungen der Menschen aller Zeiten; die Wirklichkeit gewordene Phantasie oder umgekehrt. Die bedeutsamsten Ereignisse haben mitunter höchst bescheidene und auch ganz verborgene Ursachen. Einige der zuverlässigsten alten und modernen Chronisten versichern sogar, die Geschichte des Ersten Piloten und sein mythischer Bericht hätten sich entscheidend darauf ausgewirkt, daß das Entdeckungsunternehmen des Admirals zustande kam. Und die Anhaltspunkte, die nach und nach zusammengetragen wurden, haben bei weitem nicht die Geschichte als Legende und die Legende als Geschichte unglaubhaft gemacht, sondern bestätigt.

Diejenigen, die sich am entschiedensten weigern, dies anzuerkennen, glauben nicht etwa am wenigsten daran, sondern sind die hartnäckigsten Parteigänger des Admirals, den sie als alleinigen und ausschließlichen Entdecker der Neuen Welt verteidigen. Andere verhalten sich vorsichtiger, indem sie die Existenz unwiderleglicher Dokumente abwarten, ankündigen und zugleich bestreiten. Wissenschaftler empfinden dem Unbekannten gegenüber eine lähmende Scham. Aber darf man erwarten, daß es derartige Dokumente über ein Phantom oder über einen Mythos gibt, der schon in die mündliche Überlieferung, in das kollektive Gedächtnis und sogar in die Annalen der Geschichtswissenschaft eingegangen ist?

Wie soll man eine Wahl zwischen eingebildeten Tatsachen und dokumentierten Tatsachen treffen? Ergänzen sie sich denn nicht in ihren Unterschieden und Widersprüchen, in ihrem besonderen und entgegengesetzten Wesen? Schließen wissenschaftliche Strenge und symbolische oder allegorische Vorstellungen einander aus, so daß sie sich gegenseitig aufheben? Nein, vielmehr sind es zwei unterschiedliche Wege, zwei verschiedene Möglichkeiten, die Welt zu begreifen und auszudrücken. Beide bestäuben und befruchten auf ihre Art – um es in der Sprache der Botaniker zu sagen – Geist und Gemüt des Lesers, des wahren Autors eines Werkes, das er bei der Lektüre neu schreibt, wenn man davon ausgeht, daß Lesen und Schreiben, Wissenschaft und Intuition, Wirklichkeit und Phantasie sich auf umgekehrte Art derselben Zeichen bedienen.

IX

Gab es den unbekannten Piloten?

Ich erkundigte mich bei einem sehr lieben Freund, einem Historiker Westindiens und Anhänger der freien wissenschaftlichen »Wahrheit«, ob der unbekannte Pilot eine authentische Gestalt sein könne.

»Du mußt das wissen«, sagte ich und machte ihn so für das Rätsel verantwortlich, »weil du ein Weiser bist, der die Tatsachen und sich selber in Frage stellt.«

»Es gibt keine Weisen«, entgegnete er. »Es gibt lediglich *Momente* der Weisheit, die der größte Ignorant unter den Analphabeten haben kann. Das wenige, was man weiß, besteht nur aus Lücken, Glaubensüberzeugungen und Ungewißheiten. Der Ausspruch des Sokrates hat seine Allgemeingültigkeit bewahrt. Zu wissen, daß man nichts weiß, ist ein unendlich kleiner Punkt in der Finsternis des Universums, und das gilt selbst für das wenige, was man weiß. Man muß auch mit Intuition und Vorahnung arbeiten.

Dein berühmter Pilot *lebt* in einer solchen Lücke, wo es von Greifen und Ungeheuern mit menschlichem Angesicht wimmelt, die man *Chronisten* nennt. Man müßte fünfhundert Jahre zurückgehen und ihn selber zu seinen Lebzeiten nach seinem Geheimnis fragen. Oder vielleicht sollte man weitere fünfhundert Jahre warten, damit neue ›Momente der Weisheit‹ etwas mehr über dieses Rätsel und über diesen unergründlichen Mann offenbaren, von dem alle reden, ohne zu wissen, wer er ist ...

Im übrigen sind nach dem Verständnis der historischen Kasuistik die Rollen eindeutig verteilt: Wenn es jenen Piloten gegeben hat, so war er zweifellos der Vorläufer der Entdeckung; von seiner Anwesenheit auf den Inseln blieben viele Spuren zurück. Der andere, der Admiral, ist nur der Vorläufer der *Verdeckung*, denn die gerade entdeckten Länder deckte er bedenkenlos mit denen Ostasiens zu. Und keine zeitliche oder göttliche

Autorität vermochte es bis zu seinem Tod, ihn von diesem hohen Roß herunterzuholen. Außerdem trug er mit vielen anderen Mitteln zur Verdeckung bei. Und wenn es sich so verhält, fällt die Entscheidung sehr leicht: Er beanspruchte, die Indischen Lande Ostasiens entdeckt zu haben, doch diese Länder waren ja schon entdeckt. Das Vorhaben des Admirals bestand lediglich darin, auf westlichem Wege zu den Gewürzinseln zu gelangen. Aber diese Inseln waren ja auch schon entdeckt. Wenn er später behauptete, er habe Westindien entdeckt, so entdeckte er ebenfalls nichts, denn er legte lediglich Ostindien über Westindien. Bis zum letzten Atemzug blieb ihm unbekannt, daß er in Wahrheit das Eingangstor zu einer Neuen Welt entdeckt hatte.

Wenn der Unbekannte Pilot ihm den Schlüssel gab, mit dem sich das Tor zu den Indischen Landen öffnen ließ, so war er der Vorläufer der Entdeckung, und das gemeinsam mit unzähligen anonymen Vorentdeckern seit wenigstens 30.000 Jahren, als Europa sich mitten in der Eiszeit befand, während der Admiral gewiß der glorreiche Vorläufer der Konquistadoren, Inquisitoren und Kolonialherren ist, die für Europa die Neue Welt entdeckten und ausplünderten, so daß sie das Vorhaben des Admirals erweiterten und vertieften. Ein nicht unbedeutender Ehrentitel, den niemand ihm absprechen oder entreißen kann. Er war der erste Kronbeamte, der in den neuen Ländern die berüchtigten juristischen Formeln des *Requerimiento* und der *Repartición* einführte, mit denen die Eingeborenen einer immerwährenden Sklaverei unterworfen wurden.

Dein Admiral hätte eigentlich auf dem Rost der Heiligen Inquisition schmoren müssen, weil er mehrere Einbruchsdiebstähle sowie das doppelte und vorsätzliche Sakrileg einer falschen Beichte beging, womit er die Mönche von La Rábida, seine getreuesten Wohltäter, zu Komplizen machte. Und durch ihre Vermittlung sogar Isabella die Katholische, die nicht an ihrem Beichtvater zweifeln durfte. Und das wegen der bestialischen Orgien, denen sich die ›Entdecker‹ hingaben, als sie über die wehrlosen und nackten Frauen herfielen, die ihnen nicht mehr als die ersten Tiere der Schöpfung bedeuteten. Tiere, an denen die ›vom Himmel herabgestiegenen Männer‹ ihre Geilheit abreagieren konnten. Lasttiere. Tiere, um Kinder zu gebären. Diese nackten Wesen waren auf ewig verdammte Tiere, deren Nacktheit für die mit Eisen bekleideten Männer das offenkundigste Stigma einer tierischen Natur darstellte. Also mußte man sie bei lebendigem Leibe schinden. Bestrafte die Inquisition nicht den fleischlichen Umgang zwischen Menschen und Tieren mit dem Feuertod? Die Entdeckung war tatsächlich eine in jeder Hinsicht bestialische Orgie, die Jahrhunderte dauerte. Danach setzten die Mestizen das Unternehmen fort.

Bruder Fernando de Talavera, der ebenfalls Beichtvater der Königin, außerdem Prior des Pradoklosters und Bischof von Granada war, bezichtigte wahrhaftig deinen Admiral, Jude zu sein. Er verlangte vom König, ihn der Inquisition zu übergeben. Bruder Fernando, der den Königen die Einnahme von Granada angeraten hatte, wurde ein Opfer des Ketzergerichts, der Admiral aber stand schon in hohem Ansehen und war mit Don Tomás de Torquemada befreundet, dem das lärmende Treiben des Hofes nicht gefiel, vielmehr nur das Wimmern der Gebete und des Feuers.

Was der erste Eroberer und Kolonisator Westindiens tat, das hätte jeder andere überall sonst leisten können. Bis zum letzten Seufzer glaubte er felsenfest und blindlings, daß er die Länder Cathay und Cipango in Ostasien entdeckt, erobert *und gewonnen* und somit die Reiche des Großkhans besetzt hätte, den übrigens mehr als ein halbes Jahrhundert zuvor die Ming-Dynastie vom Thron gestoßen und ermordet hatte. Das konnte der Admiral unmöglich wissen. Er tat etwas Wichtigeres: Er verlegte das Cathay, das Cipango und andere Besitzungen des gestürzten Königs der Könige auf die Großen und Kleinen Antillen. Die Tempel und königlichen Gebäude mit den Dächern aus gediegenem Gold konnte er allerdings nicht hinbringen. Was für ihn, die Krone und den Papst wirklich bedauerlich war.«

Die Großtat des Genuesen erregte offenbar die satirische Ader meines Freundes, des Historikers.

»Weißt du«, sagte er weiter, »was das wahrhaft Große an dieser Tat war? Die ungeheure Ahnungslosigkeit, die jenen Mann umfing, der sie vollbrachte, was vom Zufall, von seiner Unkenntnis der wirklichen Welt, vom getreulichen Festhalten an seinen Irrmeinungen, von seiner wahnwitzigen, als scheinheiligem Mystizismus getarnten Gier nach Reichtum begünstigt wurde. Erste Seefahrer und unbekannte Vorentdecker gab es haufenweise vor deinem Admiral, Jahrtausende vor ihm.

Für die Europäer war der neue Kontinent eigentlich schon in den Büchern entdeckt. Das falsche und verfälschende Schrifttum brachte den unbekannten und ungeheuren Erdkreis hervor. Doch die Menschen und Taten, die ihm entstammten, bewirkten nur, daß die Entdeckung entstellt und zu einer Verdeckung wurde, wie es ein jesuitischer Gelehrter unserer Zeit scharfsinnig nennt, der in deiner Heimat für die Sache der überlebenden Eingeborenen kämpft. Der unbekannte Pilot ist eine weitere Erfindung des auferstandenen Admirals. Du kannst beide vergessen.«

Ich ließ mich nicht einschüchtern. Ich kehrte zu den klassischen Chronisten zurück. Beinahe alles, was man über den Piloten geschrieben hatte, las ich noch einmal. In der Tat wird er allenthalben von – böswilligen – Glaubensüberzeugungen, Zweifeln, Ungewißheiten, absurden Widersprüchen, übellauniger Ablehnung und Dokumenten, die sich gegenseitig Lügen strafen, bedrängt und fallengelassen; doch es gibt auch Aussagen und ganz eindeutige Zeugnisse, die bestätigen, daß der anonyme Erste Seefahrer keine fiktive Gestalt war und daß er wirklich gelebt hat, vielleicht kraftvoller als der Admiral selbst, wie die Chronisten beweisen.

Gonzalo Fernández de Oviedo, der zuerst Page des Prinzen Juan und danach offizieller Chronist war, läßt dessen Existenz mit zweideutigen Worten gelten. »Einige behaupten«, sagt er, »daß eine Karavelle, die von Spanien nach England fuhr und mit Waren, Proviant, Wein und Nahrungsmitteln beladen war, in so starke und heftige Stürme geriet, daß sie nach Westen fortgerissen wurde. Dort lernten die Matrosen ein paar Inseln dieses

Westindiens kennen. Sie gingen an Land und erblickten nackte Leute von solcher Art, wie es sie hierzulande nicht gibt. Es waren keine Männer dabei. Nur Frauen bis zum Alter von zwanzig Jahren.

Viele Monate lang besserten sie die Karavelle aus, und sie konnten nach Europa zurücksegeln. Ein neuerlicher Sturm brachte sie wieder von ihrem Kurs ab und trieb sie zur Insel Madeira. In dieser Zeit starb fast die ganze Schiffsmannschaft wegen der langen und überaus schweren Entbehrungen, und es überlebte nur der Pilot, der indes ebenso krank wie die übrigen war und nach wenigen Tagen ebenfalls starb.

Außerdem wird hierüber erzählt, dieser Pilot sei ein sehr enger Freund eines bekannten, auf Madeira ansässigen genuesischen Seefahrers gewesen, der ihn in seinem Haus aufgenommen habe. Es heißt, vor dem Tode und in aller Heimlichkeit habe der Pilot dem Seefahrer von den neu entdeckten Inseln berichtet und ihm ganz genau den Kurs und die Entfernungen angegeben, die er während der Rückfahrt auf einer Karte eingetragen hätte.

Ob das so geschehen ist oder nicht, kann niemand ernsthaft bestätigen, doch diese märchenhafte Geschichte wird so vom niedrigen Volk weit und breit erzählt. Ich persönlich meine, daß sie falsch ist. Denn wie Augustinus sagt: ›Es ist besser, an dem zu zweifeln, was wir nicht wissen, als hartnäckig an dem festzuhalten, was nicht entschieden ist.‹

Irgendeine weitere Angabe, ein Dokument oder ein untrügliches Anzeichen würde ausschlaggebend für den sagenumwobenen Piloten in die Waagschale fallen und ihn ins Gleichgewicht mit der Wahrheit bringen. Bis jetzt ist alles ungewiß und im dunkeln. Indes halte ich den Admiral für den, der dieses Westindien als erster entdeckt und gefunden hat, und ich bitte, daß man ihm ein goldenes Standbild errichtet, denn seine Entdeckung hat Spanien, der Krone und der Welt so vielen und so großen Ruhm eingebracht.«

Der offizielle Chronist äußert sich kategorisch und selbstsicher als ein Mann, der so auftritt, als wolle er nicht an eine

Lügenmär des gemeinen Volkes glauben. Anders als bei der Geschichte des unbekannten Piloten, in dessen Fall er eine eindeutige Parteinahme ablehnt, will er jedoch bei einer weiteren, noch märchenhafteren Angelegenheit mit einer archaischen Huldigung den Königen schmeicheln, in deren Dienst er die dunkle Geschichte Westindiens erforschte. Er behauptete, in düsterer Vorzeit, im Jahre 1587 vor Christus, hätten die Länder, die der Admiral jenseits der Säulen des Herakles entdeckte, Hesperos gehört, dem zwölften spanischen König, wenn man von König Tubal an rechnet.

Der These des Fernández de Oviedo zufolge unterstanden jene Länder also seit über 3000 Jahren dem Zepter des spanischen Königs. Somit war die Entdeckung, die er selber dem Admiral zuschreibt und um derentwillen er bittet, daß man ihm ein goldenes Standbild errichten solle, gar keine wirkliche Entdeckung, sondern eine bloße Rückgabe der sagenhaften Hesperiden an das Krongut des alten Spanien. So erstand das Königreich des Hesperos wieder und schloß sich den anderen fünf Königreichen an. Und das kostspielige Unternehmen des Admirals beschränkte sich auf eine ehrenvolle, wenn auch etwas späte Rückerstattung.

Francisco López de Gómara, der zunächst Diener und dann Kaplan des Hernán Cortés war, meint, daß Westindien von einem unbekannten Piloten entdeckt wurde, was dieser nicht beabsichtigt hätte und was ihm zum großen Unglück gereichte, und er wäre aus dem Leben gegangen, ohne in den Genuß seiner Entdeckung zu kommen. Obgleich es nicht seine Schuld gewesen, sondern durch die Bosheit anderer oder durch die launenhaften Streiche der Fortuna, wie man sie nenne, geschehen sei.

»Wäre uns wenigstens der Name jenes Piloten geblieben«, erklärt Gómara vorsichtig, »denn alles Menschliche endigt ja mit dem Tode. Nur in einem Punkt stimmen alle überein: daß er im Hause des künftigen Admirals verstarb, der die Papiere der Karavelle und den Bericht jener ganzen langen Fahrt mit den Marken und Höhen der Länder und mit den Längen- und Breitengraden jener erstmals gesehenen und gefundenen Inseln behielt.

Der Admiral war kein Gelehrter, doch er war ein sehr verständiger Mann, der sich selbst Kenntnisse aneignete«, stellt López de Gómara fest. »Und da er durch den Bericht des Piloten, der in seinem Haus starb, Kunde von jenen neuen Ländern erhielt, erfuhr er also von den Indischen Landen, indes hatte er nie an deren Entdeckung gedacht, bis er jenem Piloten begegnet war, der sie durch eine Laune des Meeres gefunden hatte.

Und wenn der Admiral aus eigenem Entschluß jene Länder wiederentdeckte, wie einige wissen wollen, so verdient er viel höheres Lob; und das in solchem Maße, daß sein Name niemals vergessen werden darf und Spanien ihm stets und unablässig den Dank und die Anerkennung zollen muß, die ihm zustehen.

Beide Seefahrer, notgedrungen und unglücklich der eine, weitblickend und glücklich der andere, leisteten ihren Beitrag, damit es zum größten Ereignis aller Zeiten kommen konnte. Ich verlange also, daß man beiden goldene Standbilder errichtet, das eine neben dem anderen: aus nächtlich dunklem Gold das des Unbekannten Piloten; aus mittäglich hellem und blankem Gold das des schon für immer berühmten Admirals.«

Bruder Bartolomé de Las Casas, der Jugendfreund und Panegyriker des zukünftigen Admirals, der Bischof von Chiapas und Verteidiger der Indios, glaubt, daß der Pilot dem ligurischen Seemann alles entdeckte, was ihm zugestoßen war, und daß er ihm den Kurs und die Fahrtstrecken mitteilte, die sie auf der Hin- und Rückreise benutzt hatten, ebenso die Lage der Gewässer, in denen man jene Insel gefunden hatte, was er alles schriftlich festgehalten habe. »Das äußerte und meinte man, und so sprachen wir hierüber, die wir in jener Zeit und jenen Tagen lebten, und in Westindien hielten wir das für wahr.

Der Admiral hatte die Gewißheit, daß er Land entdecken werde, als sei er schon persönlich dort gewesen (was ich gewiß nicht bezweifle). Es war nun so, daß der Admiral in seinem Herzen die unerschütterliche Überzeugung nährte, das zu finden, was er begehrte, als hätte er diesen Erdkreis in seine Schatztruhe gesteckt und als besäße er allein den Schlüssel dazu.

Aus all diesen Gründen tadele und verwerfe ich die Einwendungen und Unwahrheiten der Kronanwälte, damit man die Wahrheit erfährt und Ehre und Ruhm jenem nicht vorenthält, dem man sie gewähren muß, weil Gott ihn erwählt hat, unter großen Mühen und Opfern diesen Erdkreis zu entdecken und zu finden, und weil mir stets die Verfolgungen mißfielen, mit denen, wie ich sah und merkte, dieser Mann, dem die Welt soviel verdankt, zu Unrecht bedrängt wurde.«

Pedro Mártir de Anglería, der als Pietro Martire d'Anghiera bei Mailand geboren wurde, Kaplan der Königin war und den die Könige als Gesandten zum ägyptischen Sultan schickten, ein Mitglied des Kronrats, königlicher Chronist, Protonotar der Kirche, kaiserlicher Senator, Mitglied des Westindienrates, Landsmann und Freund des Admirals, dessen Schriften er kommentierte, erzählt, als der Genuese eine Zeitlang auf der portugiesischen Insel Madeira lebte, seien zu ihm ein paar Seeleute gekommen, die auf der Rückfahrt zufällig diese Insel erreichten und die, von einem mächtigen Sturm fortgerissen, zu den Inseln auf der »anderen Seite der Welt« gesegelt und dort gelandet wären.

»Er nahm sich ihrer liebevoll an«, sagt der Mailänder, »doch die Schiffbrüchigen starben einer nach dem andern an der erlittenen Mühsal. Der unbekannte Pilot vertraute ihm vor dem Tod das Geheimnis jener unglaublichen und ungewollten Entdekkung der Inseln und des Festlandes an. Der Genuese fragte ihn, ob er auf jenen Inseln Tempel und königliche Gebäude mit goldenen Dächern gesehen hätte. Der Pilot konnte nicht mehr sprechen. Der Genuese hielt es für sicher, daß der unbekannte erste Seefahrer sie nicht gesehen hatte, darum konnte er sie auch nicht entdeckt haben.« Don Pietro Martire war außerdem Abt von Jamaika. Kein einziges Mal betrat er indes jene »fernen Länder«. Er begnügte sich damit, seine *Ozeanischen Dekaden* zu Ehren von Kardinälen und Päpsten zu schreiben, von denen er Gunstbeweise erhielt oder mit denen er sich stritt und verfeindete, wenn er nichts erhielt.

Ein weiterer spanischer Ordensgeistlicher, Bruder Ramón

Pané, ein hieronymitischer Eremit, der den Admiral auf dessen erster Reise begleitete, hörte von den Eingeborenen die gleichen Hinweise auf das Erscheinen der *weißen Männer*, das sich wenige Jahre vor der Ankunft des Admirals zugetragen habe. Nach den Überlieferungen und Glaubensvorstellungen der auf der Insel lebenden Taíno-Indios war diesem ersten Erscheinen der weißen Männer die Prophezeiung vorausgegangen, die *Yucahuguamá*, der Herr des Himmels und der Erde, der höchste Götze der Taínos, verkündet hatte.

»Den Bewohnern jener Insel blieb also noch frisch im Gedächtnis, daß nicht viele Jahre vor uns andere, wie wir weiße und bärtige Männer dorthin gelangt waren. Wir dürfen dies getrost übergehen und es glauben oder nicht, da es wohl möglich war, daß Unser Herrgott das eine und das andere bewirken konnte, um das höchst vortreffliche Werk zu vollbringen, das Er beschlossen hatte und das mit seinem überaus gerechten und wirksamen Willen und Einverständnis ausgeführt wurde.«

In einem einzigen Punkt war die irreführende Darstellung wahrhaftig, mit der die Erben Martín Alonso Pinzóns den Admiral endgültig zugrunde richten wollten, der bereits »in den Vorhof des Alters« geraten war, wie er dem Katholischen König klagt, und der die Prozesse verloren hatte, die ihm das Leben verbitterten. Die »Entdeckung« der Insel Cibao bestärkte den Admiral in der Gewißheit, daß er in die Königreiche des Fernen Ostens gelangt war. Dieser zum Glaubensartikel erhobene Irrtum bezeichnete eine der bedeutsamsten Episoden jener »Verdeckung« der Neuen Welt, einer Verdeckung, die fünfhundert Jahre lang systematisch weitergehen sollte.

Diesem Phänomen entspricht nun in bestimmter Hinsicht die Legende des unbekannten Piloten, dessen Geheimnis der Admiral so eifersüchtig in der siebenmal verschlossenen Schatztruhe bewahren wollte, die ihm der Dominikaner Las Casas im übertragenen Sinne zuschreibt. Die Identität des Piloten oder vielmehr die verworrenen Angaben über diese phantomhafte Identität wurden erst sehr spät und ganz allmählich »entschleiert«. Der erste, der dies mehr als ein Jahrhundert nach der Entdeckung tat, war der Inka Garcilaso. Im ersten Teil seiner *Wahrhaftigen Kommentare* erhält die Legende des unbekannten Piloten, deren legendären Charakter der große Chronist nicht bestreitet, Gestalt, Namen und Nationalität: die des Seefahrers Alonso Sánchez aus Huelva. Für den Inka bekommt die Legende in gewisser Weise historische Bedeutung. Mit einer unwiderlegbaren Tatsache werden die Zeiträume genauer angegeben und die Personen näher bestimmt: Die ersten *weißen Männer* kamen siebzehn Jahre vor der eigentlichen Entdeckung zu den Antillen.

Der Admiral selbst äußert ungewollt Anspielungen und Hinweise, die das »Geheimnis« offenbaren, das der Pilot ihm auf Madeira, ungefähr zehn Jahre vor seiner Übersiedlung nach Kastilien, anvertraut hatte. In seinem *Buch der Erinnerungen* erwähnt er ihn ganz eindeutig, als er den Traum von der Sandflut schildert, der ihn auf dem Schiff heimsucht, ehe er wenige Tage später zu der Insel gelangt, die der Huelvaner Alonso Sánchez im voraus entdeckt hatte.

Im Traum empfängt ihn dieser gemeinsam mit der übrigen Mannschaft. Der Admiral freut sich, daß er sie bei ausgezeichneter Gesundheit vorfindet, denn sie sehen prächtig und wohlgenährt aus, und sie laufen halbnackt in ihren Lumpen herum, so daß nur wenig fehlte, und sie wären ebenso splitternackt, wie ihre Mütter sie zur Welt gebracht haben und wie es bei den Eingeborenen üblich ist. Sie umarmen einander und erkennen sich als Landsleute und alte Freunde wieder, doch der Admiral erzählt weiter, daß er anstelle der Körper den leeren Raum umarmt und daß sie, als er sie berührt, sich in der das Meer überflutenden Sandlawine auflösen und zerfließen, wie es auch ihm selbst geschieht.

Der Admiral spricht über die *Insel der Frauen*. Er bemerkt (»verblüfft«, sagt er in dem Traumbericht), daß es dort etliche Mädchen gibt, die eine sehr weiße Gesichtsfarbe haben, als hätten sie keine Sonne gesehen; einige von ihnen haben leuchtend helle Augen und blonde Haare. Alonso Sánchez stellt sieben vor. »Das sind meine Töchter ...«, sagt er lächelnd und zwinkert mit etwas schelmischer Miene dem Admiral zu. Die übrigen Seeleute zeigen ihre Töchter. Sie alle sind sehr schön und stattlich. Jede einzelne verbeugt sich mit einem leichten Knicks und nennt ihren spanischen Namen und dazu ihren Beinamen in der Taíno-Sprache.

»Wir haben auch männliche Nachkommen«, sagt der Wahlinsulaner Pedro Gentil. »Aber sie dürfen nicht hier sein. Und wir wissen nicht, wie es ihnen geht ...«

Die Traumschilderung endet mit Pedro Gentils letztem Satz, während die Körper verschwinden und das Sandmeer sie in dem beängstigenden Wachtraum begräbt, aus dem der Admiral vom Sturm gerissen wird. Später wird er sich bemühen, in seinem *Buch der Erinnerungen* den Traum so gut zu schildern, wie er es vermag. Diesen Bericht strich dann der Dominikaner Las Casas oder Hernando, der Sohn des Admirals, wobei sie nicht wußten, daß der Admiral ihn auch an Pedro Mártir de Anglería weitergegeben hatte, der ihn in seine *Ersten Dekaden der Neuen Welt* aufnahm. Schließlich wurde die Legende allgemein bekannt. Und das ist eine Bestätigung der natürlichen und einfachen Tatsache, daß man die mündliche Überlieferung als einzige Nachrichtenquelle nicht an sich reißen, usurpieren oder auslöschen kann.

Solcherart ist der Unterschied zwischen den dokumentarisch belegten und den fiktiven Geschichten, die nicht auf Dokumenten, sondern auf Sinnbildern beruhen. Beide sind halbfiktive Gattungen; sie unterscheiden sich nur in den Prinzipien und Methoden. Die erstgenannten Geschichten wollen eine Ordnung einführen, die Anarchie überwinden, das Wirken des Zufalls in der Vergangenheit aufheben, perfekte Kreuzworträtsel ohne Lücken und Spalten zusammensetzen, beruhigende Gesamtansichten auf der Grundlage dokumentarischen Beweismaterials, von Quellenanalysen und des letztgültigen, unwandelbaren, unumstößlichen Textes erreichen, bei dem selbst das kalkulierte Risiko eines Irrtums vorhergesehen und einbezogen wird.

Der wissenschaftliche Historiker muß stets von einem anderen und in der dritten Person sprechen. Das *Ich* ist ihm verboten. Historiker sind eigentlich »Erneuerer« von Tatsachen. Sie gehen von wirklichen Dokumenten aus, um fiktive Interpretationstheorien zu ersinnen, die den »Krankengeschichten« und klinischen Diagnosen des menschlichen Geistes ähneln. Und sind denn die »historisch« genannten Tatsachen weniger chaotisch und unergründlich als die unerforschlichen Labyrinthe des Geistes?

Die fiktiven Geschichten hingegen erschließen der Phantasie das sowohl in der Vergangenheit als auch in der Zukunft unberechenbare Spektrum des Zufalls; sie erschließen der Wirklichkeit das Geflecht ihrer dunklen Gesetze. In diesem unsichtbaren Spinnengewebe knüpfen sie die Fäden ihrer eigenen Wirklichkeit, ihres Raums und ihrer Zeit in einer dritten und sogar einer vierten Dimension, die nicht allein die des Traums ist. Ihre Erfinder sind weder gut noch böse, nicht arglistig und auch nicht zynisch, keine Betrüger und keine Hochstapler. Sie sprechen immer von sich selbst, obwohl sie von anderen als anderen sprechen und sich an »andere, die sie selbst sind« wenden. Ihr *Ich* ist das *Ich* des anderen. Sie beschränken sich darauf, die Sinnbilder auszuwählen, die sie für angemessen halten, um die fiktive Darstellung der Wirklichkeit wahrscheinlich zu machen. Ihre Sprache ist also sinnbildlich und nicht deskriptiv. Sie gehen von mythischen Sachverhalten aus, um Allegorien zu ersinnen.

Es gibt jedoch einen äußersten Punkt, an dem sich die parallelen Linien der Geschichte genannten Fiktion und der *Fiktion* genannten *Geschichte* berühren. Die sinnbildliche Sprache redet immer von einer Sache, um eine andere auszudrücken. Jemand schreibt derartige Geschichten über Dschingis-Khan, Julius Cäsar oder den Evangelisten Johannes und hat keinen Grund, über sie »die Wahrheit« zu sagen. Er nimmt ihre Namen und erfindet ein vollständig neues Leben. Oder er gibt vor, eine bestimmte Geschichte zu schreiben, und er erzählt doch eine andere, die in der ersten schemenhaft verborgen ist, wie bei den übereinanderliegenden Schriften der Palimpseste.

X

Der Erzähler erinnert sich

»So ist der gnädigste Wille ihrer Hoheiten«

Damals war der angehende, sich indes noch durch nichts auszeichnende Admiral bereits nach Kastilien übergesiedelt. In siebenjährigen Mühen und Drangsalen konnte er die *Kapitulationen* durchsetzen, die in Santa Fe, in den Auen von Granada, abgeschlossen wurden.

Am kastilischen Hof benutzte er Toscanellis Brief und Karte bedenkenlos so, als wären sie an ihn selbst adressierte Dokumente. Der Admiral verweist stolz auf jene Epistel des Florentiner Gelehrten und auf die Originalkarte, die er, wie er sich rühmt, in Madrid erhalten habe. Sie sind aus dem Archiv verschwunden, und man kann sich unschwer vorstellen, was sein sich eifrig um die Verdeckung der Tatsachen bemühender Sohn und Testamentsvollstrecker Fernando mit ihnen gemacht hat, denn er wirkte ja mit dem gleichen Eifer wie sein Vater, um zu verdecken und gelegentlich alles zu verderben.

Bei den *Kapitulationen* von Santa Fe zeigte er Toscanellis Brief und Karte. Er beschrieb die Inseln, als wäre statt des Piloten er selbst schon dort gewesen. Er brauchte nicht mehr als nötig vorzubringen. Bruder Juan Pérez, der Beichtvater der Königin, sprach für ihn und war der beste Anwalt des Entdekkungsunternehmens.

Von Anfang an gab es jedoch einen entscheidenden Faktor, der den Erfolg verbürgte und den nur zwei Personen kannten. Der angehende Admiral hatte nämlich den Einfall, Bruder Antonio Marchena und Bruder Juan Pérez unter dem Siegel des Beichtgeheimnisses den streng persönlichen Bericht des ersten Seefahrers und Vorentdeckers anzuvertrauen. Er erzählte ihnen von Caonabó, dem Herrn des Goldenen Hauses im indischen Cipango. Wortlos zeigte er den Mönchen die mit Gold und Edelsteinen verzierte Federmütze, ein Geschenk des Herrschers von Cibao oder Cipango. Der Blutstropfen, der ein Goldblättchen befleckte, blendete und überzeugte sie ganz.

Da er sicher war, daß die beste Methode, ein Geheimnis zu bewahren, darin besteht, es zwei Personen auf unterschiedliche Weise zu erzählen, und das auch noch unter dem keinesfalls zu lüftenden Schleier des Beichtgeheimnisses, blickte er ruhig und zuversichtlich dem Ausgang der Ereignisse entgegen. Diese ließen nicht auf sich warten. Die günstigsten Voraussagen wurden bestätigt, als Joan de Coloma, der Sekretär des Königreichs, sich gezwungen sah, auf die Urkunden der *Kapitulationen* das königliche »Sesam, öffne dich!« des »So ist der gnädigste Wille Ihrer Hoheiten« zu setzen.

Während der vorhergehenden langen Nachtgespräche, die der Ligurer mit den Ordensbrüdern in La Rábida führte, erkannte er klar, daß der Franziskanerorden das größte Interesse am Entdeckungskreuzzug hatte, um den heidnischen Völkern jener fernen Länder Ostasiens das Kreuz des Evangeliums zu bringen. Tatsächlich bildete der Orden die Vorhut des Glaubens in den am weitesten abgelegenen Weltgegenden. Und seine Söhne verkündeten die Lehre Christi am allereifrigsten. Der unbekannte Ligurer war für die Mönche von La Rábida der Gesandte Gottes, der wie gerufen kam und den sie als solchen empfingen.

Der genaue und wahrhaftige Bericht des Piloten und Vorentdeckers, den der Ligurer mit seiner dialektalen Dialektik ausschmückte, denn er verstand sich darauf, einen mystischen Ton anzuschlagen, besaß von selbst genug Überzeugungskraft. Da er als ein absolutes Geheimnis erschien, wozu noch die Lügenmär kam, die ihm das Beichtkind arglistig beimischte, daß es die atlantische Odyssee persönlich erlebt hätte, erhielt er eine mysteriöse und unwiderlegbar glaubwürdige Grundlage. Mit seiner Wortgewalt eines Kanzelredners gab Bruder Juan den Bericht im Sachverständigenausschuß wieder und verklärte ihn, wozu er mitunter die Federmütze vor den Augen der erstaunten und verwirrten Gelehrten schwenkte. Der Name des als Kleinkönig im Cipango des Admirals herrschenden Caonabó hallte dunkel im hohen Hofgericht wider.

Ein anderes gewichtiges Argument, das sich der Ligurer auf politischem, militärischem und religiösem Gebiet mit dem unleugbaren Geschick eines Strategen zunutze machte, bestand darin, daß Spanien durch die Allianz mit dem chinesischen König die Möglichkeit habe, den Islam in jener ungeheuren Zange zu packen und zu vernichten, mit der die verbündeten chinesisch-spanischen Streitkräfte unter dem Befehl der Katholischen Könige und im Zeichen des Glaubens die Muselmanen vom Atlantik und vom Mittelmeer her einschließen würden. Was gleichzeitig bedeutete, Portugal als Vormacht zu verdrängen.

Dem gravitätischen und wortkargen Antragsteller fiel es nicht schwer, mit dem Projekt dieses Doppelunternehmens zuerst die beiden Ordensbrüder bei der zweifachen, vom Bußsakrament geschützten und geheiligten Beichte hinters Licht zu führen; danach gelang ihm dies auch bei den Herzögen von Medina Sidonia und Medinaceli, die sich als die beiden ersten spanischen Granden für die Indienexpedition interessierten; hierauf bei seinen zwei wichtigsten Wohltätern, dem Verwalter der königlichen Privatschatulle und Schatzmeister des Königreichs, Don Luis de Santángel, und dem Kardinal Pedro González de Mendoza, dem Erzbischof von Sevilla und Toledo und engen Vertrauten des Großinquisitors. Der höchst einflußreiche Dominikaner Tomás de Torquemada gewährte indirekt Unterstützung. Zuletzt oder, besser gesagt, an erster Stelle wurden auch die Katholischen Könige hinters Licht geführt.

Das phantastische Projekt, daß man den Halbmond und den Koran durch den Kreuzzug unterwerfen könne, zu dem die Entdeckung und damit die Ausbreitung des Christentums im ganzen Osten führen werde, war gleichermaßen realistisch und märchenhaft, allerdings nicht unausführbar. Während der Geheimsitzungen des Rates, an denen der Ligurer nicht teilnehmen durfte, nutzte Bruder Juan sein ganzes Wissen und seinen außerordentlichen Einfluß zugunsten dieses doppelten Vorhabens, das der größeren Ehre Gottes dienen sollte. In den Disputen der Sachverständigen gesellten sich den Namen Caonabó und Indien die des Großkhans und Chinas mit ihrer Fülle exotischer Verheißungen hinzu.

In den Sitzungspausen berichtete Bruder Juan dem Antragsteller lückenlos, was im langwierigen Verlauf der Verhandlungen gesagt und besprochen wurde. Aus den vorsichtigen und rücksichtsvollen Worten des Ordensbruders hörte der Ligurer schwache Andeutungen heraus, daß ihn die Gelehrten, Adligen und Beamten verachteten. Die Abneigung, die seine Anwesenheit ihnen allen einflößte, äußerte sich unverhohlen in dem groben Vorwurf »nichtswürdiger ausländischer Abenteurer«, den ihm ein Adliger ins Gesicht schleuderte. Der Ligurer ließ sich nicht im geringsten aus der Fassung bringen. Im Grunde freute er sich über solche Frechheiten, die seine Gegenwart allmählich immer stärker hervorhoben. ›Eine Beleidigung‹, sagte er sich, ›ist lediglich das illegitime Kind der verzweifelten Wut, so wie die Höflichkeit nur die Zwillingsschwester der Heuchelei ist.‹ Der Ligurer segelte zwischen diesen zwei Klippen; er kannte andere, die grausamer und unerbittlicher waren.

Als das Vorhaben zu scheitern drohte, mietete Bruder Juan ein Maultier und reiste den Souveränen nach, die während der Belagerung Granadas oft das Quartier wechselten, denn er wollte sie überzeugen, wie bedeutsam der Entdeckungskreuzzug sei. Am Anfang konnten sich die Könige nicht allzusehr um den hartnäckigen Verteidiger des Unternehmens kümmern. »Zuerst wollen wir unser Eigentum zurückerobern«, sagte der König. »Später erobern wir das fremde. Jetzt findet hier der Kampf gegen den Islam statt. Danach sehen wir weiter ...«

Bruder Juan kehrte zu Fuß nach La Rábida zurück, da das Maultier, als er es an einem Pfosten vor dem königlichen Zelt in Santa Fe festgebunden hatte, in den drei Tagen verhungert war, die Bruder Juans Belagerung der Durchlauchtigsten Hoheiten dauerte, und das gerade während der drei Tage, mit denen die Belagerung des Königreichs Granada endete. Hieran inspirierte sich das böse Witzwort, daß Bruder Juan die in die Fahne des geschlagenen Islams gehüllte Federmütze des indischen Kleinkönigs als Köder benutzt habe, um der Königin ein X für ein U vorzumachen, als wäre sein Maultier ein edles Roß.

Die Ansprüche des unwissenden und unbekannten ligurischen Seemanns wurden von den Königen insgesamt mit der siebenmal, bei jeder einzelnen der sieben Forderungen des Admirals, wiederholten Angabe des königlichen Befehls anerkannt: »So ist der gnädigste Wille Ihrer Hoheiten, daß sie also bewilligt werden.« In der Präambel nennen die Könige sich selbst »Herren der ozeanischen Meere« und übertragen ihre Souveränität auf den ausländischen Seemann, der zum Admiral aller bereits entdeckten und noch zu entdeckenden Inseln und Festlande gemacht wird. Sie verleihen ihm auf Lebenszeit und für seine Erben den Titel »Vizekönig und Generalgouverneur der genannten Gebiete«, und das Amt des Admirals des Ozeanischen Meeres soll mit dem des Großadmirals von Kastilien gleichrangig sein.

Er selbst hatte diesen Titel ausgewählt und verlangt, wobei er sich von der altehrwürdigsten Tradition der spanischen Adligen und Granden leiten ließ. Und das ergänzte die Vollmachten des Admirals und stellte seine Autorität auf dic höchste Stufe, die jener der Könige selbst nahekommt. In siebentägigen Verhandlungen nach den sieben Wartejahren improvisierte der durchtriebene Ligurer ein siebenhundertjähriges Adelswappen. Ihm wurde sogar der heißersehnte Rechtstitel gewährt, sich *Don* nennen zu dürfen, der ihn auf einmal und für immer aus der plebejischen Anonymität heraushebt.

In der Urkunde über sein Geschlechtsregister und seine Reinblütigkeit, die er durch Vermittlung des mächtigen Kardinals González de Mendoza erhielt, erklärt der kurz zuvor noch unbekannte Ligurer: »Ich wurde nicht in einem Stall geboren, sondern in einem vornehmen, allerdings durch die Wechselfälle des Schicksals verarmten Hause. Ich bin nicht der erste Admiral der Familie. Ein Onkel ist Bischof in Mailand, und außerdem gibt es einen ätherischen Nonnenschwarm, der sich, seraphischen Tauben gleich, schließlich auf dem Petersplatz niederlassen wird, wenn der Petersdom fertigbebaut ist ...«

Die ausweichende Behauptung »Ich bin nicht der erste Admiral der Familie ...« konnte natürlich nicht direkt auf den gaskognischen Admiral Guillaume de Casenove hinweisen, der in seinem Piratengewerbe den Namen Christophe Coullon oder Collons trug, den eigentlichen Namen des Kolumbus, der ihm wirklich gebührt hätte, wofür es genealogische und andere Gründe gab, die aus Diskretion und Anstand verschwiegen werden.

Der Ligurer erinnert sich und verheimlicht, daß der Familienname, den er trägt, in der Lombardei und der Emilia für Findel- und Waisenkinder, die in Bewahranstalten aufgezogen wurden, allgemein üblich war. Die Kinder jüdischer Herkunft (*Jonas* ist das hebräische Wort für *Taube*) bildeten die Mehrheit unter ihnen. Der genealogiekundige Sekretär der Kanzlei fragte ihn, ob jener Familienname katalanisch-sephardischen Ursprungs sei. Der genuesische Antragsteller entgegnete, er wisse nichts von einer solchen Legende, die Feinde seiner Familie erfunden hätten.

Über die Weberei des Vaters in Nervi sagt er keinen Mucks. Nichts über die Taverne, in der Domenico Colombo, wenn auch er es satt hatte, Wolle zu wässern, die Zeit damit zubrachte, zu trinken und den Durstigen einzuschenken. Der älteste Sohn wurde nicht in einem Stall geboren, das stimmt, vielmehr kam er an einem Ort zur Welt, der offener und zugleich geschlossener war: an der Porta dell'Olivella, einem der schönsten und am reichsten verzierten Tore der Stadt Genua. Sein Vater war dort Torwächter, bevor er sich als Tuchweber und Schankwirt betätigte und einen Laden als *textor pannorum lane* aufmachte. Dank einer Sondergenehmigung wohnte die Familie auch dort. Es ist leichter, an einem Tor geboren zu werden, als Tür und Tor ständig verschlossen zu halten; das ist für niemanden eine Schande; nur ist ein solcher Niemand tatsächlich mehr als andere der Zugluft und der Gefahr von Erkältungen ausgesetzt, und der zukünftige Admiral litt seit der Pubertät unter dieser Krankheit.

Auf das erste Blatt des Wiegendrucks der *Imago Mundi* des Kardinals Pierre d'Ailly notiert er in Schönschrift: »Es wäre nicht verwunderlich, wenn meine Gestalt später einmal unter den Heiligen und berühmten Männern der Christenheit auf den Altargemälden erschiene. Ein hochberühmter Augur hat mir vor kurzem in Sevilla vorausgesagt, meine Gestalt werde dereinst ein Altarblatt der Sixtinischen Kapelle schmücken, deren Bau gerade begonnen hat.«

Es war keine leichte Aufgabe. Und nur die Hartnäckigkeit einiger Wohltäter, insbesondere die von Bruder Juan Pérez, machte es möglich, daß man zu einer Vereinbarung zwischen den Monarchen und diesem nach Salzlake stinkenden Seemann kam, der kurz zuvor beinahe namenlos war und mit stolzer, ja geradezu unverschämter Dreistigkeit auftrat. Luis de Santángels Urteil war entscheidend. »Wenn das Unternehmen fehlschlägt«, sagte der einflußreiche Marrane dem Königspaar, »setzt man dabei wenig aufs Spiel; wenn es Erfolg hat, wirft es unermeßliche Gewinne ab. Diese Federmütze, die jeder Krämer im Handumdrehen herstellen kann, die aber in diesem Fall echt ist«, betonte der Verwalter der königlichen Privatschatulle nachdrücklich, »ist lediglich ein ganz unscheinbares Muster jener Schätze.«

Das alles bedachte und erwog der unbekannte Seefahrer, als die *Kapitulationen* abgefaßt wurden. Er spürte, daß er nun, trotz der vorgetäuschten Milde und Demut eines Vasallen, den Katholischen Königen und sogar dem Pontifex maximus seinen Willen aufzwang, da er seine Schimäre zum Verkauf anbot. War das vielleicht nicht die Genugtuung, die er sich nach so vielen Demütigungen verschaffte, für die lange Irrfahrt von Hof zu Hof, bis er seine Beschützerin, die Königin, gefunden hatte?

»Wenn ich erwog, was ich war«, erklärt der Ligurer in seinem *Buch der Erinnerungen*, »so beschämte mich mein niedriger Stand. Wenn ich erwog, was ich brachte, fühlte ich mich den beiden Kronen gleich. Ich kam, um ihnen dieses Unternehmen in ihren Königreichen *anzubieten*, und lange Zeit sagten sie mir keine Mittel zu, mit denen es sich ausführen ließe, wiewohl man sich darüber nicht verwundern darf, weil das genannte Unternehmen allen unbekannt ist und niemand, von mir selbst und meinem kleinen Delirium abgesehen, daran glaubt.«

›Der Wille‹, mochte sich der Admiral wohl sagen, ›ist eine Wirkung der Erinnerung und zugleich des Vergessens, der Annahme und der Ablehnung. Wer unterlegen scheint, wer Sklave scheint, kann sich durchaus als Herr erweisen.‹ Das wiederholte er sich bei jedem Kniefall und jedem Handkuß, wenn die beiden Knie auf den scharlachroten Kissen ruhten, während er die mit den Wappen Kastiliens und Aragoniens gesiegelten Pergamente empfing. Die Schneide des königlichen Degens berührte ihn leicht an der Schulter.

»Er tat es mit einem gewissen ungewöhnlichen Schwung ...«, wird der Admiral in seinen Memoiren berichten. »In meiner blitzartigen Bestürzung und Bewußtseinstrübung mußte ich den königlichen Fuchtelhieb für die von einem königlichen Henker ausgeführte Enthauptung halten, und ich gab mir gewiß große Mühe, das leiseste Augenblinzeln zu unterdrücken, als ich bemerkte, daß sich mein Kopf in der Degenklinge wie der des Täufers vor König Herodes spiegelte ...«

So sieht sich denn jener, der am Vortag noch ein umherirrender Fremdling war, der Bettler, der den europäischen Souveränen und sogar dem Papst eine unbekannte Welt anbot, plötzlich zum Admiral, Vizekönig und Gouverneur erhoben. »Doch welches Königreich, welche Provinz oder welches Territorium soll er regieren, wenn diese noch gar nicht entdeckt sind und vielleicht nirgendwo existieren, es sei denn im Geist eines elenden Verrückten?« murren die beleidigten Adligen.

»Titel, die höher als der des Erbprinzen sind und die man einem katalanischen Juden von dunkler Herkunft verliehen hat, und das für das wahnwitzigste Unternehmen, worauf sich die Krone jemals eingelassen hat! ...« Und die Witze und Schmähreden. Ihretwegen wurde mehr als ein dünkelhafter Adliger gezwungen, im Hausarrest zu bleiben. Es verstummten nicht die Klatschgeschichten über den Trauerkleidung tragenden Nacheiferer Marco Polos, der den Königen goldene Berge wie die der Königin von Saba und des Königs Salomo versprochen hatte. ›Es ist die alte Geschichte‹, sagte er sich, um sich in tiefster Seele zu trösten, ›Unglück trägt dem Unglücklichen allgemeine Gleichgültigkeit ein. Der Erfolg reizt zu Neid, Eifersucht und Haß auf den Erfolgreichen, er gibt jenen ein Gefühl der Demütigung und Ohnmacht ein, die keinen anderen Reichtum als ihre unüberwindliche Mittelmäßigkeit haben.‹

Die Vertragsurkunde vereinbart für ihn eine Gewinnbeteiligung »von einem Zehntel des Goldes und der anderen Waren, die man erhält. Von Perlen bis zu Magnetsteinen; von Erzen und Edelsteinen bis zu Drogen und Spezereien. Den ganzen Himmel der Duftstoffe, Heil- und Kräftigungsmittel liefernden Pflanzen. Fauna, Flora, Gold, Papageien, Fabelwesen, indische Männer und Frauen, ohne die besagten Sirenen, Amazonen, Dryaden, Hamadryaden und Drachen zu verschmähen, die einen gewissen Nutzen bringen oder als Zeitvertreib dienen können.

Überdies«, fügen die *Kapitulationen* hinzu, »steht dem Antragsteller der achte Teil der allgemeinen Gewinne zu, die sich aus allen möglichen Gründen ergeben sollten. Das alles kraft seines Amtes als Admiral und Vizekönig der bereits entdeckten und noch zu entdeckenden Inseln und Festlande. Er muß nur den achten Teil der allgemeinen Kosten bestreiten und als Abgabe den fünften Teil des für die königliche Kasse zurückbehaltenen Goldes entrichten, wie es den Normen des spanischen Bergrechts entspricht, das weitaus älter als die Bergwerke in Guinea ist.«

Jedenfalls war es ein schwindelerregender Aufstieg. Vom Wollkämmer in Ligurien zum Admiral der ganzen Flotte der Königreiche Kastilien und Aragonien, zum Generalkapitän, Vizekönig und Gouverneur aller entdeckten und zu entdeckenden Länder ist der genuesische Schiffsjunge weit vorangekommen. Er ist mehr als ein Vizekönig, beinahe schon ein potentieller Vizegott, den ein *Deus ex machina* mit kreischenden Blockrollen auf die prosaische Bühne des Hofes gehievt hat.

Allein der Titel *Don* hätte ihm genügt. Ein überragender

Gunstbeweis, der dem namenlosen Abenteurer bei seinen Irrfahrten von den europäischen Höfen immer verweigert wurde: von England, Portugal, Spanien, den größten Seemächten der Zeit. Er zog umher und verhieß Königen, Fürsten, Päpsten und Kardinälen eine Welt wunderbarer Schätze. Der Bettler im Büßergewand bot eine unglaubliche Schimäre feil, die niemand annehmen wollte, wenn er für sie allein mit seinem Ehrenwort bürgte. Das Ehrenwort eines Bettlers von übelriechender Herkunft und unreinem Blut erregt ja lediglich Mitleid und Argwohn.

XI

Ehre, wem Ehre gebührt

Womit erwidert der frischgebackene Admiral diese verschwenderische Fülle königlicher Großzügigkeit, die ihn im voraus zum Statthalter eines neuen Schlaraffenlandes macht, das in der Welt nicht seinesgleichen hat und die Reiche von Tarsis und Ophir weit übertrifft?

Der Admiral des Ozeanischen Meeres schreibt den Königen seinen ersten ausführlichen Brief, dem er alle Titel Ihrer Durchlauchtigsten Hoheiten voranschickt. Er sagt ihnen mit der Ehrerbietung eines unterwürfigen Vasallen, nachdem er der auf den Fall Granadas folgenden Kapitulation des Maurenkönigs beigewohnt hat: »Ich sah, wie der besiegte König Boabdil vor die Tore der Stadt trat, um unter vielen Tränen und in großer Demut die königlichen Hände Eurer Durchlauchtigsten Hoheiten und meines Herrn Prinzen zu küssen. Er übergab Ihrer Durchlauchtigsten Hoheit die Schlüssel der Alhambra und der übrigen Festungen und Städte. Eure Majestät gab die Schlüssel hierauf an Ihre Durchlauchtigste Hoheit, die Königin, weiter, und sie überreichte sie in einer feierlichen Zeremonie dem Prinzen Don Juan, Eurem Durchlauchtigsten Sohn, meinem Herrn.

Die Unterwerfung dieser Ungläubigen nach so vielen Jahrhunderten sowie die Vertreibung der schlechten Juden, die Unseren Herrn Jesus Christus getötet und gekreuzigt haben und die sich weigerten, unseren Glauben anzunehmen, haben mir Mut eingeflößt, damit nun ich die Wiedereroberung jener weit von der Hand Unseres Herrgotts entfernten Länder unternehme und sie in Eure Hand gebe ...«

Ahnte der Admiral nicht, daß das Schicksal Boabdils und die Diaspora der Juden sein eigenes Schicksal vorgestalteten, zeit seines Lebens ein Ebenbild des Ewigen Juden zu sein, der durch die Länder und auf den Meeren der Welt umherirrte?

»Was diesen felsenfesten Vorsatz betrifft, den Weg nach Osten zu entdecken«, schreibt er, »so bin ich ganz sicher, daß ich ihn in die Tat umsetze. Nun, da das Maurenvolk unterlegen und das Judenvolk vertrieben ist, mache ich mich auf die Suche nach dem Gold, das ich Ihren Durchlauchtigsten Hoheiten für die Eroberung des Heiligen Grabes nach der Unterwerfung und dem Zusammenbruch des Islams in den Ländern des Ostens versprochen habe. Mittlerweile habe ich mich mit allen Urkunden, Kosmographien, Geschichten, Chroniken, philosophischen Lehren und anderen Wissenschaften beschäftigt und mich eifrig um deren Prüfung bemüht, wodurch Unser Herrgott mir mit deutlichem Fingerzeig den Verstand erleuchtete, daß eine Seefahrt von Spanien in die Indischen Lande möglich ist, und er hat mir den Willen gegeben, das großartige Vorhaben auszuführen ...«

»Was die den Königen vorgeschlagene Eroberung des Heiligen Grabes betrifft«, schreibt er in seinen Memoiren, »so war dies kein Scheinargument. Noch weniger galt das für den Plan, die Sarazenen in die Zange zu nehmen, wozu meine Entdekkungsfahrt führen wird, weil sie die Heilige Allianz zwischen dem zum Glauben Christi bekehrten Großkhan und den Katholischen Königen bringen soll. Spitzfindigkeiten sind mir zuwider. Ich habe die bewirkende Ursache des Unternehmens erwähnt, die mit den Grundsätzen der Väter und Lehrer unserer heiligen katholischen Kirche übereinstimmt. Ich habe nichts davon gesagt, die Krippe zu Bethlehem zurückzugewinnen. Elend gibt es genug auf der ganzen Welt, und einen armseligen Stall kann man überall finden. Obwohl ich kein Kind mehr bin, sage ich stets die Wahrheit, wobei ich mich auf das Wissen der Gelehrten stütze.«

In seinem Dankesbrief erbittet er dann im salbungsvollen Ton eines Vasallen, der nicht vergißt, einer zu sein: »Ich ersuche Eure Hoheiten, mir eine Gravüre aus dem allerbescheidensten Metall mit den Bildnissen und der Widmung der Könige zu verleihen, damit ich sie während der Fahrt am Kopfende meines Bettes als göttlichen Beistand und Rettungsanker anbringen kann ... Desgleichen möchte ich einen Band der *Kastilischen Grammatik* des

Paters Antonio de Librixa mitnehmen, die soeben erschienen ist und die mir helfen wird, meine unvollkommene Redeweise zum Lobe Eurer Hoheiten und zu Ehren der kastilischen Sprache zu verfeinern, damit ich das *Buch der Entdeckung* schreiben kann.«

Der von Freude und Dankbarkeit überwältigte Admiral hat einen einzigen Fehler begangen: Im Verzeichnis der hochherrschaftlichen Besitzungen der Könige hat er unabsichtlich die Titel »Herzöge von Athen und Neopatria« vergessen. Das Sekretariat reicht die Epistel an den Admiral zurück, damit er sie korrigiert. Er schreibt die 13 Blattseiten vollständig auf goldumrandetem Pergament ab, setzt die ausgelassenen Titel ein und fügt aus eigenem Ermessen hinzu: »die Kaiser der Neuen Welt, wo niemals die Sonne untergeht«. Er unterzeichnet den Brief mit den filigranartigen, ein Dreieck bildenden Initialen von *Christo Ferens*, die fortan seine höchsten Adel bekundende Unterschrift als Träger Christi sein werden.

In einer typischen Anwandlung seines Humors und seiner guten Laune reicht Joan de Coloma den Brief zum zweitenmal an den Absender zurück und fordert ihn auf, »daß er ihn aufs neue korrigiert und von Albernheiten, Schmeichelworten und Fabeleien säubert, die von bezahlten Federfuchsern ersonnen wurden, und daß er ihn mit seinem wahren Namen und nicht mit einem erfundenen und gotteslästerlichen unterschreibt«.

Die Geduld des Admirals hat sich verzehnfacht, und peinlich genau kommt er noch an demselben Tag der kränkenden Aufforderung nach und verfaßt die beste Epistel von all den Tausenden, die während eines Jahrzehnts von seiner Hand geschrieben werden und in denen er sich mit Lobreden, Berichten, Protesten und Beschwerden an Ihre Majestäten und vor allem an die Herzöge von Athen und Neopatria wenden sollte, die in seiner Vorstellung einen ganz besonders hochherrschaftlichen Nimbus angenommen haben. Er wird nicht zulassen, daß das geringfügigste Versehen den Wappenschild seines Triumphzugs befleckt.

Der einstige ligurische Schiffsjunge hat nur das halbe Leben für diesen Triumph eingesetzt. Die andere Hälfte des Seefahrenden Ritterlebens wird er darauf verwenden, das Goldene Vlies der Indischen Lande zu entdecken und es mit Krone und Papsttum zu teilen, wie er in seinen Denkschriften, Briefen und amtlichen Dokumenten mitteilt. Diese werden *ad infinitum* immer das gleiche über die Allerheiligste Dreieinigkeit der Entdeckung wiederholen: Gold, Landbesitz und Ausbreitung der christlichen Religion. »Die Lehre Jesu Christi, Unseres Herrn, soll bei den Ungläubigen im Zeichen der Dreieinigkeit von Kreuz, Krone und Papsttum verkündet werden.« – »Mit Feuer und Schwert, wenn es notwendig ist«, setzt der Admiral im Geiste hinzu, »wie das Heilige Offizium mit dem Einverständnis Unseres Herrgotts handelt«, und so erklärt er es in seinem *Buch der Prophezeiungen*.

In diesem Flickwerk, worin der Admiral alle Verse der Heiligen Schrift über den baldigen Weltuntergang anführt, der am Ende des zweiten Jahrtausends eintreten wird, stellt er Berechnungen an und erarbeitet eine eigene Statistik über die Zahl der geretteten Seelen und die Bestrafung der Ketzer und rückfälligen Glaubensverräter.

»Daß der ewige Vater der erste Groß- und Generalinquisitor gewesen ist«, schreibt er wörtlich ab, »ist eine so klar erwiesene Tatsache, daß sie jeden Zweifel und Disput ausschließt, versichert das *Buch des Pedro Páramo*. Schon im ersten Jahr, da das Heilige Offizium im April 1480 (1 + 4 + 8 + 0 = 13) mit päpstlicher und königlicher Gerichtsbarkeit in Sevilla gegründet wurde, hat man im außerirdischen Ofen von Comala zweitausend Ruchlose, Juden, Ungläubige oder Ketzer, verbrannt.«

»›Mehr als tausend brannten in den zehn folgenden Jahren, und jene Gottesmänner widmeten sich mit solchem Fleiß der Aufgabe, Menschen in den Feuertod zu schicken, daß die Stadt beinahe ganz entvölkert wurde. Die segensreichen Männer fanden kein zuverlässigeres Mittel, um zu erreichen, daß die flüchtigen Weltkinder zurückkehrten, als daß sie jene verfolgten, die in die kleinen Dörfer entwichen waren, um sich ihrem glühenden Eifer zu entziehen. Sie gaben sich solch reichliche Mühe, daß Lukianos von Samosata seine *Totengespräche* über diese Entvölkerung mit Feuer und Schwert schrieb, wobei er die Handlung, um sich vor den Klauen der Heiligen Inquisition zu schützen, in die syrischen Höhlen des Römischen Reiches verlegt.

Außer den Ketzern werden die Sodomiten und jene, die sich durch irgendeine widernatürliche Unzucht versündigen, dem weltlichen Arm überantwortet und gewöhnlich zur Strafe des reinigenden Feuers verurteilt. Jene Sünden verbreiten sich gegenwärtig in ganz Europa wie Cholera und Syphilis, die von den Kreuzfahrern aus dem Orient eingeschleppt wurden. Eine solche Strafe wird in den *Verordnungen der Katholischen Könige* vom 25. August 1493 (1 + 4 + 9 + 3 = 17) bestätigt.

Unser Durchlauchtigster König Don Ferdinand übertrug dem Heiligen Offizium die Gerichtsbarkeit über Sodomiten und Blutschänder. Er übertrug sie ihm ebenfalls über die Wucherer und die Schießpulver-, Salpeter- und Schwefelhändler, weil es geschehen kann, daß derartige Verräter und Verbrecher in den Dienst der ungläubigen oder ketzerischen Fürsten treten, um einen Krieg gegen die Katholiken vom Zaune zu brechen.

Dazu kommen die Sünden der Entweihung von Sakramenten, insbesondere des Beichtsakraments; die der Blasphemie, Bigamie, Blutschande und des Vatermordes; die des Wuchers, wobei jüdische Wucherer die doppelte Strafe verdient haben; die der Zauberer, Heuchler und Betrüger; die der Leser von verbotenen und perversen Büchern, deren Themen die Geschlechtslust erregen, wenn es sich um Vergewaltigungen und Abnormitäten handelt, wie etwa beim fleischlichen Umgang von Mensch und Tier, welcher bei einsamen Damen recht verbreitet ist, denn sie lieben und beschützen die Schoßhündchen, Katzen und das sonstige Hausgetier, da ihnen die ehrbare Gesellschaft eines Ehemanns fehlt. Eine noch schwerere Sünde ist die fleischliche

Vermischung von Eltern und Kindern oder von Bruder und Schwester und selbst von Geschwisterkindern. Man muß ihnen die Ehe verbieten und zwischen ihnen das Konkubinat und jede fleischliche Regung untersagen, selbst wenn es sich nur um Berührungen, Küsse und Liebkosungen handeln sollte, da so etwas eine Beleidigung Gottes und der heiligen Verwandtschaftsgesetze bedeutet‹, heißt es in den *Addenda* zum *Handbuch des vollkommenen Inquisitors*.

›Als Juan Preciado, der illegitime Sohn Pedro Páramos, in die Indischen Lande hinüberfuhr und in jenen heißen, vom Bösen beherrschten Erdstrichen die Seele seines Vaters suchte, entdeckte er so viele verworfene arme Seelen, die ihren vergänglichen, vom Feuer verzehrten Körper verloren hatten, daß er unmöglich die Seele seines Erzeugers finden konnte. Von Staub, Elend und Trübsal gezeichnet, irrte er selbst umher, während ihm eine Reihe von Blicken folgte. Sie kamen aus jener endlosen Pyramide toter, übereinanderliegender Indios, die dem zerstörerischen Wirken der Zeiten widerstanden. Über hundert Millionen im ersten Jahrhundert der Eroberung.‹

Damit werde ich in den Indischen Landen beginnen, ich als erster, und ich werde der Vorläufer des Heiligen Kreuzzugs gegen die Götzendiener sein. Zusammen mit Pater Librixas *Grammatik* habe ich bei meinen Segelhandbüchern auch Pedro Páramos *Handbuch des vollkommenen Inquisitors*. Von großem Nutzen werden mir die besagten Bücher in den Ländern der Heiden und Ungläubigen sein, die schlimmer als Tiere sind (falls Tiere eine Seele haben), damit ich jene der Reinheit Unseres Heiligen Glaubens opfern kann, indem ich mit dem irdischen Schwert ihre vergänglichen und verweslichen Leiber töte und so ihre ewigen und unverweslichen Seelen rette, weil ich sie mit dem Licht des Geistes belebe (das schreibe ich wörtlich aus dem *Handbuch* ab).

Ich will die Ernte der Barbarenvölker nicht mit Schwerthieben abmähen. Ich folge nicht dem Vorbild der Attilas, Herodes oder Neros. Der katholische Glaube ist keine Sache der Barbaren, sondern der Heiligen. Das Werk des heiligen Franziskus ist das reinste Beispiel für Glauben, Liebe und Demut, deren Vollkommenheit ich nachahmen muß. Nur daß mir diese Rolle als Vorläufer und Bannerträger des Glaubens auch nicht zugute gehalten wird. Ebensowenig wie jene des ersten Entdeckers, Eroberers und Kolonisators der Neuen Welt.«

XII

Willkommen, Hiob

Nun macht sich der Admiral auf den Weg, die Schätze der Indischen Lande zu finden. Diese Schätze glitzern in der Ferne, in der Vorzeit, doch man muß sie in der Zukunft suchen. Man muß sie entdecken, erobern und herbringen. So viel verlangt der Admiral überhaupt nicht. Während er die Flotte ausrüstet, erklärt er hartnäckig und öffentlich jedem, der ihm zuhören will, wie bescheiden er sei. Sollte er zu den Gewürzinseln gelangen, so hielte er diese noch nie gewagte Fahrt, auf der er den Osten in westlicher Richtung erreichen möchte, bereits für ein ganz und gar erfolgreiches Unternehmen.

Sollte er seine Schiffe mit einigen Tonnen Pfeffer, Zimt, Safran, Gewürznelken, Sandelholz, Benzoeharz, Rhabarber und tausendundeiner weiteren Art von Spezereien beladen, so gäbe er sich damit zufrieden. Aus diesen Essenzen wird der Gaumen der zivilisierten Welt seinen Geschmack und Wohllaut gewinnen. Im Osten wächst auch die *Milhombre* – »Tausendmann« – genannte Liane; aus ihrem Absud gewinnt man ein unfehlbares Mittel gegen die *bleichen Pfeile* der Syphilis und der Aidskrankheit, dieser grünlichen, von den Tempelrittern eingeschleppten Geißel. Es würde allein schon seinen ehrlichen Stolz befriedigen, mit edlen Gütern zu handeln, verkündet er anmaßend und bescheiden.

Vor der Abfahrt scheint es der einzige Wunsch des Admirals zu sein – als breite er angesichts des Unvermeidlichen schicksalsergeben die Arme aus –, daß sich der neue Weg für die Begierigsten öffnet. Für jene Knauser und Geizhälse, die, wenn sie alles haben, die Leuten hinauswerfen, damit sie sich von den Speiseresten nähren. Unter den Augen des Hofstaats aus Lobhudlern und Günstlingen, die unverzüglich den Kriechtierkopf zu der gewölbten Schüssel und dem Geruch der Atzung emporrecken, sträubt sich der frischgebackene, sittenstreng wie ein

Mönch auftretende Admiral, die weltumspannende Bedeutung des Unternehmens einzugestehen.

»Gold, Silber und Edelsteine sind nur dazu gut, daß man sich nicht um sie kümmert und daß man sie restlos zum Wohl des Gemeinwesens verwendet«, sagt er seinem Freund Santángel in schwülstigem Ton, und dabei hört ihm der Chor der Höflinge zu, die im Schatzamt von der seraphischen Aura des Admirals geblendet werden.

»Ach was, Mann!« sagt Don Luis und klopft ihm auf die Schulter. »Seid kein Nervtöter!«

Das ist er nicht, nein. »Gold ist etwas ganz Vortreffliches«, schreibt er ihm in seinem Abschiedsbrief. »Aus Gold häuft man einen Schatz an, und wer es hat, tut mit ihm in der Welt alles, was er will ... Wer es besitzt, wird höchste Macht erhalten, so sehr, daß er sogar die Seelen ins Paradies befördern kann ... Die Reichtümer des Orients, die ich entdecken und nach Spanien bringen werde, sollen aus diesem Land das reichste und tugendhafteste der Welt machen, den katholischen Wappenschild der ganzen Christenheit ...«

Weitere, zusätzliche *Kapitulationen* ermöglichen künftigen, kleineren Entdeckern die freie Einfuhr der gefundenen Spezereien und Edelmetalle nach Spanien und deren Verkauf ... Gold oder Silber, Kupfer, Blei oder Zinn, Juwelen, Perlen, Edelsteine, wie etwa Karfunkel, Diamanten, Rubine, Smaragde und Balasse ... allerlei Negersklaven und andere, die in Spanien als solche gelten ... oder Ungeheuer, vierfüßige Tiere und Vögel und alle erdenklichen Arten von Schlangen und Fischen, desgleichen allerlei Spezereien, Drogen und Heilpflanzen und auch mythologische Geschöpfe wie die Sirenen des Meeres und der Wälder ... und solche, die man Amazonen nenne ... Doch das alles bedürfe stets der Genehmigung des Admirals des Ozeanischen Meeres.

Wenig später wird der Admiral – angesichts des Ansturms der Entdeckungskandidaten – protestieren:

»... nun träumen diese habsüchtigen und ganz unnützen Leute nur noch davon, gierig über das Gold von Cipango und

Ophir herzufallen. Selbst die Schneider stellen Bittgesuche, um Entdeckungsreisen zu machen. Man kann sich denken, daß sie nur Stückwerk vollbringen, und man bewilligt ihnen Gnaden und Belohnungen, die sie zum großen Schaden meiner Ehre und zum Nachteil der ganzen Angelegenheit einstreichen. Es ist gut, Gott das Seine und auch dem Kaiser zu geben, was ihm gebührt, wenn man aber diesen üblen, habgierigen Söldnern fremdes Eigentum gibt, so ist das eine große Gefahr für die Ordnung, wie sie in jenen Weltgegenden herrschen muß, die ich entdecken werde ...«

XIII

Nach Osten

Am Freitag, dem 3. August, um acht Uhr morgens, segelt die Flotte vom Hafen Palos, von der Saltés-Bank, nach den Kanarischen Inseln ab. Der Admiral beginnt sein *Bordbuch* mit der übellaunigen Anmerkung: »An demselben Tag, da die Juden gezwungen wurden, Spanien zu verlassen, und da der valencianische Papst Rodrigo de Borja mit dem Namen Alexander VI. den Stuhl Petri besteigt.«

Gemäß den schriftlichen Instruktionen, die der Admiral für das Flaggschiff und die beiden Karavellen erteilt hat, steuert er seine Schiffe den Gestaden Cathays und Cipangos entgegen.

Toscanellis Brief, die Bücher Marco Polos, des Kardinals d'Ailly sowie weiterer hochangesehener Geographen und Kosmographen sprechen von Tempeln und königlichen Gebäuden, die goldene Dächer tragen. Diese Königreiche befinden sich im äußersten Osten, versichert der Florentiner Gelehrte. Der anonyme Pilot erzählte ihm von Ländern, wo Leute leben, die so nackt seien, wie ihre Mutter sie zur Welt gebracht hätte; er sprach von einfachen Menschen, die unter freiem Himmel oder in Lehm- und Strohhütten und mancherorts in tiefen unterirdischen Gängen hausen, wo mit Pfeil und Bogen bewaffnete Frauen die jählings in die Tiefe führenden Höhlenöffnungen verteidigen. »Jene Länder liegen zum äußersten Westen hin«, sagte er. »Siebenhundertfünfzig Meilen westwärts von der Insel Hierro.« Seitdem ihm der Pilot von den unterirdischen Gängen erzählt hat, kann der Admiral sie sich nicht aus dem Sinn schlagen. Er ist sicher, daß es die Stollen sind, die König Salomo in den Gegenden von Tarsis und Ophir graben ließ, um Gold für seine Tempel zu fördern.

Wie soll er in seiner Phantasie jene Königreiche, von denen der Florentiner Gelehrte spricht, mit den wilden, noch nicht über den jungfräulichen Naturzustand hinausgelangten Ländern in Einklang bringen, die ihm der unbekannte erste Seefahrer geschildert hatte? Schwere Zweifel bedrängen seinen Geist. »Beruht denn die Wissenschaft auf etwas anderem als den Lehren der Erfahrung?« monologisiert er laut, wenn er eine Pause bei der Niederschrift des *Bordbuchs* macht. »Und ist die Weisheit etwa nicht der ganze Erinnerungsschatz der menschlichen Erfahrung? Wenn Erinnerungen nicht mitteilbar wären, so würden Vergessen und Ignoranz ihr Dunkel vereinen. Reisende sehen die Wirklichkeit so, wie sie ist. Die Bücher der Romanschriftsteller und Dichter beschreiben mit geistigen Zeichen und Figuren die von der Tinte gelähmte und entstellte Wirklichkeit. Immer sagen sie etwas anderes als das, was sie sagen.

Sind nicht die naturwissenschaftlichen, kosmographischen, astronomischen und anderen Bücher vielleicht alle nur Berichte von Reisenden, die an verschiedenen Orten dieselben Sterne, dieselben wissenschaftlichen Wahrheiten, dieselben Phantasiegeschichten gefunden haben, welche die Kehrseite der alltäglichsten Wirklichkeit sind?«

Er hält das Geständnis des Piloten für glaubwürdig. Der Florentiner Gelehrte ermutigt ihn mit seiner Gelehrsamkeit, denn offenkundig hat er selbst sie von Marco Polo, von den Esplandianen und Amadisen, den Seefahrenden Rittern, den aller Weisheit kundigen Narren entlehnt. Die Länder Toscanellis will der Admiral vorläufig und bis auf weiteres *die jenseitigen Lande* nennen; die des ersten Seefahrers und Entdeckers bezeichnet er nun als *die diesseitigen Lande*, mit dem Vorbehalt, daß er weiter felsenfest glaubt, diese letzteren seien lediglich Provinzen Cathays, das sich seit unvordenklichen Zeiten im Besitz des Königs der Könige befindet. Derartige sprachliche Vorsichtsmaßregeln werden ihn zugleich davor bewahren, das Gold der Tempel von Tarsis und Ophir mit dem Gold zu verwechseln, das die nackten Taínos am Körper tragen.

Der einstige junge Wollkämmer aus Ligurien hat bei seinen Irrfahrten durch die Welt der Bücher hier und da von der Existenz jener Königreiche gelesen, die in den unleserlichen Texten von Kodizes und Wiegendrucken beschrieben werden. Darüber hat er in der Bibliothek des mit seinem Vater befreundeten Erzbischofs von Genua gelesen, wofür er sonn- und feiertags bei der Messe dienen mußte. Er hat die Bücher der Reisenden und Forscher gelesen; auch die Werke von Gelehrten, die alles wissen, ohne sich von der Stelle bewegt zu haben. Er hat die Bücher mit Unterstreichungen und Randbemerkungen vollgekritzelt, die den ungebildeten Autodidakten, den Seefahrer mit dem noch in der Puppenhülle steckenden Genie und den Kosmographen verraten, der im Inneren das Geheimnis seines »kleinen Deliriums« bewahrt, der sich in Sterndeuterei und obskuren alchimistischen, astrologischen und pflanzenkundlichen Büchern auskennt.

Auf hoher See, als er meint, schon außerhalb des Einflußbereichs der höfischen Lästerzungen zu sein, wird er sich auch bitter über die Korrekturen beklagen, die durch einen Machtspruch der Könige im Originaltext der *Kapitulationen* von Santa Fe vorgenommen wurden. Seine Klage ist die eines schuldigen und eingeschüchterten Gewissens. Die am 17. April unterzeichneten ersten *Kapitulationen* gewährten dem Admiral ausdrücklich die Ämter und Titel, die in ihnen genannt werden und die sich auf die Länder beziehen, *»die er entdeckt hat«*.

Die Konzessionsurkunde, die dreizehn Tage später, am 30. desselben Monats, ausgefertigt wurde, berichtigt den Satz *»die er entdeckt hat«*, der hier durch das nebelhaftere und beinahe wesenlose *»die Ihr entdecken und erobern werdet«* ersetzt wird, womit sie die genannten Titel und Vorrechte suspendiert.

Wir haben bereits gesehen, daß der Admiral in den *Kapitulationen* versuchte, sich die vom Piloten entdeckten Länder anzueignen, sie profitträchtig zu nutzen und dieser Besitzergreifung, wenn man es so nennen will, einen »amtlichen« Charakter zu verleihen, womit er das Geheimnis des Piloten zum zweiten Mal stahl. Er hat sich den Königen als Vorentdecker präsentiert. Nun möchte er sich als einzigen Entdecker jener Länder, deren Erstlingsfrüchte er Spanien und der Welt bringe, und als Vermittler des chinesisch-spanischen Bündnisses gegen den Islam darstellen. Daß die seine Macht beschränkenden und in gewisser Hinsicht wie eine Bestrafung wirkenden »Privilegien« innerhalb derart kurzer Zeit verkündet wurden, schafft eine derart zweideutige Situation, daß dies das Vorhaben vereiteln kann.

Für den Admiral, der im moralischen Sinne bereits »Schiffbruch erlitten« hat, bevor er sich überhaupt in sein ungewisses Schicksal stürzt, gibt es nur zwei mögliche Erklärungen. Entweder haben die Intriganten im Palast, darunter Coloma selbst, dieser üble Kasuist, Zwietracht »wegen der ganz außergewöhnlichen Bevorzugung« gesät und so diese Ehrentitel erfolgreich zurückbehalten, suspendiert oder mit Bedingungen versehen, was jedoch nicht für die »Schmutzarbeit« der Erkundungsfahrt gilt. Oder, was noch tausendmal schlimmer wäre: daß das doppelte Sakrileg seiner Beichten während dieser verhängnisvollen dreizehn Tage in Gärung übergegangen ist und den Dunst seines tödlichen Giftes ausgeschwitzt hat.

Er hält Bruder Juan Pérez und Bruder Antonio de Marchena, seine Freunde, für treue Hüter des Beichtgeheimnisses, stumm wie ein Grab. ›Doch in den Grabnischen gibt es‹, sagt er sich, ›auch Würmer, die sie von innen her durchlöchern.‹ Er fürchtet, daß das Leichengift der Sünde, dessen Kraft jeden Grabstein zerfressen kann, die unbestechliche priesterliche Verschwiegenheit der beiden heiligen Männer überwunden hat und nach außen gedrungen ist. Er hat es vermieden, sie zu besuchen, weil er befürchtete, sie zu kompromittieren, und er hat jedem von ihnen ein vielleicht übertrieben diskretes Abschiedsbriefchen geschickt.

Vor der Abfahrt hat er in der königlichen Kanzlei herumspioniert, ohne das geringste Anzeichen von Argwohn oder Mißtrauen wahrzunehmen. Geplaudert hat er über unbedeutende Kleinigkeiten sogar mit Fernando Álvarez de Toledo, dem Privatsekretär der Königin, der ihm gegenüber liebenswürdiger als je zuvor war und ihm vollen Erfolg für das Unternehmen wünschte. Der Sünder denkt, daß die Diskretion derjenigen, die schweigen, obwohl sie das Geheimnis kennen, undurchdringlicher als das Geheimnis selbst wird.

Während der Fahrt, 500 Meilen von der Insel Hierro entfernt, schreibt er auf die letzte Seite seines *Privattagebuchs* (die später herausgerissen und ins Meer geworfen wird; Bruder Bartolomé de Las Casas und Hernando, der Sohn des Admirals, erwähnen dieses Klagelied nicht, das zeigt, wie ihn Furcht und Zittern befallen haben):

»Genügen 13 Tage (meine am innigsten geliebte und glücklichste pythagoreische Zahl), damit die schlechten Säfte einer heimlichen Entweihung der Beichte wie das Seewasser durch die Löcher im Kielraum einsickern und mächtiger als das ewige Meer die Gefahr heraufbeschwören, mich zu ertränken? Und trotzdem habe ich in jener Minute des Ohrensausens, ich meine der Ohrenbeichte, größere Mühen als in meinem ganzen übrigen Leben bestanden! ... Und in jenem Augenblick fühlte ich, wie mich der Tod verführerisch anzog, und ich glaubte, daß ich sterben würde vor Grauen und wegen des Verlangens, nicht zu sterben ... Ein Grauen, das selbst einem Holzklotz Schweißtropfen abnötigen könnte ... Mit dir zusammen bin ich zweimal gestorben, Alonso Sánchez ... Ich bewahre eine Fülle von Geheimnissen, und ich weiß nichts. Ich bin voller Widerwillen und Haß gegen mich selbst ... Nur die Entdeckung jener Länder könnte mich retten. Oder mich andernfalls einen entlegenen Ort für mein Grab finden lassen. Ein Loch im Gestrüpp jener trostlosen Breiten.

Dieser lange Marsch auf dem buckligen Rücken der Welt hat noch keine Entscheidung gebracht. Ich steige das Meer der Finsternis an der Westwand empor. Eine Mauer, ein Engpaß, neben dem es steil in unergründliche Tiefen hinabgeht. Und ich darf aus Sachkenntnis sagen, daß es am höchsten Berg der Welt keine derart unzugängliche Wand wie diese hier gibt.

Um das Beste zu empfangen, muß man das Schlimmste erwarten. Es heißt, daß der Mensch zum König der Zeit werde, wenn er es lerne, den schlimmsten Augenblick als etwas schon Vergangenes anzusehen, ohne sich Sorgen um die Zukunft zu machen. Wenn jener Augenblick der schlimmste gewesen ist, wird er einen solchen nicht wiedererleben. Das weiß ich aus

Erfahrung. Nur daß meine schlimmen Augenblicke so viele sind, daß ich die Grade des schlimmsten nicht mehr unterscheiden kann, wie ich die Grade des Polarsterns unterscheide. Jedenfalls wachen sie über mich.

Ich bin ein Vorherbestimmter, ein Auserwählter Gottes. Ohne Umschweife hat das ein anderer Auserwählter Gottes gesagt: Bartolomé de Las Casas. In diesem Fall muß ich die zahllosen Schicksalsschläge, denen ich ausgesetzt bin, als den Initiationsweg der Auserwählten ansehen, deren unbedingte Pflicht es ist, die Schule der Prüfungen zu durchlaufen, um ihre geistlichen Schätze zu vermehren und sich zu läutern, bevor sie den Zustand innerlicher Heiligkeit, Reinheit und Verklärung erreichen, der zum größeren Ruhme Gottes und der Menschen dienen soll.

Suchen wir nach einer anderen Möglichkeit. Nehmen wir eine genaue Berechnung vor. Sobald mir die von den Königen versprochenen Privilegien und Ehrentitel erst einmal gewährt sind, erhöhen sie mich zum mächtigsten Mann der Welt. Bis dahin bleibe ich lediglich ein Irrfahrer der Meere, ein verachteter und lästiger Bettler im Land der Menschen. Ein Irrfahrer, der am meisten verachtete Bettler, ist notgedrungen ein doppelgesichtiges Wesen, das in die Vergangenheit und in die Zukunft blickt und beide manchmal miteinander verwechselt. Tatsächlich verwechselt man die beiden ständig.

Ich bin jener doppelgesichtige Irrfahrer. Ich besitze keine anderen Güter als meine Übel. Mein einziger Reichtum ist diese Zwangsvorstellung, um jeden Preis, selbst um den meines eigenen Lebens, das indische Gold zu finden. Möge unser Herrgott mir in seiner Barmherzigkeit beistehen, dieses Gold zu entdekken ... ohne das ich alle Ehre und jegliche Größe verliere und toter bin, als wenn mich der Tod selbst träfe ...

Wenn so etwas geschieht, darf ich mich als Moses ebenbürtig ansehen, als den Führer eines Volkes, einer Vielzahl von Völkern, denen ich die Gesetzestafeln auf dem Berge Sinai jener unbekannten Länder übergeben muß. Wenn so etwas nach dieser vierzigtägigen Irrfahrt durch die Wasserwüste geschieht, wird sich auch das Meer der Finsternis bei unserem Durchzug wie das Rote Meer teilen, und wir können es trockenen Fußes durchqueren.

Es hat seinen guten Grund, daß Moses gerade von der Tochter des Pharaos aus dem Wasser gerettet wurde, der angeordnet hatte, die Söhne der Juden zu töten. Im Alter von vierzig Jahren, also in meinem jetzigen Alter, mußte er in die Wüste fliehen, weil er einen Ägypter erschlagen hatte, der einen Hebräer umbrachte. Als Moses nach vierzigtägigem Exodus die Gesetzestafeln empfing, zweifelte er am Wort des Herrn, der ihm befohlen hatte, sein Volk aus der Knechtschaft zu führen. Die Steintafeln des Dekalogs, die so schwer wie die Welt waren, fielen ihm aus den Händen. Er hatte keine Kraft, sie festzuhalten.

Ihn traf das Urteil, nie das Gelobte Land zu betreten. Das LAND OHNE ÜBEL verwandelte sich für ihn in das Land aller Übel. Er starb mit 120 Jahren, als er vom Berge Nebo aus das Gelobte Land betrachtete, das für ihn zum Verbotenen Land wurde. Dort alterte er, verlor das Augenlicht, verlor das Vertrauen seines Volkes und verlor beinahe auch seine Seele, bis Josua die Mauern Jerichos niederriß, wobei ihn die Sonne und das astrale Geschmetter der eingerosteten Trompete des Jüngsten Gerichts unterstützten, die man bei jener Gelegenheit blies.

Ich muß jeden Fehler vermeiden. Ein Völkerführer darf sich nicht die geringste Schwäche erlauben. Der brennende Dornbusch wird für mich in der Gestalt einer fernen Kerze aufflammen. Ich muß der erste sein, der sie brennen sieht, denn sie wird meinen heilbringenden Auftrag bezeugen. Ich werde nicht einen Augenblick an der göttlichen Vorsehung zweifeln, die mir befohlen hat, jene in der Finsternis des Götzendienstes und der Verleugnung unseres Herrgotts versunkenen Völker aus der Knechtschaft zu reißen und sie in das Gelobte Land des katholischen Glaubens zu bringen.

Am Fuße des Heiligen Berges, dem ich den Namen *Monte Christi* geben werde, soll ein Bienenhaus von Völkern und Nationen aller Rassen entstehen, die in einer einzigen Religion vereint sind, der Unseres Herrn Jesus Christus, der Mensch ward und am Kreuz sterben wollte, um uns von unserer sterblichen Natur zu erlösen und uns in die heilbringende ewige Seligkeit zu führen. Diese Überlegungen will ich in einer Denkschrift wiedergeben, die ich den Durchlauchtigsten Königen schicke, sobald ich jene Länder entdeckt habe, die mir verheißen sind.

Mich hat kein mystisches Bauchweh befallen. Ich verabscheue den überschwenglichen Wortschwall, den ich von mir gebe, wenn ich rede; insbesondere gerate ich im komplizierten Geflecht meiner Schreibkunst durcheinander. Es ist der unauslöschliche Glaube an die göttliche Vorsehung, der meinen Geist und mein Fleisch schützend um den Eisenstock meines Willens zusammenhält. Darum wurde ich von Gott berufen, ein Volk zu führen und es zu seiner äußersten Grenze zu bringen. Ich muß diese erwachenden Völker zur äußersten Grenze ihres Schicksals, zu ihrer ursprünglichen Natur, ihrem letzten Ziel bringen. Deshalb ist mein Wille unerbittlich, unermüdlich, unbarmherzig, beinahe übermenschlich. Er kann sich keine Ruhe vorstellen und geht weit über die Gegenwart hinaus.«

XIV

Der Admiral erzählt

Geheimnisse des Verlangens

In diesem Augenblick sehne ich mich nach einer Frau. Nicht nach irgendeiner Frau. Nur nach jenem Anteil an Liebe und Leidenschaft, Glück und Tragödie, Vergänglichkeit und Ewigkeit, den eine bestimmte Frau dem erbärmlichsten, kümmerlichsten, gemeinsten Mann bieten kann.

In den Augenblicken größter Gefahr, im Angesicht des Todes, wenn ich dessen eisigen Atem verspüre und mich der unersättliche Sog seines dunklen trichterförmigen Körpers anzieht, denke ich an die den Tod besiegende Frau. Der unerbittliche Ruf des Fleisches, die uralte Trompete des Verlangens erdröhnt in meinem Inneren. Mich befallen schreckliche Erektionen, die sich nicht auf das Geschlechtsglied beschränken. Mein ganzer Leib, mein ganzes Wesen versteifen sich und richten sich empor. Viel mehr als dieser Mast, den das an ihm hängende, von der Wut des Meeres und der Winde bedrängte Segelwerk mit sich reißt. Und das ganze Segelwerk ist lediglich ein Unterrock, ein Kleid, ein nach Frau riechendes Unterhöschen. Und in diesem Geruch ist die Frau selbst das weichste Leichentuch, mit dem sie uns einhüllt und bis zur Auferstehung in die Arme nimmt.

Ich denke nicht an Hurerei. Das Geschlecht dürfte nicht der verwundbarste Teil des menschlichen Geschöpfes sein. Es ist dessen edelster und heiligster Teil, denn er übernimmt ja die Fortpflanzung der Art. Ehebrüche, Vergewaltigungen, Blutschande, die gewalttätigste Notzucht sind lediglich Entweihungen und Täuschungen, zu denen uns der tierische Instinkt verleitet. Ich denke an die natürliche und allumfassende Besitzergreifung des Mannes durch die Frau. Ihre willfährige und samtweiche Hingabe läßt den Mann glauben, daß er es sei, der sie gebieterisch und rasend besitze. Die Frau aber saugt ihm behutsam und unermüdlich das Mark aus. Sie kann ihm die Knochen aushöhlen, seinen letzten Blutstropfen trinken. Ihn töten. Noch schlimmer, sie kann ihn zugrunde richten, zu einer Marionette machen, die vor den Füßen der Frau kriecht und mehr und mehr Lust erbittet, wenn ihm nur noch der Tod übrigbleibt.

Der die Frau beherrschende Mann ist nur die Hälfte der Frau. Am Ende übernimmt sie die Weltherrschaft. Und das wird für alle besser sein. Der Mann ist in seiner Geschlechtsrolle eine aussterbende Art. Die Frau benötigt keinen selbstgefälligen Zuchthengst, um die Fortpflanzung zu besorgen. Wenn sie lediglich einen mit männlichem Pollen bestrichenen Finger in die Uvula des Ovulums steckt, kann sie ein Kind bekommen, ohne einen Mann zu brauchen. Und dieser Pollen befindet sich im Herzen des männlichen Tüpfelfarns und anderer Pflanzen, die den Kräutersammlern und Alchimisten wohlbekannt sind, deren Wissen von den Aufgüssen, Auflösungen und Umfüllungen ich oft anwende, wie ich mich rühmen darf.

Doktor Locquo, der spagirische Arzt Seiner Majestät, behauptet, daß die Magisterien, wenn sie in ihren Retorten männlichen Samen vorbereiten wollen, eine kleine Phiole in der Gestalt einer Frauenbrust nehmen, und um das weibliche Befruchtungsprinzip vorzubereiten, benutzen sie ein hodenförmiges Gefäß, das sie *Pelikan* nennen. In derartigen Behältnissen wird das zuvor in einem Bernsteinmörser zerstoßene Herz dieser Pflanzen mit ungeheurer Geschwindigkeit vermischt und aufgelöst. Also ist das, was man unzutreffend *Mann* nennt, eine Schöpfung des Verlangens, und was man höchst zutreffend als *Männin* bezeichnet (was Mann und Frau zugleich ist), ist eine notwendige Schöpfung und nicht nur eine angehängte Nachsilbe.

Der Samenpollen dieser Pflanzen ist sehr fruchtbar und leicht entflammbar. Die Frau kann ihn auch als äußerst winziges, längliches und schleimiges Ei in den Haaren der eigenen Achselhöhle finden. Die weiße *Laus* der Genesis. Oder weiter unten, an den unsagbar sanft gebogenen Rändern des Nabels, in dem runden Schälchen, dessen Nektar von König Salomo gern geschlürft und besungen wurde. Und sie kann ihn auch noch im lockigen Flaumhaar des Schamhügels finden. Weise handelt die Natur, um Versäumnisse und Fehler auszugleichen, vor allem, wenn die Fehler aus etwas Überflüssigem bestehen.

Ich weiß von tugendhaften Frauen, die ein Kind bekommen haben, ohne daß sie irgendwelchen wissentlichen oder unlauteren Umgang mit einem Manne hatten. Auf der Kanareninsel Fuerteventura kenne ich eine Frau, die mit 85 Jahren ohne die geringste Beihilfe männlichen Spermas ein Kind gebar. Doña Pepina Palma liebte in ihrer Jugend den einzigen Mann ihres Lebens, den ihr das Meer entriß. Seitdem hatte sie als Hebamme gearbeitet. Sie half den Wöchnerinnen bei der Entbindung und schrieb die von den Mädchen erbetenen Briefe, damit sie sich ihren zur See fahrenden Geliebten mitteilen konnten. Sie hatte sich mit diesen Schmerzen vertraut gemacht und verstand es, sie für die jungen Leute in Worte des Lebens und der Hoffnung zu verwandeln.

Sie fuhr allein in einem Segelboot nach Teneriffa. Sie wollte heilkräftige Vulkanasche für ihre Arzneitränke und Breiumschläge holen. Ich lernte sie bei einer Reise zu den Kanarischen Inseln kennen. Sie befragte das Los nach meinem Schicksal und sagte, ich werde die Erfüllung meiner Wünsche erleben. Ich fand den Mut, mich bei ihr zu erkundigen, wie sie sich selbst dieses Kind gemacht habe. »Mit den Eiern der Erinnerung, die ich 85 Jahre lang unter dem Hintern warmgehalten habe …«, antwortete sie ohne den geringsten spöttischen Unterton. Den Sohn der Greisin habe ich als Marsgast auf dem Flaggschiff mitgenommen. Rafael Palma ist wohl der erste Mensch, den eine Frau allein, ohne Beihilfe eines Mannes, empfangen und geboren hat und der die Indischen Lande betreten wird. »Gebt ihn mir ja heil und gesund zurück!« rief Doña Pepina beim Abschied. Ich glaubte, die Ermahnung gelte mir. Doch sie wandte sich an das Meer und zeigte ihm die schwieligen, pechschwarzen Fäuste.

Ich denke an jene Art Frau, die im Leben wie im Tod nie altert, an den Anteil an Ewigkeit, den allein jene einzigartige Frau dem Manne bieten kann, der vor Verlangen stirbt und allen sterbenden Männern gleicht ... Ich denke an die feine, weiße oder braune Haut, die diesen Körper umhüllt, der das größte Mysterium der Schöpfung einschließt. Die überaus zarte Schale einer tausendmal gekosteten, tausendmal ersehnten Paradiesfrucht, die niemals sättigt. Die Frucht löst sich in Lust auf, während ihre Gestalt im Munde stirbt.

Mit den Augen naht man sich der geschmeidigen und straffen Haut und sieht aus jeder Pore einen flammenspeienden Krater hervorwachsen. Man streicht mit den Lippen über diese Haut, die von der eigenen Salzlake feucht ist, und man spürt, wie jenes so nahe und unbekannte Wunder pulsiert, das eine Frau in ihrem tiefsten Wesen bewahrt. Ich denke an Simonetta Lualdi, meine erste Liebe in Genua, die mit ihren jungfräulichen siebzehn Jahren frisch wie eine Blume war. Ich denke an Felipa Moñiz, die Mutter meines Diego; an Beatriz Enríquez de Arana, die Mutter meines Hernando; an die andere Beatriz aus La Gomera, die mir nur leihweise bei meinen kurzen Aufenthalten auf den Inseln gehörte: die unerschrockene Señora Beatriz Amorós de Bobadilla, eine Verwandte jenes Komturs und Richters, der mich absetzen und verhaften sollte.

Ich erinnere mich an sie und habe Verlangen nach ihnen. Nach allen und jeder einzelnen von ihnen, ohne sie zusammenzubringen, denn sie sind verschieden und einzigartig. Jede gibt mir auf ihre Art die Jugend zurück und läßt meine tote Fleischlichkeit auferstehen. Vor allem eine, die Sevillanerin Beatriz Enríquez de Arana, ist viele Jahre nach ihrem Tod für mich weiter der Inbegriff der körperlichen Liebe.

Das Feuer der Liebe und Leidenschaft brennt in diesem Land Andalusien, das von der Sonne vergoldet und von der Natur vergöttert wird. Ein Land voll innerer Sonnen, die heftiger strahlen als irgendwo sonst auf Erden. Dieses Feuer des glühendheißen Blutes, das Vibrieren der Körper, die so biegsam wie Schilfrohr sind, das Aufstampfen der Füße, die wie außer sich auf dem Fell einer unendlichen Trommel tanzen, die lieblichste und feurigste Sprache, deren betörender Wohlklang jemals aus einer menschlichen Kehle kam, die Augen wie flammende Kohlen – sie sind das Wahrzeichen seiner Frauen, Sevillas selbst, des besten andalusischen Wesens, das zwischen den Schenkeln eine Welt hervorgebracht hat.

Wenn Gott mir das Leben erhält und wenn er bewirkt, daß die sich auf diese Fahrt beziehenden Stellen der Heiligen Schrift in Erfüllung gehen, will ich das Leben Beatriz de Aranas erzählen, des Regenbogens der andalusischen Sonne, die aus der Liebe ihr Kampfspiel des Blumenkriegs machte. Würde die knappe Zeit es mir nicht untersagen, so erzählte ich gleich jetzt etwas darüber, was für mich die Liebe meiner Beatriz bedeutete, die vielleicht einfacher, doch nicht weniger legendär als Dantes Beatrice war. Gewiß könnte ich euch damit angenehmer zerstreuen und weitaus größere Bewunderung einflößen, als ich das mit dem Bericht über diese Fahrt vermag, die nicht über die lähmende Faulgrube der Algen hinauskommt.

Selbst die Zeit scheint in diesem trockenen und zugleich feuchten Meer aus versteinerten Pflanzen und Seetierskeletten zu verfaulen. Mit einem Abstand von kaum dreizehn Jahren und siebzehn Tagen zwischen der Ewigkeit und der flüchtigen Vergänglichkeit schreibe ich gleichzeitig in meiner Schiffskajüte und in meiner Valladolider Klause, die in der Zukunft durchaus ein Palast innerhalb der Kartause werden könnte. Während ich meine Erinnerungen im Sargassomeer des Gedächtnisses neu schreibe, bin ich zur Vogelscheuche meiner Mißgeschicke geworden. Das Groteske ist, die Vergangenheit wiedererwecken zu wollen, wenn die Zeit nicht mehr für den Schreibenden da ist. Sich zu erinnern bedeutet, bis zum Nichts zurückzuweichen, das heißt zum Sterben. Das Leben ist ein ständiges Zurückweichen bis zum letzten Ende.

In diesem Augenblick, der durchaus mein letzter sein kann, sehne ich mich nach einer Frau. Heiligkeit läßt sich nicht ohne Lüsternheit, ohne die äußersten Versuchungen des Fleisches vorstellen und verwirklichen. Sie erproben, stärken und mehren die Tugenden der Reinheit und Keuschheit sowohl des Mannes als auch der Frau. San Juan de la Cruz' fleischliche und mystische Schwärmerei für den Geliebten, dem er sich auf dem doppelten Wege des Gebetes und der Dichtkunst naht, hat nicht verhindert, daß er den Beifall der Kirche errang. Da der heilige Antonius von Padua in der Einöde mit den Versuchungen durch die Inkuben und Sukkuben der Begierde kämpfte, konnte er die Gnade Gottes verdienen. Sankt Augustinus, der lichtvolle Kirchenlehrer, hat uns in den *Bekenntnissen* die Schilderung seines übermenschlichen Ringens mit dem Teufel hinterlassen, die Geschichte seiner Wandlung vom ausschweifenden und sündhaften Menschen zu einem Heiligen, der sich von den scheußlichsten Lastern geläutert hat. Und was sollen wir gar von Maria Magdalena sagen, der Hetäre und Heiligen, die Unserem Herrn Jesus Christus die von Nägeln zerstochenen Füße mit ihrer üppigen Haarflut abtrocknete, während diese zuvor nur die Kissen des Sündenlagers kennengelernt hatte?

Ich will keinesfalls behaupten, daß ich nicht mehr als einmal den Versuchungen erlegen bin. Bekanntlich ist es das wirksamste Mittel, ihnen zu widerstehen und sie unschädlich zu machen, wenn man sich ihnen überläßt. Natürlich mit einer gewissen Mäßigung. Und es gibt ein anderes, nicht weniger listiges Mittel, die unzüchtigen Versuchungen zu bekämpfen: daß man sie mit der Zurückhaltung in der Wollust zügelt und sich ihnen widersetzt, dieser also nachgibt, doch ihr zugleich entsagt. Ein Phänomen der Konzentration in der Zerstreuung, wenn man so sagen darf.

Was ist die Alchimie, die größte Geheimwissenschaft der Menschheit, denn anderes als ein Wissen, das von einem unendlichen und uralten Wunschtraum der Geschlechtslust durchdrungen wird? Die Destillation des Steins der Weisen ist eine Täuschung. Was der alte alchimistische Traum erreichen will: die menschliche Liebe in das Herz der Dinge *einzuschreiben*. Das winzigste derartige Ding verbirgt ein Geschlecht, das vom Verlangen träumt und es in Wirklichkeit verwandelt; lieber möchte ich sagen, in eine Gottheit, zwischen deren Schenkeln die Weisheit der Welt pulsiert. Wenn es nicht wie eine Entweihung aussähe, würde ich sagen, daß Gott selbst das Universum wie ein endloses Geschlecht geschaffen hat, dessen Anziehungskraft das Verlangen ist. Das Geschlecht ist König der Zeit. In ihm leben wir, und dafür sterben wir.

Um dem Teufel der Geilheit endgültig den Garaus zu machen, mußte ich den alten, unheilbaren und unwürdigen Adam in mir abtöten, der im Elend des immer unbefriedigten Verlangens lebte, dem alle Männer zeitlebens unterworfen sind. Es fällt nicht schwer, ihn zu vernichten. Zum letzten Mal erfuhr ich das in Sevilla, als ich mit Haut und Haaren der ganz und gar betörenden Abigaíl verfallen war, einer moriskischen Schönheit, der jungen Nichte Don Luis de la Cerdas, des Herzogs von Medinaceli und fünften Grafen von La Umbría, in dessen Palast ich untergebracht war.

Während einer brennendheißen Siestastunde beobachtete ich durch die Fenstergitter die völlig nackte Abigaíl. Sie badete in einem versteckten Wasserbecken hinter einer Hecke, die von der Sonnenglut verbrannt und gelichtet war. Im Halbdunkel fiel ich auf die Knie vor dieser irdischen Erscheinung, die überirdisch wirkte. Cupido kennt sich in Apoplexien aus.

Wieder einmal versuchte ich das geistige Gegenmittel, das ich in solchen Fällen gewöhnlich anwende. Glücklicherweise hat es bei mir nicht ein einziges Mal versagt. Ich stellte mir vor, daß Abigaíl neben mir im Bett läge. Ich malte mir aus, daß ihr plötzlich die ganze Haut fehlte. Die schwerelose Silhouette der Giralda hüllte sie in Schatten. Trotzdem war es ein abscheulicher Anblick. Das soeben noch frische und wunderschöne Mädchen wurde zu einer gespenstischen Erscheinung. Sie lächelte mich an und streckte mir die Arme entgegen. Sie war widerwärtiger als die *vom Tode auferweckte Geliebte*, die Grünewald in einem weltentrückten Hexensabbat gemalt hat. Die abgehäutete Frau tritt aus dem Bild hervor. Sie geht auf den Betrachter zu. Sie umschlingt und vibriert in ihrer sich windenden und wilden Lüsternheit. Vom Tode hinweggerafft und doch *lebendig*. Der

Gefährte an ihrer Seite ist toter als sie. Durch ihre geschundenen Leiber hindurch sieht man die Schattenbilder der nächtlichen Ungeheuer vorüberziehen.

Die abgehäutete Abigaíl war nicht mehr Abigaíl. Die blauen Adern pulsierten unter einer schneeweißen, nahtlosen Membrane weiter, die ihren ganzen Körper umgab. Ein bläulicher, milchiger Dunst strömte aus dem dünnen und wie Sauermilch mit Rissen überzogenen Leib unter dieser blauschimmernden Hülle. Ein Geflecht von ungeheuer angeschwollenen Krampfadern bedeckte die Beine. Ich sah ihr Fleisch in dem geschnittenen Brot, das auf dem Tisch lag, und nie wieder könnte ich Brot essen, ohne in der weichen, von der Rinde abgelösten Krume den Geschmack des Todes zu entdecken.

Ein Nachteil des Blutes ist, daß man es unter der Haut nicht sehen kann. An Abigaíls Körper trat es purpurrot hervor und kreiste in Strömen durch die blauen und durchscheinenden Adern. Inmitten dieses Netzes von indigoblauen Kanälen sah man ihr Herz wie eine fleischrote Brustwarze zucken. In dem geschundenen und zitternden Leib regte sich Leben. Die Blöße ihrer Haut selbst war Leben und Verlangen. Irgendwo bewahrte dieser Körper seine ganze Schönheit. Im gleichen Maße, doch im umgekehrten Verhältnis zu dem, was mit einem nackten Körper geschieht, den man mit den zerknitterten und feuchten Bettüchern zudeckt, nachdem man neben ihm geschlafen hat. Und darum findet der erwachte Liebhaber diesen verhüllten Körper in seinen erahnten Geheimnissen noch schöner und erregender. Die unter den Bettüchern schlafende Abigaíl verlor nichts von ihren zauberhaften Reizen. Ihr bedeckter Körper hatte seine ganze Schönheit zurückgewonnen. Die Vorahnung der Schönheit ist immer der wirklichen Schönheit überlegen. Sie ist absolute Schönheit.

Diese Haut würde wieder erblühen. Man müßte sie abermals abziehen. Bei jeder Versuchung. So etwas ist nicht leicht. Die in den Jahren herangereifte Rinde löst sich naturgemäß und von selbst aus ihrer alten Haut. Aber einem jungen Körper die Haut abzureißen, die feiner und geschmeidiger als ein Rosenblatt ist, erweist sich als schwierige und schreckliche Aufgabe. Um sie auszuführen, verfügt die Phantasie nicht immer über die notwendige visionäre Kraft. Dann muß man ein spezifisches Gegenmittel erproben, das leichter, doch nicht weniger erfolgreich wirkt.

Bei den folgenden Begegnungen stellte ich mir Abigaíl ohne Lippen vor; ich schnitt ihr die Lippen vollständig ab, die, wenn sie mit ihrer kleinen Vipernzunge küssen, die größte Wonne der Schöpfung sind. Doch ihr Zauber verhexte selbst dann noch mein schwaches Bemühen um Gleichgültigkeit. Im Halbdunkel näherte sie ihr Gesicht dem meinen. Die entblößten Raubtierzähne ließen die gespaltene Zunge hervortreten, während sich der Mund wie eine fleischrote Vulva bis zum Zäpfchen öffnete. Die Zunge dieses engelhaft aussehenden, indes von einer abscheulichen Seele verunreinigten Mädchens wäre nicht die Zunge eines Mädchens, sondern eine Ratte. Der gespaltene Schwanz sucht nach meinem Mund.

Entsetzt ziehe ich mich zurück. Die Seele, die das Verlangen noch schlimmer verwirrt, entweicht in Windeseile aus dem Körper. Ich hole frische Kräuter. Ich befeuchte und durchtränke sie mit Speichel und etwas Sperma, dann lege ich sie auf Abigaíls Bauch und Gesicht, das dem eines Totenkopfs gleicht. Ich höre, wie sie unter der Maske aus wohlriechenden Kräutern immer noch stöhnt. Ihr Stöhnen ist das eines endlosen Orgasmus.

Ein dunkler, entfernt an einen Menschen erinnernder Hund kommt herein; er ist krank, weil er lange die große Zehe seines Herrn abgeleckt hat. Er leckt Abigaíls große Zehe ab und läuft hinaus, um unter den Zypressen ein heulendes Klagelied an den Tod anzustimmen. Der Mond zieht über diesem menschlichen Geheul dahin und bestäubt den Hund mit mehlweißer Farbe. Nun erkannte ich den schwarzen Hund wieder, der am Rand des Wasserbeckens wachte, als sie badete. Auf dem weißen Marmor und unter dem Sonnenschirm seiner Herrin glich der Hund einem heiligen Totem. Die Sonnenglut gab dem dunklen, lockigen und dichten Fell eine fahlgelbe Farbe. Von der hochroten

Zunge tropften Schweißstalaktiten, die sich in der Hitze zu Dunstspiralen verflüchtigten.

Während einer Siestastunde klopfte die vom Wasser des Bekkens noch feuchte Abigaíl an meine Zimmertür. Ich öffnete ihr. Als Geschenk brachte sie mir in einem Körbchen eine Weintraube und eine seltsame, herzförmige, stachelige Frucht, die einer Zuckerbirne oder einem westindischen Herzapfel ähnelte. Ich nahm sie, ohne daß ich ein Wort hervorbringen konnte. Sie schlang mir die Arme um den Hals und stieß die Tür hinter ihr mit dem Fuß zu. Mit ihren Lippen saugte sie sich an meinen fest, und mit ihrer Zunge erreichte sie, daß sich mir die Haare auf der Haut sträubten und daß die Haut, jeder einzelne Wirbel, der ganze Körper von einem krampfhaften Zittern befallen wurden. Diese Mädchenzunge kannte eine Weisheit, die den Zungen, in denen die Menschen heute am meisten reden, eigen ist.

»Heute nacht komme ich wieder«, sagte sie mit einem katzenhaften Lächeln, als sie ging. Der an ihren Rockschößen klebende dunkle Hund lief ihr nach.

Ich war wie wahnsinnig vor Wonne und Schrecken. Ich floh aus dem Herzogspalast. Den ganzen Nachmittag trieb ich mich in den Bordellen außerhalb der Stadt herum, um mich der Versuchung zu entziehen, der ich nicht widerstehen konnte. ›Warum soll ich Angst vor diesem Mädchen haben‹, sagte ich mir, ›wenn es nicht größer oder stärker als die blassen Mädchen ist, die in ihrem Dorf schon Kinder haben, bevor sie heiraten?‹ Ich kam zur angekündigten Zeit zurück. Wie ein Dieb schlich ich in mein Zimmer. Abigaíl erwartete mich nackt im Bett.

Ich höre keine Vögel mehr vorüberziehen. Die Faulgrube aus Gräsern hat sich rings um das Schiff vollständig geschlossen. Man vernimmt ein dumpfes Gewitter, das unter dem Meer, zwischen zwei Himmeln, dröhnt. Man sieht, wie seine Blitze aus dem aufgeblähten Bauch der Wolken zucken. Im Bauch des Schiffes gärt die Empörung der Männer und steht kurz vor dem Ausbruch. Es ist keine Empörung gegen meine Autorität. Es ist ein Aufruhr gegen die Todesangst. Auch die menschliche Natur hat unablässig ihre Schwächeanfälle und Gewaltausbrüche. Sie selbst ist gewalttätig. Und der Tag, an dem die Gewalt verschwindet, wird jener sein, an dem das ganze Menschengeschlecht verschwunden ist. Die menschliche Bestie, das zivilisierteste Raubtier, ist das Tier der Apokalypse.

XV

Geheimnisse des Sandes

Etwas Ungewöhnliches geschieht, seitdem die Meuterei ausgebrochen ist. Die Sanduhr und die Wasseruhr geben unterschiedliche Zeiten an, die ich an den beiden Halbstundengläsern und am Rohr des Hydranten nicht miteinander in Einklang bringen kann. Das zehnmalige Umdrehen des Halbstundenglases entspricht fünf Stunden. Die, wenn man sechs Meilen in der Stunde rechnet, dreißig Meilen ergeben. Der Hydrant zeigt fünfunddreißig an. Nach der Berechnung des Alfraganus, des Astronomen der Abbasiden, wären es 57 Meilen und zwei Drittelmeilen. Ich richte mich nicht nach der arabischen Meile, sondern nach der italienischen. Im Logbuch habe ich 43 Meilen eingetragen. Der Werkmeister Juan de la Cosa beobachtet mich mit finsteren Blicken.

Jedenfalls haben wir nach der kalendarischen Berechnung einen Tag Vorsprung bei der wirklichen Dauer der Seereise. Es dürften nicht mehr als 70 Meilen von den 750 fehlen, die mir der Pilot angegeben hat. Auf der Insel Hierro mußten wir das Steuerruder der *Pinta* ausbessern und ihre lateinischen Segel durch runde ersetzen, die den Wind besser nutzen. Als wir an der Insel Teneriffa vorbeifuhren, begrüßte uns der Schneegipfel des Teide mit einer Feuersalve, die den ganzen Himmel mit einem vollkommen natürlichen, aus dem Inneren des Berges hervorbrechenden Feuerwerk erleuchtete. Und ich glaubte, ich könne in diesem Feuer eine günstige Voraussage sehen. Eine ins Ungeheure gesteigerte und prophetische Vorwegnahme der fernen Kerze. Die Vögel, die diese Feuerkrone durchflogen, hatten flammende Schnäbel wie glühende Kohlen.

So werden wir denn, wenn die drei Tage abgelaufen sind, am Samstag, dem 13. Oktober, das unbekannte Land sichten. Mit der Erlaubnis Unseres Herrgotts wird es für die Christenheit ein ruhmreiches Datum sein, das von Anbeginn der Zeiten verheißen wurde. Noch haben wir das Lamm nicht geschlachtet. Warten heißt nicht verzweifeln. Ich liebe meine Geduld mehr als mich selbst. Die Fliegen gewinnen Schlachten nach den Schlachten.

Der Sand in der Kugel scheint schwerer und gröber zu sein, als greife ihn seine männliche Hitze von innen her an. Die Körnchen dehnen sich wie Spermaklumpen aus und drängen sich mühsam und schmerzlich durch die Öffnung, die von einem Halbstundenglas zum anderen führt. In der Wasseruhr hingegen weist die weibliche Kälte des Süßwassers das salzige Naß des Ozeans zurück, das dessen Wesen von außen her bedroht.

Es gibt drei Arten des Feuers: das natürliche, das unnatürliche und das widernatürliche Feuer. Das natürliche Feuer ist das weibliche Feuer, welches das Feuer aller Feuer ist. Das unnatürliche Feuer ist das männliche. Das widernatürliche Feuer ist das der Sodomiten und Lesbierinnen. Und in geringerem Grade, beinahe wieder dem Naturzustand nahe, ist es das Feuer der Jungfrauen und Epheben, deren Körper noch nicht weiß, ob er der eines Mannes oder einer Frau werden will, mag er sich schließlich auch für beides entscheiden.

Diese Unentschiedenheit ihrer Natur macht sie schöner als die schönsten Männer und Frauen, die ein klar ausgeprägtes Wesen und sichere Lebenserfahrung haben, für Liebe, Lust und Fortpflanzung erzogen sind. Solche zwiespältigen Wesen wie die Engel oder die nackten Traumgestalten haben kein Geschlecht. Sie sind unschuldig, schön und schrecklich. Es gibt kein wirklich schönes, ständig den eigenen Körper ekstatisch bewunderndes Mädchen, das nicht wünscht, ein männliches Geschlecht zu haben. Das gleiche geschieht mit den Epheben. Sie lieben sich im *anderen*, in ihrem Gegenteil; sie sind die Gegennarzisse. Bei diesen Verwechslungen, die der Teufel in seinen Kochtöpfen gegen die Fortpflanzung zusammenbraut, spielt das Menschengeschlecht Kopf oder Zahl mit seinem Schicksal. Die einzige Möglichkeit, diese Verirrungen zu beachten, besteht darin, daß man sie nicht beachtet und so tut, als gäbe es sie nicht.

Der Sand in der oberen Kugel rinnt nun überhaupt nicht mehr. Ein Körnchen, das dicker als alle übrigen ist, hat das nach unten führende Loch verstopft. Auch Sanduhren aus dem feinsten Glas haben manchmal Schwierigkeiten beim Wasserlassen. Vor tausend Jahren entsprachen fünf Minuten einem Gewicht von 40 Unzen feinen Sandes aus der Wüste Gobi. Heute ist eine Sonnenstunde gleich 490 Unzen Sand von den Küsten Guineas, der wie Gold durch ein Sieb geschüttet wird, das heißt gleich 22360 Atomen, deren Quersumme meine Lieblingszahl 13 ergibt. Es ist auch die Zahl Marco Polos, der als erster das Reich des Großkhans und die Zahlenkabbalistik entdeckt hat, wie er es in seinem Buch *Die wunderbaren Dinge* ... erzählt. Früher wußte ich, aus wie vielen Atomen der menschliche Körper besteht, einschließlich der Finger- und Fußnägel sowie der behaarten Teile. Das habe ich vollständig vergessen. Man wird alt.

Manche Dinge halten uns auf. Ich habe die Uhr mit feinem Sand vom Guadalquivir gefüllt, und der Herrgott möge mir das anrechnen. Es ist gut, Sandpartikeln und Wassermoleküle aus dem Land mitzunehmen, das uns angenehm und wohlgesonnen ist. Sie wirken dann wie kleine Magnete, welche die Schiffe auf der Rückfahrt mitziehen, falls es dazu kommt.

Der Sand ruft mir einen meiner regelmäßigsten Kinderträume ins Gedächtnis. Wenn ich plötzlich in einer Art von Halbschlaf oder Wachtraum versank, sah ich einen großen Lichtkreis in den sieben Spektralfarben erscheinen. Ich befand mich in diesem Kreis, innerhalb einer riesigen Sandfläche. Dünen aus reinem Gold, die sich über eine grenzenlos weite Fläche bewegten. In dieser unendlichen Wüste saß ich, wie ich erkannte, auf einem kleinen goldenen Stuhl, gleich dem Jesuskindlein in den Weihnachtsliedern meines Heimatortes. Mich überwältigte ein unsagbares Glücksgefühl. Ich schloß die Augen und sah, daß die Aureole des Jesuskindes um meine Stirn und meine rötlichen Haare aufloderte. ›Ich könnte‹, sagte ich mir, ›an seiner Stelle im Stall von Bethlehem sein, und niemand würde es merken.‹

Eine plötzliche Sonnenflamme stach mir in den Kopf, und mich suchten beseligende mystische Halluzinationen heim, während ich die Aureole betrachtete, die den Kopf des Kindes umgab, als sähe ich mich selbst inmitten solch großen Glanzes als Spiegel in der Dunkelheit. Ich fühlte mich in Raum und Zeit auseinandergezogen: Ein Fuß war auf dem Berggipfel Genuas und der andere auf Golgatha, die doppelte Seele in Bethlehem und in Jerusalem; eine Hand in den Wassern des Jordan, die andere im Meer Portugals; ein Auge in Spanien, in Kastilien, in Aragonien; das andere in Nervi, in Quinto di Mocònesi di Fontanabuona, in Legine di Valcalda, in Cogoleto, Bèttola, in Savona, in Calvi und in anderen Ortschaften bei Genua; sogar auf Korsika und in Santa Fe, einem Dorf der Provinz Lérida, wo ich ebenfalls, wie man behauptet, das Licht der Welt erblickt habe – in einem Kibbuz bekehrter, ihrer Zeit vorauseilender Juden.

Deshalb wollte ich niemals meinen Geburtsort erwähnen. Lieber ließ ich alle Provinzstädte, Ortschaften und Tore Genuas und selbst der anderen Länder Europas miteinander streiten, welche von ihnen mir das Leben geschenkt und mich als ihren Sohn empfangen hatte. Von so vielen gleichzeitigen Geburten an so vielen Stellen – als wetteiferten die Orte schon vor meiner Geburt um das Vorrecht, meine Heimstätte zu sein – bleibt mir nur ein unvollkommenes Leben wie jenes übrig, als wenn ich noch gar nicht geboren wäre. Daher befällt mich manchmal das Gefühl, im leeren Raum zu kreisen, überall und nirgendwo zu sein, an einem Ort, der seinen Ort an einen anderen Ort mitgenommen hat, während ich in Fruchtwasser schwimme, das so grenzenlos wie das Meer ist.

Simonetta hatte diesen Traum von meiner Verwandlung zum Kindlein in der Krippe gern. Das rührte sie zu Tränen, als fühlte sie sich dabei von einer schmerzlichen Vorahnung bedrängt. In der dunklen Scheune mußte ich ihr den Traum oft erzählen. Sie deckte sich sogar den Kopf mit Strohsäcken zu und betete auf Knien, und ihre Hände hatte sie mit den meinen verschlungen. Ich erriet in ihr ein instinktives Bedürfnis nach Kasteiung, nach Läuterung. In ihrem Bauch regte sich schon jenes Kind, das in Sünde und Dunkel gezeugt war. *»In tiefster tierischer Einsamkeit ...«*, seufzte sie eines Nachts an meiner Brust, unter bitteren Tränen und mit wunder Seele. Wenn sie sich beruhigte, mußte ich den Kopf an ihren Bauch legen und mich bemühen, die Worte des Kindes zu hören. »Das Kind redet«, sagte sie, »aber ich kann es nicht verstehen ... Es soll Ludovico heißen wie der Vater meines Vaters, der taubstumm war ...« »Nein, Simonetta«, widersprach ich, »die Namen der Vorfahren sind für Neugeborene unheilvoll. Es soll Ludovico wie der Dichter heißen, der wie die Götter hörte und redete.«

Ich konnte über diese Szenen lachen – die sich so sehr von denen des Anfangs unterschieden! Sie waren pathetisch und vulgär wie jene, die in den Volksbüchern beschrieben oder von den Farbenklecksern in den Häfen gemalt werden. Tatsächlich machte ich mich mehr als einmal in meinem Innern darüber lustig. Eines Nachts entfuhr mir sogar bei einer weiteren melodramatischen Geste Simonettas ein lautes Gelächter, das ich mit einem Schluchzen überspielen wollte. Was durchaus nicht bedeutete, daß ich Simonettas Leid verhöhnte. Unter anderen Umständen hätte sie selbst mit ihrem frischen, von Lebensfreude übersprudelnden Lachen in mein Gelächter eingestimmt. Es kam mir so vor, als stellten wir in der Art der *Commedia dell'arte* den Abschied aus *Dei poveri amanti* dar, ein Stück, das in Genua seinerzeit Furore machte: *»... tu me vestisti / queste misere carni, e tu le spoglia ...«*

Vor einem unserer letzten nächtlichen Treffen in der Scheune entdeckte ich in dem damals schon verwilderten Garten eine prächtige, erst halbaufgeblühte Rose. Im trüben Mondlicht hatte sie eine traurige, herbstliche Farbe. Ich schnitt sie ab und brachte sie Simonetta. Als ich zu ihr kam, zitterte sie in tiefer, wahnhafter Angst und Sorge. Bebend stieß sie Seufzer und unzusammenhängende Worte hervor. Als ich ihr die Rose gab, erwachte sie aus ihrem sonderbaren Zustand. Sie drückte die Rose an die Lippen und küßte sie voll törichter Leidenschaft, als wollte sie in ihr all das festhalten, was ihr entglitt. Es dauerte nur einen Augenblick. Ein unerträglich heftiger Schmerz krümmte sie zusammen. Sie warf die Rose fort und preßte den Bauch mit den Händen, sie atmete krampfhaft und war wieder allem in ihrer Umgebung entrückt, meinen Liebkosungen, meinen Küssen, meinen ihr ins Ohr geflüsterten Worten.

Simonettas Bild erscheint mir mit dem Lächeln, das der reine Glanz ihrer Jugend in der finsteren Scheune war. Für mich ist jener Anteil an Liebe schon verloren, jene erste Frau, die mir mit ihrer Jugend und Unschuld das Paradies der einzigartigen Liebe offenbarte. *»Kehr zurück, kehr zurück ... Entkomme dem Meer, Geliebter! ...«* Ich höre ihren Ruf. Ich fühle, daß diese Liebe allein an einem Ort, zu einer Zeit, in einem Körper und in einer Stimme war, die nun schon der Erde, dem Leben und der Zeit fern ist. Ich vermag nur mit einer Stimme zu antworten, die mir auch nicht mehr gehört ... *»Fleisch von meinem Fleisch ... Blut von meinem Blut ... Erinnerung meines Fleisches, meines Blutes und meiner Erinnerung ...«*

XVI

Die Brustwarze der Birne

Seitdem die Flotte von der Insel Hierro abgefahren ist, habe ich die Berechnung der Entfernungen allmählich auf Strecken beschränkt, wie sie zwischen Poststationen üblich sind. Diese Schwachköpfe haben gemeutert, weil sie glauben, daß wir schon an das äußerste Weltende gelangt seien. Sie stellen sich vor, daß die flache Scheibe des Eratosthenes im Wasser schwimme. Es will ihnen noch nicht in den Kopf, daß die Gestalt der Erde die einer riesigen Brust ist, wie Plinius erkannt hat.

Das ist das mindeste, was man sagen darf, seitdem runde Formen nicht mehr als Todsünde angesehen werden. *Terra est rotunda sphaerica*, notierte ich am Rand meines Exemplars der *Imago Mundi*, denn ich stimmte mit ihrem Autor, dem Kardinal d'Ailly, überein, allerdings nicht so weitgehend. Etwas mehr mit Silvio Enea Piccolomini, der als Papst Pius II. die Kosmographie mit seiner wunderbaren *Historia rerum* ehrte. Er war der erste Reisepapst der Geschichte. Unermüdlich zog er durch ferne Lande, bis man ihn auf Sumatra mit Pfeilschüssen umbrachte.

Ich habe niemals eine Schrift der Lateiner oder Griechen entdeckt, die zuverlässig die Stelle nennt, wo in unserer Welt das irdische Paradies liegt, und auch auf den Weltkarten habe ich keine beweiskräftige Angabe dieses Ortes gesehen. Einige verlegten es an die Nilquellen in Äthiopien; doch andere haben all diese Länder bereist und fanden nirgendwo eine entsprechende Bestätigung. Mit Ausnahme des Piloten, der auch durch diese Landstriche gezogen war und das irdische Paradies als eine außerhalb der Welt liegende und sich von den übrigen unterscheidende Insel erblickte, und er hat mir mitgeteilt, wie ich dorthin kommen könne. Alle heiligen Theologen von Sankt Isidorus und Beda bis Sankt Ambrosius und Scotus sind übereinstimmend der Meinung, daß das irdische Paradies im Osten liegt, genau an der Stelle, wo ich es finden muß.

Immer habe ich gelesen, daß die Erde, das Land wie das Wasser, kugelförmig sei. Hierauf entdeckte ich an ihr so große Unregelmäßigkeiten, wie es sie auch beim Menschengeschlecht gibt, daß ich die ganze Angelegenheit noch einmal überdachte und fand, daß sie nicht kugelrund ist, sondern die Gestalt hat, die Plinius ihr zuschrieb: die einer Birne oder einer Frauenbrust, mit Ausnahme jener Stelle, wo sich der warzenhofförmige Vorsprung der Brustwarze befindet, der sich unterhalb des Äquators erhebt. Das gleiche geschieht mit den Brüsten und Hüften der Frau, wenn sie über das Mädchenalter hinausgelangt. Etwas Ähnliches wie die sanfteste Kurve eines Körpers; wie eine ruhevolle, unvergleichliche Einbuchtung im Frauenleib, in der Welt. Da, wo sich die Brustwarze der Birne erhebt, wie ich sagte, und wo man aus weiter Ferne, wenn man dem Gipfel zustrebt, in der wunderlieblichen Luft eines milden Klimas allmählich emporsteigt.

Dort in jenem runden Golf liegt, wie ich glaube, das irdische Paradies. An jenem göttlichen Euter könnten alle Rassen der Welt in vollkommenster Eintracht, Lebensfreude und Gemeinschaft saugen. In jenem Garten Eden, der unerschöpflich ist wie die Vorsehung Unseres Herrgotts, Seiner Allerheiligsten Dreifaltigkeit, Gott Vater, Sohn und Heiliger Geist, und unserer heiligen Mutter Kirche, fänden alle unversiegbare Nahrung. *Dein* und *mein* wären abgeschafft, wie der heilige König Alfons der Weise gesagt hat. Es gäbe keine Kriege mehr, keine Pest, keinen kollektiven Wahnsinn. Die menschliche Habgier wäre nicht mehr vorhanden. Das fleischliche Verlangen würde befriedigt, indem man lediglich einen Apfel äße und so den Ursprung der Sünde ins Gegenteil verkehrte. Für das Alter der Menschen hätte man den ewigen Jungbrunnen gefunden. Wir alle würden in einem unmöglich endenden Goldenen Zeitalter leben ...

Der Sand ist für mich das Sinnbild der allgemeinen Zersetzung: jener innerhalb der Zeit, wenn er durch seine herabrinnenden Körnchen die Stunden mißt; und jener des Raums als

Zerfallsprodukt von Erde und Meer. Und ein Sinnbild der Macht, die nur Untertanen beherrschen kann, wenn diese geteilt und uneins sind, fügsame und dem Gesetz der Schwerkraft gehorchende Sandkörnchen werden. Für mich ist der Sand auch das Sinnbild der Vorherbestimmung.

Nervis alter Schulmeister erklärte uns im Geologieunterricht: »Sand ist ein Gemenge von Partikeln, die unter der Einwirkung von Wind, Wasser, Sonnenhitze und winterlicher sowie nächtlicher Kälte aus dem Zerfall von Gesteinstrümmern entstehen. Häufig enthält er Magnetit, Zinn und Kupferkies. Die mittlere Größe eines Sandkörnchens beträgt, wenn es ohne Goldbestandteile ist, 2 bis $1/2$ mm. An einigen Stellen, vor allem an Flußufern, wird von der Strömung Gold angeschwemmt.«

Signore Vittorio sagte, daß wir halb aus Wasser und halb aus Sand bestehen und daß der Tod eintrete, wenn sich beides vermische. Vielleicht ist das wahr. Wenn salzhaltiger Sand eine große Menge Nebel aufsaugt, wird er hart wie Kleister und nimmt die Knospenfarbe der *Angustifolia turgens* an. Die Wassertropfen, die auf solche Blüten fallen, glänzen wie Quecksilberkügelchen; sie gleiten an den Rippen dieser samtenen Stengel und Blütenblätter entlang, doch sie fallen nicht herunter, sondern steigen an ihnen empor. Kronen und Stempel wirken als Magnete.

»Wir leben«, sagte er mit einer Stimme, die scheinbar aus der Ferne kam, als halle sie in einem Aquädukt nach, »in einer Welt, wo alles nach oben zurücksteigt, zu den Quellen, und nicht vorwärts geht, wie man gewöhnlich glaubt. Wir leben«, sagte er weiter, »in einer Welt, die sich stets in unendlich viele Partikeln aufteilt. Jeder Himmelskörper, die Sterne, Menschen, Pflanzen und Tiere, alles Lebende hat sein eigenes Teilchen, kann aber dessen Ort nicht verändern.« Nie vergesse ich die Worte Meister Vittorios und das Experiment, das er mit seinem alten Kaleidoskop durchführte, um uns zu beweisen, wie die Zeit zurückweicht, indem er uns das Gefühl gab, daß wir uns vorwärts bewegten. Unverwandt starrten wir die Wände des verdunkelten Raums an, auf die drei sich kreuzende Lichtquellen ein Bild warfen. Wir spürten, daß sich unsere betäubten, geblendeten Augen verdrehten; daß wir selber die Figuren dieses Bildes waren und daß sich unsere Wege mit einer phantastischen Geschwindigkeit kreuzten, ohne einander zu berühren.

Auf einmal schrie jemand. Ein ungeheuer schriller Schrei; der Schreckensschrei, den nur jemand ausstoßen kann, der *seinen* Tod gesehen hat. Auch ich spürte, daß ich nicht mehr von meinem Tod getrennt war. Ich war *ihm* gleich. Wir klebten wie zwei an der Schulter zusammengewachsene siamesische Zwillinge aneinander. Mit einem Gefühl des Einverständnisses und der Komplizenschaft erkannten wir uns gegenseitig an. Viele Jahre später sollte mir etwas Ähnliches mit dem Piloten geschehen, der in meinen Armen starb.

Als das Experiment endete, kehrten Leben und Glück für alle zurück – das klangvolle, kristallhelle Lachen, das Lachen der Kinder, denen die schlaflose Unruhe der Welten unbekannt ist. Mir nur waren Niedergeschlagenheit, Leere, Trennung und Leid vorbehalten. Eine tierische Einsamkeit, wie Simonetta es nannte. Die Angst, *sterben* zu wollen und in dem dunklen Körper dessen aufzugehen, der mich trug und von mir getragen wurde.

Signore Vittorio zündete die Lampe an. Er kam näher, beobachtete mich aufmerksam und gab mir einen Backenstreich. Mir floß Blut aus der Nase. Ich erkannte den Ort wieder, an dem wir uns befanden, und auch die große, gekrümmte Gestalt des Schulmeisters. Er löschte die Kerze in dem Apparat, der uns die Zeit gezeigt hatte. Von diesem alten, alterslosen Freund ging so etwas wie Magie aus. Unter seiner armseligen, geflickten Kleidung errieten wir den durchscheinenden, schwerelosen Leib; er selbst wirkte als vierter Spiegel im Rohr des Kaleidoskops; jener Spiegel der menschlichen Träume, der die unfaßbare *vierte Dimension* wiedergibt.

Ich habe die Kompaßnadel mit einer Wachssiegelmarke in südnordwestlicher Richtung festgeklebt, so daß sie nicht mehr unwandelbar nach Norden zeigt. Die Pinzones und die Niños nehmen eine selbständige Berechnung der Fahrtroute vor, und sie wissen, auf welchem Weg sie zurückfahren müssen, falls sie es wagen sollten, mich umzubringen. Ich habe den Kurs verändert, um sie zu täuschen, wodurch wir noch einen Tag verloren haben. Mit all meinen Vorsichtsmaßnahmen und Winkelzügen ist es mir nicht gelungen, die Meuterei zu verhindern. Sie haben lediglich den Aufruhr geschürt und wie einen Furunkel aufgestochen. Davon abgesehen, daß ich auf die Vögel als sicheres Vorzeichen einer nahen Küste hinwies, habe ich nicht wieder das Wort an die Meuterer gerichtet. Ich will nicht noch einmal mit ihnen reden, bis die Schiffe weitersegeln, selbst wenn wir nur, vom Wehen des Austers getrieben, beim Winde fahren können.

Unten höre ich das Getöse der Meuterer. Zwei Baßtölpel und drei Sturmschwalben sind vorbeigekommen, sie flogen rückwärts und streiften beinahe die Toppmasten. Die Meuterer sehen sie nicht. Sie stoßen unartikulierte Schreie aus. Sie verständigen sich nicht, sie greifen einander an. Jeder sieht sich in dem anderen schon als Toter. Deshalb haßt er ihn. Er möchte ihn töten, bevor er selbst stirbt. Das ist der Haß auf den möglichen Überlebenden. Die Angst der Meute bekundet ein unmenschlicher Lärm. Der maßlos ist. Monoton. Wild.

XVII

Die Fahnenträgerin als Königin

Mich beunruhigen nicht die Feiglinge auf den Schiffen. Meine Sorge ist, daß die Gläser der Sanduhr nicht mehr ein übereinstimmendes Maß anzeigen. Diese zwei verschiedenen Zeiten geben mir das Gefühl, daß wir auf zwei unterschiedlichen Wegen übers Meer fahren. Ich beweise den Empörern, daß ich keine Angst vor ihnen habe, indem ich mit Bruder Buril lange Gespräche über die Heilige Schrift führe oder Schach mit dem königlichen Aufseher Rodrigo Sánchez de Segovia spiele, der auf einem Auge blind und auf dem anderen kurzsichtig ist. Ich spiele auch mit dem anderen Rodrigo, dem buckligen Escovedo, dem Schreiber der ganzen Flotte, und mit Pedro Gutiérrez del Oro, dem Haushofmeister des Königs. Dieser Joan de Coloma hat mir die schlimmsten Leute aufgehalst, um mich zu überwachen. Im Spiel mit den dreien habe ich zwar nicht deren Vertrauen, doch zumindest alle sieben Partien gewonnen, die mich an die berühmten *Sieben Partien* erinnern, ein Turnier, bei dem Alfons der Weise seinen Großwesir besiegte, bevor er an Herzeleid starb, weil er Krieg gegen seinen Sohn Sancho, den Usurpator, führte.

Meine Stärke liegt in den Zügen, die ich mit der königlichen Fahnenträgerin mache, der gegenüber sie abergläubische Furcht empfinden. Sie getrauen sich nicht, diese Figur anzurühren, als handelte es sich um die Königin höchstpersönlich. Ich muß es anstelle dieser Hasenherzen mit behutsamen Verbeugungen des Zeigefingers und des Daumens übernehmen, als kniete ich vor Ihrer Durchlauchtigsten Hoheit, der Königin. Sie neigen den Kopf, um ihre Ehrerbietung zu bekunden, aber auch, diese abgefeimten Heuchler, um auf dem Brett meine raschen und unauffälligen Taschenspielerbewegungen aus größerer Nähe auszuspähen. Sie staunen fassungslos. Sosehr sie sich auch anstrengen, sie können nicht die Finten von den Betrugsmanövern unterscheiden.

Der Schreiber Escovedo kippt bedächtig den König auf dem Brett um und nimmt so seine neuerliche Niederlage hin. Mit ungeheurer Achtung und Anstrengung hebt er die Königin hoch und dreht sie zwischen den Fingern hin und her, besieht sie gegen das Licht von allen Seiten.

»Warum nennen Euer Gnaden diese Figur ›die königliche Fahnenträgerin‹?«

»Das ist eine einfache und uralte Geschichte, Schreiber. Als im 6. Jahrhundert das Schach in Indien erfunden und von den Indern *Tschaturanga* genannt wurde, war es im wesentlichen ein Kriegsspiel. Das ist es immer noch; der einzige mathematische und allegorische Krieg der zivilisierten Welt. In ihm kämpften die vier *Angas*, das heißt die vier Waffengattungen, die heute Infanterie, Kavallerie, Wagen und Elefanten heißen. Der *Schah*, der männliche König, war schon damals die Hauptfigur des Spiels. Sein Verlust ist nicht wiedergutzumachen. Wer den König verliert, hat die Partie verloren. Nach beinahe zehn Jahrhunderten gilt das ebenso.

›Was die Vollkommenheit dieses wissenschaftlichen Spiels ausmacht‹, hat König Alfons der Weise verkündet, ›besteht darin, daß seine Züge nicht den Sieg von *mein* oder *dein* bezwecken, sondern den Sieg des abstrakten Verstandes. Hierbei beleidigt das Glück des einen nicht das Unglück des anderen.‹« Escovedo, der allem verständnislos gegenübersteht, was nichts mit seiner Schreiberfeder zu tun hat, blinzelt begriffsstutzig.

»Und die Königin?«

»Die gab es nicht. Krieg ist nicht der angemessene Platz für eine Dame. An ihrer Stelle befand sich neben dem König der Großwesir oder *Farzin*. In den Abhandlungen über die *Schachspiele*, die Alfons der Weise, der große König der *Sieben Gesetzbücher*, zusammenstellen ließ, erhält der Wesir oder *Farzin* den Namen *Alferza*, das heißt *oberster Fahnenträger*.«

»Wie wurde aus dem obersten Fahnenträger eine Dame, also die Königin?«

»Auf die natürlichste Weise. Das war kein dynastisches Familienproblem, sondern eine biologische und physiologische Frage. Daß es die sogenannten natürlichen Geschlechter gibt, beruht auf einem Hauptgrund, der den Schlüssel für das Überleben der Menschheit selbst liefert: Ein Mann, selbst wenn er König ist, kann nicht ohne eine Frau bestehen.«

»Aber da ist der Mann ... Man kann ihn nicht einfach beseitigen. Das männliche Geschlecht ist die Säule der Schöpfung«, argumentierte Escovedo in seinem halsstarrigen Frauenhaß.

»Die Geschlechter sind keine rein biologischen Daseinsformen. Sie beschränken sich nicht auf die bloße Anatomie der Geschlechtsorgane. Sie entsprechen einem Naturgesetz, dem zufolge Männliches und Weibliches, Mann und Frau, besondere, unwandelbare und nicht austauschbare Aufgaben haben. So ist das seit dem Anfang der Zeiten. Wenn diese Ordnung gestört wird, kann die ganze Menschheit eine Katastrophe erleiden, aussterben, verschwinden. Darum wurde aus dem Alferza oder obersten Fahnenträger die Fahnenträgerin als Königin an der Seite des Königs. Das ist nicht nur eine Frage des Namens. Es ist eine geistige Frage. So sagt es Pater Elio Antonio de Nebrija in seiner *Grammatik der Kastilischen Sprache*, die er Ihrer Durchlauchtigsten Hoheit, der Katholischen Königin, gewidmet hat.«

Ich halte ihm das Buch des Salmantiners hin, das auf der vom Lesezeichen angegebenen Seite aufgeschlagen ist: »Lest das hier.«

»Von allen Vergleichen, die man sich vorstellen kann, ist der beweiskräftigste jener, den man zwischen dem Spiel der Sprache und einer Schachpartie vornimmt. In beiden Spielen sind wir mit einem Wertsystem konfrontiert und erleben dessen Veränderungen. Eine Schachpartie ist gleichsam eine kunstvolle Verwirklichung dessen, was uns die Sprache in natürlicher Form bietet ...«, las gravitätisch hüstelnd und in säuerlichen Nebel gehüllt der Schreiber.

»Das gleiche geschieht beim fleischlichen Verkehr zwischen Mann und Frau. Doch die Frau ist bei diesem Spiel die lebenswichtige Figur. Und es ist sehr schwierig, daß der mächtigste König der Erde ohne die königliche Fahnenträgerin eine Schlacht gewinnt. Auf dem Schachbrett oder im Krieg oder gar in der Schlacht des Lebens. Das Schachspiel ist ein sinnbildlicher Krieg gegen die wirklichen Kriege.«

»Beides besteht weiter«, kommentiert Escovedo ironisch.

»In der Abhandlung über die *Schachspiele*, die im Auftrag des Weisen Königs zusammengestellt wurde, zitiert man einen alten anonymen Sinnspruch: ›*Meum et tuum incitant omne bellum.*‹«

»Ihr meint also, wenn *mein* und *dein* verschwunden wären, gäbe es keine Kriege mehr?«

»Genau das. Das habe nicht ich gesagt. Das sagt der Sinnspruch aus den Zeiten des Weisen Königs.«

»Was mich betrifft, so haben mir die Manen des Schachs nicht erlaubt, gegen Euch eine einzige Partie zu gewinnen.«

»Seht, Escovedo«, sagte ich nachdrücklich. »Beim Schach gewinnt niemand. Es gibt nur jemanden, der verliert. Und der verdient, daß man ihm den Kopf abschlägt.«

Ich habe den Schreiber angewiesen, daß er ein Protokoll mit den Namen der Rädelsführer des Aufruhrs und aller Matrosen aufsetzt, die daran teilnehmen, und daß er auch verzeichnet, in welchem Maße sie die Meuterei unterstützen. »Laßt zwei oder drei der hauptsächlichen Anstifter ins Meer werfen«, empfiehlt mir der Schreiber angelegentlich, »und Euer Gnaden werden sehen, wie sich die Empörung vollständig beruhigt.«

Ich habe geantwortet, daß ein solches Heilmittel schlimmer als die Krankheit wäre. Wenn ich diese Strafe auferlege, werfen sie uns ins Meer, sobald sich das Blatt wendet. Rohe Gewalt läßt sich nur mit List besiegen. Einstweilen gebe ich mich damit zufrieden, daß ich sie bis zum Hals in zwei oder drei Fässer gesteckt habe, die mit Sand gefüllt und am Großmast festgezurrt sind. Ich habe ihn nach Bruder Ramón Pané gefragt, dem Hieronymitenmönch. Haben ihm die Meuterer etwas angetan?

Der Schreiber Escovedo versichert, daß sie sich nicht um ihn kümmern. »Der Eremit«, teilt er mir mit, »liegt in seiner Klause, an der tiefsten Stelle des Kielraums, weiter auf den Knien und betet unablässig. Er rührt kein Essen an. Er trinkt nur Wasser und knabbert an den Kräutern, die er selbst in seinem Bündel mitgebracht hat.«

»Habt Ihr schon das Protokoll über die Rädelsführer der Meuterei aufgenommen?«

»Sie haben sich geweigert, es zu unterschreiben, Euer Gnaden.«

»Sprecht mit meinem Bruder Bartolomé. Auf der Insel Hierro hat er zehn Männer an Bord genommen, die sein volles Vertrauen haben. Weist ihn in meinem Namen an, daß er sie gegen die Meuterer einsetzt. Sie haben Waffen für einen solchen Notfall, wie wir ihn gerade erleben. Ich war bei vielen Meutereien dabei. Ich weiß, was man tun muß.«

»Ich glaube nicht, daß diese verkappte Prätorianergarde noch gegen die Rebellen vorgehen kann. Sie selbst hat sich dem Aufruhr angeschlossen. Eure Büttel sind die Schlimmsten. Sie haben die drei Matrosen befreit, die in Sandfässern steckten, und sie haben Euren Bruder Bartolomé in ein solches Faß gestopft und bis zum Hals zugeschüttet.«

»Das ist jetzt nicht mehr so wichtig. Wißt Ihr, was geschehen wird?«

»Nein, Señor.«

»Um Mitternacht bricht ein Sturm von ungeahnter Stärke los. Die Schiffe der Flotte gehen unter. In wenigen Stunden befinden wir uns alle im Jenseits, wo das Meer aus Feuer ist. Es überlebt niemand, der die Geschichte weitererzählen könnte.«

Rodrigo de Escovedo ist leichenblaß geworden. Ihm zittert die Kinnspitze. Durch den plötzlichen Schrecken versagt ihm die Stimme.

»Bereitet Euch auf ein gottseliges Ende vor. Wie glücklich sind wir, weil wir wissen, was uns erwartet, so daß wir unseren

Frieden mit Gott und unserem Gewissen machen können. Bewahrt das Geheimnis, damit das Chaos eines kollektiven Selbstmordes während der Katastrophe vermieden wird. Gewöhnlich geschieht so etwas. Das habe ich mehr als einmal erlebt. Alle wollen sich dann ins Meer stürzen oder in die Boote springen. Was die Lage nicht im geringsten verbessert. Ruft bitte Bruder Buril.«

XVIII

Kabbala

Je weiter ich bei der Niederschrift der Dokumente komme, desto eindeutiger stelle ich fest, wie genau meine pythagoreischen Berechnungen zutreffen. Das Meer hat Nebel und Stürme, Schwindel- und Wutanfälle und auf einmal, für kurze Augenblicke, eine unsterbliche Ruhe. Man muß inmitten des mathematischen Staubs einen klaren Kopf behalten. Aus gutem Grund haben die Juden ihre unerschütterliche Kraft weniger in ihrem ausgemergelten Körper und ihren lächerlichen astigmatischen Wucherergesichtern als vielmehr in der Alchimie und der Wissenschaft der Kabbala, die es ihnen ermöglicht, mit Zahlen den Sinn der Heiligen Schrift zu deuten und ihn auf ihre Kauf- und Verkaufs-, Plünderungs- und Raubdokumente anzuwenden und sich außerdem bis zum Ende der Zeiten aus den großen, alle 52 Jahre hereinbrechenden Hekatomben zu retten.

Moses irrte sich in seinen Berechnungen, weil er ein schlechter Kabbalist war. Ein nach Lissabon geflohener Jude unterrichtete mich, mit den Zahlen das Los zu werfen, wie es getreulich mit den astrologischen Traditionen übereinstimmt. Bei meinem Lehrmeister Averroes hatte ich das Geheimnis bereits kennengelernt. Meine kabbalistischen Zahlen sind 7 und 13.

Ihr astrologischer Einfluß auf mein Leben ist hinreichend deutlich. Zum Beweis ein paar Daten. Ich wurde 1453 geboren, und die Quersumme ergibt 13. Als ich nach dem Schiffbruch, der mich an den Strand der Algarve warf, dem portugiesischen König meine Dienste anbot, war ich 28 Jahre alt (4 x 7). Dieser Schiffbruch, bei dem die Leiche eines mit mir verwandten französischen Korsaren mir das Leben rettete und das Vermögen schenkte, das er zwischen den Schenkeln festgeschnallt hatte, geschah am 13. August 1475 (1 + 4 + 7 + 5 = 17). Für König João arbeitete ich 14 Jahre (7 x 2). Am spanischen Hof mühte ich mich 7 Jahre lang, bis ich die *Kapitulationen* mit ihren 28 Artikeln und Nachträgen erreichte (7 x 4 = 28).

Das erlaubt mir die Voraussage, daß ich die Einfahrt in die Indischen Lande am 13. Oktober 1492 und das Festland von Cathay mit 43 Jahren (4 + 3 = 7) am 13. Juni 1493 (1 + 4 + 9 + 3 = 17) entdecken werde. In demselben Jahr werde ich den Königen versprechen, ihnen innerhalb eines siebenjährigen Zeitraums Berge von Gold für die Rückeroberung des Heiligen Grabes zu übergeben. Wunder und Erscheinungen treten alle 7 Jahre auf: Weihnachten 1492 und Weihnachten 1499.

Wie im Traum erinnere ich mich all dieser Taten und Daten. Der Traum ist stärker als die Erfahrung und schließt sie ein. Der einzige Traum, der letzte, dessen man sich nicht erinnern kann, ist der des Todes. Ich werde 1507 (1 + 5 + 7 = 13) in Valladolid sterben, mit Wolkenbrüchen, schon heut erinnere ich mich jenes Tages. Die Donnerstage sind seine Zeugen, Zeugen seine Knochen.

Wer mein Leben beschreibt, kann nicht über 337 Blattseiten im Oktavformat hinausgehen, gleichgültig, welche Schriftarten, Papiersorten und Einbände man wählt, einschließlich der Zeichnungen und Illustrationen. Von heute an (1. Oktober 1492) verbiete ich, wie es ein Nachtrag zu meinem Testament bestimmt, daß man in den Abdruck meiner Werke und in alle Werke, die über mich geschrieben werden, Stiche oder Zeichnungen aufnimmt, die mein Bild wiedergeben oder andeuten sollen. Kein Bild darf den wirklichen Menschen ersetzen, der nicht mehr lebt.

XIX

Der Schiffbrüchige

Die Fahrt, die mein Schicksal verändern sollte, endete mit einem Schiffbruch. Ich bin von Schiffbrüchen gezeichnet. Doch wenn ein Schiffbrüchiger immer aufs neue den Zorn der Elemente, der Menschen, der Götter, Unseres Herrgotts selbst überlebt, so wird dieser Überlebende unbesiegbar. Er ist stärker als der Tod. Gott selbst gefiel es, ihn für höhere Bestimmungen aufzusparen. Ich rede nicht von mir, doch vielleicht ...

Ich fuhr von Genua nach England. Die Flotte bestand aus vier Handelsschiffen, die meinen genuesischen Auftraggebern Centurione und di Negro gehörten. Vor der portugiesischen Küste, auf der Höhe des Cabo de São Vicente, wurden wir von einem Geschwader sieben französischer Korsaren angegriffen, die unter dem Befehl des berüchtigten Guillaume de Casenove mit dem Beinamen *Coulomp der Ältere* standen. Oh, diese entarteten Lumpen! Um ihre Missetaten zu begehen, verschanzen sie sich hinter fremden Familiennamen.

Es wurde ein ungleicher Kampf. Er war noch nicht die Schlacht von Lepanto, die sehr viel später stattfand, doch er kündigte sie gewissermaßen als ein Zerrbild an. Binnen kurzem hatten sie unsere Männer über die Klinge springen lassen und die Schiffe versenkt oder in Brand gesteckt. Es verwunderte mich, daß ich am Leben war. Das Staunen lähmte mich. Keine Wunde, nicht der kleinste Kratzer. Kein Lombardenschuß hatte mir eine Hand abgerissen. Ich war nicht einarmig und auch nicht entleibt. Ich lebte inmitten der Toten. Mein starres Staunen verflog, als die Flammen um sich griffen. Ich sprang ins Meer und schwamm auf die Küste zu.

Als ich verzweifelt mit den Armen paddelte, bekam ich als erstes ein Ruder zu fassen, das in den Wellen schaukelte, und danach die aufgedunsene Leiche eines französischen Piraten, die in einem blutbespritzten Meßgewand aus Kork dahintrieb. Er sah wie einer jener Bischöfe aus, die gewöhnlich reiche Korsaren begleiten. Ich umarmte den Leichnam wie einen Retter. Ich bemühte mich, ihn als einen improvisierten Kahn zu benutzen. Ich stieg auf den geblähten Unterleib, ließ mich auf ihm im Schneidersitz nieder, griff zum Ruder und fuhr auf die nebelige Küstenlinie zu.

Während der zwei oder auch zwanzig Meilen langen Fahrt, ich erinnere mich nicht, starrten mich die offenen Augen des toten Korsaren unverwandt an und beobachteten mich mit eisigem Blick. Ich sah das Flimmern der geplatzten Äderchen über den bleichen und grimmigen Pupillen. Ich warf ihm Beleidigungen an den Kopf, um mich von der Wut zu befreien, die mich erstickte ... »Verdammter Betrüger ... Du wirst mir dafür büßen, daß du dich an meinem Blut vergangen hast ... Ich ramme dir einen Eisenstock in den Leib ... Ich binde dich an ein riesiges Hufeisen! ... Hör zu ...«

Nichts. Nicht das kleinste Blinzeln. Die trüben, schon aus den Höhlen hervorgetretenen Augen des Toten schwollen allmählich an und hatten bereits die porzellanblaue Farbe verloren. Wieder einmal dachte ich an den Traum von der Sandflut, um mich so der unheimlichen Magie jenes Blicks zu entziehen, der mich aus dem kalten Wasser, vom finsteren Tod her anstierte, in den auch ich, wie ich spürte, bei jedem Ruderschlag etwas mehr versank, so daß wir nun schon ein und ein halber Ertrunkener waren. Ich versuchte, ihm den schwimmenden Taucheranzug abzureißen, weil ich ihn selbst anlegen und mich der Leiche entledigen wollte. Leichter wäre es gewesen, ihm die Zähne auszubrechen. Einen endlosen Augenblick lang zwang ich mich zu völliger Ruhe, bis ich wieder Luft bekam. Im Licht eines Feuerblitzes erkannte ich in dem dahintreibenden Toten, auf dem ich saß, den gaskognischen Admiral Guillaume de Casenove höchstpersönlich, den Befehlshaber der Piratenschiffe, meinen Verwandten, mit dem ich meine erste Feuerprobe als Freibeuter bestanden hatte.

Ich betrachtete die riesige Leiche des Admirals, die ich mit den Beinen eng umschlungen hatte, und ich dachte: ›Dieser Unselige hat schon alles erlebt, was er liebte und haßte. Die Ewigkeit ist mit einem Schlag über ihn hereingebrochen. Sie hat ihn innerlich ausgefüllt. Ihn mit Leichengasen aufgebläht. Mit Schweigen. Sie hat ihn erlöst. Er kann sich an nichts mehr erinnern, weil die Ewigkeit kein Gedächtnis hat. Der gefürchtete Tod ist nichts weiter als diese stumme und gefühllose Hülle. Wir Menschen müßten keine Angst vor dem Tod haben, sondern ihn herbeisehnen und lieben, denn seine hauchdünne Grenze trennt uns für immer von der grausamen Besessenheit, mit der wir uns erinnern und träumen.‹ ›O Tod‹, rede ich ihn gewöhnlich an, ›du kannst mir das nicht rauben, was ich schon erlebt habe, selbst wenn es nur Unglücke und Schicksalsschläge waren, wovon ich gewiß nicht die fixe Idee ausnehme, die mich wie ein Eisenstock durchdringt.‹

Während ich rittlings auf der Leiche des Franzosen fuhr, gab mir der Sand abermals eine bedrückende Vision ein, die einem Alptraum glich. Ich war nicht vor Erschöpfung eingeschlafen. Das waren nur meine Arme. Das Wasser durchnäßte mich bis auf die Knochen. Ich konnte nichts tun, damit dieser Zustand aufhörte. Lediglich meine Schmerzempfindlichkeit hatte aufgehört. Ich wünschte ganz im Gegenteil, daß diese unwirkliche Szene sich so lange fortsetzte, bis mich alle Kräfte endgültig verlassen hätten, bis Meer und Welt vollständig untergegangen wären. Ich *sah*, daß der Alptraum vor meinen Augen in Erfüllung ging. Und mit einem noch tieferen Blick *sah* ich, daß der Sand nun den Kampf gegen das Meer aufnahm und daß er es austrocknen konnte.

Aus den Gläsern der Uhr floß ein Sandstrom, der langsam, doch auch wieder sehr schnell zunahm, als sei die Maschinerie der Zeit durcheinandergeraten. In einer unaufhörlichen und immer stärkeren Bewegung stürzte der Sand von oben in einer Lawine aus unendlich kleinen Partikeln herab. Ein Katarakt aus trockenem Wasser. Überall drang er ein, doch er verwandelte alles, was er berührte, in eine trockene und leichtbewegliche Substanz. Die Sandflut wuchs in einem langsamen, aber unerbittlichen Wolkenbruch an, der schließlich alles verschlang, was er auf seinem Wege fand. Er verschlang die Leiche. Er riß mir das Ruder aus den Händen. Ich spürte, daß er mir das Gesicht zerfraß, den Körper, den Willen, die Seele.

Der Sand verschlang das Meer und ersetzte es durch einen Stoff, der fester, doch zugleich flüssiger und unbeständiger als Wasser war. Ich war in den Wellen dieses trockenen Meeres untergetaucht, das mir die Luft nahm, ohne daß ich mich an etwas festhalten konnte. Ich überließ mich ganz der Bewegung des Sandes, der mich zu unbekannten Höhen und Tiefen mitriß. Ich wollte mein Gesicht berühren, doch ich hatte keine Hände mehr. Mein Gesicht, mein ganzer Körper lösten sich allmählich auf, sie zerfielen und vermischten sich mit dem Sand. Das ganze Meer war eine Sandwüste, die sich weiter in einem schwerfälligen, langsamen Wellengang bewegte; er glich jenem der Dünen, die ein scharfer, wie Schleifpapier wirkender Wind peitscht.

Auf einmal spürte ich, daß ich den Grund mit den Füßen berührte. Ich kam wieder zur Besinnung. Ich stellte fest, daß ich am Strand lag und die Leiche immer noch umschlungen hielt; Kälte und Nässe hatten uns beide verhärtet und erstarren lassen. Mir schien, als senkte sich gerade die Nacht über eine gestaltlose, völlig flache Landschaft herab. Ich dachte an Bäume. Ich sah keinen einzigen. Ohne daß ich die kleinste Bewegung machen konnte, als steckte ich in einer Gummihülle, ließ ich mich wieder in den tiefen Schlaf der Erschöpfung versinken.

Ich weiß nicht, wieviel Zeit verstrichen war. Ich erwachte, als die Sonne hoch am Himmel stand. Angewidert ließ ich meinen toten Gefährten los, der wie ein steinernes Denkmal aussah. Mein Onkel, der französische Pirat, war härter als ein Mauerstück. Ich durchwühlte seine Taschen und Sachen. Mühsam zog ich ihn splitternackt aus. In einem Segeltuchfetzen, der ihm zwischen den Beinen von einem Gürtel voller Goldmünzen herabhing, hatte er einen Ledersack eingenäht. Und darinnen gab es einen wahren Schatz von Juwelen und Edelsteinen: Smaragde, Diamanten und ein höchst seltsames alchimistisches Metall. Halsketten, Armbänder, mit Gold, Perlen, Smaragden und Diamanten besetzte Gürtel, einen vom Gebrauch abgenutzten

Keuschheitsgürtel, einen makellosen Büstenhalter aus gediegenem Gold, der die Form hauchdünner, Spinnenbeinen gleichender Finger hatte und am Obergewand festzustecken war, überdies eine ebenfalls goldene Nadel, um Jungfernhäutchen zu flicken, die spannenlang war und eine abgestumpfte Spitze hatte. Ich fand eine goldene Halbmaske, die im Hodensack steckte und jenen nachgebildet war, wie sie von Königin Nofretete bei ihren Liebesabenteuern mit Octavius in Rom benutzt wurden, was man auf alten Abbildungen sehen kann.

Ich überschlug, daß hier über eine Million Dukaten zusammenkam. Mein Onkel Guillaume de Casenove war unermeßlich reich, und ich beerbte ihn in diesem Augenblick. Ich legte meine Sachen in die Sonne, deren Strahlen auch mein eisesstarres Fleisch trockneten und wärmten, während ich wie ein Nachtwandler die im Sand ausgebreiteten glänzenden Münzen und funkelnden Juwelen betrachtete. Mit dem Blick suchte ich den einsamen Strand in allen Richtungen ab. Da ich sah, daß nicht einmal Vögel vorüberflogen, band ich mir das Tuch mitsamt dem ganzen Inhalt an der verborgenen Stelle fest, die der Seeräuberadmiral ausgewählt hatte. Wenn du mit Wölfen essen willst, mußt du mit den Wölfen heulen. Ich schnallte mir wieder den Gürtel um. Ich zog die Sachen des Toten an, und da ein kalter Wind aufgekommen war, streifte ich mir das korkene Meßgewand über. Ich widmete dem Franzosen einen Dankesgruß für sein fürstliches Geschenk. Seinen Leib überantwortete ich den kannibalischen Vögeln des Himmels.

In einem anderen Teil des *Buches der Erinnerungen* erzähle ich die vollständige Geschichte meines Piratenonkels, des berüchtigten Admirals der französischen Flotte, der sich für seine Raubzüge meinen Namen beigelegt hatte; einen Namen, der im gaskognischen Dialekt wie *Coullon* oder *Collons* klang. Ich muß den üblen Ruf zunichte machen, den man mir als Stellvertreter meines gaskognischen Onkels zugeschrieben hat. Eine Geschichte, die nur zum Teil der Wahrheit entspricht.

Ich richtete mich auf, so gut ich es vermochte. Ich merkte, daß ich wie für eine prunkvolle königliche Zeremonie am reichsten und extravagantesten Hof der Welt oder für einen Negerkarneval in Guinea ausstaffiert war. Nackte Mädchen sonnten sich am Strand. Ein paar tanzten im Rhythmus der Wellen und sarazenischer Lieder voll langgezogener Klagelaute. Sie brachen in Gelächter aus, als sie mich wie eine wandelnde Vogelscheuche vorbeikommen sahen. Einige näherten sich. Mit ihren bemalten und überlangen Fingernägeln kratzten sie an meinem Panzer. Ich fühlte, daß es mich unten, an der Haut, kitzelte. Sie begleiteten mich ein Stück und umtanzten mich. Wegen des korkenen Meßgewands lief ich sehr langsam.

Schwerfällig, durch die Erschöpfung und die Last, die ich zwischen den Beinen trug, fast ganz zusammengekrümmt, bewegte ich mich nun auf die fernen Türme einer Stadt zu. Später sollte ich erfahren, daß ich an der Algarveküste im Süden Portugals gelandet war. Seitdem und bis auf weiteres sollte das mein einstweiliges Vaterland sein. Der tote Korsar hatte mir das Leben gerettet, ein Vermögen geschenkt und ein Beispiel schweigsamer Zurückhaltung und grenzenloser Großzügigkeit gegeben. Sein fürstliches Präsent würde mich für lange Zeit auch mit Unterkunft und Essen versorgen. Nur daß nunmehr ich mich hinter einem falschen Namen verstecken müßte, damit ich am portugiesischen Hof mit wahrhaftigem Pomp auftreten konnte. Damals ließ ich mich Guillaume de Casenove nennen, um diesen Mann nun auch meinerseits durch meine Verwandtschaft zu ehren. Das Phantom meines Onkels sollte mich lange Zeit verfolgen.

Dies geschah, ich erinnere mich genau, am 13. August 1475 (1 + 4 + 7 + 5 = 17). Ich weiß nicht, warum ich diesen Tag erwähne. Er hat keine Bedeutung. Die Zeit zählt nicht mehr für mich. Früher empfand ich sie als die drängende, törichte Eile, an irgendeinen Ort zu gelangen, ohne daß ich wußte, wohin. Ich empfand die Zeit als einen heftigen Schmerz in den Eingeweiden. Dieses Bauchgrimmen, das einen treibt, die Ellbogen in den Leib zu stemmen und fortzurennen, um irgendwo den Kot zu entleeren. Danach beruhigt sich so etwas.

Man lernt es, ein Mann der letzten Viertelstunde zu sein. Mit dem Blick eines Wallfahrers kommt man immer zu spät an einen unbekannten Ort, der nicht der gesuchte und gewünschte ist. Doch einem bleiben immer die allerletzten dreizehn Minuten. Hierauf die sieben Jahrtausende der Kabbala und schließlich die endlose Ewigkeit, in der die Heilige Schrift mit ihren Seiten schwebt, die von den Nordwinden der Zeitalter durcheinandergewirbelt werden.

Nun empfinde ich die Zeit nicht. Seit jenem Greuel, das ich in Sambia erlebt habe, träume ich nicht mehr. Mein Ritt auf dem toten Korsaren war kein Traum. Obwohl er dem sehr ähnlich war. Nichts geschieht. Vielleicht erinnere ich mich jetzt nur an das, was schon geschehen ist. Vielleicht büße ich allein für jene Erinnerungen, wie ich es bereits im *Buch der Prophezeiungen* gesagt habe, in meiner Valladolider Kartause.

Wenn ich, während ich diese Memoiren schreibe, eines vergangenen Ereignisses gedenke, so existiert nur, was ich schreibe: die Buchstaben meiner unleserlichen Schrift, das Kauderwelsch meiner makkaronischen Sprache. Ich schreibe Worte. Und darin gibt es nichts von dem, was, wie ich fühle, in der Welt wie in mir selbst als etwas anderes existiert und was ich nicht ausdrücken kann.

Die Worte und Sätze, die ich aus den Büchern gestohlen habe, die wiederum aus anderen Büchern gestohlen waren, stehen auf den Blättern und haben ihren ursprünglichen Sinn eingebüßt. Damit sie etwas über mich selbst sagen, muß ich sie mit meinem eigenen geistigen Atem beleben, sie auf meine Art sagen, in der ich etwas ausdrücke und die etwas durch ihre Ausdrucksweise sagt. Und nur so wird mein zukünftiger Leser wissen, was ich sagen wollte und nicht sagen konnte, bevor er mich liest, sofern auch er den Text neu schreibt, während er ihn liest, und ihn auf jeder Seite, in jeder Zeile, bei jedem Buchstaben mit seinem eigenen geistigen Atem belebt. Und vor allem, das ist das *Wesentliche*, soll er sehen und hören, was nicht gesagt und geschrieben ist und was das Buch erfüllt und darüber hinausgeht. Ein geborener Leser liest immer zwei Bücher zugleich: das geschriebene, das er in der Hand hat und das lügenhaft ist, und das andere, das er innerlich mit seiner eigenen Wahrheit schreibt.

Das geschriebene Wort, der *Buchstabe*, ist immer gestohlen, weil niemand zu der Leere vordringen kann, die dem letzten, allerletzten und ersten Wort vorausliegt, nach dem alle übrigen Worte gestohlen waren und auch alle künftigen Worte bis zum letzten, allerletzten und endgültigen, das man auf Erden schreibt, gestohlen sein werden. Daran läßt sich nichts ändern.

Das gleiche geschieht mit dem öffentlich verkündeten oder insgeheim von einem Sterbenden gemurmelten Wort. Von jemandem, der seinen eigenen Tod stirbt. Oder von jemandem, den man unter der Folter sterben läßt, von einer lärmenden Gesellschaft umringt, inmitten der Gebete, der klirrenden Ketten und Schüreisen, der prasselnden Flammen, der Schmerzensschreie und des stinkenden Fleisches, das auf dem Rost gebraten wird und in einer Opferschale dem Gerechten, Heiligen und Sterblichen Gott dargebracht wird.

Sprache und Schrift sind immer und unvermeidlich dem gesprochenen Wort entlehnt, einem Sprechenden, der seinen Gedanken gerade in artikulierte Laute umsetzt. Wir können uns nur auf dieser *archaischen Grundlage* verständigen. So ist der ursprüngliche Diebstahl beschaffen, der endlos weitergeht und aus jedem, der ein »Schöpfer« sein will, lediglich einen wiederholenden Anfänger macht. Außer wenn dieser dem gestaltlosen Stoff der Wiederholungen seine geistige Ordnung aufprägt, der fremden Stimme seinen eigenen Tonfall gibt und sie mit seinem Blut durchtränkt, um das Eigene aus dem Fremden zu gewinnen. In der Fremde habe ich meine Sprache verloren. Und was ich äußere, ist in einer Mischung von Fremdsprachen gesagt und geschrieben, mit denen sich meine Sprechweise nicht solidarisiert und für die sich mein Geist nicht verantwortlich fühlt.

In diesem Augenblick fühle ich, daß es die Zukunft nicht mehr gibt und daß es die Vergangenheit deshalb auch nicht gegeben hat. Und dieser Moment, in dem ich ein Komma einfüge, ein Akzentzeichen setze oder eine Cedille am Hintern des »ç« anhänge, verschwindet im gleichen Moment. Er wird wieder von sich selbst verschlungen. Nur eine unmenschliche Hartnäkkigkeit kann deine menschliche Schwäche retten. Der eiserne Kiel durchschneidet die Eingeweide des Meeres, während der Wurm den Kielraum zernagt. Und das Meer gewinnt am Ende das Spiel.

Die Leiche eines mit mir verwandten Korsaren rettete mir das Leben vor dem Cabo de São Vicente. In Portugal starb ein unbekannter Pilot in meinen Armen und vererbte mir ein Geheimnis, aus dem das Vorhaben dieser Fahrt in die Indischen Lande hervorging. Kann ein Lebender denn nur, wenn er eine Leiche umarmt, die Geheimnisse erkennen, die sein Leben retten oder verändern oder ihm auch den Tod geben, indem sie ihn zur Hölle hinabstürzen?

Wahrscheinlich ist es so. Ich weiß nichts. Ich lege keinen Wert darauf, es zu wissen. Jede Offenbarung ist lediglich ein Diebstahl an der Zukunft, oder wenn man so will, eine Anleihe, die wir bei der Zukunft auf Kosten unseres eigenen Lebens machen. Niemand wird allein geboren. Niemand stirbt allein. In der Todesstunde ist an der Seite des Sterbenden immer jemand, der dessen Leben für sich behält und dessen Geheimnisse, Erbschaft und Drangsale an sich reißt.

Ich stand dem unbekannten Piloten zur Seite. Er starb, und ich glaubte, ich könne mir sein Geheimnis – das heißt sein Leben – aneignen. Später war es indes so, daß der nun unsichtbare Pilot zu meinem unauffälligen Verfolger wurde. Immer kommt er vor mir zu dem Ort, den ich erreichen will. Er verfolgt mich überall als mein Doppelgänger, der doppelt so schnell wie ich ist und mich stets übertrifft, als wenn dieser tote Pilot mich gar nicht insgeheim verfolgte, sondern mein eigenes Wesen wäre, das mir wie ein Schatten folgt. Er folgt mir, verfolgt mich, eilt mir voraus. Er weicht mir nicht von der Seite. Er schließt mich rundum ein.

Alle sehen in mir jenen toten Piloten. Und ich bin sicher, daß der tote Pilot, wenn ich zu dem Ort komme, den ich ausgesucht habe, und dabei dem Weg folge, den er selbst mir angegeben hat, mich an jenem nur ihm bekannten Ort erwartet. Und daß auch ich wie er als Armer, Kranker und Unbekannter sterben werde. Ohne daß ich jemanden bei mir habe, dem ich mein Geheimnis übermitteln oder der es mir stehlen könnte. Ohne jemanden, dem ich die wunderreiche Erbschaft hinterlassen könnte, die mir der Zufall in die Hand gegeben hat.

Mein Pakt mit dem Piloten ist von anderer Art. Ich empfinde ihn so, als hätten wir uns gegenseitig mit unserem Wort verpflichtet. Der sterbende Pilot gab mir sein Wort, als er außer seinem eigenen Tod nichts mehr zu geben hatte. Sich gegenseitig mit seinem Wort verpflichten. Und damit den Geheimcode einer Verabredung, eines Versprechens und der Wahrheit jener Inseln angeben, wo er Kinder von seinem Blut zurückgelassen und verstanden hatte, daß die Liebe für alle Rassen gleich ist und daß die fleischlichen Zuckungen die wahre Fortdauer des Menschlichen an jedem Ort der Erde sind. Denn kaum beginnt etwas, so verschlingt die Ewigkeit schon jenes winzige Teilchen des Universums. Und nichts kann sich der unerbittlichen, wütenden, erinnerungslosen Gefräßigkeit des Vergessens entziehen.

Nicht der tote Pilot wird mich erwarten, wenn ich zu jenen von ihm entdeckten Ländern komme. Es wird jedenfalls der Seemann Pedro Gentil sein, ein obskurer Scheich in seinem Serail von Taíno-Frauen, der mich empfängt, mich durch jenes Insellabyrinth geleitet, mir als Dolmetsch bei den Eingeborenen und als Führer zu den Goldlagerstätten dient.

XX

Der Höfling

König Joãos ungastlicher Hof in Lissabon machte niemanden glücklich, und das trotz des ungeheuer geschäftigen Treibens der Seefahrten und des Handels mit Sklaven und Gold aus Guinea, die Portugal zur größten europäischen Seemacht aufsteigen ließen. Es gelang mir nicht, an Bord eines Schiffes zu kommen. Ich konnte mich gedulden, bis ich in Zusammenarbeit mit den genuesischen Bankiers und Kaufleuten meine eigene Flotte haben würde. Mein Bruder Bartolomé, der sich seit einigen Jahren in der Stadt aufhielt, hatte mit ihnen nutzbringende Beziehungen angeknüpft. Als er von meinem Schiffbruch erfuhr, drängte er mich, ebenfalls mit ihnen in Verbindung zu treten. Ich antwortete, dafür werde schon der richtige Moment kommen, und gegenwärtig habe ich andere Absichten.

Die Entschädigung, die ich von meinen genuesischen Auftraggebern erhielt, als ich den Schiffbruch bereits vergessen hatte, war nicht nur lächerlich, sondern sogar demütigend. Ich schickte sie zusammen mit einem beleidigenden Briefchen zurück, das ich, um den Hohn noch weiter zu treiben, mit *Der Schiffbrüchige Bettler* unterzeichnete. Meine Brüder Bartolomé und Diego waren erstaunt, daß ich in meiner Lage über die ökonomischen Möglichkeiten verfügte, die ich stolz zeigte, wobei ich absolutes Stillschweigen über deren Herkunft bewahrte.

Kurz darauf feierte ich Hochzeit mit Felipa Moñiz de Perestrello, einer Dame aus adliger Familie, der Tochter des verstorbenen Entdeckers, erblichen Statthalters und späteren Gouverneurs von Porto Santo. Ich leistete mir ein höchst prunkvolles Fest mit vornehmen Gästen. Mein Hochzeitsgeschenk für meine junge und schöne Braut war ein Perlen- und Diamantenhalsband, das eine Königin geehrt hätte.

Unser Haus war eines der besten in der Lissabonner Stadt

und Residenz, und es lag dem Königspalast recht nahe. Bald entstand um mich ein ganzes Geflecht von einflußreichen Beziehungen, wobei man mich als großen Seefahrer und Kosmographen anerkannte und danach gierte, die Freundschaft eines solch hervorragenden Mannes zu gewinnen.

Ein Jahr nach unserer Hochzeit schenkte mir die entzükkende und diskrete Felipa unseren Sohn Diego, dessen Geburt seiner Mutter das Leben kostete. Dieses Herzeleid bekümmerte mich tief, doch das Leben mußte weitergehen. Meine Schwiegermutter, die Witwe Perestrellos, war mit dem Kanonikus João Martins verwandt. Sie verschaffte mir Zugang zu seinem Haus und seinem Archiv. Ich wußte, daß der Kanonikus, der Rat des Königs João II. war, einen Brief und eine Karte des großen Florentiner Kosmographen Paolo dal Pozzo Toscanelli erhalten hatte, die sich mit der Möglichkeit beschäftigten, den Osten auf einer Fahrt nach Westen zu erreichen, denn König João wünschte ja eine solche Reise, um das fabelhafte Abenteuer zu ergänzen, das nach Guinea und über das Mittelmeer in den Orient geführt hatte.

Mein verstorbener Schwiegervater, dem die seemännischen Kenntnisse völlig fehlten, hatte sein Glück andersartigen Gaben zu verdanken. Selbst das Amt des Gouverneurs von Porto Santo hatte ihm die Fürsprache des Kanonikus Martins eingebracht, der viele Jahre lang in die drei bildschönen Schwestern des Statthalters verliebt war. Der dreifache Liebeszauber hielt den Kanonikus bis ins Greisenalter gefangen. Selbst in den Hostientellern sah er die Gesichter der Schwestern. Ich kümmerte mich nicht um diese schmerzlichen Familienprobleme. Das Leben eines jeden geht nur diesen selbst an.

Hartnäckig suchte ich nach Brief und Karte, bis ich sie fand. Es fiel mir nicht schwer, sie zu entwenden. Wenige Tage später legte ich sie in ihr Aktenbündel zurück, nachdem ich sie in mein *Buch der Seefahrten* übertragen hatte. Ich gab die Kopien zurück, nicht die Originale, und dabei ließ ich selbstverständlich die Daten aus, die den Schnüfflern und Neugierigen des Hofes die Erkundungsrouten offenbaren konnten. Der Krieg Portugals mit Kastilien machte es König João unmöglich, sich mit dem Projekt zu befassen.

Damals durfte ich Brief und Karte des Physikers Paolo nicht benutzen. Der Betrug wäre allzu offensichtlich gewesen. Kanonikus Martins, der Ehrenvorsitzende des Kronrats, war noch nicht so senil, daß er sich durch den heimlichen Austausch der Dokumente übertölpeln ließe. Und die Dreieinigkeit der schönen Perestrello-Damen, der Tanten meiner Felipa, hatte sich aufgelöst. Oder besser gesagt, sie hatte sich stark vermehrt. Sie heirateten nacheinander und erfreuten sich reichen Kindersegens, so daß der Kanonikus niemanden mehr hatte, der ihn in Verzückung versetzte und seinen klaren Blick und seine schwärmerische Lebensfreude entflammte.

Daß ich den Brief Paolo dal Pozzo Toscanellis »entliehen« hatte, war eine harmlose und mehr für die Menschheit als für mich nützliche Tat, und dazu kam nun das Geheimnis des Piloten. Eine weitere Anleihe, die mir vom Zufall beschert wurde. Sein Tod machte das Geheimnis unergründlich. Die verworrenen Gerüchte, die danach auftauchten, vertieften es weiter. Üble Gerüchte irren sich nicht. Sie erraten einander und stehen in gegenseitiger Verbindung. Sie vereinigen sich und nehmen zu, indem sie einander verschlingen. Nach einiger Zeit verblassen sie dann, heben sich auf und verflüchtigen sich. Sie verwandeln sich in neue Gerüchte, deren Ursprung man bereits vergessen hat, bis das schwache Gedächtnis der Generationen auch sie vergißt.

Die Angaben des Piloten stimmten beinahe Punkt für Punkt mit den Hinweisen Toscanellis überein, und diese entsprachen dem nautischen Globus seines Freundes Martin Behaim, abgesehen von jener Abweichung um 300 Meilen, die ich schon erwähnt habe. Ich bat König João um eine neue Unterredung. Er gewährte sie mir nicht. Der Kanonikus unterrichtete mich, daß der Monarch insgeheim eine Karavelle ausgeschickt hatte, um den Osten auf Toscanellis Route zu suchen. Die Karavelle fand nirgendwo Land. Auf der Rückfahrt scheiterte sie bei einer der Hesperideninseln. Der Pilot erzählte, er habe in einem Umkreis von sechshundert Meilen nirgendwo Länder gefunden. Als ich es erfuhr, seufzte ich erleichtert auf. Wenn er seine Fahrt nur etwas ausgedehnt hätte, wäre er zu einem weiteren ersten Seefahrer und Vorentdecker geworden.

XXI

Bruchstücke einer Apokryphen Biographie

An einem Orte Liguriens, an dessen Namen er sich nicht erinnern will, ward vor ungefähr vierzig Jahren dieser Mann geboren. Er war von kräftiger Körperbeschaffenheit, hoher Gestalt, hagerem Leibe, länglichem, knochigem Gesichte und breiter Stirne mit einer dick angeschwollenen Ader an der rechten Schläfe. Das linke Auge, das von einer runzeligen, die Stirn mit dem Backenknochen verbindenden Narbe zusammengezogen wird, macht den Blick beunruhigend und unheimlich. Rötliches Haar, das um die Dreißig auf einmal weiß wurde. Er hat das herrische und zugleich unterwürfige und fügsame Aussehen eines Mannes, der befehlen und gehorchen kann. So zeigt es uns im Halbprofil der Florentiner Maler Domenico Bigordi, der Ridolfo Ghirlandaio genannt wurde, auf einem Porträt, das er nach der Natur gemalt hat, als ein Jahr seit der ersten Reise vergangen war.

Der Genuese ist in seiner Admiralstracht und mit einer seltsamen schwarzen Mütze zu sehen, die nicht zu seiner seemännischen Kleidung, sondern zu jener des Priors im Florentiner Kloster der Bedürftigen Brüder gehört. Man hat die Echtheit dieses Bildnisses angezweifelt. Alles im Leben des Admirals dient als Grund und Stoff für Zweifel und Ungewißheiten. Einige Gelehrte behaupten, es sei das Porträt Martín Alonso Pinzóns, den der Maler für den wirklichen Führer des Entdekkungsunternehmens gehalten habe. Andere versichern, kein einziger Maler habe den Admiral zu dessen Lebzeiten porträtiert, ganz abgesehen davon, daß der älteste Pinzón nach der Rückkehr von der ersten Fahrt in Bologna starb, durch die Lustseuche hinweggerafft, wie einige erklären, und anderen zufolge durch den Kummer, der ihn peinigte, weil er von den

Katholischen Königen keine Audienz als hauptsächlicher Urheber und Protagonist der Entdeckung erhalten hätte. Ghirlandaios Porträt, das im Schiffahrtsmuseum Genuas aufbewahrt oder besser gesagt verborgen wird, trägt dazu bei, das Rätsel zu vertiefen, das Geist und Gestalt des Admirals umgibt.

Es ist nicht nur so, daß er sich an seinen Geburtsort nicht erinnern will, sondern er gibt auch noch vor, ihn vollständig vergessen zu haben. Wahrscheinlich vergißt der Admiral in seinem ganzen Leben nichts, außer daß er einmal gerade an jenem Punkt Liguriens oder an einem beliebigen anderen Ort gelebt hat, der seinen Ort an einen anderen Ort mitgenommen hat, und daß er nun in seinem restlichen Leben ohne die Hoffnung auf eine Wiedergeburt Tag für Tag sterben muß.

»Der Admiral war«, sagt ein berühmter zeitgenössischer Humanist, der dessen archaisch wirkendes Leben ausgekundschaftet hat, »ein Meister in der Kunst, das schweigend zu erdulden, was er nicht gern an die Öffentlichkeit bringen mochte. Ein vollendeter Meister in der Kunst, sich die seiner Person zugefügten Beleidigungen und die Beeinträchtigung seines Vermögens und seiner Privilegien – was ihm selbst von seiten der Katholischen Könige widerfuhr – nicht anmerken zu lassen.« Daß er seine Verärgerung über den mächtigen portugiesischen König verbarg, als dieser das Projekt des Admirals abwies, entspricht seiner besonnenen und langmütigen, doch im Grunde unnachgiebigen und äußerst hochmütigen Persönlichkeit. Hierfür ein vielsagendes Beispiel: Niemals überwarf er sich mit König João, von dem er seit 1488 einen Geleit- und Schutzbrief hat, mit dem der König ein Bittgesuch beantwortete, das der Admiral an ihn gerichtet hatte.

Er will alles wissen, doch schließlich weiß er nur das, was ihn fest in seinen Bann zieht, und alle Kenntnisse sind bunt durcheinandergewürfelt und verworren. Seine Gewohnheit, die Bücher, die er liest, mit Randbemerkungen zu versehen, ist die eines eifrigen Studenten. Es ist beinahe die Hand eines die Grundschule besuchenden Kindes, die diese nervösen und unverständlichen Anmerkungen kritzelt, sie hastig in der nur von einer fixen Idee erleuchteten Dunkelheit aufschreibt. Er hat es sich in den Kopf gesetzt, die Zwiebel der Welt abzuhäuten, die gleich einem Lilienbulbus dreizehn Spiralen nach oben und sieben nach unten hat, wie es selbst die Köche in den Garküchen wissen. An dieser Stelle setzen sie die Messerspitze an, damit sie die Zwiebelringe herauslösen können, ohne Tränen zu vergießen, wie es die grobe volkstümliche Redensart »die Zwiebel am Arsch packen« kommentiert hat. Und genau das will der düstere und hagere Bakkalaureus erreichen, der fortwährend niest und reichlich Tränen vergießt, vielleicht, weil ihn ein unbekanntes Verlangen mit zahllosen übereinanderliegenden Spiralen und Häutchen reizt.

Eines Tages entdeckte er, daß die Liebe wie in einer dunklen Scheune eingesperrtes Tageslicht ist und daß diese Liebe in einem einsamen und nackten Körper außerhalb der Welt lebt, solange ein Seufzer dauert, daß man sie dort fühlen und hierauf sterben mußte, selbst wenn man danach mit verdorrter Seele und wundem Leib überlebte, um alte Worte wiederzukäuen, die schon ihre bittere Liebespein verloren hatten ...

Simonetta, die einzige Tochter der ortsansässigen Adligen Annari Lualdi-Stassei, verliebte sich sterblich in den jungen Wollkämmer, der hin und wieder Tuche und Stoffe, Schafpelze und Teppiche, Umlegetücher, Kinderhauben, Bildstickereien auf Atlas und chinesischer Seide in ihr Haus brachte. Auch an einem blökenden neugeborenen Lämmchen fehlte es von Zeit zu Zeit nicht. Eines Nachmittags hatte er einen Rock dabei, der leichter als Luft und wie die Luft ohne jede Farbe war. Der Wollkämmer warf ihn an die Decke. Er blieb schwerelos wie ein nächtlicher Nebelfleck in der Luft schweben. Der Schöpfer dieses Kleinods mußte über Altaraufsätze, Kandelaber und Kronleuchter klettern, um es zurückzuholen und es Simonetta als Weihnachtsgeschenk zu überreichen. Er erklärte, er habe es aus den Haaren von Drachenfledermäusen gewebt, die eigens hierfür in den Kellergewölben der Weberei seines Vaters aufgezogen und ernährt würden. Drachenfledermäuse sehen im Dunkeln.

Simonetta zog sich den Rock an und wurde unsichtbar, nur ihre Augen glänzten weiter wie zwei kleine nachtsichtige Sterne und blickten sich lächelnd in dem rosa Salon um, wofür sie den Beifall ihrer Eltern und der Kammerzofen erntete.

Als der Winter kam, wurden die Besuche des Wollkämmers häufiger. Die Wollflocken, die so weiß wie Schnee und Zuckerwerk waren, konnten das reine Idyll sehr gut verbergen. Die Eltern merkten nicht, daß ihre heranwachsende Tochter nur von der Luft und Liebe lebte, die von dem jungen Wollkämmer kamen. Nichts legte eine derartige Vermutung nahe. Schon gar nicht dessen Ziegengesicht, das ein etwas höckeriger, nicht mehr als Adlernase zu bezeichnender Erker verunstaltete, der gewiß frühzeitig den Raubvogelinstinkt verriet. Ganz zu schweigen von dem unauslöschlichen Schafgestank, der schon fürs ganze Leben an der Haut des Webers festklebte, und von den schwarzen Fingern, die er beim Waschen der Wolle bekommen hatte. Zu derartigen Reizen mußte man den unbeherrschbaren Drang hinzurechnen, ständig zu niesen, und diesen Anfällen wußte er wie ein vollendeter Flötenspieler anmutige Modulationen zu verleihen.

Der Weber verführte das arglose Mädchen mit seinem lauernden Falkengesicht, dessen Augen scharf und träumerisch blickten. Auf einmal wurde er redefreudig und rezitierte Teile aus Ludovico Ariostos *Orlando Furioso*, Erzählungen Bandellos und aus *Tausendundeiner Nacht*, die er umgedichtet oder erfunden hatte. Simonetta zeigte sich besonders von einer fasziniert: der Geschichte vom »Mädchen als Fata Morgana«, die in der endlosen Weite der Wüste erschien. Die wohlklingende Stimme des von Simonettas Schönheit verklärten Wollkämmers erfand diese Geschichte immer aufs neue und veränderte sie in den Einzelheiten. Er erzählte, der König habe für sie den Karawanen, die sie entdecken sollten, dreihundert Kamele und drei der besten Oasen des Reichs geboten. Die Kamele fraßen Sonne und tranken Sand, um sie zu finden.

Der König befahl seinen Goldschmieden, aus purem Gold die schönsten Fußringe der Welt zu ziselieren. Er selbst wollte sie dem vorgespiegelten Mädchen um die Knöchel legen, die so schmal wie die eines Vögelchens waren. Es blieb unauffindbar. Hin und wieder erschien und verschwand es im weißen Mittagsdunkel, immer an einem anderen Punkt des Quadranten.

Simonetta wollte das Ende dieser Geschichte erfahren, das der Wollkämmer, der von einer Erscheinung zur nächsten überging, absichtlich hinauszögerte. »Der König«, sagte er schließlich, nachdem sie allein geblieben waren, »überwand seine Niedergeschlagenheit. Scheherazade glaubte, daß der König das vorgespiegelte Mädchen entdeckt hätte. Was für sie das Ende ihrer Geschichten und das Ende ihres Lebens bedeutete. Doch der Herr der Wüste kniete glückstrahlend nieder und legte die Fußringe um Scheherazades eigene Knöchel. Die zarten Glöckchen läuteten sanft im Rhythmus der Worte. Sie waren derart empfindlich, daß sie sogar erklangen, wenn sich Scheherazades Herzschlag beschleunigte, weil es sie rührte, diese Geschichten vorzutragen, die es vermochten, die Zeit anzuhalten und das Leben der Erzählerin zu verlängern.«

Die wie in einer Ekstase entrückte Simonetta gab dem Wollkämmer einen Kuß. Dieser neigte sich über sie, flüsterte ihr in der verschlüsselten und unhörbaren Sprache der Verliebten beschwörend die Zeit des ersten Stelldicheins ins Ohr und zeigte ihr den Weg zur nächtlichen Oase: der verfallenen, nur von Ratten bevölkerten Scheune, die sich damit begnügten, das Leder der Ackergeräte zu zernagen.

Ihre Liebe machte die beiden unsichtbarer als das Argon in der Luft. Die jungen Liebenden wußten sich der Einkreisung durch Diener, Pferdeknechte und Gärtner zu entziehen. Simonetta hatte den Rock aus dem Haar der Drachenfledermäuse angezogen und vermochte der unerbittlichen Anstandsdame zu entkommen, die sie mit den hundert weitaufgerissenen Augen des Argus bewachte. In der nächtlichen Stunde, da der sanfte Schlaf die Sterblichen übermannt, trafen sie sich in der Scheune, und ihre Liebe brannte in der Finsternis. Scheherazade wurde von goldenen Fußringen gerettet. Jene anderen Fußringe wurden Simonetta zum Verhängnis, die der Weber für sie aus

Wollgarn gewirkt hatte. Sechs Monate später konnte Simonetta die Schwangerschaft nicht mehr verheimlichen. Die Eltern erreichten, daß ein naher Verwandter die Annari-Stassei mit einer überstürzten Hochzeit im engsten Kreis vor der Schande bewahrte. Ludovico wurde tot geboren und tötete seine Mutter, während er noch in ihrem Leibe war.

Damals erfuhr der junge Ligurer: Nur das Meer, die Einsamkeit oder der Tod vermochten die Erinnerung an diese Liebe zu fassen, an diesen Sohn, der ihm hätte gehören können. Als blinder Passagier floh er auf einem Schiff, das zur Insel Chios, einer genuesischen Besitzung in der Ägäis, auslief. Danach ließ er sich als Schiffsjunge in der Flotte eines reichen Kaufmanns anheuern und verschwand für immer. Man kehrt an den Ort des Verbrechens zurück, doch niemand findet wieder zu der Stelle, wo die flüchtige Flamme des Glücks brannte, die vom widrigen Geschick erstickt wurde.

Keiner von seinen Söhnen, und er hatte mehr als drei (wenn man Ludovico mitzählt, der nicht geboren wurde), von Diego bis Hernando, treue und liebevolle Söhne, keiner von ihnen brachte das tieftraurige Flüstern des Ungeborenen zum Schweigen. Wo der Genuese auch immer ist, der im tiefsten Inneren einen jungen Mann bewahrt, einen blassen, verletzten, gläsernen Jüngling, hört er dieses Geflüster wie ein Echo an der nackten Mauer des Windes entlanggleiten.

Simonetta und Ludovico bewohnten den geheimsten Seelenbezirk des Seefahrers. Nach einigen Jahren sollte er sie noch einmal wiedersehen, und in den Landen des irdischen Paradieses hielt er sie an der Hand und lustwandelte sogar mit ihnen, als er nach vielen Seefahrten und Nöten dorthin gelangen konnte. Die wie immer fröhliche Simonetta war zu einer schlanken Frau aufgeblüht und mit zartem Nebelschaum bekleidet, und der kleine Ludovico wuchs im Tode weiter und erreichte bereits jenes Jünglingsalter, das der Vater hatte, als er ihn zeugte. Dann und wann hört man die Schreie des Ungeborenen, so weit er auch entfernt ist. Und die Stimme der ihn rufenden Simonetta: »Kehr zurück, kehr zurück! Entkomme dem Meer, Geliebter! ...«

Viele Jahre später wächst der junge Ligurer im Tode weiter, wie Simonetta, wie Ludovico. Lebend, aber zu einem fühllosen Block versteinert. Zuweilen hört der Admiral ein unendlich trauriges Geflüster, dem er sich mit blinden Augen zuwendet. Der junge Ligurer ist toter als sie, obwohl er sie überlebt hat. In der Seele ist ihm jener Anteil an Liebe, Leidenschaft und Tragödie verdorrt, der jedem Mann, jeder Frau nur ein einziges Mal zuteil wird ... »Und dann nie wieder ...«, ruft er in seinem *Buch der Erinnerungen*. »Nie wieder Hurerei, Ehebruch, Träumereien mit blutjungen Mädchen unter dem Sternenvlies der Jungfrau – und auch nicht mit richtigen Frauen, deren Laune das einzig Beständige in dieser launischen Welt ist.

Die Frau ist für mich gestorben. Vielleicht wäre es ehrlicher, wenn ich zugäbe, daß ich für die Frau gestorben bin. Obwohl man nie wissen kann. Eine Frau stirbt, und doch sieht man sie lustwandeln, als wäre nichts geschehen. Der Mann läuft ihr immer noch als ihr öliger Schatten nach. Ich schlafe mit keiner Frau mehr, doch ich kenne Männer, die mit einer Frau ins Bett gehen und mit einer anderen aufwachen. Und mit derart sündhaften Themen will sich aus Angst vor der Heiligen Inquisition niemand befassen, seitdem sie den armen Giordano Bruno als Ketzer in Rom verbrannt haben, weil er von Dingen gesprochen hatte, die er nicht verstand.«

Simonettas Geschichte wird von einem Landsmann und Zeitgenossen des Admirals, dem Savonesen Michele di Cuneo, schön erzählt. Wie so viele andere von dem Gold Westindiens und dem exotischen Geschmack des Abenteuers verblendet, begleitete di Cuneo den Admiral auf einer Fahrt. Gewiß erinnerten sie sich ihrer Jugendtage, als der eine Wollkämmer und der andere Nachkömmling eines alten Geschlechtes war. Da die gemeinsamen Gefahren und Interessen sie nun gleichstellten, erzählte der Admiral dem alten Freund und gegenwärtig seinem Befehl unterstehenden Matrosen von der heimlichen Romanze, die er mit der Tochter der Annari Lualdi erlebt hatte. Auch Michele di Cuneo hatte sie als kleines Mädchen kennengelernt. Sie kamen zu dem Schluß, daß Simonetta eine Verwandte des Savonesen war.

Der Admiral schenkte ihm – vielleicht, um dessen Diskretion und Schweigen zu erkaufen, da er das hitzige, offenherzige Naturell seines Freundes kannte – die Insel Adamei und zusammen damit die wunderschöne Tochter des einheimischen Kaziken. Er schleppte sie gewaltsam in seine Hütte. Das Landeskind sträubte sich gegen Don Micheles feurige Zudringlichkeiten mit aller Wildheit, deren es fähig war. Er blutete schon am ganzen Oberkörper, weil ihn die kleine eingeborene Furie zerkratzt und gebissen hatte, ohne ihm treffsichere Fußtritte in die Hoden zu ersparen.

Zunächst glaubte er, der Grund dieses hartnäckigen Widerstandes sei die von den Spaniern vermerkte Frigidität der Indias. Hierauf nahm er eine Peitsche und schlug das Mädchen, bis ihm die Arme einschliefen, während die Eingeborene vor Schmerz und Demütigung lauthals schrie. Schließlich erweckte sie den Eindruck, sich zu fügen, und sie verhielt sich fortan wie die erfahrensten Frauen in den Hurenhäusern Savonas. Sie gab sich ihm vollständig hin, als sie ihm ihren geheimen Namen Araguarí offenbarte, den man ihr nach den Traditionen des Taíno-Volkes gegeben hatte.

Auf einmal kniete Araguarí vor Don Micheles Schenkeln nieder und schäkerte nun mit dessen Mannesglied. Er glaubte, das Laster der *Fellatio* sei auch bei diesen wilden Geschöpfen verbreitet, wie er gesehen hatte, daß so etwas für jenes der Sodomie bei den Männern galt, welche die Kannibalen unterworfen und gequält hatten. Er ließ sie nach Herzenslust gewähren. Mitten im Taumel einer in diesen Breiten nie erträumten Lust verspürte Don Michele einen fürchterlichen Biß, der ihm das Geschlechtsorgan mit der Wurzel ausriß. Die eingeborene Prinzessin entfloh mit dem Stummel des abgetrennten Gemächts. Bei den kreischenden und frohlockenden Indias, die ihre Prinzessin im Triumph empfingen, ging das blutige Glied von Hand zu Hand. Araguarís Trophäe fiel dann in die Hand der Kannibalen, die den zeremoniellen Ritus vollzogen, daß sie das Glied in hauchdünne, dampfende Schnitten zerlegten und gemeinschaftlich verspeisten.

Michele di Cuneo selbst schildert in seinem berühmten Bericht diese Anekdote mit zahlreichen Details, ohne natürlich am Ende die traurige Geschichte Simonettas zu übergehen, wobei er allerdings jeden Hinweis auf den Admiral unterläßt. Dessen Geheimnis wurde nun von dem Don Micheles aufgewogen, und beide sicherten einander Diskretion und Verschwiegenheit zu.

XXII

Amadise, Palmerine und Esplandiane

Die Zeiten, in denen der Ligurer müßig ist, und es sind dies die meisten des Jahres, bald in übelriechenden Hafenkneipen und bald auf den langen Seewegen, verschlingt er Tag und Nacht die Bücher der Seefahrer und Entdeckungsreisenden, der Amadise, Esplandiane, Palmerine und Zwölf Pairs des Meeres, ohne Florismarte von Hyrkanien oder den jungen Seemann Tiphys zu vergessen, den ersten, der ein Schiff lenkte und die Argonauten nach Kolchis geleitete, um sie geradewegs dorthin zu führen, wo sich das Goldene Vlies befand.

Sie sind für ihn die Seefahrenden Ritter. Ohne deren Ausfahrten in die Welt des Abenteuers wäre die wirkliche Welt nicht bekannt geworden, und er würde nicht über das Meer der Finsternis segeln. Sein Lieblingsheld ist Marco Polo, der die Länder Asiens bereist hat, der venezianische Gigant, dem der Großkhan einen Goldhelm für die geleisteten Dienste schenkte. Mit einem einzigen Streich der Schwertklinge konnte er den dickleibigsten Feind mitten auseinanderhauen. Mit der Schwertspitze konnte er kleine chinesische Gedichte auf ein Lotosblatt schreiben. Mehr als hundertmal hat der Ligurer dessen *Buch der wunderbaren Dinge* gelesen, und er hat es auswendig gelernt.

Kurz, er versenkte sich so tief in diese Bücher, daß ihm die Nächte vom Zwielicht bis zum Zwielicht und die Tage von der Dämmerung bis zur Dämmerung über dem Lesen hingingen, wobei er die Tausende von Seiten mit den Augen und den an die Zunge gelegten Fingern durchstudierte, während er seine Wißbegierde nicht sättigen konnte und seine Torheit immer weiter wuchs. So trocknete ihm vom wenigen Schlafen und vom vielen Lesen das Hirn aus, mit dem er solche Wunder feierte und rühmte.

Die Phantasie füllte sich ihm mit allem an, was er in den Büchern, Heldengeschichten und aberwitzigen Märchen las, so mit Verzauberungen wie mit Kämpfen, Waffengängen und Herausforderungen, Wunden, süßem Gekose, Liebschaften, Seestürmen und Narreteien, wo alles Hanebüchene eine sichere Heimstatt fand. Und so fest setzte es sich ihm in den Kopf, jener Wust hirnverrückter Erdichtungen sei volle Wahrheit, daß es für ihn keine zweifellosere Geschichte auf Erden gab.

Es ließe sich sagen, daß er den Verstand verlor, weil er Geschichten hörte und las, die von anderen erzählt wurden, war er selber doch unfähig, eine einzige zu erfinden. Denn wie einige besessener Erzählleidenschaft verfallen und darob den Verstand verlieren, so kam ihm in den Sinn, schon erzählte Geschichten zu lesen und durch ihre Schilderungen zu seltsamen Ursprüngen zurückzugelangen. Ihn packte der Wahn, daß er jene Geschichten, insonderheit die, eine von Gold und Edelgestein glänzende Welt auf der anderen Seite der Welt zu entdecken, allgemach in die Wirklichkeit einführen könne. Und das, ohne Geschichtsschreiber oder Poet zu sein.

Unser Mann lebte also inmitten einer babylonischen Wirrnis von Büchern. Er hielt sich für nicht weniger als einen Vorfahren und Rivalen des künftigen Ritters von der traurigen Gestalt. Doch hatte dies nichts mit einem Speer im Lanzengestell oder einer alten Tartsche zu tun, die ihn beschirmt hätten, und auch nicht mit einem hageren Gaul, der ihn getragen, oder einem schnellfüßigen Windhund, der ihn angebellt hätte. Überall war er nicht so sehr ein Junker als vielmehr ein Landesfremder; mit seiner großen Überredungsgabe und seinem Anflug von Schelmerei ein Hergelaufener, allerdings mehr als ein Nachgeborener, stets in armseliger, reichlich geflickter und gestopfter, gleich einer Grablampe halb finsterer und halb glänzender Trauerkleidung.

Allezeit las er, was ihm in die Hände fiel; tagsüber hielt er das aufgeschlagene Buch mit der einen Hand vor das gesunde Auge, denn das andere Auge war verletzt und halb geschlossen, während die andere Hand im Hinterteil des Wamses steckte. In langen, halb martialischen und halb liturgischen Schritten lief er auf und ab, weil er nicht im Sitzen lesen konnte. Das schien ihm außerdem eine Respektlosigkeit den Büchern als Gefäßen des Wissens und den Autoren gegenüber, die er bewunderte. Ein höflicher Wesenszug, der ihm mehr als einmal polternde Stürze und sogar Kopfstöße gegen die Wand einbrachte.

Er stolzierte umher und las laut, wiederholte die Abschnitte, bis er ganz sicher war, daß im Filter seines der Schrift abholden Verstandes wenigstens die dicken Körner ausgesiebt waren. Sobald die Nacht kam, zündete er die Kerze eines Handleuchters an und setzte seinen Marsch als peripatetischer Leser im Schein des Talglichts fort. Lange Zeit war dies sein einziger häuslicher Stern. Er ahnte, daß ein Kerzenlicht dereinst das größte Ereignis seines Lebens ankündigen sollte. Jedenfalls bedeutete das Feuer für ihn das Grundelement der Natur. In einem alten Beutel aus Löwenfell verwahrte er zwei Knochensplitter des Raubtiers, die er aneinanderrieb, um den Funken hervorsprühen zu lassen, der seine Kerze entzündete. Danach begann er den Marsch und den brüllenden Vortrag des Gelesenen.

Auf der ersten Seite seines *Buchs der Prophezeiungen* hat er diesen Sinnspruch, den er Voraussage nennt, am Rande vermerkt: »Eine Sache ist es, als Poet zu schreiben, und eine andere, es als Geschichtsschreiber zu tun: Der Poet kann die Dinge so sagen oder singen, wie sie sein sollten, und nicht, wie sie waren; der Geschichtsschreiber muß sie schildern, wie sie waren, und nicht, wie sie sein sollten, ohne der Wahrheit das geringste hinzuzusetzen oder zu entziehen.« Eine vergebliche Beschwörung. Immer schlimmer verblendeten ihn die phantastischen Bücher, selbst wenn sie sich an der gröbsten Wirklichkeit inspiriert hatten, in denen die Dinge nicht so erzählt wurden, wie sie waren, und auch nicht, wie sie sein sollten, sondern als Erfindung des reinsten Fieberwahns. Er behauptete, man könne die Wirklichkeit in all ihren Dimensionen nur vermittels der tollsten Phantasiebilder sehen und fühlen.

Unser Mann studierte sich ab, um den Sinn dieser Geschichten von den seefahrenden Rittern zu begreifen und herauszuklauben, den ihnen Aristoteles selbst nicht abgewonnen noch sie verstanden hätte, wenn er auch zu diesem alleinigen Zwecke aus dem Grabe erstiegen wäre. Er verließ sich nur auf den Evangelisten Johannes, weil er ihn als einen Visionär achtete, wie er selbst es war, und auf Sokrates, den lautersten Weisen des Altertums, der zeitlebens keinen einzigen Buchstaben geschrieben hatte. Er betrachtete es als eine Schändung der gesamten Weltkultur, daß man ihn anklagte und zum Tode verurteilte, weil er die Götter angegriffen und die Jugend verführt hätte, und daß man sein glanzvolles Leben beendete, indem man ihn den Schierlingsbecher trinken ließ. Ob Feuer oder Gift, die Inquisition war allerorten die gleiche.

Von all diesen Gelehrten und insbesondere den Kosmographen und Sterndeutern des Altertums ließ sich der junge Seemann in seiner Zwangsvorstellung bestärken, die Welt in ihrer ganzen Vielfalt und Weite zu entdecken. Sein Wahnsinn war indes schwermütig und friedlich. Sehr gut verbargen ihn das nachdenkliche Schweigen und die halbgeschlossenen Augen, als wende sich sein ganzes Wesen nach innen und versenke sich in seine Tiefen. Er sprach wenig, so gut wie überhaupt nicht. Er wußte, daß ein Schwätzer eher als ein Hinkender zu Fall kommt, und er wollte sich vor einem Sturz bewahren, indem er sich hütete, über Worte zu stolpern.

Das tat der Ligurer nicht aus Verstellung, sondern weil ihn seine Gemütsart hierzu nötigte, so daß man ihn gar für klug, diskret und bedachtsam hielt. Wenn er auf eine Frage antworten mußte, tat er dies stets mit der Frage selbst, die er jedoch als Bejahung formulierte, denn er behauptete, im menschlichen Zwiegespräch sei allein die Frage wichtig, und wer wahrheitsgemäß frage, brauche keine Antwort mehr. Was die äußerste Frage unberührt lasse: »Warum muß die Wahrheit fragen, wenn sie selbst schon die Antwort ist?« schrieb er in seinem *Buch der seltsamen Erscheinungen*.

Die einzige Abnormität, die ihm sein sanfter Wahnsinn einbrachte, bestand darin, daß ihn, wenn er ein Buch zum Lesen nahm, wieder der alte Niesreiz packte, der ihm schon in der Jugend, inmitten der Wollflocken der väterlichen Weberei, das Leben unerträglich gemacht hatte. Diese unablässigen Nieskanonaden konnten Stunden und sogar Tage weitergehen, solange die Lektüre eines Buches, eines jeden Buches dauerte, vor allem, wenn es sich um die abgegriffensten und staubigsten Portulane, Kodizes und Inkunabeln handelte.

Die Schleimdrüse macht keine Unterschiede. So sollte denn der angehende seefahrende Ritter seine Bücher in einem ständigen Sprühregen lesen, der die Seiten beschmierte und verklebte. Er mußte sich einen Schirm aus Wachstuch anfertigen, der zwei Löcher hatte, damit er nur die Augen auf das Geschriebene richtete und die Seite vor seinen tropischen Wolkenbrüchen schützte. Wahrscheinlich war dieser unglückselige Umstand an seinem Haß auf dicke Bücher schuld.

Der junge Novize Bartolomé de Las Casas, sein Freund und zukünftiger Kommentator, der ihn dieses Übels wegen bemitleidete, veranlaßte ihn, das Buch *De omni re scibili* seines Landsmanns, des hochgelehrten Pico della Mirandola, zu lesen. Die tropfende Nase verströmte überreichliches Naß. Der genuesische Seemann verstand den Folianten nicht und ließ ihn mitten in der Lektüre, inmitten von Fahrten, die nicht über hundert Seemeilen hinausgingen, aus der Hand fallen.

Daß er keine Bücher lesen konnte, die dicker als hundert Seiten waren, lag nicht an seiner Trägheit oder Erschöpfung, sondern daran, daß er verstand: Etwas, was sich nicht auf weniger als hundert Seiten zusammenfassen ließ, lohnte nicht die Mühe der Lektüre. Er las hundert Seiten und klappte das Buch zu, selbst wenn es tausend umfaßte, danach dachte er sich den Rest hinzu, um seine Zeit als Leser besser und sparsamer zu nutzen und dem Autor größere Ehre zu erweisen.

Von dem berühmten Wälzer *Tirante der Weiße* las er die bewußten hundert Seiten des ersten Teils. Das übrige überließ er seiner Phantasie, in der heimlichen Überzeugung, daß er das

Original verbesserte. Er glaubte sogar, daß Joanot Martorell selbst ihm für diese vom Vorgestellten bereicherte Lektüre des Nichtgelesenen dankbar sein müsse.

Erst als zwei Jahre vor der Westindienfahrt der zweite Teil erschien, den Martí Joan de Galba oder Alonso Fernández de Avellaneda geschrieben hatte (wenn die Autoren keine Kosmographen oder Astronomen waren, brachte er stets deren Namen durcheinander), las er in einem Wirtshaus von Argamasilla de Alba den *Tirante* vollständig und mit Nutzen, während er zwei Monate lang morgens, nachmittags und nachts Schinken und Brot aß, ohne daß ihm die Kupfermünzen des auf dem Festlande gestrandeten Seefahrers für etwas mehr reichten. Er fühlte, daß ihn dieses Buch auf seinen Irrfahrten durch Europa stärkte, als er von Hof zu Hof zog, um Hilfe für sein Projekt zu suchen. Überdies entdeckte er, daß die wesentlichen Bücher ihre eigene Sprache schaffen. Eine Zeitlang sprach er in Kastilien wieder ein perfektes Katalanisch, während er den *Tirante* las. Etwas Derartiges war ihm auch in Lissabon widerfahren, wo er eine Zeitlang das vollendete Kastilisch der Heldenzeiten sprach, während er die anonymen Romanzen des *Liedes von meinem Cid* las. Und in Spanien fiel es ihm nicht schwer, sich in geschmeidigem Portugiesisch zu verständigen, während er *Die Lusiaden* des Camões las.

In Kastilien sah er sich jedoch gezwungen, seine eigene portugiesisch-spanisch-ligurische Sprache zu erfinden, die als die *Sprache der Entdeckung* in die Geschichte eingehen sollte und sich allen anderen gegenüber als überlegen erwies, weil sie keine Schriftsprache, sondern eine der Taten war, die auf dem Meer unter vielen Nöten, Mühen und Schicksalsschlägen vollbracht wurden; und diese Taten gingen erst später in die verschachtelten Manuskripte des Admirals ein, nachdem sie ins reine geschrieben, gesäubert und verfeinert waren, wie es dem Stil jedes einzelnen entsprach und wie dies müßige Skribenten und offiziöse Kopisten besorgten, zu denen sich der Erzähler dieser wahrhaftigen Geschichte des Prächtigen Admirals und in Ungnade gefallenen Halbgottes zählt.

Nach der Rückkehr von einer Kaperfahrt im Mittelmeer gab der auf halbem Wege stehengebliebene Leser dem ihm befreundeten Eigentümer des Buches, Las Casas, *De omni re scibili* zurück. Dieser glaubte zunächst, daß es sich um einen Kugelkäse handele. Es war nur noch eine versteinerte Kleisterkugel. Statt dessen hatte ihm der Seefahrer eine gute Nachricht zu bieten: Die schlimme Zeit des Niesens war vorbei. »Ich bin vom Stockschnupfen des Wollenzeugs kuriert«, sagte er. »Nur verliere ich jetzt keine Zeit mehr mit dem Schreiben, sondern damit, daß ich Randbemerkungen zu Büchern verfasse, die andere geschrieben haben, und daß ich fremdes Korn in meine Scheuer einfahre.«

Er wußte bereits alle Dinge, die man wissen kann, und einige mehr. Höher loderte am Grunde seiner Augen die Glut der einzigartigen Leidenschaft empor: jene allumfassende Besessenheit, die den Gedanken in einem unsichtbaren Brennpunkt seines eigenen Glanzes verdichtet, außerhalb dessen alles Finsternis und absolute Ignoranz ist. Er wußte nun, daß die äußerste Verdichtung eines Gedankens schon beinahe die Zukunft war.

Er zeigte Las Casas eine Wunde am Adamsapfel, deren Ränder noch nicht verheilt waren. Im Golf von Guinea, erzählte er, habe sein Schiff ein Gefecht mit einem türkischen Piratenschiff bestanden. Jemand rammte ihm einen Spieß in die Kehle. Mehrere Tage lang konnte er keinen einzigen Laut hervorbringen. Dann fand er die Sprache wieder und hatte überhaupt keine Beschwerden der Atemwege mehr.

Auf ihren Spaziergängen sprachen sie erneut über das Projekt der Indienfahrt. Damals gab der Ligurer seinem Freund den Rat, nachdem die Indischen Lande entdeckt und die Indios getauft wären, solle er den Handel mit Negersklaven nutzen und diese aus Afrika in die neuentdeckte Welt einführen, um die Mühsal der Eingeborenen zu erleichtern. Der zukünftige Dominikaner und einer der angeblichen Erfinder der *schwarzen Legende* über die in Westindien begangenen Greueltaten biß sich auf die Oberlippe und dachte nach. Nur einen Augenblick später murmelte er: »Euer Gnaden fallen ja Dinge ein, die so ungeheuerlich sind, daß man sie für pure Übertreibung halten kann! ...«

Der zukünftige Dominikaner sagte dem zukünftigen Admiral, in den Reichen, die er in Asien und im Fernen Osten wiederentdecken werde, sei der Gold- und Spezereihandel bereits gut eingerichtet, und man habe deshalb keine indischen, weißen oder schwarzen Sklaven nötig. Es gehe nur darum, die Heiden zum Glauben des katholischen Gottes zu bekehren, und damit seien dessen das Evangelium verkündende Knechte beauftragt. Gewissermaßen eine theologische Sklaverei, die maßvoller als die anderen Formen sei.

»Was mich betrifft«, überlegt laut der zukünftige Admiral, der das Kinn an die Brust drückt, »so habe ich schon meinen Frieden mit mir selbst geschlossen. Wenn jene Lande, die ich entdecken werde, kein Gold haben, was sie unnütz und unbrauchbar machen würde, so gibt es dort gewiß Menschen. Man kann sie alle einfangen und als Sklaven herbringen, um sie in den Bergwerken zu verwenden und sie sogar zu einem günstigen Preis für die Erwerbstätigkeiten in Spanien selbst und auch im übrigen Europa zu verkaufen.«

»Mögen Eure Ohren hören, was Euer Mund sagt, und stürzt Euch fortan nicht selbst in die ewige Verdammnis!« schnaubte stimmgewaltig der Seminarist.

»Ist in der Heiligen Schrift nicht gesagt: ›Der lügenhafte Mann wird umkommen. Doch Bestand hat das, was der Mann sagt, der hört.‹«

»Es ist auch gesagt, daß der gottlose Mann sein Gesicht und seine Worte verbirgt; doch der rechtschaffene gibt seinen Wegen feste Richtung.«

Der junge Ligurer hat sich sehr verändert. Nicht nur die Wolkenbrüche aus der Nase sind versiegt. Es ist auch so, daß ihm die Narretei, ohne daß er selbst es merkt, zur zweiten Natur wurde, die von der robusten Gesundheit bestärkt wird, wie sie von ihren Wahnvorstellungen benebelte Verrückte haben.

Die vielen Dinge, die man wissen kann (und einige mehr, wie ein gallischer oder germanischer Spaßvogel dem Buchtitel Pico della Mirandolas hinzufügte), weiß der Ligurer auf seine Art, und das stets so, daß es seine besondere Schwäche begünstigt. Er wird auch nicht Leonardos *Erstes Abendmahl* verstehen, das zehn Jahre vor der Entdeckungsfahrt gemalt wurde, als er ihn in dessen Florentiner Atelier besucht, doch hingerissen bestaunt er dessen Flug- und Schiffsmaschinen. Mit diesen Apparaten »könnte man den verborgenen Weg in die unbekannten Länder gar schnell zurücklegen, von dem wir bis heute nicht zuverlässig wissen, daß ihn jemand hinter sich gebracht hätte ...«, schreibt er in seinen *Prophezeiungen*.

Ach, der verborgene Weg, der ihn in seinen Bann zieht!

Da er im harten Seemannsberuf herangewachsen ist, versteht er das unruhige Treiben der Höfe und die Heuchelei der Höflinge nicht allzugut; noch viel weniger die trügerische Atmosphäre wissenschaftlicher und literarischer Foren und Zirkel. Allerdings fehlt ihm nicht ein gewisser praktischer Instinkt, um selbst mit diesen extravaganten Arten von Irrsinnigen zu streiten, mit geschlechtslosen Robenträgern, schwächlichen Schalmeienbläsern, männlichen Dulzineen der Feder und Dolzflöte, ochsenartigen Kanonikern von ungeheuer würdevoller Leibesfülle, aufgedonnerten und buntscheckigen Poeten, Astrologen der Schrift ... Nicht einmal die Arche Noah könnte sie vor der Sintflut retten.

XXIII

Der Erzähler erinnert sich

Der Seemann Tiphys

In frühester Jugend tauschte er das Meer für die Nadeln des Webers ein. Seine Eltern konnten ihn nicht dazu bringen, daß er sich weiter mit ihnen abgab, als er über das siebzehnte Lebensjahr hinaus war und Simonetta Lualdis Tod ihn im Finstern allein ließ, so daß er mitten in der Nacht fliehen mußte. Lange bevor er an Bord eines Schiffes ging, fühlte er sich schon als Sohn des Meeres, denn er verführte sogar Simonetta mit Geschichten von seefahrenden Rittern, deren Heldentaten er, wie er ihr versicherte, nacheifern und überbieten wolle. Als Simonetta starb, erfüllte er daher sein Versprechen, in See zu stechen, zumal die Welt des Festlandes ihm nur Kümmernisse und Schicksalsschläge beschert hatte.

Keine andere Frau von den vielen, die er verleugnete oder die man ihm zuschrieb *(... der lose Seemann kann in jedem Hafen / mit einem andren Liebchen schlafen ...)*, vermochte in seiner verdorrten Seele das Engelsgesicht Simonettas auszulöschen. Auf Gomera werden immer noch einige pikante Histörchen über den Genuesen und seine Geliebte Beatriz de Amorós y Bobadilla erzählt.

Eines Nachts floh der nur mit einem Hemd bekleidete Genuese und wurde von Beatriz verfolgt, die ihn mit einer Walharpune bedrohte. Sie jagte ihn in die dichte Krone eines Gummibaums hinauf. »Was glaubst du, was du bestiegen hast, Seemann?« hörte man Beatriz von unten rufen. »Einen Baum, der seit dem Anfang der Welt steht ...«, antwortete der Ligurer. »Nun, dann bleibst du dort bis zum Ende der Zeiten ...«, erwiderte die wilde Furie und hielt Wache mit der Harpune. Am Morgen ließ sie den Unglücklichen hinabklettern, den die Hitze zu einer Gummikugel zusammengeschmolzen hatte. Zärtlich umschlungen kehrten sie nach Hause zurück, als hätten sie sich nach einer langen Reise wiedergefunden.

Mit dem vorsichtig lavierenden Glauben des Neuchristen vertraut er nur der Wahrheit der Kompaßnadeln. Auf sie verläßt er sich, und er hat schon Kielspuren in allen Meeren und Ozeanen der Welt gezogen. Er fühlt sich verpflichtet, jenen zu entgegnen, die seine seemännischen Kenntnisse loben: »Wie ich allbereits sagte, hat mir nicht die Vernunft geholfen, ebensowenig waren das Mathematik oder Portulane und Weltkarten, um das Unternehmen der Indienfahrt auszuführen. Was man zuvor erträumt hat, kann man nicht studieren oder in Theorien umwandeln. Es hat sich klar erfüllt, wovon Jesaja sprach, und auch das, was der Prophet Esra sagte«, schrieb der Ligurer hochmütig in seinem *Buch der Prophezeiungen*.

Dieser vom Zufall auserwählte Mann versucht nun, seine Legende zu gestalten. Er beruft sich auf Namen, die schon außerhalb der Zeit stehen und die eigentlich nicht zu seinen Gunsten aussagen können. Ganz abgesehen davon, daß weder der Prophet Jesaja noch der Prophet Esra ein einziges Wort über jene Indischen Lande und noch viel weniger über die Fahrt des Genuesen geäußert hatte. Was er sucht, weiß niemand außer ihm selbst, der letzten Endes am wenigsten weiß, was er sucht ...

Da ihn der Übergang zweier Zeitalter geprägt hat, scheint er kein Wesen von dieser Welt zu sein. Vielmehr ähnelt er einem alchimistischen Produkt, das seine Menschlichkeit im Herzen des Menschlichen eingebüßt hat. Ein prähistorisches Relikt, das der Geschichte vorauseilt und sie vorbildet. Er wird postum mit einer Verspätung von fünfhundert Jahren geboren und wird im Dienstalter von tausendfünfhundertvier Jahren eines vorzeitigen Todes sterben, von den Zeitgenossen, Vorfahren und Nachkommen vollständig verlassen und vergessen. Er stirbt zwei Jahre vor seinem eigenen Tod, als seine Gönnerin Isabella die Katholische stirbt.

Die menschlichen Ereignisse und die natürlichen Gegebenheiten haben diesen Mann auserwählt, der von überall und nirgends kommt und als Brücke zwischen zwei Zeitaltern dient. Seine Seele ist zweigeteilt: Der eine Teil bleibt im finsteren Mittelalter begraben; der andere wird sich der neugeborenen Renaissance zuwenden, mit der er sich nicht im mindesten identifizieren kann, die indes auf jeden Fall seinen lichthellen Fuß auf dieser Stufe aus schwarzem Stein beflügeln wird.

Die unglaubliche Großtat dieses Nachfahren von Wollkämmern und Webern, von der er selbst nicht die geringste Vorstellung hat, ist der Hebel, mit dem die Welt der Neuzeit aufgerichtet wird. Er steht ganz im Bann einer Wirklichkeit, die er nicht kennt, der er nie ins Gesicht sehen wird und die ihn im Nacken gepackt hält. Mehrere Stellen der Tragödie *Medea* des Lucius Annaeus Seneca hat er mit Randbemerkungen versehen. Hinten auf der Seite 59 kopierte und übersetzte der Genuese ein Zitat des Meisters aus Corduba, das zum Chor des zweiten Aktes gehört:

... Und es kommen Zeiten in den späten Jahren der Welt,
da wird das ozeanische Meer
die Fesseln der Dinge lösen,
und dann öffnet sich ein ungeheuer weites, unbekanntes Land,
und ein neuer Seemann
– gleich jenem, der Jason geleitete bei der Entdeckung des Goldenen Vlieses,
ein Seemann, der den Namen Tiphys trug –
wird eine Neue Welt entdecken,
und hierauf wird die Insel Thule
nicht mehr der Länder letztes sein ...

Der Übersetzer streicht den Namen der Göttin Tethys – den der große Lucius Annaeus nannte –, der jüngsten Titanentochter, der Gemahlin ihres Bruders Okeanos, mit dem sie Myriaden von Kindern hatte, und an dessen Stelle führt er den Namen Tiphys an, den des jungen Seemanns, der als erster an Bord ging, um Jason auf dem Schiff *Argo* als Steuermann zu führen.

Don Hernando, ein Sohn des Admirals und dessen Biograph, ein mittelmäßiger Rhetoriker, doch ein vortrefflicher Bibliophile und Kolumbophile aus Neigung (leidenschaftlich verehrte er Tauben), wird ebenfalls eine Randbemerkung zu dieser numinosen Passage verfassen:

»Erfüllt ward diese Prophezeiung von meinem Vater / ... dem Admiral, im Jahre 1492 ...«

Der Admiral ist – mehr als anderthalb Jahrtausende nach der Voraussage Senecas – Jason, aber auch Tiphys. Oder wenigstens hält er sich für sie, oder er hält sie für Allegorien der Seefahrt bei der Entdeckung und Eroberung der Neuen Welt, des Goldenen Vlieses der Neuzeit. Schon sind die späten Zeiten vorüber, und gekommen ist die neue Zeit, da sich die Fesseln des Ozeans lösen und sich dem neuen Seemann ein neues Land öffnet, das er entdeckt. Nur daß sich nun die neuen Argonauten in offenem Aufruhr gegen Tiphys erhoben haben.

Nach dem Osten in westlicher Richtung, dem Weg der Sonne folgend und dem der Landkarawanen entgegengesetzt, die auf den Straßen des Mittelmeerraums und Afrikas ziehen, sucht er einen unbekannten Zugang zur bekannten Welt des Fernen Ostens. Aber er wird nicht erfahren, daß er eine andere Welt als die gesuchte entdeckt hat, und er wird sterben, ohne es zu wissen.

Das Motto des genuesischen Seefahrers – »Die Welt dreht sich oft im Kreis« – ging für ihn wieder einmal in Erfüllung. Nachdem er die Welt seiner eigenen Nichtexistenz umrundet hatte, entdeckte er, ohne es zu wissen, eine wirkliche Welt, doch er verdeckte sie sogleich mit der Welt seiner Zwangsvorstellung, seines ehrgeizigen Strebens. Erst nach dem Tod des Admirals sollten die Europäer die späte Entdeckung entdecken, und der Name, den sie dieser westindischen Welt gaben, die nicht das Indien der Europäer war, würde schon ein anderer und nicht der seinige sein.

Es bleibt dem Admiral unbekannt, daß er den Rand einer Welt entdeckt hat, die vor ihm entdeckt wurde, Jahrtausende eher, von ersten, ursprünglichen Seefahrern der Zeit des Feuers; hierauf von frühen Seefahrern der Eiszeit. Vielleicht auch von obskuren europäischen Seeleuten, die von den Stürmen weit über die Tore des Herakles hinaus verschlagen wurden, jenseits von Ultima Thule, das offenkundig nicht der Länder letztes war.

Diese Länder sind schon besiedelt. Das weiß der Admiral. Nun wird er diese Völker entdecken. Später wird er über sie sprechen, als kenne er sie nicht, wobei er sie verunglimpft und ihnen maßlose Tribute und Zwangsabgaben auferlegt. Und hier grenzt die Verdeckung an Verachtung, die eine andere Form ist, das zu verleugnen, was die Menschheit überall, unter jeder Haut, in jedem Blut an Bestem hat.

Es ist seine Bestimmung, zu wissen und nicht zu wissen. Zu entdecken und zu verdecken. Verherrlicht und gedemütigt zu werden. Den Reichtum der Welt zu besitzen und als Armer in die andere Welt einzugehen. Er schenkte den Europäern eine Welt, die nicht seinen Namen trägt, als übergingen ihn sogar die Namenverzeichnisse mit verschämter Zurückhaltung. Doch selbst für diese Verdeckung seines Namens war er verantwortlich. An seinem Lebensende beauftragte er seinen Landsmann und Freund Amerigo Vespucci, »daß er für diese von ihm entdeckte Welt alles tun solle, was er könne, und daß er alles vollenden solle, was er selbst nicht mehr ausführen könne«.

Nun wiederholt sich parodistisch eine gleichartige Situation, wie sie der Admiral mit dem Piloten erlebt hatte. Eine merkwürdige Symmetrie. Wenige Stunden bevor er in seinem Sterbebett die fünfte Reise in jene unbekannten Lande antritt, aus denen man nicht wiederkehrt, diktiert er dieses Vermächtnis an seinen Sohn Diego: »... ich sprach mit Amerigo Vespucci, dem Überbringer dieses Briefes. Er ist ein sehr ehrenwerter Mann und hatte stets den Wunsch, mir Freude zu machen. Wie vielen anderen, wie uns selbst war ihm das Glück nicht hold ... Er kümmert sich um meine Angelegenheiten und geht mit dem großen Wunsch, etwas zu unternehmen, was mir zum Wohle gereicht und meine Vermögenslage verbessern kann, wenn es in seiner Macht steht ... Arbeitet für ihn und mit ihm zusammen, falls es für Euch zweckdienlich sein kann, denn er wird alles tun und ins Werk setzen ... aber alles soll heimlich geschehen, damit auf ihn kein Verdacht fällt ... Alles, was hierüber gesagt werden konnte, habe ich ihm schon gesagt und ihm mitgeteilt, wie die Belohnung beschaffen ist, die mir bei dem zukommt, was Vespucci in meinem Namen und unter seinem Namen unternimmt ... Alles wird zu seiner Zeit von der Hand Unseres Herrgotts kommen, der Dich behüten möge ... Dein Vater, der Dich mehr liebt als sich selbst ...«

In derselben Nacht besuchte Amerigo Vespucci den Admiral, und dieser vertraute ihm nun das Geheimnis an, das der Pilot ihm in der Todesstunde gebeichtet hatte. Nur daß dieses Geheimnis jetzt in die Wirklichkeit eingetreten war und nicht mehr allein eine von Frauen bewohnte Insel, sondern eine ganze neue Welt mit unübersehbaren Ausmaßen und Schätzen bedeutete. Don Amerigo, der nicht bemerkte, daß der Admiral zu dem Punkt gelangt war, an dem er die Reise ohne Wiederkehr antrat, lud ihn ein, die Übertragung der Vollmacht mit einem Schluck besten Valladolider Weins zu feiern.

»Vielleicht ein andermal, *caro mio* ...«, murmelte der Admiral.

XXIV

Erinnerungslose Erinnerungen

Schon drei Tage und Nächte schreibt der Admiral unablässig an seinem *Buch der Erinnerungen.* Gerade die drei Tage und Nächte, die das Schiff beiliegt. Kein Windhauch bläht die Segel, wohl aber kündigen immer näher kommende und bedrohlichere Zeichen ein Gewitter an. Die schreckliche Hitze reißt den Himmel auf, der eine bleierne Farbe wie der Bauch eines toten Fisches hat. Der Mann keucht mit aufgerissenem Mund gleich einem am Haken hängenden Fisch.

Schwerfällig steht er auf und zieht das Bein nach, als wäre es ein an ihm festsitzender Holzklotz. Er verwahrt das dicke und zerlesene Handelsbuch in dem Bronzekasten, der das Kopfende des Bettes bewacht. Er vergißt nicht, den Schlüssel wie üblich siebenmal im Schloß umzudrehen. Gewöhnlich schreibt er nicht nur an seinen täglichen Eintragungen im *Bordbuch* und im *Tagebuch der Entdeckung*, sondern arbeitet auch an dem *Buch der Erinnerungen*, dem *Buch der Prophezeiungen* und dem *Buch der seltsamen Erscheinungen.* Von diesen fünf Flickwerken vermag das *Bordbuch* als einziges den Leser von den ersten Zeilen an wegen seiner Nüchternheit und Natürlichkeit zu fesseln. Die übrigen durchströmt die doppelsinnige und ambivalente Rhetorik des Dominikaners Las Casas und des Sohns und Archivars Hernando, seiner Kopisten und Erneuerer.

Diesmal hat er sich allein damit abgegeben, verbissen und mit krampfhaft verzerrten Schriftzügen *Das Buch der Erinnerungen* weiterzuführen. Auf dessen Blättern verzeichnet er die Abrechnung seiner Gefühle und Ressentiments. Die Abschnitte verlaufen im Zickzack zwischen Warenlisten, Verzeichnissen von Trödelkram für den Tauschhandel, den er *Umtausch* nennen wird: Glasperlen, Schellen, Nadeln, Spiegelchen (er hat mehrere tausend dabei), Zwiebackkisten, Flaschen, Waffen, Musterrollen, Nachweise über Einnahmen, Schenkungen und Schulden. Ganz nach der Art der alten Handelsfirmen und Schiffahrtsgesellschaften Genuas.

Die bei den geschäftlichen Eintragungen minuziöse und akkurate Schrift eines fleißigen Schülers wird bei den privaten Notizen unleserlich und ingrimmig. Diese verbergen in ihrer Eindeutigkeit seine wirklichen oder vorsätzlichen Unterlassungen. Man könnte sagen, daß sich dieser undurchsichtige, mürrische und geringschätzige Mann verzweifelt bemüht, seine persönlichen Memoiren einmal an die Öffentlichkeit zu bringen. Er schreibt eine Botschaft, damit man sie in einer Flasche dem Meer überlassen kann. Er versucht, der Zukunft zuvorzukommen, wenn er von der Vergangenheit spricht. Doch das dicke Buch wird nicht in eine Flasche passen. Er muß es in einem Faß über Bord werfen. Das hat er vorausgesehen. Er hat den Kalfaterermeistern, die sein größtes Vertrauen genießen, den Auftrag gegeben, eine Tonne mit eisernen Zuhaltungen herzurichten, die völlig wasserdicht und unsinkbar ist. Man vernimmt seinen Ruf an die Nachwelt: »Werft das Netz hier aus, in der unmittelbaren Nähe einer Welt, die von mir nicht entdeckt, sondern verdeckt werden soll! ... Ich glaube nicht an postume Lobeshymnen. Die Nachwelt ist kein lohnendes Geschäft. Das hier ist der Ort der Welt, wo Ihr mich entdecken werdet ... Lebt wohl ...«

Der Admiral sieht aus wie ein zum Tode Verurteilter, der vor der Hinrichtung alles verraten soll, was er weiß oder woran er sich erinnert. Auf den Rand des Schmutztitels hat er – vielleicht vor langer Zeit – so etwas wie ein Epigraph oder Epigramm geschrieben: »Die größte Verdichtung einer Erinnerung ist beinahe schon die Zukunft ...«

Die Tinte ist seit mehreren Jahren trocken. Doch offenkundig hat der Admiral das Gedächtnis verloren oder interessiert sich nicht mehr für chronologische Genauigkeit. Jedenfalls hat sich die Verdichtung der Erinnerungen verflüchtigt. Der Admiral vermischt in seinem Schmelztiegel Erinnerungen und Voraussagen. Liebe und Groll. Oder besser gesagt Groll ohne Liebe. Bittgesuche, Proteste, Einsprüche, Ratschläge, Verschleierungen, widersinnige Ambitionen, uneingeschränkte Nüchternheit, unerbittliche Strenge sich selbst und den anderen gegenüber. Er schreibt über sie, als handele es sich um fremde Gefühle, die niemals ihm selbst eigen waren. Der Felsblock dieses ständig explodierenden und verschmelzenden Willens glaubt, er könne seine Bruchstücke außerhalb von sich selbst entdecken. Er fühlt sich verfolgt von der Verleumdung, den Nachahmern und der Verschwörung der Rivalen.

Seine Augen können nur nach innen sehen. Das wird seinen Untergang bewirken. Er vermag außen nur das zu erblicken, was diese Augen ihn im Inneren sehen lassen. Wenn ihn Trugbilder verblenden, macht er die Wirklichkeit für derartige Blendwerke verantwortlich. Auf eine hemmungslose und methodische Weise ist er pragmatisch. Doch dieser Pragmatismus erweist sich lediglich als der Zerrspiegel seiner Hirngespinste, der sich in seinem Geist festgesetzt hat und bis zur äußersten Grenze der Verzerrung gelangt.

Ihm, dem erfahrenen Seemann und untauglichen Kosmographen, wird bis zum letzten Atemzug unbekannt bleiben, was er eigentlich entdeckt hat. Oder noch schlimmer, er wird hartnäkkig daran festhalten, Ostasien in den unerforschten Ländern zu »entdecken«, die fortan nicht seinen Namen tragen, sondern den seines Mitstreiters und Freundes Amerigo. Seine Denkschriften an die Könige, die sich zweihundert Jahre hinschleppenden und immer noch weitergehenden Einsprüche und Prozesse bezeugen diesen allerersten Irrtum bis zum Überdruß. Was nicht die Größe seiner kühnen Tat schmälert, vielmehr die unergründliche Macht der Phantasie verherrlicht, selbst wenn sie mit einer dem Irrtum entstammenden Zwangsvorstellung verbunden ist.

Wenn er sich selbst liest, ist er bestrebt, das innere Bild zu verbessern, das er von seiner Person hat, ohne daß er sich dabei allzu große Mühe gibt. In allem ein Lehrling und in nichts ein Meister, sucht er nicht angestrengt nach hochtrabenden und gekünstelten Wendungen. Er vergeudet weniger Zeit, wenn er schamlos die klassischen und modernen Autoren abschreibt. Nur hier und da übt er sich in nachempfundenen lyrischen Verzierungen. Eine spätgotische Kunstfertigkeit verunstaltet dann seine mittelalterlich finstere Rhetorik auf das schlimmste. Oder der falsche Glanz arabischer Miniaturen, die aus *Tausendundeiner Nacht* entlehnt sind. Eine Versuchung, der Lehrlinge in der schreibenden Zunft offenbar nicht entgehen können.

Er scheint an seiner eigenen Treue zu den Souveränen zu zweifeln, und er ist eifrig bedacht, sie laut zu verkünden. Beim geringsten Anlaß, mag sich dieser nun hierfür anbieten oder nicht, wiederholt er wie einen Zauberspruch seine ständigen Beteuerungen, er sei den Katholischen Königen und insbesondere der Königin eng verbunden und ihr gehorsamer Vasall. Das kommt seiner Anbetung der Himmelskönigin gleich. Erwartet er vielleicht, daß diese mit aufdringlicher Hartnäckigkeit geäußerte Unterwürfigkeit und Ehrerbietung seinen Anspruch verbirgt oder verheimlicht, seine absolute Macht über die Länder zu sichern, die er in deren Auftrag entdecken und erobern soll? Kann der zukünftige Vizekönig dieser Vasallenländer selber der Vasall einer höheren Vorsehung sein? Man hat den Eindruck, daß der Admiral im tiefsten Inneren andere Gedanken hegt. Es blieb ihm versagt, sie in Taten umzusetzen, da der Titel eines Vizekönigs Westindiens endgültig widerrufen wurde.

Was das von ihm vermittelte Bild betrifft, so will er sich nicht für den Kult einer falschen Bescheidenheit opfern. Er betont nicht allzusehr, was er sein möchte oder wie die anderen ihn sehen sollen. Seine Verstellungskunst ist von anderer Art. Er weiß: Die einzige Möglichkeit, richtig zu lügen, besteht darin, die Wahrheit so zu sagen, als lüge man. Und er müht sich mit der geduldigen Einfalt eines Derwisches, diese Maske in allen Feinheiten auszuarbeiten.

Als er selbst bekennt, er habe Toscanellis Brief und Karte oder auch das Geheimnis des verstorbenen Piloten gestohlen, tut er es erst, nachdem er dies indirekt, aber kategorisch zurückgewiesen hat, so daß er jedem böswilligen Verdacht zuvorkommt. Oder er weist ihn später, wenn er den Moment für günstig hält, mit doppeltem Nachdruck zurück.

Die Prinzipien, die er bei seiner Methode anwendet, sind einfach. Niemand gesteht ohne weiteres, er habe offenkundige Diebstähle begangen. Zu seiner Rechtfertigung verfällt er auf melancholische Philosophien über den Diebstahl an Toten und über das *gestohlene Wort*, die er der oberflächlichen Lektüre des Lukianos von Samosata, besonders dessen *Totengesprächen*, und anderen Autoren des Altertums entnommen hat. Er weiß, daß man das unglaubliche Geständnis den Kopisten und Korrektoren anlasten wird, die seine Schriften bearbeitet haben, sowie den Chronisten mit ihrer romanhaften Phantasie, die seine Schriften umgedichtet und umgeschrieben, ja »gestohlen« haben. Allerdings huldigt er gezwungenermaßen der Heiligen Inquisition und widmet ihr eine apologetische Ehrung, indem er Pedro Páramos *Handbuch des vollkommenen Inquisitors* glossiert, das als offizieller Katechismus des Heiligen Offiziums gilt.

Sein größter Wunsch ist, die auf dem Meer vollbrachten Taten zu nutzen, um ein dem *Quijote* ähnliches Buch als bedeutendstes Heldenepos über den Kampf zwischen Gut und Böse zu schreiben. Gern möchte er wissen, wie der Autor des *Quijote* ein Jahrhundert später sein Werk ersinnen und schreiben wird. Er verläßt sich auf die Unterstützung zahlreicher und fingierter Sidis Hametes Benengelís. Dieser Quijote ist nicht wie der andere ein Ehrenmann. Er zerstört Windmühlen im Namen und auf Kosten anderer. Er hat seine alte Leidenschaft für die fahrenden und die seefahrenden Ritter vergessen. Als er in seiner Jugend, in der Zeit zwischen zwei Ausfahrten, Bilderbücher von Amadisen und Palmerinen, Marco Polos und die Kosmographie pflegenden Kardinälen und Päpsten verkaufte, brachte er in seiner Phantasie die Geschichten, Personen und Taten, Schauplätze und Zeiten denkwürdiger Begebenheiten durcheinander. Wenn er von ihnen spricht, erwähnt er immer noch die Namen solcher Länder wie Cathay und Cipango, wobei diese, wie er glaubt, lediglich durch regionalsprachliche Verballhornungen entstellt werden. Er bringt sie weiter durcheinander, bis zum endgültigen Durcheinander seines Testaments, das von den bunten Fransen der Kodizille vergrößert wird, dieser Blumen aus der jenseitigen Welt, die nicht aufblühen und die niemand pflückt.

Die Bücher versorgten ihn mit Essen und Träumen. Und unterdessen traten neue Ereignisse in der Geschichte ein. Der Geschichte, die alle Tage gestaltet wird, die außergewöhnliche Geschehnisse ebenso wie die unbedeutendsten und anonymsten aufnimmt. Als der Admiral am 20. Mai 1506 in Valladolid stirbt, beginnt in Rom der Bau des Petersdoms; Johanna die Wahnsinnige, die Tochter Isabellas der Katholischen, herrscht in Spanien durch ihren Gemahl, den Prinzregenten Philipp den Schönen, und danach, als dieser stirbt, durch ihren Vater, den früheren König Ferdinand. Der *Goldturm*, der nach der Rückkehr des Admirals von der ersten Reise eingeweiht wurde, bleibt genauso leer wie zuvor. Es fließt kein Gold in den eigens hierfür gebauten Turm. Von allen Seiten muß wohl Wasser in die gepanzerten Kellerräume eindringen. Die Konquistadoren zerstören unterdessen Ortschaften und tausendjährige Kulturen, zwingen ihnen die Sklaverei auf. Der Urheber des amerikanischen Holocausts stirbt, ohne daß ihn jemand bedauert.

Niemand mißt dem Ableben des in Ungnade gefallenen Admirals große Bedeutung bei. Einem Absturz, wie er bei jedem Ehrgeizigen unvermeidlich ist, der an seinen eigenen, felsenfest und starrsinnig vertretenen Irrtümern scheitert: Dieser Mann, den ein derart gigantischer Wille mitreißt, segelt schließlich auf Meeren, die es nicht gibt, versetzt Länder und Berge, sucht den Nicht-Ort, verwechselt Namen, Längen, Breiten, Daten, Jahre, Zeitalter, Rassen, Kulturen, Religionen. Dieser Mann, den niemand richtig gekannt hat und der bei vielen sehr unbeliebt war, erlosch wie die Kerze seines Leuchters. Da der Ehrgeiz dieses Mannes derart maßlos war, versank er in Bedeutungslosigkeit. Dieser Mann, diese Persönlichkeit, die schon zu Lebzeiten einbalsamiert schien, so daß er bis zum Augenblick seines Todes unverändert blieb, hinterließ lediglich einen Rattenschwanz von Prozessen, eine trübe Spur von Nichtigkeiten.

Die Macht der Schrift wird es weder ihm noch seinen Erben ermöglichen, den Besitz der verliehenen Länder und Privilegien zu erlangen, der suspendiert und schließlich verweigert wurde. Die Macht der Schrift existiert nur, wenn sie die Schrift der Macht ist. So geschah es, als der Admiral im Namen der Könige die Entdeckungsurkunde unterzeichnete und die Indischen Lande in Besitz nahm, an einem Tag, der irrtümlich auf den 13. Oktober 1492 datiert wurde. Hierauf hatten die Schriftstücke für ihn nicht den geringsten Nutzen, sie konnten ihm nicht einmal die Schenkungen und Titel erhalten, die sie ihm postum gewährt hatten. Selbst die Möglichkeit, auf sie zu verzichten, gaben sie ihm nicht.

Da er es satt hatte, im Unrecht zu sein, nur Niederlagen und Mißerfolge davonzutragen, bei jedem Schritt die Wirkungslosigkeit seiner Methoden festzustellen, beschloß er, etwas anderes zu tun. Am Ende entschied er sich, nichts zu tun. Er meinte, er sei zur abschließenden Minute seiner letzten Viertelstunde gelangt. Und daß er aus dieser Welt gehen müsse, ohne zu versuchen, den Stein der Weisen als Kopfkissen seines Sarges mitzunehmen.

Der Geistliche Bernáldez, der Priester in der Ortschaft Los Palacios bei Sevilla ist, schreibt fast genau am Todestag des Admirals, als spräche er von Ereignissen, die sich im Altertum zugetragen haben: »Es gefiel dem Allmächtigen, daß es in fernen Zeiten einen Mann aus dem Lande Genua gab, einen Bilderbuchhändler, der in diesem Lande Andalusien versuchte, den Katholischen Königen die Länder König Salomos zu verkaufen und die unzähligen, daselbst lebenden Heiden zu erlösen ...«

Beinahe bis zum Ende des zweiten Jahrtausends wird sich niemand seiner erinnern. Und dann wird er als ein anderer auferstehen: im Bild eines obskuren Mannes ohne Gesicht, ohne Namen, ohne Alter, ohne Gedächtnis; als die Sage von einem Mann, der Bedeutung erlangen wollte und der in Wirklichkeit für niemanden von Bedeutung war. Er wollte die höchsten Höhen erreichen und konnte nur unterhalb seiner Wasserlinie leben, von der Feuchtigkeit, dem Schnupfen, den Heimsuchungen, den allumfassenden Widersprüchen überflutet. Er wollte das lieben, was er am meisten haßte, und er haßte, was er am meisten liebte. Er liebte, was er nicht liebte.

Seit dem Tod der Königin, seiner Gönnerin, fühlt sich der Admiral in seiner Vereinsamung vor dem Tod verwaist. Er fühlt sich vom Nebel einer vorweggenommenen Aktenschließung ausgelöscht. Er ist der erste und ursprüngliche Seefahrer des Sevillaner Archivs, und niemand weiß ganz genau, wo sein Schiffbruch in einem Meer von Papieren stattgefunden hat. Über diesen Unbekannten wurden dennoch mehr Bücher geschrieben, als sich Sandkörner in der Wüste befinden; so viele, daß man mit ihnen die ägyptischen Pyramiden errichten könnte. Und es blieben noch genug übrig, um weitere drei Pyramiden zu bauen.

Als er bereits dem Ende seines Lebens ganz nahe ist, wird sich in ihm eine plötzliche und unglaubliche Wandlung vollziehen. Etwas wie ein Ausbruch, der ihn als menschliches Wesen, als eine der rätselhaftesten Persönlichkeiten der abendländischen Geschichte rettet. Selbst über diese letzte und einzige Wandlung des Admirals – der zu seiner wahren Natur eines Bettlers und Irrfahrers zu Wasser und zu Lande zurückfindet, bevor er ins Jenseits eingeht – wird niemand etwas erfahren. In seinem *Buch der Erinnerungen* hinterließ er die schriftliche Botschaft: »Ich fürchte den Tod nicht. Ich fürchte den Verschwundenen, der erscheint, wenn er wirklich allein bleibt …«

XXV

Der Ritter von der traurigen Gestalt

Hundert Jahre später sollte der *Quijote* erscheinen. Doch das hatte der zukünftige Admiral bereits mit jenem eigenartigen, weltentrückten Vorgefühl geahnt, das die Traumhelden ihren arglosen und verblendeten Lesern eingeben und womit sie diese bewegen, ihnen nachzueifern. Solchen Helden bieten nur die großen Romane eine Heimstatt, lassen sie auf ihren Seiten wiedererstehen oder nehmen sie im Spiel der Phantasiebilder vorweg, und zum allgemeinen Vergnügen und Ergötzen bewahren diese den Mythos über die Zeiten.

Den Ritter von der traurigen Gestalt konnte vielleicht ein Jahrhundert zuvor der seefahrende Ritter nachahmen, der so dessen bedeutendster Vorläufer war. Nur daß er das genaue Gegenteil tat und zu dessen Gegenpol wurde. Ihm fehlte die Seelengröße des anderen. Niemand schien das zu bemerken. Die von den Dichtern auf den Kopf gestellten, durcheinandergewirbelten Zeiten stoßen die den Geschichtswissenschaftlern teure chronologische Ordnung um, doch sie vermögen nicht den unterirdischen Strom der Mythen zu verändern, ohne die einfache und gewöhnliche Menschen nicht leben können.

Als der Autor des *Quijote* – wie eine andere seiner Gestalten, der eifersüchtige Estremadurer, der nach Sevilla gelangt, der heiligen Stätte aller Träume und Utopien – sich aller Gelder entblößt sah und auch nicht allzu viele Freunde hatte, wollte er zu dem Rettungsmittel greifen, das viele andere arme Schlucker versuchen, das heißt: Er beschloß, nach Westindien hinüberzufahren. Dieser Schutz- und Zufluchtsort der Verzweifelten in Spanien, diese Freistätte der Aufrührer, dieses Land, das Mördern freies Geleit zusichert, diese Decke, unter der sich die Falschspieler, die bei manchen Leuten *die Kunstverständigen* heißen, verstecken können und wo leichtfertige Weiber alles erhoffen, was ihr Herz begehrt, diese Erde, die vielen zur gemeinsamen Enttäuschung wird und wenigen einzelnen Glück bringt, konnte ihn nicht aufnehmen. Diese höchste Gunst wurde ihm nicht gewährt. Besser gesagt, sie wurde ihm verweigert. Zu einer bösen Stunde, genau ein Jahrhundert später, im Jahre 1583, will der Manchaner, der eifersüchtig über sein Genie und seine Ehre wacht, nach Westindien auswandern, das sein Vorläufer, Nachahmer und Fälscher entdeckt hat, wie dieser behauptet.

Dem Einhändigen von Lepanto (der eine Hand in der erhabensten Schicksalsstunde verlor, die es in allen Jahrhunderten gab, und der mit der anderen Hand ein Werk schrieb, das die Jahrhunderte nicht vergessen werden) rüstet man keine Flotte aus, und man schmückt seinen Namen auch nicht mit den höchsten Adelstiteln oder nährt seine Hoffnungen mit Versprechen. Man gibt ihm nicht einmal die Möglichkeit, Spanien zu verlassen und sein Glück als einer von den vielen nachgeborenen Hidalgos zu suchen, die jenseits des finsteren Ozeans sterben oder reich werden.

Der Fürst im Reich des Geistes wird nicht nach Westindien fahren. Er wird nicht als Passagier ins Überseereich gelangen. Doch ein Jahrhundert nach dem Tod des Admirals, genau im Mai 1606, kommen die ersten fünf Exemplare seines *Quijote* in seinem Namen dort an. Die Bände der kurzweiligen Geschichte treffen auf dem Schiff *San Pedro* in Westindien ein, das damals schon Amerika heißt, als die Konquistadoren und Grundherren ungeheuer mühevoll und erfolgreich die ersten hundert Millionen Ungläubige unter die Erde bringen.

Da Don Miguel spürte, daß er nicht mehr zu Jugendstreichen aufgelegt war, war es besser für ihn, in seiner heimatlichen Mancha zu bleiben, um wie sein Alonso Quijano der Gute gelassen den Tod zu erwarten. Um seinen eigenen Tod zu sterben und sich nicht auf eine verwirrende Geschichte einzulassen, die er nicht hätte ersinnen und hinnehmen können und gegen die er sich gewiß mit einem anderen Buch empört hätte, das noch berühmter als das erste geworden wäre, das der fahrenden Ritterschaft den Garaus machte. Genauer gesagt, es war besser für ihn, nichts zu verlangen und in der Bedürftigkeit der reichste Mann der Welt zu sein, als daß er sich zum Komplizen jener gemacht hätte, die im Namen Gottes den größten Massenmord verübten, den es in allen Jahrhunderten gab.

»Die Quintessenz des Goldes ist immer die Verderbnis«, schrieb auf lateinisch der im Jahr der Entdeckung geborene Valencianer Juan Luis Vives, ein Freund des Erasmus, einer von denen, die, während die Schlächter in Amerika wüteten, sich als hellsichtige Verfechter des antikolonialen Bewußtseins erhoben. Sowohl das *De causis corruptarum artium* des Valencianers als auch das *De Indis* des aus der Provinz Álava stammenden Francisco de Vitoria sind weiter so zeitgemäß wie damals. Wenn man sie ins Spanische übersetzte, würden sie heute besser als viele Geschichtsbücher die Ursachen für Niedergang und Fall des westindischen Imperiums erklären, das durch die Großtat des Admirals entstanden war.

XXVI

Buch der Erinnerungen

Der Admiral hinterläßt in diesem Buch, das für immer verschollen ist, sein letztes Bekenntnis vor dem Tod. Darin legt er besonderen Wert auf seine unantastbare Keuschheit. Etwas, dessen sich ein verhältnismäßig bedachtsamer Mann in bereits vorgerücktem Alter nicht rühmen sollte. Und mit diesen fortwährenden Prahlereien vereint sich der unbezwingliche und entschiedene Hang, schlüpfrige Histörchen zu erzählen, die von einer ziemlich lächerlichen senilen Erotomanie zeugen. Der Schalk verhält sich dabei sibyllinisch. Die doppelt schamlos wirkende fiktive Lust und fiktive Abwehr des Tunichtguts, der seine Reue nur vorspielt. Eine apokalyptische Pikanterie.

Vielleicht sollen ihm solche Geschichten nur als Folie dienen, um seine Tugend der erzwungenen Enthaltsamkeit hervorzuheben, die für sein Alter und seine Lage naturgegeben ist. Im Grunde beabsichtigt er, ohne es direkt zu sagen, seine angebliche Manneskraft selbst zu loben, die Kinder zeugen, Welten entdecken und Reiche gründen könne. Die Renommiererei jedes gezähmten Deckhengstes. Die Keuschheit in der Impotenz als Krönung der Heiligkeit in der Lüsternheit.

Es läßt sich indes nicht leugnen, daß die Zuneigung, die er für seine zahlreiche Nachkommenschaft empfindet, wirklich echt und rührend ist. Selbst wenn man sie als das hartnäckige Bestreben ansieht, die Adelsdiplome und den verbrieften Reichtum zu bewahren, die ihm die Krone bei der Begründung einer Dynastie gewähren will. Diese wird postum und glücklos wie alle seine Unternehmungen sein und auf hundertjährige Prozesse hinauslaufen, die den rechtmäßigen Adligen, den Anwälten, Richtern, Winkeladvokaten, Testamentsvollstreckern und Gerichtsdienern, den Chronisten, Bibliothekaren und Archivaren viel Gesprächsstoff und Arbeit liefern sollen.

In seinen besten Momenten möchte der Admiral die eigene

namenlose Gestalt hinter sehr namhaften Persönlichkeiten zurücktreten lassen. Nichts bringt mit solcher Kraft wie die Namen hervorragender und anerkannter Persönlichkeiten die Magie der historischen Wahrscheinlichkeit zur Geltung. Alles, was man in ihrem Schatten sagt, bekommt unwiderlegbare Bedeutung. *Imago mundi.*

In dem seinen Schriften eigentümlichen Dialekt erinnert das *Buch der Erinnerungen* lebhaft und einfallsreich an diese Persönlichkeiten. Es vermittelt den Eindruck, daß er weiter mit ihnen vertrauten Umgang pflegt. Er ist der geborene Farbenkleckser, der jedoch über einzelne feinsinnige Mittel verfügt. Er erfaßt intuitiv, daß sich die Wirkung eines Porträts nicht aus dem gesamten Bild, sondern aus den kaum wahrnehmbaren Details ergibt. Ein Selbstbildnis muß in seinen Entstellungen einen ehrlichen Eindruck machen. Er kann das Zucken eines Backenknochens, das Zittern eines Augenlids, eine behaarte kleine Warze, die Klangfarbe und Intonation einer Stimme, die scharfe Linie eines unbarmherzigen Mundes vorführen, der scheinbar ein unsichtbares Messer zwischen den Zähnen hält. Er kann die Sprache der Gesten deuten und beschränkt sich nicht darauf, die körperliche Schönheit oder die moralische Häßlichkeit eines Menschen abstrakt zu beschreiben. Als guter Kenner der Physiognomik errät er den Charakter seines Gegenübers an dessen Gesichtszügen bis in die kleinsten verborgenen Winkel. Und niemand vermag ihn hinters Licht zu führen.

Mit seinen Ideen – die alle monoton, grau und urtümlich sind, obwohl sie aus zweiter Hand stammen – hat er es stets auf den Kern der Dinge abgesehen. Doch dieser Kern stinkt wie der einer verschimmelten Nuß nach dem ranzigen Öl einer unheilbaren, als Askese getarnten Eitelkeit; er riecht nach der unerbittlichen Geringschätzung der anderen, nach der hochmütigen Ignoranz seiner eigenen Mittelmäßigkeit.

Der Admiral hat nicht den geringsten Begriff von dem ihm unvorstellbaren Mißverhältnis, das zwischen dem ihn zwanghaft beherrschenden Unternehmen und seiner eigenen hoffnungslosen Unzulänglichkeit besteht, es auszuführen; oder, genauer gesagt, zwischen dem Unternehmen, das sich ihm durch eine wundersame Verkettung zufälliger Gegebenheiten aufgedrängt hat, und seinen beschränkten Fähigkeiten als Kosmograph und Politiker sowie seinem beschränkten Wesen als größenwahnsinniger und egoistischer Mensch. Er segelt im Sargassomeer seiner Gedankenverwirrung. Er selbst räumt sich lange Schonfristen bei seinen Problemen ein, da ihn unablässig die chiliastische Utopie der geistlichen Orden beschäftigt, denen er dient und deren er sich bedient.

Die Kunst der Verstellung, das geduldige Ertragen der schlimmsten Demütigungen haben ihm das eigene Ich verborgen, das er gewiß inmitten der inquisitorischen Wahnvorstellungen nie erkannt hat. Er weiß nicht, wer er ist, doch ebensowenig, wer der *andere* ist. Das maßlose und charismatische Ich zeigt sich im Gegenlicht, mit dem Zingulum der Dominikaner und Franziskaner gegürtet, jener Orden, denen die Katholischen Könige und der Papst die gewaltige Aufgabe anvertraut haben, Heiden und Ungläubige zu bekehren. Der Admiral hat sie mit seiner mystischen und asketischen Erscheinung geblendet. Er ist der Auserwählte Gottes, der Heilige der Karavellen, dessen Heiligsprechung die Christenheit seit fünfhundert Jahren in Atem hält.

Für diesen Kreuzritter ist die himmlische Glorie des dreieinigen Gottes unauflöslich mit der Macht der irdischen Dreieinigkeit des Goldes, des Schwertes und des Kreuzes verbunden, vereinigt und verschmolzen. Diese Frömmigkeit liefert ihn noch wehr- und hilfloser der Gegenmacht des Goldes, des Schwertes und des Kreuzes aus, wie er sie selber in den Ländern begründet, die er schließlich entdeckt und unterwirft. Als der direkte Vorläufer der Konquistadoren, Kolonisatoren und Grundherren, die sich als die wirklichen Entdecker der Neuen Welt erweisen. Es genügt ja nicht, wenn man unwissend und geistesabwesend zu ihrem Rand vorstößt, während man in eine andere Richtung blickt, vielmehr muß man in ihr Inneres eindringen und das dunkle Blut hervorquellen lassen.

Er hat nichts, woran er sich klammern kann. Außer jenem

Eisenstock, von dem er ständig spricht. Eine Figur, eine Beschwörung, die ihren Ursprung in den Werkstätten der Handwerksgilden haben. Der Amboß der Schmiede. Die Stange der Wollkämmer. Etwas, das zum Kommandostab, Herrschaftssymbol oder Erzbischofsstab werden kann. Sein Minderwertigkeitsgefühl hat ihn genötigt, die Welt auf ihre kleinste Dimension zu beschränken, damit er sich in ihr eine andere Welt nach seinem Maß vorstellen kann. Man hat ihm den Schlüssel gegeben, mit dem sie sich aufschließen läßt. Doch dieser Schlüssel gehört zu einem anderen Schloß. Er muß sich ein anderes Tor erfinden und das östliche, asiatische Indien dieser Neuen Welt überstülpen, die nichts mit ihm zu tun hat.

Er wird sie für die Europäer nach dem unerbittlichen Gesetz des Zufalls wiederentdecken, und er erfährt nicht, daß er sie entdeckt hat, weil er sie mit jener Welt aus den hastig gelesenen Büchern verwechselt. Mit jener Welt der unterderhand gestohlenen Landkarten. Mit einer Welt, deren Geheimnis er einem sterbenden Seemann entlockt hat. Mit jener der Prophezeiungen der Heiligen Schrift, die keinen Grund hatte, sich mit der Entdeckung zu befassen.

Die Welt, die er im Inneren trägt, ist die einer Kultur in der Finsternis. Die andere, der er entgegenstrebt, ist vom Glanz der ursprünglichen Natur, vom Brodeln entstehender Kulturen eingehüllt, von denen einige sogar älter als die europäischen sind. Und dort kann dieser mittelalterliche Höhlenmensch nicht das Feuer finden oder sich vorstellen. Nicht einmal, als er an der Küste des irdischen Paradieses die ferne Kerze schweben und zum Himmel aufsteigen sieht. Nicht er hat sie angezündet, indem er seine Löwenknochen aneinanderrieb. Zunächst glaubt er, daß es ein leuchtender Fisch ist, der auf einem Wellenkamm steigt und sinkt. Oder daß es ein Untertan des Großkhans ist, der sie von einem Minarett mit dem wogenden Lichtkranz einer Fackel begrüßt.

Fünfhundert Jahre später trägt im Mythos der *vom Himmel herabgestiegene Mann* weiter den Eisenstock, den Amtsstab der großen Schamanen in den Urwäldern des Südens. Der *Weiße König*, der nach ihm benannt ist, lebt immer noch in jenen Dschungeln und wird von gezähmten Jaguaren beschützt. Papageien, die mehrere Sprachen erlernt haben, dienen ihm als Dolmetscher und Boten. Die mündliche Überlieferung von einem gewissen Land zwischen den Meeren, das einer von Erdreich umgebenen Insel gleicht und von einer Mauer aus Wäldern und Mißgeschicken umgeben ist, paßt diese Sinnbilder der Eingeborenensprache an und variiert sie von Zeit zu Zeit, erhält allerdings auch nach fünf Jahrhunderten die namengebende Gestalt des einsiedlerischen weißen Königs unangetastet.

Das *Buch der Erinnerungen* wird spurlos verschwinden. In keinem Archiv, in keiner Privatsammlung liegt es begraben. Im kollektiven Gedächtnis blieb von ihm kein Überrest. Die Geschichtsschreiber, Apologeten und Verleumder des Admirals erfahren nichts von ihm. Nichts von diesem verschollenen Buch weiß der Dominikaner Las Casas, der beinahe alle Schriften und Schiffstagebücher des Admirals korrigierte und der die einfallsreichste Hagiographie versuchte, die jemals ein heiliger und wahrheitsliebender, wenn auch im Irrtum befangener Mann über einen Erfinder von Lügengeschichten verfassen konnte, an die er selber mit dem Starrsinn eines Menschen ernsthaft glaubte, der sich zu einer nicht vorhandenen Religion bekehrt hat.

Das *Buch der Erinnerungen* gelangt auch nicht in die Hände des gelehrten Rhapsoden der *Ozeanischen Dekaden*, des Bischofs und päpstlichen Diplomaten Don Pedro Mártir de Anglería, eines Freundes und Exegeten des Admirals. Don Pietro Martire wird angesichts der indischen Papageien, die der Seefahrer zu Ehren der Königin mitgebracht hatte, in Verzückung geraten. Weitschweifig beschreibt er die Federtiere mit ihrer lebhaften Farbenpracht, doch er hinterläßt uns nicht das kleinste Lebensbild des Admirals, die unscheinbarste Flaumfeder aus dessen dunklem Gefieder. Das Bild des in seine wortlose Würde, in seine falsche und zugleich wahrhaftige Askese eines büßenden Mönchs gehüllten Herumtreibers. Don Pietro erspäht lediglich das lange haarige Genick des Admirals, das dem eines indianischen Raubvogels ähnelt, und schildert es mit höfischem Witz.

Das *Buch der Erinnerungen* wird nicht einmal dem Sohn des Admirals bekannt: Don Hernando, der die Verschmitztheit seines Erzeugers erbte und der das berühmte *Leben des Admirals* verfaßte, ohne daß er dessen urwüchsiges Talent besaß, anderen ein X für ein U vorzumachen und sogar ein Kamel durch ein Nadelöhr gehen zu lassen. All dies berechtigt zu der Annahme, daß das bewußte *Buch der Erinnerungen*, das von überragender Bedeutung für die Geschichte des Admirals ist, vollständig von anonymen zeitgenössischen Hagiographen ersonnen und geschrieben wurde. Und das vielleicht von den aufeinanderfolgenden Schreiberlingen berichtigt, erweitert und entstellt wurde, die auf der Suche nach jenem Faß ihr Netz im aufgewühlten Seefriedhof Westindiens auswarfen. Was auf jeden Fall zwecklos gewesen wäre, denn das Faß wurde nicht ins Meer geworfen, als der Sturm wütend das Flaggschiff umtoste.

Am wahrscheinlichsten ist, daß das Handelsbuch selbst mit seiner Bilanz der Erinnerungen während des Gewitters ins Meer geworfen wurde, als bereits alles verloren schien. Diese reiche Fülle von Blitzstrahlen, Donnerschlägen, Wetterleuchten und tobenden Winden, diesen Mahlstrom von Wellenbergen, die dreimal höher als das Schiff aufschäumen, hätte sich der Admiral als Schauplatz des Weltendes für sein eigenes Ende gewünscht.

Ein solch wohlbekannter, allerdings nicht dokumentarisch belegter Sachverhalt berechtigt ebenso jeden beherzten und einfallsreichen Chronisten, wenn es ihm gefällt und er so etwas wagt, das *Buch der Erinnerungen* nach seinem Geschmack und Belieben zu schreiben. Selbst der begriffsstutzigste Chronist kann aus diesem Thema den Genuß gewinnen, den einem jeden die Erregung eingibt, unbekannte und imaginäre Geschehnisse zu erzählen.

Jedenfalls ist es beinahe unmöglich, die letzten Prinzipien

und Ursachen aufzuspüren und zu ergründen, die diesen rätselhaften und widersprüchlichen, schwerfälligen und unlauteren Mann zum Handeln veranlaßten. Ständig von dem Gedanken an die Größe besessen, die er nicht hat, begreift und schildert er sich selbst als einen Erleuchteten und Auserwählten Gottes. Im Zeichen und mit dem Stigma der Macht des Goldes, der Anhäufung des Geldes, der politischen und religiösen Macht, deren äußerste Verkommenheit der Brennstoff war, der die Lampen der Renaissance nährte. Der armselige Admiral und seine gewaltige seemännische Heldentat waren nur ein blindes Werkzeug der tiefen Wandlungen, die sich damals in den Reichen des Abendlandes vollzogen.

XXVII

Der Admiral erzählt

Heute werde ich 43 Jahre alt. Ich wurde in demselben Jahr wie die Durchlauchtigste Königin geboren, die, ebenfalls im Zeichen des Skorpions, in Madrigal de las Altas Torres zur Welt kam. An unterschiedlichen Orten erblickten wir dieselbe Sonne. Die Königin ist 7 Minuten jünger als ich, und man darf nicht behaupten, sie sei eine alte Königin oder ich ein junger Admiral. Ich bin kein junger Mann mehr. Ich bin ein legendärer Irrfahrer über Land und Meer. Wären wir gleichen Standes gewesen, so hätten wir als Kinder in jenen Wüsteneien meiner frühen Träume zusammen spielen können. Nun ist sie die Durchlauchtigste Königin, und ich bin ihr untertänigster Vasall, der auf die Suche nach anderen, mit reinem Goldsand bedeckten Wüsteneien auszieht, um sie ihr als königliches Geschenk darzubringen.

Es kann keinen Irrtum geben. Auf dem von Toscanelli und dem Piloten gewiesenen Weg nähern wir uns der Provinz Mangi, die bei Cathay liegt. Doch nun bekommt Ptolemäus abermals recht, wenn er den Kurs zum Indus auf 24 Grad unterhalb der Äquinoktiallinie festlegt.

Das entnahm ich bald den Worten des Piloten, als er, von der Hast und Angst des Sterbens gepackt, schon in meinen Armen zitterte. Damals erfuhr ich es durch die Aussage jenes namenlosen Mannes, der im Angesicht des Todes sprach. Bereits zuvor hatte ich es aus allen Büchern über seefahrende Ritter geschlossen, die ich lange Zeit und unter großen Mühen las, und auch aus sämtlichen Seereisen und ritterlichen Ausfahrten auf Kaper- und Piratenschiffen, die ich in allen Meeren der Welt unternommen habe. Insgesamt dreihundertsiebenunddreißig, einschließlich dieser Fahrt nach Osten in westlicher Richtung, der ersten in ihrer Art, von der die Seefahrer Europas und Asiens zuverlässige Kunde haben. Ich kenne wenigstens eine weitere, aber das ist mein Geheimnis. Es ist besser, das für sich zu behalten, was man genau weiß, als das zu erzählen, was man unzureichend weiß.

So etwas lehrt offenkundig die Erfahrung. Ich muß die Denkschrift, die ich an die Könige schreibe, mit Stellen aus der Heiligen Schrift ausschmücken. Ich will Bruder Buril wieder einmal bitten, mir bei den Verzierungen zu helfen. Die Feder stockt mir bei jedem Strich, wenn sie von dem abweicht, was ich nur von der harten Wirklichkeit sehe und erkenne, die stets unbeschreiblich ist. Es bereitet die gleichen Schwierigkeiten, das Schamhaar einer Frau oder einen vereisten Berggipfel zu beschreiben. Nur daß die guten Sitten, die Kaltblütigkeit und das scharfe Auge des Beobachters dabei mithelfen.

Ich bin keine *Persona contemptibilis*, kein verächtlicher Mensch. Ich bin stolz darauf, daß ich nicht über meine Möglichkeiten und Grenzen hinausgehe, daß ich mir nicht in aller Öffentlichkeit den Hut eines neunmalklugen Doktors aufsetze. Unvergleichliche Verehrung empfinde ich für Johannes den Täufer, weil er ein Vagabund war und zusammenhanglose Dinge sagte. Und für Sokrates, der im Laufen unterrichtete und mit seiner Weisheit die jungen Schößlinge an seiner Seite tränkte.

Das gesprochene Wort sagt immer die Wahrheit, selbst wenn es sie nicht sagt; es sagt sie mit der Art, wie es etwas sagt, die durch ihre Art vielsagend ist. Es erhebt sich im freien Flug. Die Schrift wurde erfunden, um zu lügen. Sie kristallisiert in der Tinte den dunklen Teil der Wahrheit, die Unendlichkeit des Universums in ein paar Dutzend Lettern heraus, deren Kombinationsmöglichkeiten sehr begrenzt sind. Weniger als tausend Wörter umfaßte das gesprochene Kastilisch des Cid Campeador, doch sie genügten ihm, damit er dank der Kraft seines Arms und der Macht seines Muts tun konnte, was er tat.

Am besten ist es, nicht mehr als nötig zu reden. Noch besser: überhaupt nicht zu reden. Das Wort schweigend für sich zu behalten. Von den beiden Löchern, aus denen die menschlichen Abfälle fließen, ist der Mund das schlimmere, sagt ein arabisches Sprichwort. Jetzt oder wenn mein Leben endet, wird mir schon der Seminarist Las Casas zu Hilfe kommen, der mich wie sich selbst kennt und schätzt und der alle meine Schriften korrigieren wird, wie es am ratsamsten erscheint. Desgleichen mein Sohn Fernando. Und mein Bruder Bartolomé, der bereits Seekarten zeichnen kann, es aber noch nicht gelernt hat, auf sein buhlerisches Treiben zu verzichten, und dessen Benehmen uns die Indischen Lande kosten wird. Der päpstliche Diplomat und spätere Bischof Pedro Mártir de Anglería, der mich in seinen *Dekaden der Neuen Welt* indirekt lobt. Darin schildert er meine bei der Entdeckung vollbrachten Heldentaten, als hätte er sie selbst erlebt. Aus meiner Sache machte er seine eigene, wie ich meine aus fremden Angelegenheiten. Wir sind quitt.

Es ist wahr, daß Pedro Mártir die *Dekaden* nicht geschrieben hat, um mich zu rühmen, vielmehr wollte er damit Kardinal Sforza, dem apostolischen Protonotar und Kanzler, huldigen und ihm eine Zerstreuung bieten. Ihm kam es darauf an, das Wohlwollen des valencianischen Papstes Alexander VI. zu gewinnen, mit dem er sich schließlich sehr übel verfeindete.

Der Dominikaner Las Casas und mein Sohn Hernando werden all diese mit Schweiß und Meerwasser beschmierten Papiere auf ihre Weise umschreiben. Sie werden Dinge hinzusetzen, die nicht geschehen sind oder die anders geschehen sind, außerdem viele weitere, die ich gar nicht kenne, und die meisten davon nur, um Zwietracht zwischen mir und meinen portugiesischen Freunden zu säen, um mich bei den Souveränen verhaßt zu machen, die mir ihr uneingeschränktes Vertrauen gewährt haben, und um meinem Ruf und Ansehen als erstem Entdecker der Indischen Lande zu schaden.

Die eitlen Kleinigkeitskrämer, von denen es am Hofe wimmelt, ertragen nicht den schwindelerregenden Aufstieg, der mich zum Zenit erhoben und sie am Nadir des reinen Nichts gelassen hat. Ein schwarzer Fleck von Ameisen, die ihre bewegliche Schale durch den Palast schleppen. Sie taugen nicht einmal dafür, Katzendreck auszuscharren. Ach, was wäre ohne sie! Was bliebe von der Eleganz, Höflichkeit und Heuchelei, den Kniefällen und Läusenestern in den großen Perücken?

Bald werden sich Chronisten einstellen, allwissende Seefahrer der Archive, Kosmographen, Lehrer der heiligen Kirche und zweitrangige Romanautoren, um mit ihren arglistigen Deutungen das zu verderben, was ich nicht getan oder geschrieben habe; um Taten und Daten zu erfinden, mit denen ich nie etwas zu tun hatte. Ein Dokument beweist das Gute oder Schlechte und auch das ganze Gegenteil. Mit ein und demselben Dokument kann man unterschiedliche und sogar entgegengesetzte Geschichten zustande bringen. Das haben die Übersetzer und Kopisten der Schule von Toledo mit dem Exemplum ihrer Kunstfertigkeit gezeigt. Schließlich werden sich solche Schreiber und Übersetzer jahrhundertelang mit einer Tilde, einer Cedille, einem Komma, einem Beistrich aufhalten, der sie mit der verkrümmenden Krankheit der heimlich in infizierten Buchstaben lauernden asiatischen Cholera anstecken kann. Man muß behutsam vorgehen, wenn der Teufel die Schreiberlinge in den Krypten der Schrift versucht.

Ich habe sehr wenig Fortschritte beim Studium des Nebrija gemacht, den Ihre Durchlauchtigste Hoheit mir auf meine Bitte vor der Abreise geschenkt hat. Don Elio Antonio de Nebrija empfindet Hochachtung für meinen Freund Pedro Mártir de Anglería. Er hat ein Vorwort zu dessen erster *Dekade* geschrieben. Ich will ihn ersuchen, daß er auch mein *Buch der Seefahrten* mit einer Vorrede ehrt, die sein tiefes Wissen bekundet und in der Sprache dieser Königreiche geschrieben ist.

Don Pedro Mártir behauptet, die kastilische Sprache sei die schönste und schwierigste der Welt. Alighieri, hat mir Don Pietro erklärt, hätte die *Commedia* nicht auf kastilisch oder lateinisch schreiben können. »Er schuf eine andere Sprache, um seine große Dichtung über das Schicksal der Seelen nach dem Tode zu gestalten«, sagt Anglería. Ein denkwürdiger Streit zwischen Hölle, Fegefeuer und Paradies, den ich nie verstehen konnte. Ich begreife nur die Sieben Kreise des Ozeanischen Meeres. Und ich habe keine Vergile, die mich führen, und auch keine Beatrices mehr, die mich inspirieren.

Der hohlköpfige Schreiber Escovedo kennt nur seine amtliche Kanzleischrift, die gehaltloser und fader als der Eintopf an Bord ist. Ich vermag seinem juristischen Kauderwelsch nicht zu folgen. Und Bruder Buril murmelt das Latein nur so, als läse er eine Messe. Er bat mich, ihm die *Grammatik* zu leihen, damit er den richtigen Satzbau studieren und dann mich lehren könne.

»Die Verben und die Geschlechter«, ersuchte ich ihn ganz besonders; »die Verben für die Verbalien; die Geschlechter für das Geschlechtsspezifische. Es geht nicht an, daß man ständig Männliches und Weibliches durcheinanderbringt, wie es mir geschieht. Ich jedenfalls würde immer die weibliche Form benutzen. Für die Königin, meine Durchlauchtigste Herrin. Sie hat Macht und Wissen. Es steht geschrieben, wie ich schon gesagt habe, daß die Frau eines Tages über den Mann herrschen wird. Und so wird sich der Lauf der Welt zum Besseren wenden, weil der Mann lediglich begehrt und die Frau gebärt.«

Von der Insel Hierro bis hierher hat mir der Kaplan nur zwei Lektionen aus dem Nebrija erteilt. Sozusagen zwei Eier, die im Wasser eines 700 Meilen weiten Meeres weichgesotten wurden. Ein einziges Ei hätte mir genügt, damit ich es auf die Spitze stellte, und wenn die Grammatik auch nicht das Ei der Sprache ist, so ist sie doch in ihr enthalten. Boíl oder Buril behauptet, das Buch sei ihm abhanden gekommen. Ich argwöhne, daß die fleißige Arbeit des Paters Nebrija im Meer versunken ist. Der Mönch mag glauben, daß sich die Fische ins kalte Wasser stürzen und Kastilisch lernen.

Über die mir im *Bordbuch* fehlenden Tage konnte ich auch keine Eintragungen kritzeln. Noch viel weniger vermochte ich am *Buch der Entdeckung* zu arbeiten. Das Schlimme an der glatten See und dem festsitzenden Schiff, den Mollusken im Kielraum und dem Wurm der Meuterei, der die Mannschaften zernagt, ist, daß mir nichts als Warten bleibt. Und grundloses Warten läßt die Segel erschlaffen und den Willen nicht anschwellen.

Wenn es zum Schiffbruch kommt, wird die Denkschrift zusammen mit dem Flaggschiff in dieser Tausende Meilen großen

Faulgrube der Pflanzen verschwinden. Ich will die Denkschrift in das wasserdichte, mit Wachs und Pech überzogene Faß stekken und es aufs Vorschiff stellen lassen, damit es von dort, wenn das Schiff untergeht, in die Wellen geschleudert wird und damit die Botentonne eines Tages Ihren Majestäten die Denkschrift überbringt.

XXVIII

Zwiegespräch am Besanmast

Bruder Buril mit seinem Stundenbuch und dem Rosenkranz der Fünfzehn Geheimnisse kommt in meine Kajüte. Er rasselt wie ein Gerippe und riecht nach Käse. Er weiß über alles Bescheid. Escovedos heimlicher Wink hat ihn heillos verwirrt. In seinem Gesicht lese ich die Ahnung, daß er mir nicht das Herz aus dem Leibe reißen will, sondern befürchtet, daß ich ihm seines herausreiße.

»Nein, Bruder Juan«, sagte ich. »Ich habe Euch nicht gerufen, damit Ihr mir die Beichte abnehmt. Ich will Eure Beichte hören.«

Ich fragte Bruder Juan, was für ihn die Hoffnung bedeute. Einen Augenblick verlor er etwas die Fassung. Als er eintrat, vermutete er, ich wolle ihn aushorchen, um den Grund zu erfahren, warum ihn die Krone als Kaplan auf meinem Schiff eingesetzt hat. Er beruhigte sich und antwortete, die einzige Hoffnung seien Glaube und Liebe zu Unserem Herrgott, von dem alle Gaben kommen, darunter die der Hoffnung.

»Und auch die Strafe«, bemerkte ich und beobachtete ihn aus den Augenwinkeln.

»Ja, auch sie, Señor«, sagte er. »Die schrecklichsten Strafen für unsere Verfehlungen und Sünden!«

»Glaubt Ihr nicht, Hochwürden, daß die Hoffnung ebenfalls eine Erinnerung an das sein kann, was man einmal als kostbarstes und am innigsten geliebtes Gut besessen hat?«

»Die Hoffnung ist keine Erinnerung, sondern eine Frucht der Zukunft. Sie wird nicht vom Gedächtnis erweckt, sondern von den Sehnsüchten.«

»Wie könnten wir sie dann erkennen, wenn wir nicht wissen, was sie ist und wie sie ist?«

»Jeder weiß, welche Form seine Hoffnung hat.«

»Nun, ich bekam sie nie zu sehen«, entgegnete ich. »Nicht

einmal in wahnhaften Vorahnungen. Sehen, um zu sehen. Um den grünen Baum der Wahrheit zu sehen.«

Ich hielt den Augenblick für günstig.

»Bruder Juan, habt Ihr schon den Meuterern die Beichte abgenommen?«

Meine grobe Frage ließ ihn auffahren, obwohl ich sie nur in äußerst sanftem Ton andeutete und geradezu verharmloste.

»Nein, Señor ...«, murmelte er. »Alle haben das heilige Sakrament der Buße abgelehnt.«

»Ihr Seelenheil ist ihre eigene Sache«, sagte ich und blickte ihm fest und spöttisch in die Augen.

»Ich weiß, ich weiß ...«, erklärte er, wozu er die Hände rang und ein schuldbewußtes Gesicht machte.

»Es kann einen Schiffbruch geben ..., eine Mondfinsternis ist eingetreten. Genauer gesagt, es gibt zwei aufeinanderfolgende Mondfinsternisse, und es läßt sich an den fünf Fingern ausrechnen, daß in wenigen Stunden ein schreckliches Gewitter droht. Das habe ich Euer Gnaden schon gesagt. Vielleicht ist uns der Rückweg für immer abgeschnitten.«

»Genau das sagen und befürchten sie ...« Bruder Juan hielt inne, als hätte ihm die Stimme versagt.

»Was sagen sie?«

»Was Euer Gnaden bereits wissen. Gestern nacht haben sie verkündet, daß sie Euer Gnaden das Faß mit Euren Papieren um den Hals binden und Euch ins Meer werfen wollen. So könnt Ihr auf dem Wasser treiben, wenigstens eine Zeitlang. Gott verläßt seine Auserwählten nicht. Ich hoffe, daß Euch ein Schiff aufnimmt, Señor ...«

»Hier kommen höchstens portugiesische Schiffe vorbei. Wenn sie mich in diesen Gewässern entdecken, hängen sie mir außer dem Faß noch einen Anker um den Hals.«

»Die Meuterer haben beschlossen, die Rückfahrt anzutreten. Alle sind einverstanden: die Kapitäne der drei Schiffe, die Oberwerkmeister und die Matrosen.«

»Sie finden nicht zurück. Auf meinen Befehl wurden alle Land- und Seekarten achtern ins Wasser geworfen.«

»Der größte Heißsporn ist Don Martín Alonso Pinzón, der Kapitän der *Pinta*. Er sagt, er habe seine eigene Seekarte ...«

»Die hat er nicht mehr. Ich habe sie beschlagnahmen lassen, ohne daß er es weiß. Mich wundert nicht, daß sich Martín Alonso am widerspenstigsten gebärdet. Er glaubt, daß ich ihm die Würde des Admirals und Statthalters weggeschnappt habe. Mit seiner segeltüchtigeren Karavelle fährt er deshalb immer voraus.«

»Herr Admiral, beteiligt sind auch Schiffsführer Francisco Martín Pinzón, Don Vicente Yáñez Pinzón, Don Juan Niño und sein Bruder Don Cándido Francisco Niño, der Proviantmeister der *Niña* ... Die sieben Brüder Niño von der *Niña* ... Der einzige, der sich der Meuterei nicht angeschlossen hat, Herr Admiral, ist Euer Bruder Don Bartolomé ...«

»Das hätte noch gefehlt!«

»Sie haben ihn bis zum Hals in einem Sandfaß eingegraben.«

»Das weiß ich schon. Kein gutes Grab. Und es wird nicht dadurch besser, daß es nur ein halbes ist.«

»Aber es geht noch weiter, Herr Admiral. Señor Don Juan de la Cosa, der Oberwerkmeister und Eigentümer der *Gallega* ..., ich meine der *Santa María*, unseres Flaggschiffs, hat der Mannschaft vorgeschlagen, mit den Booten zu fliehen und Schutz auf den anderen Schiffen zu suchen, nachdem sie dieses hier in Brand gesteckt haben. Sie haben beschlossen, Euch an den Großmast zu binden und dazulassen, damit Ihr zusammen mit dem Flaggschiff lebendig in den Flammen verbrennt. Die Kapitäne meinen, man müsse Euren Bruder Don Bartolomé am Leben lassen und als Gefangenen mitnehmen, damit er sich vor den Königen, Unseren Herren, für die schweren Anklagen verantwortet, die man gegen Euch erhebt, Herr Admiral.«

»Aber wenn man schwere Anklagen gegen mich erhebt, warum sollten sie dann meinen Bruder, diesen Taugenichts, als Gefangenen mitschleppen?«

»Weil der Herr Admiral dann schon unter Wasser sind, nachdem Ihr im Feuer wart.«

»Haben Euer Gnaden ihnen nicht gesagt, daß die Könige sie als Verräter behandeln und daß man sie aufhängt, sobald ihnen die Heimkehr gelingt, wenn das noch möglich ist? Als Strafe für die Meuterei und den Mord.«

»Ich wollte ihnen begreiflich machen, daß sie sich tatsächlich dieser Gefahr aussetzen. Doch ihnen ist es lieber, daß man sie in Spanien aufhängt, nachdem sie ihre Familien zum letztenmal wiedergesehen haben. Ihnen ist es lieber, daß man sie in ihrer Heimat in einem Massengrab verscharrt, als daß sie in den Tiefen des Meeres der Finsternis ertrinken. Ein paar möchten sogar, daß man ihre sterblichen Überreste auf die Anhöhen legt, damit die Raubvögel sie verschlingen. Sie fühlen sich schon als *Tote*, und das gibt ihnen eine schreckliche Kraft ...«

»Macht Euch keine Sorgen, Bruder Juan. Sie setzen ihre Drohungen nicht in die Tat um. Wir sind eine Handbreit vom Gelobten Land entfernt. Sie werfen mich nicht ins Meer und verbrennen mich auch nicht bei lebendigem Leibe, sondern stimmen bald Loblieder auf mich an und segnen mich, wenn sie die glänzenden Golddächer der königlichen Gebäude von Cathay und Cipango erblicken. Ich sehe genau vor mir, wie sich die Dinge entwickeln. Sie sind wie meine Söhne. Was auch geschehen mag, ich muß über ihr Schicksal wachen. Bis zur Auferstehung vergesse ich sie nicht. Geht, Euer Gnaden, nehmt einen Imbiß zu Euch und richtet weiter versöhnliche Worte an sie, unter die Ihr Drohungen und die zuverlässige und wahrhaftige Kunde vom Tod und von den Höllenstrafen mischt. So etwas zeitigt immer gute Ergebnisse.«

In großer Eile ging Bruder Juan von dannen, und sein Gesicht ließ erkennen, daß er sich abermals über den Eimer für seinen Auswurf beugen würde. Seine Seekrankheit hat nicht nachgelassen. Dem kirchlichen Aufseher eilt wie eine Ankündigung stets der Geruch des Eimers voraus, dem er beichtet, oder er folgt ihm wie eine Kielspur nach. Man könnte sagen, es sei die Luft seines Inneren.

Nachdenklich betrachtete ich den Großmast, um dessen Fuß zahllose Lichtreflexe glänzten, so etwas wie eine Feuersbrunst, die man durch sehr dicke Glasscherben beobachtet. Und ich sah mich selbst, wie ich mich in den Flammen wand, ohne daß ich die Fesseln lösen konnte, die aus Entertauen bestanden …

XXIX

Kurzes Zwischenspiel

Sanft sinkt die Nacht herab. Sie sieht aus wie eine heimliche und dirnenhafte Geliebte. Unverzüglich wird sie von einer anderen Nacht besprungen. Der Nacht, die auf der Nacht reitet. Ihre unwiderstehliche Flut dringt bis in die verborgensten Winkel des Schiffes vor. Sie zeigt die Neugier einer Frau, wenn diese den Ort in Besitz nimmt, der ihr vorbehalten ist, damit sie sich ausziehen kann.

So verhielt sich die schöne Beatriz de Arana, meine Frau, wenn sie mich rief und sich schon nackt auf dem Bett wand, damit wir uns vereinigen und das Tier mit den zwei Rücken machen konnten. Instinktiv kannte sie sämtliche Geheimnisse der Ekstase. Sie weihte mich in alle ein und unterwies mich, ihnen, ohne ein Wort zu sagen, ohne irgendeine Theorie zu erklären oder mir die trügerische Verheißung ins Ohr zu raunen, welche Lüste sie mir bereiten wolle. Wortlos gab sie mir solche Lüste. Sie rührte sich, und das war alles. Geschickt bewegte sie die Hand wie ein Zauberkünstler oder Schlangenbeschwörer. Und ihr Körper sprach. Mit welcher Beredsamkeit, mein Gott!

Sie war ein weiblicher Teil der Natur, der an Wasser denken ließ. Ein Wasser aus Fleisch und Blut, das es vermochte, sich von großen inneren Stürmen treiben zu lassen. In den Pausen stand sie auf und trank aus dem Krug. Mit der geruhsamen Schwerelosigkeit einer Wolke in Frauengestalt lief sie nackt durchs Zimmer. Sie trank viel, wenn sie liebte. Danach sprudelten Regentropfen aus ihrem ganzen Körper, und die Wiesen ergrünten. Ihr gesamtes Wesen war nur der über die Ufer getretene Fluß der Schöpfung. Eine grüne Frau, ein Seewind voller Algen, Labsale, Seufzer und lachender Lieder: ein plätschernder Bergquell, ein machtvolles, samtweiches Gewitter. Die Frau kennt sich in den Geheimnissen ihrer Berufung aus. Je unwissender, desto weiser, je schweigsamer, desto melodischer.

Sie bestand darauf, mich vor der fleischlichen Vereinigung in eine sonderbare Gymnastik, die Chromokinese, einzuführen. »Die Farben sind eine große Hilfe, um in Hitze zu geraten«, sagte sie und legte ihre Kissen bereit, »um das innere Gleichgewicht zu finden.« Und sie hatte recht. Die Ergebnisse waren märchenhaft. Die Methode bestand darin, die geistige Energie auf die lebenswichtigen Körperbereiche zu konzentrieren, wie es den sieben Farben des Spektrums entspricht.

Nachdem wir mit den Ellbogen auf den Knien und dem Kopf zwischen den Händen die Gautama-Position eingenommen hatten, sagte Beatriz *»Rot!«*, und wir beide mußten die zwei Gehirnlappen auf das Geschlecht ausrichten. *»Gelb!«* – und unser ganzes Wesen verdichtete sich im Bauch. *»Orange!«* – und unser Solarplexus wurde von einem mysteriösen farbigen Kitzel durchtränkt. *»Blau!«* – der Himmel erfüllte das Gehirn, und die Stirn fand Kühlung im Gipfelwind. *»Grün!«* – die Herzschläge löschten alle Geräusche des Universums aus. *»Violett!«* – in die Kehle drang ein nach Minze duftender Sprühregen. *»Indigo!«* – und der ganze Körper schwebte sanft empor. Wenn wir so in Spektralfarben zerlegt waren und leuchteten, führte uns der Regenbogen in seinem Nachen zu unserem nächtlichen Nordlicht. Beatriz war aus dem Stoff, aus dem die Amazonen und Sirenen sind.

Sie lehrte mich, das Röcheln der Agonie im *kleinen Tod* gemeinschaftlich abzustimmen. Aus den Geräuschen der Liebe machte sie ihre eigenen Seufzer. Um es derber zu sagen: Sie konnte die grünen Halme so zu Flötenrohren zurechtschneiden, daß sie eine Panflöte mit gutem Klang ergaben. Der Alkoven wurde zum Bordell, Musikzimmer, Heiligtum und Käfig zweier zärtlicher Bestien im Fieberwahn. Wenn wir uns umschlungen hatten und niedergekniet waren, konnten wir selbst den letzten Tropfen aus dem unerschöpflichen Born unbekannter Wonnen trinken. Schließlich schleuderte sie mit der Fußspitze ihr weißes Nachthemd in die Luft.

»Ich hisse die weiße Fahne ...«, flüsterte sie und zog sich zu einem Knäuel aus erstickten Jammerlauten und Seufzern zusammen. Sie hatte den Kopf zwischen die Knie gesteckt und den Rücken mit dem Öl des Lebens eingeschmiert. Die beiden Gesäßbacken zeigten zur Zimmerdecke, wie zwei Leuchtbojen, die auf dem zerwühlten Bett schwammen. Gewiß schuf Gott den Apfel, indem er sich am Frauenhintern inspirierte, damit Eva – und nicht die Schlange – Adam, einen kleingläubigen Mann mit großen Begierden, versuchen und ins Verderben stürzen konnte.

In der Heraldik der Sünde ist die in Versuchung führende Schlange ein seltsames Element. Vielleicht wurde sie von den Theologen erfunden, die sich irrtümlich von der schlangenhaften Natur der Frau anregen ließen. Doch diese Wellenbewegung des Körpers ist ihr größter Reiz. Wie hätte sich das Menschengeschlecht außerhalb des Gartens Eden ohne den Bauchtanz in der Rückenlage vermehren können? Und war es etwa nicht die kleine Sünde wert, in den Apfel zu beißen? Hätte es bei der ursprünglichen Vertreibung aus dem Paradiesgarten genügt, wenn man mit den Lippen an der glatten, roten Apfelschale entlanggestreift wäre?

In irgendeiner Form mußte sich das Paar verselbständigen und sich durch eine unzählige Nachkommenschaft von Kindern, Geschlechtern und Gründerfamilien vermehren. Wollte Gott, Unser Herr, das Paar immerdar auf seinem Thron absondern und einsperren, in der unerträglichen Einsamkeit einer Gesellschaft zu zweit, unter seinen allgegenwärtigen und ewigen Augen? Ich glaube, wenn ich mich nicht sehr irre, so hatte der Schöpfer die ursprüngliche Vertreibung aus dem Paradiesgarten von Anfang an vorgesehen. Tatsächlich war sie für das Menschengeschlecht der Beginn der Zeiten.

Oh, die Macht der Liebe besteht nur darin, daß man aus Mann und Frau zwei Tölpel macht, die einen Augenblick vereint sind ... daß der eine von der anderen das nimmt, was diese zuviel hat und was dem anderen fehlt ... Ich spreche von der körperlichen Liebe. Die andere, die geistige Liebe, ist sich selbst genug und hat keine Regeln, ich meine jene purpurroten Kalenden, die sich schwer voraussehen lassen, wenn man sich nach dem Kalender der Jahreszeiten und Mondzyklen richtet.

Beatriz beklagte sich darüber. »Ich habe«, sagte sie, »mondsüchtige Regeln.« Sie spielte auf die unerwarteten Störungen ihrer törichten Meteorologie an, die sie an einer Lustreise hinderten, wenn sie am meisten danach begehrte. Sie war dem unwillkommenen Erscheinen ihrer Menstruation preisgegeben. Sie nannte sie »meine lieben Monstren«. »Mach dir deshalb keine Sorgen«, wollte ich sie trösten. »Es ist besser, wenn man das Gute manchmal genießt, als daß dies spät, kaum oder nie geschieht.«

Beatriz sagte, sie habe ein doppeltes Geschlecht: eines für sie, das andere für den Mann. Und ich weiß, daß sie nur einen Teil der Wahrheit sagte. Vielleicht hatte sie ein drittes in Reserve. Beatriz war selbst für den fähigsten Mann eine sehr anspruchsvolle Frau. »Der Mann«, sagte sie, »hat kein Geschlecht. Er selber *ist* sein Geschlecht, wenn er wahrhaftig ist. Wenn er egoistisch und engstirnig ist, und das ist er beinahe immer, so genießt er allein und teilt die Lust nicht mit seiner Gefährtin. Er spielt seine kleine Flöte, um sich selbst zu befriedigen. Und er steckt sie ins Futteral zurück, wenn das Konzert kaum begonnen hat, das für ihn schon zu Ende ist.«

Sie beschuldigte mich, ein egoistischer Virtuose zu sein, der die Soli mißbrauche und sich allein vorbehalte. »Du mußt die Panflöte für uns beide bis zum Ende spielen, ohne auf halbem Wege stehenzubleiben«, beschwerte sie sich. Ich vermute, daß dieses Urteil einen etwas ungerechten Vorwurf anklingen ließ. Ich bin kein Schwein aus der Herde Epikurs. Doch diese weise Frau wußte Bescheid. Ich würde ihr Verdikt nicht anfechten, während ich ihren wunderbaren Hintern, diesen letzten Sinn allen Widersinns, streichelte.

Aber ich bin kein egoistischer Virtuose, um welche Art von musikalischen oder anderen Instrumenten es sich auch immer handelt. Vielmehr bin ich ein äußerst schlechter Mitwirkender, der im besten Augenblick des Andante zu abrupten und unaufhaltsamen Finalen neigt. Eines Nachts geschah etwas in unserem

Sevillaner Haus, während wir das Tier mit den zwei Rücken machten. Die leichte Brise, die vom Guadalquivir aufstieg, linderte nicht die sengende Hitze und stachelte Beatriz' Verlangen an.

Ich bemühte mich, nicht daran zu denken, was auf dem Spiel stand, und ich tat so, als wäre ich zu zerstreut, um den mir zukommenden Teil beizutragen. Beatriz' Fersen spornten erfolglos meine Lenden und mein Gesäß an. Mich belustigte der Gedanke, daß das Reittier gelegentlich den Reiter vorwärtstreiben kann. »Hufschläge der Stute sind Liebkosungen für das Roß«, wie das von Correas verzeichnete Sprichwort sagt. Manchmal finde ich mich zur Liebe mit einer gewissen Gleichgültigkeit bereit, die sich von der unendlichen Genußfähigkeit des Weibes behexen läßt. Dann wird dieser Zauber stärker als der fleischliche Taumel. Zusammen mit dem Genuß der Frau genießen, dem der Genuß des Mannes nie gleichkommen kann.

Die *Olé!*- und *Hoch Spanien!*-Rufe wechselten erfolglos miteinander ab. Plötzlich wurde ich auf eine Maus aufmerksam, die sich verzweifelt plagte, in einem Zimmerwinkel einen Tunnel zur Küche zu scharren. Ihre langsamen und winzigen Schrittchen, ihre am Holz kratzenden kleinen Krallen klangen verstohlen herüber und höhlten das Loch im Zwielicht aus. Auch das Tierchen unterbrach seine Arbeit, als sei es an der unsrigen interessiert. Die Antennen der Nager haben einen siderischen Geruchssinn. Ich klammerte mich an dieses absurde Bild wie jemand, der sich in dem ihn fortreißenden Sturzbach an einem kleinen Zweig mitten im Wasser festhält. Während das Nagetier den Tunnel grub, konnte ich weiter so tun, als folgte ich der Bewegung, wenn auch nicht dem Ton der Panflöte, und mir zwecklose Anstrengungen ersparen, das Geschlecht verneinen, indem ich es anerkannte, und in der Sünde eine pflichtvergessene Enthaltsamkeit genießen. Mit einem Wort, den Zauber der Gleichgültigkeit bewahren.

Wir beobachten uns ohne jede Scheu. Zwischen der Maus

und mir hat sich so etwas wie eine Komplizenschaft herausgebildet. Sie zieht die Schnauze in Falten, schließt halb die Augen, bewegt den Schnurrbart in einem Signalcode, den ich nicht entschlüsseln kann, so offenkundig er auch sein mag. Im Gegensatz zu mir wird nun die Maus zu einem unwahrscheinlichen Solisten. Sie bewegt den Körper in einem sonderbaren Bauchtanz, der sich dem Rhythmus des unsrigen anpaßt, als wollte sie das *Stakkato* anspornen und beschleunigen. Ich begriff, daß das Mäuschen auf die Erfüllung wartete. Ich blinzelte ihm zu. Der Nager setzte seine Arbeit am Tunnel fort. Beatriz protestierte immer noch gegen meine ungewöhnliche Passivität.

Mondlicht fiel in das halb ausgenagte Loch. Auf der anderen Seite, in der Küche, herrschte Überfluß; der Geruch nach Käse und weiteren Eßwaren ließ die Antennen des Nagetiers vibrieren und trieb es vorwärts. Die silbern getüpfelte Maus arbeitete fieberhaft. Das letzte Hindernis stürzte ein. Mit einem freudigen, leisen Pfeifen begrüßte das Tierchen den schwachen Lichtschimmer, der endlich durch die Spalte drang. Auch Beatriz stieß einen für sie eigentümlichen pfeifenden Klagelaut aus und bedeckte mich mit Küssen, die ich eigentlich nicht verdient hatte. Ich schlief ein. Als ich aufwachte, war die Nacht so plötzlich hereingebrochen, daß im Bett, dort, wo sich Beatriz befand, nun ein Mondschatten aufragte, der die Stellung des Gottes Gautama einnahm. Gierig biß Beatriz in ein großes Stück Manchakäse. Mit dem Halbmond ihres Arms zog sie mich zu den Bogen ihrer Stirn. Sie preßte ihren Mund an den meinen, und auch ich kaute nun an dem Käse, so daß wir das Trio vervollständigten, ein Konzert, das für mich köstliche Folgen hatte.

Ich habe früher einmal gesagt, daß man mitten in der Wollust, welchen Grad sie auch immer erreicht, das Element der Selbstbeherrschung, Enthaltsamkeit und Tugend finden kann, das der Lüsternheit entgegenwirkt und sie aufhebt, also dem verstocktesten Sünder die Heiligkeit ermöglicht. Ich entdeckte es zufällig, als jenes kleine und unscheinbare Nagetier auftauchte; und von diesem Kunstgriff ausgehend konnte ich ein ganzes System von Dämmen und sogar von Mauern gegen die Sünde schaffen.

Die Sinnbildhaftigkeit der Welt erlaubt derartige Überschreitungen der Realität.

Niemals erfuhr meine schöne Beatriz etwas von dem Zwischenspiel mit der Maus. Sie beschwerte sich auch nicht wieder über meinen solipsistischen Egoismus. Sie erklärte mich zum besten aller Gefährten. Es gab keine Hochzeit oder andere Dummheiten. Nachdem die Lust genossen war, erübrigte sich das Sakrament, und außerdem fehlte das tägliche Brot. Meine Beatriz Enríquez de Arana mußte die Leitung der Schlachthöfe Córdobas übernehmen, was sie der Vermittlung Bruder Juan Rodríguez de Fonsecas, des Erzdiakons von Sevilla und späteren Bischofs von Badajoz, zu verdanken hatte.

Bruder Rodríguez de Fonseca war der erste, der sich als Vertreter der Könige um die westindischen Angelegenheiten kümmern sollte (den Bau des Goldturms, die Ausrüstung von Flotten, die Erteilung von Lizenzen usw.). Seine erste Amtshandlung war, wenn man das so nennen darf, daß er meiner unanständigen Beatriz diese anständige Lizenz bewilligte. Ich sollte dann ihre Pfründen noch vergrößern, indem ich ihr die von den Katholischen Königen ausgesetzte Belohnung von zehntausend Maravedí überließ, die mir der Ruf »Land! ...« einbringen würde, weil ich als erster die Küste der Neuen Welt erblickte.

Beatriz verlor mehrere nahe Verwandte, die beim schweren Werk der Entdeckung starben. Onkel, Brüder, Vettern. Eine hervorragende nepotistische Sippschaft. Sie selbst wollte mich auf dieser ersten Fahrt begleiten. »Nein«, hielt ich sie zurück. »Eine Dame ist nicht für das Kriegshandwerk geschaffen. *Velis nolis* bleibst du hier«, und ich gab ihr die zehntausend Maravedí mit den Wappenlilien als Vorschuß. Nach der Lust kommt der Verlust. Die Arme konnte sich nur kurze Zeit der Lizenz erfreuen, weil sie bald an Fleischvergiftung starb.

Aus jenen Lustfahrten ging mein Sohn Hernando hervor. Wobei dies unter ganz anderen Umständen als bei den übrigen Söhnen geschah. Er ist der klügste, doch vor allem der natürlichste ...

Er verabscheut das Meer, verteidigt jedoch den seemännischen Ruhm seines Vaters. Er wird mein Testamentsvollstrecker sein. Er hat die Klugheit, die ich nicht besitze. Er weiß, weil er denkt. Ich denke, weil ich mich einzig und allein darin auskenne, meine Gedanken gründlich in Taten umzusetzen. Ich vermochte das Verlangen des Fleisches abzutöten. Ich kann meinen Söhnen nicht das postume Gut eines toten Verlangens hinterlassen, denn sie sind beweibt und müssen die Heimsuchung durch die Wollust und das wahnwitzige Fieber der Lüsternheit meiden, dürfen allerdings nicht zu vollständiger Enthaltsamkeit gelangen. Das Übermaß widerspricht immer der Natur.

XXX

Der Visionär

Das Bein beansprucht alles Leid des Körpers für sich. Ein zerklüfteter Schmerz, der mich Tag und Nacht peinigt. Doch nur das Bein tut weh. Wenn sich der Schmerz im Nagel des großen Zehs zusammenzieht, schlägt er am härtesten zu. Der Nagel sitzt dann nicht mehr am Fuß, sondern ist an einem Gehirnlappen festgeschraubt. Der übrige Körper schwebt in einem unsagbar wohligen Gefühl. Ach, wenn ich das Bein den Haien vorwerfen könnte, wäre ich der glücklichste Mensch der Welt! Bruder Juan betrachtete den schwärenbedeckten Schenkel, wozu er oft blinzelte und wegen des Pestgestanks die Nase rümpfte.

»Seht, Bruder Juan«, sagte ich, um ihn abzulenken, »ich habe eine Krankheit, die mich in den kritischsten Augenblicken befällt.«

»Das sehe ich schon, o ja, Herr Admiral! Das Bein ...«

»Nicht das Bein. Die Gicht im Bein ist nur ein Tropfen. Meine Krankheit ist ein ganzer Strom. Es ist die Krankheit meiner Seele, daß ich sehe, was geschehen wird. Auf einmal flammt in meinem Gehirn eine strahlend helle Lichtkugel auf und vergrößert es, daß es einer unermeßlichen, blendenden Sphäre gleicht. Sie ist nur ein Kugelblitz, doch ich habe das Gefühl, daß sie einen endlosen, durch mein ganzes Leben führenden Weg erleuchtet. Dann sehe ich die Zukunft klar vor mir, als wäre ich bereits in sie eingetreten und als hätte ich sie sogar schon hinter mich gelassen. Denn ich fühle tatsächlich, daß alles, was mir widerfahren wird, schon der Vergangenheit angehört und aus meinem Inneren wie aus einem großen Samen hervorwächst.«

»Dieser Samen ist widernatürlich.«

»Das sind Visionen oder Halluzinationen, aufblitzende Gefühle und Wahrnehmungen. Ich halte sie für trügerisch, und trotzdem muß ich an sie glauben. Nach einer unvorhersehbaren

Zeit bestätigen sie sich im guten und im schlechten Sinne. Deshalb faste ich wie die Cemíes, die dies tun, damit sie klarere Visionen haben, was mir der Pilot auch anvertraut hat.«

»Die Cemíes sind Götzen!«

»Sie sehen die Vergangenheit und die Zukunft.«

»Aber das ist ja die Prophetengabe!« bekreuzigte sich Bruder Buril. »Sie kommt allein Unserem Herrgott zu! Prophezeiungen zu verkünden ist ein todeswürdiges Sakrileg! Ein Sterblicher im Stand der Todsünde! Und weitaus mehr gilt das für diese Heiden, die noch nicht über den tierischen Zustand hinausgelangt sind!«

»Ich weiß nicht, wie Unser Herrgott die Zukunft sehen mag. Ob Er, der die Summe aller Zeiten ist, irgendwo die Hoffnung sieht? Die Hoffnung, daß das Menschengeschlecht aus seiner Barbarei wiedererwacht?«

»Er sieht alles in jeder Zeit und an jedem Ort.«

»Vor sieben Jahren sah ich diese Fahrt deutlich vor mir, wie sie nun mit diesen drei Schiffen ausgeführt wird. Auch die Könige und den Prior von La Rábida, wie er, nachdem ich ihm mein Geheimnis gebeichtet hatte, die Königin überzeugt, daß sie mein Vorhaben tatsächlich unterstützen müsse. Auf Erden gibt es keine größere Macht als den Willen der Frau, wenn er sich zum Eigensinn auswächst. Man braucht ihn nur zu begünstigen.«

»Wie seht Ihr das? Ich meine ..., was seht Ihr?«

»Vor sieben Jahren sah ich den Abschluß der *Kapitulationen* von Santa Fe voraus, die vor einem Monat unterzeichnet wurden. Die königlichen Privilegien, die lebenslängliche und erbliche Admirals-, Gouverneurs- und Statthalterwürde für mich und meine Nachkommen in alle Ewigkeit. Was ich nicht voraussah, war die Verleihungsurkunde der Privilegien, in der diese dreizehn Tage später suspendiert wurden.«

»Aber das ist alles schon Vergangenheit, Herr Admiral ...«

»Die Vergangenheit ist für mich auch die Zukunft. Euer Gnaden mögen sagen, daß meine Visionen außerhalb der Zeit stehen. Ich weiß nicht, was die Zeit ist, und ich weiß auch nicht, ob wir aus ihrem Stoff geschaffen sind. In diesem Augenblick sehe ich alles, was mich in den nächsten sieben Jahren erwartet. Wenn wir diese Fahrt erfolgreich beenden, wird sie sich vervierfachen. Und es werden noch drei Fahrten nach dem Tod hinzukommen. Als postume Ehrung wird man meine sterblichen Überreste von einer Kathedrale zur anderen, von einem Kloster zum anderen, bis zum Ende der Welt befördern. Doch auf Erden und zu meinen Lebzeiten wird man mir Öl und Myrrhe verweigern.«

»Sagt nicht so etwas, Herr Admiral ...«

»Ihr mögt behaupten, meine Visionen seien Träume. Nein, Ehrwürden. Mich suchen keine guten oder schlechten Träume mehr heim. Ich träume nie mehr. Seit damals, als ich jenes abscheuliche Abenteuer in einem Dorf von Anthropophagen in Sambia erlebte, habe ich nie wieder geträumt.«

»Anthropophagen, sagt Ihr?«

»Ja, Menschenfresser. Ich war aufgebrochen, um den Sklaventrupp abzuholen, den ich auf meinem Schiff transportieren sollte. Unterwegs nahmen mich sambesische Menschenfresser gefangen. Sie hatten mich in ein Fischernetz eingewickelt, das sie an einen Baum banden. Sie verurteilten mich dazu, dem rituellen Fest der Vierteilung und Verspeisung eines Feindes beizuwohnen, dessen Schicksal ich gewiß gleich darauf teilen sollte.

Sie schleppten den Gefangenen herbei, einen Mann mit tiefschwarzer Haut, die das Grauen bleich, ja aschgrau werden ließ. Das Blut, das ihm aus dem ganzen Körper rann, hatte dieselbe Farbe. Als sie ihm die Haut abzogen, verblaßte die schwarze Farbe zu der von Sauermilch. Vor meinen entsetzten Augen zerlegten sie ihn Glied für Glied, Stück für Stück, und fraßen ihn roh auf. Sie verschlangen ihn bis auf die letzte Fleischfaser. Dann nagten sie die Knochen ab.

Aus seinem blank polierten Schädel hatten sie ein Gefäß für das kultische Getränk gemacht, das mit seinem Blut vermischt war, und es ging von Hand zu Hand, von Mund zu Mund. Sie ließen mich durch das Netz davon trinken. Ich spie zwischen meine Beine, wie Ihr in den Eimer. Ich verlor das Bewußtsein. Erst drei Tage später, in einer Festung Guineas, kam ich wieder zur Besinnung, jedoch nicht zu Verstand. Seitdem habe ich nicht wieder geträumt. Jene Menschenfresser konnten mich nicht verschlingen. Sie haben meine Träume für immer aufgefressen.«

Bruder Buril war auf die Knie gesunken.

»Mein Gott! ...«, murmelte er. »Habt Ihr einen Pakt mit Satanas geschlossen?«

»Nein. Ich habe einen mit mir selbst geschlossen. Seit meiner Geburt lebe ich unter den Blättern eines unheilvollen Baums. Sie schützen mich nicht vor dem Regen. Aus diesen Blättern regnet es weiter auf mich herab, nachdem der Regen aufgehört hat. Und bis zum nächsten Regen bleibe ich durchgeweicht.«

»Vertraut auf die Gnade Gottes, Unseres Herrn.«

»Ich sehe, wie ich in Begleitung meines Bruders Bartolomé als Gefangener von der dritten Fahrt zurückkehre. Beide sind wir unserer Ämter enthoben und wie gemeine Verbrecher, wie Aufrührer gegen die königliche Regierung in Ketten gelegt.«

»Jetzt haben die Mannschaften der drei Karavellen einen Aufruhr begonnen.«

»Diese Meuterei auf den Schiffen hat wenig zu bedeuten. Am Hofe hat man eine allgemeine Meuterei gegen mich angezettelt. Ihr ...«

»Ihr werdet doch nicht glauben, Herr Admiral, daß ich ...!« unterbricht mich Bruder Juan.

Nun schneide ich ihm das Wort ab: »Da mich die Feinde bedrängen, die ich am Hofe habe, werde ich ihnen die Stirn bieten, indem ich mich unterwürfig stelle. Wenn ich von Bord gehe, trage ich eine Franziskanerkutte, ohne daß ich eine Anordnung des Ordens erhalten hätte. Meinen Wanderstab eines Jerusalempilgers halte ich in der linken Hand und in der rechten das Heilige Kreuz.«

»Stürzt Euch nicht selbst ins Verderben, Herr Admiral. Laßt nicht zu, daß die eingebildete Schuld fortan Euer neues sterbliches Fleisch wird. Viele Bürden bedrücken Euer Gnaden. Zuweilen lastet das ganze Gewicht der Welt auf den Schultern eines einzelnen ...«

»Außerdem sehe ich, daß ich die fünfte Reise antrete, die

letzte, die in die Ewigkeit führt, während ich ruhig in meinem Bett liege und meine Denkschrift an die Durchlauchtigsten Könige diktiere, um von ihnen Abschied zu nehmen und bei ihnen zu protestieren. Hierauf wird meine Seele durch den Hades irren und den Ort suchen, wo sie ewiglich wohnen soll. So endet denn meine Irrfahrt niemals, weder in diesem noch in jenem Leben.«

»Eure Sprache ist die eines Heiden, Herr Admiral«, sagte Bruder Buril und hielt sich die Ohren zu. »Eure Gedanken und Taten sind es ebenfalls.«

»Während sich all dies zuträgt, wird eine Menge habsüchtiger und ruchloser Leute kommen, um mir die Herrschaft über die Länder zu entreißen, die ich entdeckt und erobert habe. Sie werden in großen Scharen herbeieilen, um diese Länder in meinem Namen und unter Berufung auf meine Autorität zu verwüsten, damit sie Tod, Sklaverei und Schrecken verbreiten können. Wie es seit Jahrhunderten in Afrika und an anderen Orten der bekannten Welt, indes noch weitaus mehr in Ostindien geschieht, so daß man alles übertrifft, was ein ehrliches Gewissen begreifen und ertragen kann. Und diese Usurpatoren und Betrüger sind die ›bärtigen Männer, die vom Himmel herabgestiegen sind‹, deren Ankunft den Menschen der Indischen Lande in ihren Prophezeiungen angekündigt wurde.«

Bruder Juan starrt mich an, als wäre ich von einem rasenden Fieberwahn ergriffen. Er blickt durch das Gebälk des Fußbodens, als wäre ich in einem Abzugsloch verschwunden. Ich sehe, daß die kleine fadenförmige Warze an seiner Oberlippe zittert. Er hat den Mund zu einem beinahe unsichtbaren Einschnitt zusammengekniffen. Das Knochenklappern steigert sich zu einem Rasseln, das plötzlich wie das Klopfen eines kranken Herzens aussetzt.

»Ach was, Bruder Juan!« weise ich ihn zurecht. »So schlimm ist es nicht, daß Ihr im voraus mit Eurem Skelett klirren müßt. Ich erzähle Euer Gnaden von einer Krankheit, die mich in ernsten Augenblicken befällt. Das ist keine Krankheit des Körpers, sondern der Seele. Meinen Körper habe ich immer vollkommen gesund erhalten. Die Seele allerdings war manchmal auf die Hälfte zusammengeschrumpft.«

Bruder Juan war totenbleich, und die Kinnlade hing ihm auf die Brust. Ich wartete auf die Antwort, nicht etwa, weil ich allzuviel auf seinen Rat gab, sondern weil es die einzig mögliche Form des Gedankenaustauschs mit dieser Rasse von Glaubenshütern im Dienst einer verdeckten Überwachung ist, wenn man über Gott und den Tod redet.

Bruder Juan weiß alles und begreift nichts, und das ist vielleicht seine einzige Weisheit. Ich will ihn noch einmal auf die Probe stellen. Unter dem Siegel des Beichtgeheimnisses möchte ich ihm vom Vorschlag meines Freundes Luis de Santángel berichten. ›Das Beichtgeheimnis ist gar nicht nötig‹, sagte ich mir. Überdies gibt es ein solches Geheimnis nicht für die Heilige Inquisition. Wenn sie Gottes Auge und Arm auf Erden ist, darf ihr nichts Verborgenes entgehen. Der Mönch würde eher erstikken und sich die Zunge abbeißen, bevor er das kleinste Teilchen einer derartigen Offenbarung verriete. Ich umklammerte seine Hand mit dem Haken, den meine Hand bildete, wie es der Valladolider Dominikaner Don Tomás de Torquemada mit unerbittlichem Fanatismus getan hätte. Ich dämpfte die Stimme bis zum leisesten Flüstern, dessen ich fähig war, und hauchte ihm die vertrauliche Mitteilung ins Ohr, die ihm, wie ich sicher war, ein Greuel sein mußte.

»Ihr wißt, daß Don Luis de Santángel ein bekehrter Jude ist. Er kennt mein jüdisches Blut, das seit Jahrhunderten in den Adern meiner Vorfahren rann und mir vererbt wurde. Er bat mich, wobei er mich zu vollständigem Stillschweigen anhielt, ich solle heimlich bei der Mannschaft einen entsprechend verkleideten jüdischen Rabbiner unterbringen, der von der Inquisition gesucht wurde. Man hat schreckliche Anklagen gegen ihn erhoben. Seine schlimmste Sünde ist, daß er viel Geld besitzt, und die Schuldner sind die ersten, die ihn in ihrem Netz fangen wollen. Er ist zum Tode verurteilt. Man mußte ihn um jeden Preis retten, und das ging nur, indem man diesen heiligen Mann im Schutze des undurchdringlichsten Geheimnisses nach Indien brachte.

›Der Rabbi ist bereit‹, teilte mir Don Luis mit, ›in einem Wüstenkloster, in einer Höhle oder auf den Felsen eines Berges zu leben.‹ ›Seht, Don Luis‹, widersprach ich. ›Man wird ihn an den Händen erkennen. Geistliche haben ganz weiße und zarte Frauenhände. Ich nehme ihn auf jeden Fall mit, wenn Euer Gnaden mich darum bitten. Er wird der erste jüdische Einwanderer in den Ländern des Großkhans sein. Vielleicht kann er den König der Könige zum Judentum bekehren, und dann bekommt er eine Klause aus blankem Gold. Er wird nicht in der Wüste, sondern in den Gärten des Königspalastes leben. Schließlich wird er seine Thorarollen im ganzen Orient von Synagoge zu Synagoge tragen und sich dabei von den kaiserlichen Trieren fahren lassen.‹«

Etwas verschämt hielt ich inne. Wir gelangten wieder in den Bereich von *Tausendundeiner Nacht* oder der *Kabbala*, und eine Wiederholung verdirbt selbst den Geschmack des vorzüglichsten Weins.

Ich bemerkte, daß sich Bruder Juans Hände violett verfärbt hatten, weil sie von meinen an eherne Steuerruder gewöhnten Händen gepreßt wurden. Der Kaplan erlitt am eigenen Leib die bleiche Verdammnis des Rabbiners. Sein schmales Gesicht sah aus wie ein Gipsabdruck; die Stirn wirkte wie eine alte, mit Grünspan überzogene Kupfermaske. Sein ganzes Blut war in dieser Hand zusammengeströmt, die ich mit der meinen gepackt hielt. Ich sah, daß sie entsetzlich anschwoll. Nur noch ein Augenblick, und sie würde zerplatzen und mich mit Blut, mit Grausen und der Angst bespritzen, daß er sich an jener Flucht mitschuldig fühlte, die auch ihn auf den Scheiterhaufen bringen konnte.

»Herr Admiral, meint Ihr etwa den Hieronymitenmönch Ramón Pané, der im Kielraum in einer Kiste eingeschlossen ist, um die ganze Zeit auf den Knien zu liegen und zu beten?«

»Nein. Bruder Pané ist ein Eremit aus dem Kloster von Huelva. Er hat beschlossen, sein Anachoretenleben in den Indischen Landen weiterzuführen. Er will für die Erlösung der Heiden wirken.«

Er fand den Mut, mir zuzuflüstern: »Dann ..., wenn ich richtig verstanden habe, kommt Rabbi Efrem ... mit uns? ...« Ängstlich starrte er mich an, wohl wissend, daß es von meiner Antwort abhing, ob er am Tag des Schreckens der Gefahr ausgesetzt wäre, daß auch sein neues sterbliches Fleisch auf dem Rost gebraten würde. Er hielt sich die Nase zu, als röche er schon den Gestank des verbrannten Fleisches. Da ich hartnäckig schwieg, fragte Bruder Buril noch einmal und starrte mich dabei unverwandt an:

»Kommt Rabbi Efraím mit uns? ...«

Ich sah ihm fest und mit einem eisigen Blick in die Augen, und ich ließ seine Hand los. Seinen ganzen Körper ergriff ein seniles Zittern. In seines Lebensweges Mitte wirkte er auf mich plötzlich ungeheuer alt. Ein fossiles Skelett, das in embryonaler Stellung auf dem Stuhl hockte.

»Woher wißt Ihr, wie dieser Mann heißt?« hätte ich ihn beinahe gefragt. Das war überflüssig. Bruder Buril weiß immer über alles Bescheid. Manchmal plaudert er etwas aus, wie ich das mit dieser List erreicht habe, die ich ihm gegenüber angewandt habe. Der Kunstgriff, jemandem streng vertraulich eine Tatsache mit unvorhersehbaren Folgen zu verraten, ist ein unfehlbares Mittel. Entweder schafft man sich bis in den Tod treue Mitverschworene oder Todfeinde. Die Extreme berühren sich. Er stand auf und rannte hinaus.

Ich hörte, wie er die ganze Galle seines Entsetzens über Bord spie. Das Meer nahm eine morbide grüne Farbe an, das Grün der spanischen Fliege, wie es das Sargassomeer hat. Und ich hörte, wie er in der frischen Luft an Deck hustete, nieste und schluchzte. Ich sah, wie er dem Meeresrund die Arme entgegenstreckte, als wollte er die Unendlichkeit Gottes umarmen. Ihn wie eine große dunkle Frucht drücken und auspressen, um ihm den ganzen Saft seiner Göttlichkeit abzuringen. Der riesige Rosenkranz wirbelte durch die Luft, damit er gleichsam die Gegenwart Gottes herbeirief und mit dem rhythmischen Rasseln einer Klapperschlange das Tosen der ans Kiel schlagenden Wellen auslöschte.

Bruder Juan Buido oder Buil oder Boíl oder Bernardo Boyl oder Juan Buril kehrte zurück und sah mich einen Augenblick mit einem seltsam leeren Blick an, als käme er aus weiter Ferne und befände sich auf einmal in einem unbekannten Land. Er hatte die Arme über der Brust gekreuzt und die Hände in die bodenlosen Höhlen der Ärmel gesteckt. Die Rosenkranzperlen machten nun nicht mehr das geringste Geräusch.

»Und der Rosenkranz?« fragte ich.

»Da ich die Arme schwenkte, ist er mir aus der Hand gerutscht und ins Meer gefallen ...«, erklärte er tieftraurig, und danach, wie ein zwischen den Zähnen gemurmeltes Stoßgebet, hörte ich ihn sagen: »Verzeih, mein Gott, daß ich unterderhand deinen Rat erbeten habe! ... Daß ich meinen Rettungsanker ungewollt ins Meer geworfen habe! ... Bis zum Tag des Jüngsten Gerichts bin ich verdammt! ...«

Um mich Burils Jeremiaden zu entziehen, zog ich die Stiefel aus. Ich zeigte ihm die offenen Wunden, die sich vom Rücken bis zur Sohle beider Füße hinzogen. Er betrachtete sie mit abergläubischer Furcht.

»Euer Gnaden, schaut Euch das an«, sagte ich. »Seht diese blutigen Löcher. Erkennt Ihr in ihnen die Wundmale, die von den Nägeln am Kreuz gerissen wurden?«

»Sofern sie nicht von den Nägeln in Euren Stiefeln stammen ...«, stotterte er, als wäre er Zeuge eines abscheulichen Sakrilegs.

»Wer sagt Euch, daß ich nicht selbst den Stein des Heiligen Grabes aufgehoben habe, damit Christus es verlassen konnte, als er am dritten Tage auferstanden ist?«

»Ihr seid vollständig verrückt!«

»Vielleicht habt Ihr recht«, mit dem Zeigefinger deutete ich auf das Skapulier. »Manche tragen das Zeichen der Verrücktheit an der Brust, einen gelben und ausgewachsenen Tumor, eine beißend scharfe Frucht, die ihnen das Leben verbittert. Doch wenn man verrückt lebt und vernünftig stirbt – ist das vielleicht nicht die Krönung eines erfüllten Lebens über den Tod hinaus?«

Buril krümmte sich, als hätte ihn Brechreiz gepackt.

»Geht und bereitet Euch auf einen gottgefälligen Tod vor. Der Sturm wird sogleich losbrechen.«

Gebückt und mit der Übelkeit kämpfend ging Buril hinaus. Wenn das Unwetter uns verschont und wir irgendwann in den Machtbereich des Bischofs Buril zurückkehren können, wird er einer der Wegbereiter meines Sturzes sein. Allerdings vertraue ich darauf, daß seine unerschütterlich schlechte Gesundheit, wenn wir der jetzigen Gefahr entkommen, ihm den Garaus macht, bevor für mich das Schlimmste eintritt.

XXXI

Der heilige Vogel

Der Admiral holt das *Tagebuch der Entdeckung* aus der Schublade. »Die Entdeckung, soweit ist es noch nicht! ...« hört man ihn stammeln, und seine tief in den schattigen Höhlen liegenden Augen sprühen Funken. Er knirscht mit den Zähnen. »Dieses schmutzige Heft! ...« Er wirft es auf den Nachttisch, als schleuderte er es über Bord ... »Das ist eine schlimmere Mühe, als wenn man einen Steinblock mit den Fingernägeln bearbeitet ... Immer entdecke ich die mir fehlenden Bruchstücke außerhalb von mir selbst. Welchen Wert haben nun die Worte?« Er spuckt ins Nachtgeschirr, das mit schwärzlichem Schleim gefüllt ist.

Der dumpfe Nachhall des Meeres klingt hinter diesem Geräusch auf. Unverständliche Rufe, das Knirschen des Takelwerks, der stoßweise Atem des Passatwindes, der wieder mit geheimnisvollen, plötzlichen Unterbrechungen gegen die Segel bläst. Er streckt ein Bein unter dem Tisch aus. Durch die Löcher im Stiefel kann man die schwärige, bis zum Knochen aufgescheuerte Wade sehen. Klein und ramponiert ist diese Kajüte, die man unter dem Achterkastell aus schlecht zugeschnittenen Brettern errichtet hat, und sie ist mit einer massiven, riegelbewehrten Tür gesichert. Mit der Hand kann er den glänzenden ehernen Schaft des Steuerruders berühren, das sich zusammen mit den Kielschwertern in den Achsen dreht und das ihn zuweilen durch seine Bewegungslosigkeit zu hypnotisieren scheint.

Nicht nur der Aufruhr seiner Männer, sondern auch die tausend kleinen Obliegenheiten, die er listig und unverzagt bewältigen muß, lassen ihm keine Ruhe. Er hat sich schon an sie gewöhnt. Doch nun fühlt er sich von der Zwangslage überfordert, in die er sich bei der Entdeckungsfahrt selbst gebracht hat, für die ihn die Könige und der Papst mit größeren Gnaden und Auszeichnungen als einen Fürsten belohnt haben. Er schließt die Augen, und der unwirkliche Glanz der goldenen Dächer auf den Königspalästen, deren Beschreibung er tausendmal gelesen hat, treibt ihm das Blut in die Schläfen. Diese Vision beschwichtigt ein wenig seine Unruhe und das schlechte Gewissen, daß er eines Sakrilegs und der Irreführung schuldig ist, die ihm seine Fahrt ermöglicht haben.

Besonders quält ihn die Schuld, daß er die Königin mit der Beihilfe ihres eigenen Beichtvaters betrogen hat. Er hat auch Bruder Antonio de Marchena mit hineingezogen, seinen Freund und Wohltäter. Er hat ihnen mitgeteilt, er kenne bereits den Weg und sei sogar in jenen Ländern gewesen. Der Seefahrer war sicher, daß er sein Geheimnis doppelt gesichert hatte. Ein Geheimnis, das man einem erzählt, ist keines mehr. Ein Geheimnis, das man zweien erzählt, weiß nicht einmal Gott.

Nun weiß er nur, daß zu den Gefahren der Fahrt, auf der er nach der »unbekannten« Indienroute sucht, die Bedrohung durch die Rivalität, Eifersucht und Besorgnis der anderen Kapitäne hinzukommt, hauptsächlich die Martín Alonso Pinzóns, der sich als den wahren Inspirator und Förderer des Entdekkungsunternehmens ansieht.

Als die Meuterei ausbrach, hat eine Zusammenkunft der Kapitäne stattgefunden, und dabei hat der Admiral auch Martín Alonso und Vicente Yáñez das Geheimnis des Piloten verraten. »Wir sind einen Schritt von der Einfahrt in die Indischen Lande entfernt«, hat er ihnen anvertraut. Die Zwillinge verziehen keine Miene und fassen das neue Lügenmärchen als Spott und Hohn auf. Martín Alonso ist in das Geheimnis eines anderen Vorentdeckers eingeweiht, dem er zufällig in Rom begegnet war. Davon hat er dem Admiral mehrmals erzählt, ohne daß er ihn bewegen konnte, sein beharrliches Schweigen aufzugeben. Und nun revanchiert sich dieser mit einem anderen, ähnlichen Gewährsmann und will dessen Vorrang durchsetzen. Kann es denn ein Geheimnis geben, von dem alle insgesamt wissen? Ist der Kontinent nur denen unbekannt, die ausgezogen sind, ihn zu suchen?

Der Admiral streicht mit der Hand über das Bild der Königin, seiner Gönnerin, als bitte er um Gnade. Die beschwörende Geste macht vor dem Bild des Königs halt, der ihn schief ansieht. Er denkt daran, daß der König ihm gegenüber stets unfreundlicher und abweisender als die Königin gewesen ist. Hierüber beklagt er sich in seinem *Buch der Erinnerungen*: »Wohl habe ich gesehen, daß der König etwas kühl und meinen Angelegenheiten, welche doch auch die der Krone sind, wenig geneigt war. Wenn die Königin verscheiden sollte – was Unser Herrgott nicht zulassen darf! –, so weiß ich genau, daß mich der König meinem Schicksal überläßt ...«

Er mußte diese Voraussage am besten in seinem *Buch der Prophezeiungen* oder auch in seinem *Buch der Erinnerungen* verzeichnen, denn in den späten Nachtstunden, wenn Ruhe herrscht, arbeitet er abwechselnd an beiden Büchern. Seit fünfundzwanzig Tagen, seitdem die Flotte von den Kanarischen Inseln ausgelaufen ist, hat der Admiral kein Auge zugetan, und beim Essen und Trinken begnügt er sich mit einem harten Brotkanten und mit Wasser aus dem Krug oder mit dem Bärlappaufguß, den ihm der Kammerdiener und Ausrufer Torres bringt. Ein Sühneritus, der ihm wenig dabei hilft, sein schlechtes Gewissen zu erleichtern, der jedoch in ihm Vorahnungen erregt und hervorbringt.

Der Pilot hatte ihm von *Yucahuguamá* erzählt, dem höchsten Götzen der eingeborenen Taínos, dem Großen Herrn, der im Himmel lebt, und von dem Fastenritual, dem sich die Priester der Insel unterziehen, damit ihnen offenbart wird, ob sie den Feind besiegen und Schätze erwerben können, ob hilfreiche Messiasse oder unheilverheißende Eindringlinge kommen und welche anderen Dinge künftig zu erwarten sind. »Sie haben ungeheure Macht«, sollte ihm der Pilot sagen, »doch nur das vollständige Fasten in einem ganzen Mondzyklus und die Kasteiung des eigenen Leibes, indem sie sich selbst geißeln und Verwundungen beibringen, führen zu den gewünschten Offenbarungen.«

Der Admiral erzählt in seinem *Tagebuch*, ihm sei eine überwältigende Offenbarung zuteil geworden, über die er lieber nicht sprechen wolle, weil sie ihn in ungeheuer großen Schrekken versetzt habe. Er glaube, die grausamsten Gottheiten seien auch die hochherzigsten, und das gerade durch die läuternde Kraft der Grausamkeit. Sobald er die geheimnisvolle Insel betreten habe, zu der auch der Pilot gelangt sei, werde er, wie er gelobe, die Zauberer aufsuchen, in deren Obhut sich die *Cemí*-Götzen befinden. Er wolle sie bitten, ihn zu dem schwarzen Stein mit den drei Spitzen zu führen, der vor Jahrtausenden behauen worden sei und wie mit kleinen irisierenden Kristallen gesprenkeltes Eisenerz aussehe. Sein Gewicht sei so groß, daß die vereinte Kraft dreier Männer nicht ausreiche, ihn hochzuheben oder wenigstens von der Stelle zu bewegen.

Auf der Rückseite der Toscanelli-Karte skizzierte der Pilot den dreieckigen Taíno-Götzen. Zwischen den drei Armen erscheint als Flachrelief das Profil eines unergründlichen Gesichts, dessen einziges Doppelauge sich über die ganze Stirn erstreckt; ein steinhartes Gesicht, in dem die menschlichen Züge noch nicht erwacht oder bereits erloschen sind.

Diese göttliche Gestalt, die sie *Yucahuguamá* nennen, »das unsterbliche Wesen, das im Himmel lebt und das niemand sehen kann, das eine Mutter, aber keinen Ursprung hat«, beherrsche die Kräfte des Himmels, der Erde und des Meeres durch die drei Spitzen des Bildnisses, das sie darstelle.

Der Admiral klammert sich an diesen unwahrscheinlichen Beistand der ursprünglichen Gottheiten in den unerforschten Ländern, da die bekannten Religionen ihm bislang eher ungünstig waren. In unleserlicher Schrift und der kryptischen Sprache, die er für seinen persönlichen Gebrauch erfunden hat, schreibt er: »Ich habe in der Unwirklichkeit der Welt genug gelitten, damit ich nun verdiene, daß die heidnischen Götzen sich mir mit einiger Sympathie zuwenden und mir ein wenig Wirklichkeit vergönnen ...«

Der Admiral weiß allerdings nicht, daß ebenjener *Yucahuguamá* prophezeit hat, bekleidete und bärtige weiße Männer würden vom Himmel kommen. Das erfährt er erst danach, doch dann ist es zu spät. Der Pilot berichtete ihm in einem seiner seltenen lichten Momente, als habe er sich plötzlich an etwas erinnert, was er ihm noch nicht gesagt hatte, von seinem seltsamen Abenteuer auf der Insel. Der Taíno-Häuptling ließ ihm durch zwei Diener einen Vogel überbringen, der einem Paradiesvogel ähnelte, jedoch nicht dessen prächtige Farben hatte. Sein vollständig dunkles Gefieder zeigte nicht den geringsten Glanz. Ein Bote schnitt mit einem Steinmesser die Haube aus schwarzen Federbüscheln ab, spaltete den Kopf des Vogels und hielt ihn dem Piloten hin. Er gab ihm durch Zeichen zu verstehen, daß er den geöffneten Kopf des Federtiers betrachten solle, das so aussah, als lebe es immer noch. Es flatterte schwach mit den Flügeln, ohne das leiseste Krächzen auszustoßen.

Der Glanz der Mittagssonne blendete die Augen. Der Pilot trat näher heran und betrachtete den aufgerissenen Vogelkopf. Verblüfft entdeckte er statt des Gehirns einen kleinen ovalen Spiegel. Darin erblickte er die nächtlichen Sterne. Auf seine Frage sagten die Eingeborenen, man nenne sie *Yvaga-Rata* oder »Feuer-des-Himmels«. Als die Sterne verschwanden, sah der Pilot, daß sich in düsterer Ferne eine große Schar von Männern spiegelte, die mit Eisen bekleidet waren und vom Himmel herabzukommen schienen, doch in Wirklichkeit aus großen Galeonen stiegen. Mit einem letzten Flügelschlag verendete der Vogel. Die Bilder verblaßten. Die Boten begruben den Tierleib im Sand und entfernten sich, ohne ein Wort zu sagen.

XXXII

Die Sonne kastrieren

Mich beunruhigte der scharfe Salzgeruch des Meeres, das einer riesigen Bestie glich, wenn es wie eine brünstige Raubkatze zusammenzuckte. Meine ganze Aufmerksamkeit galt diesem Gestank eines wilden Tiers, als Buril wieder eintrat, ohne daß ich ihn gerufen hatte. Neugierig starrte ich den Mönch an, als sähe ich ihn auch zum erstenmal. Seine Stimme klang etwas heiser. Die Worte kamen ihm mühsam über die Lippen, als müßte er seine Erinnerungen unter den halbgeschlossenen Augenlidern sammeln.

»Für manche«, sagte er und blickte zu Boden, »besteht die Hoffnung in der krankhaften Gier nach Gold, Schätzen, Macht und hohen Ehren ... So sehr hat sie die Habsucht verblendet!«

Ich hatte schon das Thema unseres letzten Gesprächs vergessen.

»Diese Fahrt ...«, mißbilligend kniff er die Lippen in einem krampfhaften Lächeln zusammen.

»Aber Euer Gnaden wissen ja, daß die Könige und der Summus Pontifex diese Indienfahrt gutheißen und unterstützen. Gold, Perlen und alle möglichen Metalle sowie die reichen Vorräte an Spezereien sollen dem Zweck dienen, das Heilige Grab in Jerusalem zurückzuerobern. Das wird der letzte, neunte Kreuzzug der Christenheit in den Orient sein, um die Ungläubigen in den asiatischen Reichen des Großkhans zu bekehren. Vorher wird der Kreuzzug gegen den Islam abgeschlossen, der dann in der Zange zwischen Orient und Okzident eingeschlossen ist.«

»Man kann nicht zwei Dinge zur gleichen Zeit tun.«

»Das tue ich gerade. Diese Fahrt strebt gleichzeitig zwei unterschiedliche Ziele an. Seht, Bruder Juan, es haben sich die merkwürdigsten zeitlichen Übereinstimmungen ergeben. Nach

Jahrtausenden wurden die Juden genau an dem Tag, in dem Monat und Jahr aus Spanien vertrieben, da diese Reise begann: vor 27 Tagen. Nach dem achthundertjährigen Rückeroberungskrieg wurden auch die Sarazenen an ebendem Tag, in diesem Monat und Jahr vertrieben: vor 27 Tagen. Wenn ich in ebenfalls annähernd 27 Tagen mit den Schätzen Indiens zurückkehre, beginnen die spanischen Könige den neunten Kreuzzug, um in weniger als den vom Pentateuch angekündigten sieben Jahren die Sarazenen und Juden aus Jerusalem zu vertreiben. Es gab noch einen anderen, von dem niemand spricht.«

»Was für einen anderen?«

»Einen anderen Kreuzzug. Den Kinderkreuzzug im 11. Jahrhundert«, erklärte ich. »Diese Kinder hofften, sie könnten trockenen Fußes durch die Meere ziehen. Ein Unternehmer aus Amiens betätigte sich als Rattenfänger. Er schleppte sie in dieses schreckliche Abenteuer. Das war gleichsam eine zweite Tötung der unschuldigen Kindlein, tausend Jahre nach der ersten, die Herodes angeordnet hatte, um den in Bethlehem geborenen Sohn Gottes zu ermorden. Die Franzosen wollten alle deutschen Kinder ausrotten.«

»Damit sie keine neuen Kriege gegen die Franzosen führen konnten.«

»Und die Kriege gingen weiter. Gott hat zugelassen, daß Sklavenhändler die überlebenden der hunderttausend Kinder entführten und an Orten verkauften, die voneinander so weit entfernt waren wie Ägypten, Äthiopien und Guinea.«

»In Guinea, sagt Ihr?« Die unbekannte und überraschende Geschichte verwirrte Bruder Buril zutiefst.

»In Guinea, Ägypten, den Küstenorten des Mittelmeers. Sie sind nie nach Jerusalem gekommen. Diese unschuldigen Seelen gingen in den schrecklichen afrikanischen und orientalischen Einöden rettungslos verloren! ... Man gab ein blondes Kind für je drei gesunde und starke Neger her ... oder für ein Quentchen Pfeffer, zwei Sechstel Zimt und drei Metzen Rhabarber. Obwohl der Kinderkreuzzug nicht in den ersten Druckwerken erwähnt wird, hat er unglaubliche Gewinne eingebracht.«

»Seit damals sind die Zeiten sehr viel älter geworden.«

»Sie haben sich verschlechtert, Bruder Juan. Alles, was älter wird, verschlechtert sich, verliert sein wahres Wesen und verdirbt. Das Alter ist die Zeit der Krankheit. Nun ja, es ist *die Krankheit*.«

»Diese Kinder starben durch einen Dolchstoß ihres eigenen Volkes. Gott hatte sie als Sühnopfer auserwählt, um das Opfer seines Sohnes wiedergutzumachen. In seiner unendlichen Barmherzigkeit hat er sie gewiß zu sich genommen. Von jenem gleichen Augenblick an war das Heilige Grab für immer von Türken und Sarazenen befreit. Was die Kreuzritter nicht erreichen konnten, das gelang diesen Kindern mit ihrem unglaublichen Opfer.«

»Es wird noch mehr Opfer geben«, sagte ich und blies auf meine Wunden.

»So etwas läßt Gott nicht zu!«

»Gott läßt Menschenopfer stets zu. So verhindert er, daß sich das böse Geschlecht allzusehr vermehrt. Er hat das Opfer seines menschgewordenen Sohnes zugelassen.«

»Um das Menschengeschlecht von den Opfern zu erretten ...«

»Das seinen Sohn geopfert hat. Es ist eine endlose Kette, deren letztes Glied erst unter dem Hammer der Apokalypse zerspringen wird.«

»Ach, dann ...!« Und Bruder Juans Ruf klang nun wie der Schrei eines verwundeten Raubtiers. »Möge über die Bösen alles Leid kommen, das die Welt fassen kann!«

Ich wartete, bis er sich beruhigte. Dann sprach ich zu ihm mit der Stimme eines alten scheinheiligen Freundes.

»Kennen Euer Gnaden die Geschichte von der Insel der *Sieben Städte*, die auf den ersten Seekarten und in einigen Spielmannsliedern erwähnt wird?«

»Vom Hörensagen, Herr Admiral.«

»Das ist eine erbauliche Geschichte. Im Jahre 724 nach der Geburt des menschgewordenen Gottessohns, zehn Jahre, nachdem die Mauren in der Schlacht am Guadalete über König Don

Rodrigo gesiegt und Spanien erobert hatten, gingen sieben Bischöfe mit ihren Leuten an Bord von sieben Schiffen, die sie aus dem Gebälk ihrer Kirchen gebaut hatten. Siebenhundert Männer, Alte, Frauen und Kinder. Die erste Pilgerfahrt, deren man sich erinnern kann. Mit sich schleppten sie Altäre, schwere Steinkreuze, Holzfiguren, Bildnisse, Kelche, Kirchenschmuck und sogar die Priestergewänder, und sie besiedelten *Antilia*, wo jeder von ihnen eine Stadt gründete. Ihre Namen bleiben ein Geheimnis. Damit ihre Herde nicht mehr an eine Rückkehr dachte, verbrannten sie die Schiffe und hinterließen damit jenen ein heroisches Vorbild, die später kommen würden, um diese Länder zu erobern. Bei derartigen äußersten Abenteuern ist keine Rückkehr möglich.«

»Siebenhundert Jahre sind seit jenem legendären Ereignis vergangen. Niemand erinnert sich mehr daran.«

»Das ist nicht alles, Bruder Juan. Die Legende enthielt eine Prophezeiung. Sie versicherte, daß jene Insel verborgen bleiben sollte, bis das Christentum den Islam auf der ganzen Iberischen Halbinsel besiegen würde. Mit dem Ende des Nasridenreichs in Granada ist die Prophezeiung gerade jetzt in Erfüllung gegangen.«

»Mit dem Beistand der göttlichen Vorsehung war das ein Werk unserer Souveräne, der Katholischen Könige.«

»So ist es. Und jetzt werden wir diese Länder des Orients wiederentdecken und besiedeln.«

Ich hob die Stimme: »Würde es Euch nicht gefallen, Bruder Juan, Bischof dieser *Antilia* oder Cathays oder auch Cipangos zu sein, solch unermeßlicher, von Ungläubigen bevölkerter Gegenden?«

»Ich befolge die Anordnungen meines Ordens«, sagte er und senkte den Kopf.

»Wir brauchen wieder sieben Bischöfe. Ihr würdet der erste sein. Könnt Ihr Euch das vorstellen? Der erste Bischof des katholischen Glaubens in den Indischen Landen. Es sei denn, Ihr wollt lieber apostolischer Gesandter der Heiligen Inquisition werden. Unschätzbar, unersetzlich, überaus bedeutsam wäre

Euer Beitrag zu diesem Werk, die Seelen zu läutern und zu retten.«

Bruder Buril blieb stumm und ließ den Blick an den Planken entlanggleiten.

»Wußtet Ihr, daß ich heute Geburtstag habe?«

»Unser Herrgott möge Euch seinen gnädigen Schutz bewahren ...«

»Die Feier findet auf dem Meeresgrund statt. Wußtet Ihr auch, daß unsere Schiffe heute nacht untergehen und daß es keine Überlebenden gibt? Seht Euch das Meer an.«

»Es ist sehr unruhig ...«

»Nun, wir sind es bald noch mehr. Dafür sorgen die Haie. In wenigen Stunden schleudert der Sturm das Meer in einem einzigen Block hoch und zerschmettert uns. Ich höre die Unwetter, bevor sie sich zusammenbrauen. Oder während sie sich unsichtbar in der unbekannten Sphäre, in Tausenden Meilen Tiefe, zusammenbrauen. Hört Ihr nicht das unterirdische Getöse, das wie ein mächtiges Erdbeben grollt? Die großen Stürme blasen unter der Erde. Sie sind der Atem des Zentralfeuers. Danach steigen sie an die Oberfläche und lassen das Meer brüllen.«

Bruder Buril bekreuzigte sich und versenkte sich ins Gebet, in Selbstgespräche und in gutturale Klagen und Vorwürfe gegen Gott und die Heilige Dreifaltigkeit. Und ich hatte sogar den Eindruck, daß er die Muttergottes schmählich beleidigte. Ich verstand seine jämmerlichen, ingrimmigen Worte nicht. Worte, die man ausstößt, wenn einen schon die Vernunft im Stich läßt.

Hinter Bruder Juans Stimme hörte ich wieder die des Piloten hervorklingen, als flüsterte er mir etwas durch das dröhnende, widerhallende Rohr eines Aquädukts zu. Abermals dachte ich an die Kinder. Nicht an die des Kreuzzugs. Ich dachte an die Söhne und Töchter, die jene Schiffbrüchigen mit den eingeborenen Frauen der *Insel der Frauen* gezeugt hatten, einer »Matininó« genannten Antilleninsel. »Diese Kinder«, sagte ich laut, »sind nun gewiß zu jungen Leuten herangewachsen. Ich kann mir vorstellen, daß manche ein weißes Gesicht, blonde Haare und blaue Augen wie der Pilot haben.«

Bruder Buril wußte nicht, von welchen Kindern ich ihm soeben erzählt hatte. Da wir gerade dabei waren, angesichts des nahen und unerbittlichen Endes alle möglichen Geheimnisse auszuplaudern, teilte ich ihm auch jenes des Piloten mit und gab es als meines aus. Ich erzählte ihm vom fleischlichen Umgang der siebenunddreißig Männer des gestrandeten Schiffes und der Taíno-Frauen, der mehr als ein Jahr gedauert habe. Einer sei auf dieser Insel, einem überseeischen Gegenbild Kytheras, geblieben und habe sich ein Serail aus indianischen Aphroditen zusammengestellt. Jene Waisenkinder seien die Frucht einer überstürzten und vorzeitigen Rassenmischung in den Indischen Landen. Die ersten indianischen Mestizen. Bruder Buril empörte sich so sehr, daß er in Tränen ausbrach. Sie rannen aus den kleinen Traufröhren seiner Runzeln und durchnäßten den Brustteil seiner Kutte, das ehemals braune und nun dunkle Skapulier.

»Aber diese Kinder haben überhaupt nicht den Wunsch, das Grab Unseres Herrn Jesus Christus zu befreien!...« stieß ich in mystischer Erregung hervor. »Sie wissen nichts vom Christengott und vom Grab des menschgewordenen Gottessohns ... Ihnen wäre selbst die Vorstellung unbegreiflich, daß die Götter der Völker, zu denen sie nun gehören, sterben und Gräber brauchen können. Sie wissen nicht, daß diese Götter in lebenden Menschen wiedergeboren sind, die deren Darstellungen anbeten ... Die Steine ... den Mond ... die Sonne ... den Regen ... die heiligen Vögel.«

»Habt Ihr etwas gesagt, Herr Admiral?« fragte Bruder Juan besorgt und erstand von den Toten auf.

»Arme Kinder, die auf die Welt gekommen sind, um als Sklaven in Länder verkauft zu werden, die Sklaven kaufen und ganze Völker versklaven werden! Der Pilot hat mir eine Sage dieser ursprünglichen Völkerschaften erzählt. ›*Die Sonne kastrieren ... das werden die vom Himmel gekommenen Fremden hier tun!...*‹ heißt es in der Sage, wie der Pilot erklärte. Jene Heiden erwarten voll heiliger Furcht diese mit Eisen bekleideten und vom Himmel herabgestiegenen Messiasse, die Waffen tragen, aus denen Blitze und Funken sprühen. Für sie sind wir jene Männer, Bruder Buril. Aber wir sind nicht vom Himmel gekommen. Das ist eine Übertreibung. Ich halte es für unmöglich, die Sonne zu kastrieren. Das einzige Bild, das ich von der Sonne habe, ist das eines Auges, das aufgeplatzt ist, weil es die ganz im Zenit stehende Sonne eine Viertelstunde lang starr angesehen hat.«

Bruder Buril sank wieder in sich zusammen, als verschlänge ihm plötzlich eine Molluskenflut die Eingeweide unterhalb seiner Wasserlinie und rufe bei ihm ein schreckliches moralisches Bauchgrimmen hervor, das den bevorstehenden Schiffbruch vorwegnähme.

»Der Pfahl- oder Schiffsbohrwurm«, bemerkte ich ohne einen Anflug von Humor, »greift das Holz der Schiffe ebenso an, wie der Wurm der Macht und des Reichtums die menschliche Seele mit unglaublicher Gier und Schnelligkeit angreift. Solch ein Wurm ist ein böser Scherz.«

Irgendwo in seinem Mumiengesicht lächelte Bruder Buril mit dem Zähnefletschen einer toten Hyäne.

»Nein, Bruder Juan, lacht nicht. Ein Bohrwurm ist nicht im mindesten witzig, wenn er Holz und Mannschaften verschlingt. Das einzige, was man in solchen Fällen tun kann, ist, daß man sich ein anderes Schiff und andere Mannschaften sucht. Das können wir jetzt nicht tun. Die Nautilusschnecken haben unsere Schiffe wie Honigwaben ausgehöhlt. Nur daß uns dieser Honig in den bitteren und endlosen Wassern des ozeanischen Meeres ertränken wird. Wir sind von Nautilusschnecken zerfressen. Bei der Ankunft, falls wir überhaupt ankommen, können wir vielleicht die Löcher abdichten. Vorläufig ist auch das unmöglich.«

Bruder Juan konnte sein Unbehagen nicht verbergen. Machtlos war er einer derart unüberwindlichen organischen Abneigung gegen das ausgeliefert, was er im tiefsten Inneren von sich wies. Er wußte, daß sein leibliches Schicksal wenigstens im Augenblick unabänderlich an das meine, an die notwendige

Komplizenschaft gebunden war, die ihm unser nahes Ende aufzwang, ebenso wie an die undichten, wurmzerfressenen Schiffe. Nichts vereint die Lebenden so sehr wie die Nähe des allen gemeinsamen Todes, vor dem sich niemand retten kann.

Doch er fühlte keine innere Bindung zu den Schiffen, zu mir, dem als blinden Passagier mitfahrenden Rabbi oder dem Eremiten, der im Kielraum lag, und auch nicht zum Zweck dieser Seefahrt durch das Meer der Finsternis, die dem Glanz des unbekannten Reichtums der Welt nachjagte. Aus ganzem Herzen verabscheute er den widersinnigen Fieberwahn dieser Reise. Ihn hatte man lediglich mitgeschickt, damit er den Wachtraum des »Narren« überwachte, der vom »indischen Gold« verblendet sei. Und in wenigen Stunden würde er nun wie dieser sein Grab auf dem Meeresgrund finden, zusammen mit jener ganzen Herde von Plebejern und Rüpeln, die schlimmer als Tiere waren.

Wahrscheinlich hatte Bruder Buril keine Angst vor dem Tod, doch er wollte nicht dort, am unbekannten, äußersten Rand der Welt sterben. Wie der letzte Matrose, der sich nur nach seinem Elend, seinen Ketten, seiner Zuchthausstrafe, seinem eintönigen und langweiligen Heim (wenn er eines hatte) zurücksehnte, wollte Buril, obwohl er es nicht sagte, lediglich an den Hof zurückkehren, jenen Mittelpunkt, wo er seinen Amtssitz hatte und seine Macht ausübte. Ich sagte es ihm auf den Kopf zu. Er bejahte es mit einem Blinzeln, das gleichsam unaussprechliche Wehmut, unbändigen Zorn und wütende Ohnmacht bekundete. Sein ganzes Wesen strebte fort, doch er blieb weiter da. Seine Arme waren zur Tür ausgestreckt. Sie zogen ihn davon. Mit dem nach hinten gedrehten Gesicht betrachtete er hypnotisiert die Nagelwunden an meinen Füßen. Ich befürchtete, daß sein Ordenskleid unversehens vor mir hängenbliebe, während sein nackter Körper blitzschnell aus der Kajüte verschwände.

Ich vertraue auf die apostolische Bespitzelung der Mannschaft, mit der ich Bruder Buril indirekt beauftragt habe. Ich sehe, daß er sich seiner Aufgabe sehr emsig widmet. Er blickt jedem einzelnen in die Augen und flüstert ihm Dinge ins Ohr, wie sie ein fürsorglicher Vater einem widersetzlichen Sohn sagt. Vor allem untersucht er scheinbar unabsichtlich die Hände seiner Gegenüber, weil er nach dem unauffindbaren Rabbi Efraím fahndet.

Mit argwöhnischer Miene ergreift er manchmal eine Hand und hält sie an die weitsichtigen Augen, als wollte er ihr einen väterlichen Kuß aufdrücken. Doch hinter den dicken Brillengläsern beobachtet er sie lediglich wie durch eine Lupe, und so mancher hat ihm schon grobe Schimpfworte ins Gesicht geschleudert. »Du Spitzel des Teufels! ...« brüllen sie. Sie wissen nicht, daß Bruder Buril nur nach dem blinden Passagier sucht. Aber ich weiß, daß Buril gemeinsame Sache mit ihnen macht und daß er sie heimtückisch gegen mich aufwiegelt.

XXXIII

Buch der Prophezeiungen

Zwei aufeinanderfolgende Mondfinsternisse. Am schlimmsten ist die Konjunktion des Mars mit dem Saturn. Sie bringt stets heftige Stürme und dunstige See mit sich. Von den Glücklichen Inseln bis hierher haben wir 700 Meilen zurückgelegt. Es fehlen höchstens 50 oder 70, bis wir zu jenem Archipel der *Elftausend Jungfrauen* gelangen, den der sterbende Pilot auf seiner Karte verzeichnet hat. Ich glaube, es muß wohl der Archipel sein, der Cathay umgibt, wie ihn alle Kosmographen und Reisenden von Plinius bis Toscanelli, vom Papst Sylvius Aeneas bis Marco Polo beschrieben haben. Gott gebe, daß mich die Route des Florentiners und die des Piloten zu ein und demselben Ziel führen. Möge es Gott gefallen, daß es Perlen tragende Riffe oder noch besser Vorgebirge aus purem Gold sind. Der Aufruhr würde sich sofort beruhigen, wenn auch alsbald das harte Ringen begönne, Stücke von diesen Goldfelsen mit den Zähnen loszureißen.

Nachdem wir zu dieser Stelle gekommen sind und den Inselgürtel durchquert haben, der gleichsam das felsige Jungfernhäutchen ihrer unberührten Keuschheit ist, wären die Insel Cipango und das Festland von Cathay, die Städte Zayton und Quinsay des Großkhans in Richtung Süd-zu-West nur noch einen weiteren vierten Teil des Weges entfernt, das heißt genau die 300 Meilen, die uns fehlen. Oder übrigbleiben. Auf dieser Route fahre ich, und ich hoffe, glücklich anzukommen. Die Prophezeiungen wollen mich indes, so scheint es, den Prüfungen eines Herakles unterwerfen. Hier werden wir nun von dieser pestilenzialisch stinkenden Faulgrube festgehalten. Ich habe nicht die Kraft eines Herakles, und auf diesen vermoderten Blättern läßt sich auch keine Säule wie jene errichten, die der Halbgott als Tor zwischen dem Mittelmeer und dem Meer von Atlantis aufstellte. Noch weniger läßt sich erwarten, daß sich das Algenmeer bei unserem Durchzug spaltet, wie es das Rote Meer tat, als es beim Exodus unter der Führung des Moses durchschritten wurde.

Ich lese wieder einmal die Prophezeiung Senecas, die ich in meinem Buch zusammen mit denen Jesajas und Esras abgeschrieben habe. Ich habe sie lediglich leicht überarbeitet, damit ich sie besser verstehe. Die drei stimmen im wesentlichen überein und gebrauchen beinahe die gleichen Worte: »Über den Himmel ziehen Möwen, Kormorane und Sturmvögel. Anscheinend kommen sie nicht von einer Küste. Sie fliegen zum Rand des Ozeans. Dorthin, wo mit einem Sandkorn das endlose Land beginnt, wenn es sich mit dem Getöse einer Odyssee in einem Federring dreht. Ein Mann wurde in der Richtung des Anfangs geboren, und er geht auf den Anfang zu, indem er tief in das Alter der Welt zurückweicht. Wer ist dieser Unbekannte mit dem mondfarbenen Bart, der ihm bis zu den Füßen reicht? Mit Vögeln wie mit lebenden Lorbeerblättern bekränzt, größer als ein Mast aus einer Libanonzeder, schreitet er über Gräber und Gewässer voran ...«

Die alten Worte haben einen eindeutig gegenwärtigen Sinn. Sie beziehen sich auf mich und stärken mich. Ich bin jener Unbekannte, jener Wallfahrer, der zum Anfang voranschreitet, dem ungeheuren letzten-allerletzten-ersten Weltalter entgegen. Gleichzeitig schreite ich voran und weiche zurück, von den Furien der Natur, des Himmels und der Menschen gehetzt und bekämpft. Das wird geschehen, das tue ich gerade. So etwas wäre zwecklos, wenn ich nicht das entdecke, was ich vor allem in meinem Inneren suche. Das menschliche Universum ist das komplizierteste und dunkelste von allen.

Ich glaube nicht an den magischen Gebrauch der Dinge. Ich glaube nicht, daß das Delirium die einzige Inspirationsquelle ist. Ich glaube nicht an die geistigen Aerolithe, die mit Lichtgeschwindigkeit an den Windungen des Denkens umlaufen. In der Dunkelheit des Universums gibt es einen phosphoreszierenden Lichtpunkt, wo man die ganze Wirklichkeit verwandelt und umgestaltet wiederfindet. Die Schwierigkeit besteht darin, jenen Ort zu entdecken, das Licht jenes vor Jahrmillionen erloschenen

Sterns, das immer noch zu uns, in die Augen eines jeden dringt, wie es der jeweiligen Kosmogonie des einzelnen entspricht. Während ich diese Worte schreibe, die vielleicht meine letzten sind, beobachtet mich das große, grüne und orientalische Auge des Sirius geringschätzig mit seinen schiefen Blicken eines himmlischen Wucherers.

XXXIV

Der Erzähler erinnert sich

Dreiunddreißig Tage – ›einen für jedes Lebensjahr Christi‹, denkt der Admiral – sind vergangen, seitdem die Schiffe im Hafen Palos die Anker gelichtet haben. Sie haben sich verspätet, weil die *Pinta* vor den Kanarischen Inseln eine Havarie hatte. Dreiunddreißig Tage. Oder Monate oder Jahre oder Jahrhunderte. Fünf Jahrhunderte, um genau zu sein. Und die da kommen werden, solange die Geschichte weitergeht, solange das Meer nicht stirbt und die Menschheit nicht untergeht, worüber man überhaupt nichts Sicheres weiß.

In der dunklen Nacht rauscht das Meer fast gar nicht. Der Admiral schlummert in der Kajüte, die Pistole hat er griffbereit gelegt. Der Ausrufer Torres kommt mit dem Suppennapf herein. Katzbuckelnd wie immer sagt er: »Jetzt bleiben uns nur noch die Tage und Nächte und anstelle des Meeres diese verfaulte Wiese. Es kommt der Sankt-Nimmerleins-Tag, an dem wir das Land der Heiligen Stätten entdecken, wo seit dem Anbeginn der Welt die Vöglein schon Leute wie wir gewesen sind ...« Mit der Stiefelspitze bringt ihn der Admiral zum Schweigen.

Durchs Bullauge sieht er gewundene Dampfringe vorüberschweben. Er geht zur Luke und stellt fest, daß diese Nebelkreise nicht mehr weiterziehen und sich immer enger um das Mastenwerk zusammenballen, bis sie Steinblöcken gleichen, treibenden Eisschollen mit einem Geflecht von Schattenlinien, die allmählich Masten und Segel, ja das ganze Schiff und das Meer auslöschen. Etwas Ähnliches wie das lautlose und stumme Erstarren des Universums. Nur das Herz des Admirals schlägt leise, rhythmisch und tieftraurig weiter.

Der Admiral schreibt abwechselnd am *Bordbuch*, an seinen *Vertraulichen Erinnerungen* und am *Buch der Prophezeiungen*. Als er von der Insel Hierro auslief, begann er auch die Einleitung zum *Buch der Entdeckung*, deren Niederschrift durch die Seefahrt unterbrochen wurde. Hin und wieder wirft er einen Blick aus der Luke. Das ruhige Meer sieht so pharisäisch aus wie ein alter Freund, der plötzlich aufspringen und dich erwürgen kann. Die den Tag bei weitem übertreffende Nacht macht blind und gibt das offen zu erkennen, während das Mittagslicht wie eine strahlende Lüge alles blendet, was es bescheint, und in den Augen brennt, bis sie vereitern. Immer in der Nacht, von der neunten Stunde an, arbeitet der Admiral an seinen persönlichen Papieren; am *Bordbuch*, wenn die Sonne untergeht und der äußerste Rand der Sonnenscheibe hinter dem Horizont verschwindet, nachdem der Muezzin die Meilenzahl ausgerufen hat.

Auf dem Meer dreht sich die Zeit weiter um sich selbst und bildet rings um das Schiff einen riesigen Kegel, der vom Kreis des Horizonts bis zum Himmel reicht. Das Sargassomeer hat das Meer vollständig verdeckt. Das Flaggschiff, das schlanke Aufbauten hat, jedoch dickleibig und etwas langsam ist und dessen Wasserlinie hoch liegt, weil es soviel in seinem Bauch trägt, befindet sich in der Gewalt der Algen und der Meuterer.

In einem langen, vorweggenommenen Duell hat der Admiral die lügenhafte Fiktion des *Bordbuchs* ersonnen. Keine andere Aufgabe hat ja das geschriebene Wort. Allerdings ist dem Admiral das Wort, dessen er sich bedient, fremd und hat viele parasitäre, unstete Klänge und Wesenszüge: Auch das *Seetagebuch* ist ein kleines Sargassomeer.

Felsenfest glaubt er an den Bericht des ersten Entdeckers, doch wieder sucht ihn der Zweifel heim, ob die von Toscanelli erwähnten Länder Cathay und Cipango, das heißt die *jenseitigen* Inseln und Festländer, wirklich die *diesseitigen* Inseln und Festländer sein können, die der namenlose Pilot entdeckt hat, jene, die bereits von den Kosmographen des Altertums *Antyliae* genannt werden und die auch die *Kapitulationen* von Santa Fe erwähnen. Der asiatische Osten würde sich also in geringer Entfernung befinden, sozusagen gleich um die Ecke. Der Admiral stützt sich auf diesen Gedanken, den er außerdem immer vertreten hat und der vor sieben Jahren bei seiner zufälligen und beinahe gespenstischen Begegnung mit dem namenlosen Piloten bestätigt wurde. Er glaubt nicht, daß diese Begegnung zufällig gewesen ist, sondern meint, die göttliche Vorsehung selbst habe sie herbeigeführt. Er hat schon zu viele derartige Fügungen gesehen und erlebt. »Der Zufall ist ein erstaunliches Geflecht von Gesetzen«, schreibt er im *Buch der Entdeckung*, »dessen Ursachen der Mensch niemals ergründen kann.«

Ihm bleibt kein anderes Mittel, als Zeit zu gewinnen. Er manipuliert die Fahrtangaben und verkleinert die Entfernungen, um die zur Rebellion aufreizende Furcht zu beruhigen, daß eine Rückkehr unmöglich sei. Und um auch diese Entfernung von 750 Meilen zu verheimlichen, die man von der Insel Hierro aus zurücklegen muß und die beinahe schon ganz bewältigt ist. Hin und wieder ruft er die Kapitäne der drei Schiffe zusammen und weist sie darauf hin, daß die Bewegung der »Wächter« genannten Sterne genau mit jener der Kompaßnadeln übereinstimmt. »Das Kompaßhaus ist hier der Fuß des Himmels«, erklärt er. »Und die Kompaßnadeln sagen immer die Wahrheit.«

Der einzige Lügner ist der Admiral, denn manchmal muß man die wesenhafte Wahrheit – in diesem Fall die Ankunft in Ostindien – mit nebensächlichen Lügen verteidigen und offenbaren. Eine Lüge ist immer eine schlechte Sache, doch nachdem man sie einmal ausgesprochen hat, ist es am schlimmsten, wenn man den Betrug nicht aufrechterhalten kann. ›Das eben ist der Fluch der Verheißung, daß sie sich gegen uns wendet, wenn sie lange nicht in Erfüllung geht‹, denkt der Admiral ziemlich bestürzt.

Die Vorstellung, daß eine unerfüllte Verheißung zuweilen nur die Form einer weiteren, zukünftigen Verheißung ist, beruhigt den Admiral nicht. Weiß er, daß er selbst, während seine Schiffe driften, einer Verheißung nachjagt, deren Form sich immer mehr verändert, je weiter sie in Erfüllung geht? Vorläufig kommt es darauf an, die meuternden Seeleute hinters Licht zu führen, indem er eine immer kleinere Meilenzahl für die zurückgelegten Entfernungen angibt. Einerseits will er ihnen damit das

Gefühl ersparen, sie seien auf einer endlosen Fahrt zum anderen Rand der Welt. Andererseits möchte er die Höchstzahl von 750 Meilen verheimlichen, die der Pilot als entscheidende Entfernung genannt hat, um die Lage der Inseln zu bestimmen.

Nacht für Nacht läßt er den Ausrufer Torres von der Kommandobrücke aus die Meilen verkünden, die man zurückgelegt hat. Dieser schließt die Augen und reißt den Mund maßlos weit auf, wenn er die Meilenzahl, die Breiten- und Längengrade hinausschreit, die er ihm nennt. Der Admiral hat sich hinter ihm aufgestellt, und er führt, als wäre er ein Bauchredner, mit finsterer Miene die ungelenke Puppe an unsichtbaren Schnüren. Keine von ihm verkündete Meile ist ein Geschenk des Schicksals. Sie ist ein Dingdong der Totenglocke. Ein weiterer Schritt dem Ende entgegen. Ein weiterer drängender Aufruf zur Empörung.

Die im *Bordbuch* registrierte doppelte Buchführung hält die wirkliche Entfernung fest, die er den Königen melden will. Die andere, die eine kürzere Strecke für den zurückgelegten Weg angibt, ist die unwirkliche Entfernung – vorgetäuscht bei der Niederschrift des Schiffstagebuchs, vorgetragen als eine Lüge von diesem muselmanischen Muezzin und verfälscht durch die Zwangsvorstellung des Admirals –, und sie mißt die Reibung des ozeanischen Meeres an den Schiffskielen, das regelmäßige Blasen des Passatwindes gegen das Segelwerk, doch sie verheimlicht die Position der Schiffe.

Die Macht des Admirals über die Mannschaften beruht darauf, daß er ihnen jedes Zeichen für eine Standortbestimmung, die Fahrtrichtung und das Ziel vorenthält. Aber in diesem Vakuum wird auch der Aufruhr der Männer stärker und drängender. Die Sträflinge wissen nichts von Entfernungen, Sternen, Breiten und Längen. Die Seeleute jedoch haben einen unfehlbaren Instinkt. Der Admiral sah sich gezwungen, den Pinzones das Geheimnis des Piloten zu verraten, um sie erneut für seine Sache zu gewinnen. Diese Aufrichtigkeit, die unwahr wirkte, weil sie zu spät kam, konnte sie nicht so leicht wie die Gelehrten von Salamanca und Córdoba, seine Beichtväter und Wohltäter, ja die Könige selbst täuschen. Martín Alonso hat, wie wir bereits wissen, seinen eigenen namenlosen Piloten.

Da die Schiffe festgehalten werden, läßt sich keine Fahrtroute entdecken, ist der weitere Weg in die Zukunft blockiert. Der Belagerungsring hat sich geschlossen. Der Kapitän der *Pinta*, der hochmütige Martín Alonso Pinzón, der ruhige Yáñez und die gutgläubigen Niños von der *Niña* bringen ihre Schiffe gefährlich nahe an das Flaggschiff heran. Unter rauhen Schreien tragen sie ihren Streit mit dem Admiral von Bord zu Bord aus. Sie bezichtigen ihn, keine seemännischen Kenntnisse zu haben und von dem in den Seefahrtsinstruktionen vorgegebenen Kurs abzuweichen. Beinahe stoßen sie in dem schleimigen Meer mit ihren Schiffen zusammen, die sie wegen ihrer Wut schlecht steuern, während Lombarden und Musketen knallen. Es ist die Parodie einer Seeschlacht zwischen rivalisierenden Schiffsführern.

Es tritt Schweigen ein, das der Pulverdampf noch mehr vertieft. Die *Santa María* und die *Pinta* haben sich beim Zusammenstoß verkeilt. Martín Alonsos purpurrotes Gesicht zeigt, daß er einem Schlaganfall nahe ist, und er stößt grobe Schimpfkanonaden gegen den Admiral aus. »Ich bin der einzige Kapitän dieser Flotte! ... Ich habe die Schiffe beschafft ... die Mannschaft angeheuert! ... Ich weiß besser Bescheid über den Weg in die Indischen Lande als Ihr ... Ihr kennt ihn vom Hörensagen, durch diesen angeblichen Piloten, den Ihr erfunden habt, um die Königin hinters Licht zu führen ... Aber uns täuscht Ihr nicht. Die Rückfahrt ist schon beschlossene Sache, und gleich bei der Ankunft zeige ich Euch als einen schändlichen Korsaren an, als einen ehrlosen Verbrecher ...!«

Die Zwillingsbrüder sind nun wie Tag und Nacht: Dieser hat eine von der Sonne und der Aufregung dunkle, schwarzbraune Farbe, während Martín Alonsos Gesicht aufgeschwemmt und purpurrot ist, weil sich die Krankheit verschlimmert, die sich nicht um die zehntägige Windstille gekümmert und weiter zugenommen hat. Der Admiral sagt ihm in aller Ruhe: »Werter Herr

Don Martín Alonso, Ihr habt ein hochrotes Gesicht, dem die bösen Dünste sehr übel mitgespielt haben. Achtet sorgfältig auf Eure Gesundheit. Ihr müßt Euch ernsthaft in acht nehmen. Das sich in Wellen ausbreitende Übel zerfrißt Euren Körper wie die Meereswürmer den Kielraum Eures Schiffes. Es ist möglich, daß Euch die Geschwüre bald vollständig bedecken ... Ich möchte nicht zusehen, wie Ihr an meiner Seite sterbt ...«

Die Lachsalven werden von der Nebelwand gedämpft, die zu den Schiffen vordringt. Die an die Schiffsrümpfe plätschernden Wellen klingen wie Beifallklatschen. Die grobe Stimme des unsichtbaren älteren Pinzón schreit irgendwo: »Eine üble Wunde heilt ... der üble Ruf tötet! ... Du siehst mich nicht sterben, du fremder Seemann! ... Aber du wirst sehen, wie du selbst an etwas stirbst, was du nie gesehen hast! ...«

XXXV

Mass für Mass

In den zwei letzten Tagen hat die betrügerische Angabe der Entfernungen die Meuterer mehr als sonst erbittert. Am Dienstag, dem 9. Oktober, ist die *Santa María* am Tag und in der Nacht insgesamt 20 Meilen gesegelt. Er erzählte den Männern, es wären nur 17 Meilen. Am Mittwoch, dem 10. Oktober, legte sie 59 Meilen zurück. Er erzählte den Männern, es wären nur 44 Meilen. Die Kompaßnadel zeigt nicht den magnetischen Nordpol, sondern das, was der Admiral will.

Bei Sonnenuntergang verkündete der Ausrufer auf Weisung des Admirals, sie hätten erst 584 Meilen von der Insel Hierro bis hierher zurückgelegt. Die Rechnung, die der Admiral für sich behält, sind 707 Meilen. Nun konnten die Leute den offensichtlichen Betrug nicht länger ertragen. Sie verlangen von ihm, aufzugeben und die Fahrt nicht weiter auszudehnen. Beschwörend mahnen sie ihn zur Umkehr. Unaufhörlich schreien die Seeleute, der Mann aus Ligurien habe sie betrogen, er werde ihnen im Meer der Finsternis den Tod bringen, so daß sie nie heimkommen könnten. Die schon vor Wut tobenden Kapitäne und Matrosen verwünschen den Admiral mit schrecklichen Beleidigungen und Bannflüchen, und laut geloben sie, ihn ins Meer zu werfen.

Äußerst widerwillig hat sich der Schreiber Escovedo bereit gefunden, als Sprecher des Admirals aufzutreten. Er bittet die Aufrührer um etwas mehr Geduld. Er weist sie auf die Vögel hin, die in Schwärmen vorbeiziehen und ein sicheres Zeichen für die Nähe des Landes seien. Auch Schwalbenfische fliegen wie kleine, von den Wellen abgeschossene Feuer vorüber. Viele fallen auf das Schiffsdeck. Doch die Meuterer lassen sich nicht von ihrem Entschluß abbringen, um jeden Preis zurückzusegeln. Außer sich brüllen sie, daß der Kapitän verrückt sei und daß sie ihn töten müssen, ohne länger zu warten. Sie haben beschlossen, eine Kette von Bewaffneten um das Achterkastell aufzustellen, das der Admiral nicht verlassen will, seitdem er das Ruder übernommen hat.

Das Meer ist noch weit, viel weiter als die Strecke, die sie auf der bisherigen Fahrt zurückgelegt haben, als vereinten sich alle Ozeane und schäumten nun vor den Schiffen empor. Die vom Zorn verblendeten Seeleute sehen nicht die Vögel und Fische, auf die der königliche Schreiber mit der Hand zeigt. In ihrem wütenden Wahn sehen die Männer sie lediglich als einen Spuk an, den die hagere Schattengestalt herbeirufe, um sie zum Gehorsam zu bringen.

Unbeirrbar hält der Admiral weiter am Steuerruder aus, an das er einen Arm mit Tauen festgebunden hat. Mit dem anderen Arm wirft er immer wieder ein schadhaftes, notdürftig geflicktes Netz ins Meer, um Muscheln heraufzuholen. Am Morgen hat er in sehr geringer Höhe einen weißen Vogel mit langem Schwanz vorbeifliegen sehen, einen von der Art, die man Tropikvogel oder Gelbschnabel nennt. Der Admiral hat nichts gegessen oder getrunken, als er am Nachmittag mit dem Netz ein grünes Grasbüschel herausfischt, auf dem ein lebender, hochroter Krebs mit langen und elastischen Beinen sitzt, den der Admiral in seinen Muschelbeutel steckt.

Mit dem Morgenrot endet die dreitägige Frist, die der Admiral von ihnen nicht eigentlich erbeten, sondern im Namen der Könige verlangt hat, damit sie dem königlichen Willen gehorchen und die heilige Pflicht erfüllen, die *Kapitulationen* einzuhalten. Als ganze Antwort bilden die Bewaffneten einen engen Halbkreis um den Admiral. Vorsichtig hält sich Escovedo abseits von diesem Belagerungsring, der ihn nichts angeht. Er hat keinen Grund, sich in Angelegenheiten einzumischen, für die er juristisch nicht zuständig ist. Da es seines Amtes ist, Urkunden öffentlich zu beglaubigen, kann er nicht gleichzeitig die bösgläubigen Aufrührer unterstützen. Bruder Buril hat sich in die Kiste des Eremiten zurückgezogen.

Als die Sonne am Mittwoch, dem 10. Oktober, untergeht und nachdem der Ausrufer Torres die Meilenzahl verkündet hat, bemüht sich der Admiral zum letztenmal, sie zu überzeugen, welchen Nutzen sie aus der Indienfahrt ziehen können, für die sie freiwillig ihr Leben eingesetzt und Entbehrungen auf sich genommen haben. Als Vorbild stellt er den Ausrufer hin, der als einziger soviel Vernunft bewiesen habe, seiner Pflicht treu zu bleiben. Der Angesprochene hält sich die Hände vors Gesicht. Man weiß nicht, ob er lacht oder stoßweise weint und jammert. Jemand versetzt ihm einen Fußtritt, der ihn an die Reling schleudert. Neben dem Admiral steht der Marsgast.

Die Schreie werden lauter, und die Bewaffneten bilden nun einen vollen Kreis, die Kolben ihrer Waffen haben sie auf die Schulter gelegt, die Läufe auf das Ziel gerichtet und die Hähne gespannt. Der Admiral setzt mit härterer Stimme hinzu, es nütze ihnen nichts, wenn sie klagen und drohen, weil diese Indienfahrt mit dem Beistand Unseres Herrgotts auf jeden Fall durchgeführt werde. Er wolle weitersegeln, selbst wenn er allein ankommen und alle Seeleute an den Rahen aufhängen müsse, sie wüßten ja, welche Strafe für Aufrührer gelte.

Er ist in Schußweite der Armbrüste und Hakenbüchsen der Widerspenstigsten und Angriffslustigsten. Die Haltung des regungslos und herausfordernd dastehenden Admirals erlaubt keinen Widerspruch. Der Blick, der aus den aschgrauen Augen unter den entzündeten, hochroten Lidern blitzt, schlägt sie in seinen Bann. Die Schreie und Drohungen verstummen. Nun erstarren die Matrosen zur Bewegungslosigkeit. Rücken, die sich eingeschüchtert krümmen. Trostlose Gesichter. An die Brust gesunkene Köpfe. Eine Schuhsohle knirscht auf den geteerten Planken. Ein Speichelbrocken klatscht an die Spanten. Jemand, ein Unbekannter, steht ruhig zwischen den kampfbereiten Meuterern und dem am Steuerruder festgebundenen Admiral. Es ist der Hieronymitenmönch Ramón Pané, der die Augen geschlossen und die Arme über der Brust gekreuzt hat. Seine knochige Gestalt, die in ein zerlumptes braunes Hemd gehüllt ist, bietet sich den Kugeln als Zielscheibe an.

»Der fremde Seemann will sich jetzt hinter den Mönchen verschanzen! ...« ruft der Kantabrer de la Cosa.

Der Admiral bindet die Taue los, die ihn ans Ruder fesseln, und steigt auf die Bank, so daß er sich zu doppelter Größe erhebt. Der rötliche, gekräuselte Bart hängt ihm auf die Brust. Er schleudert ihnen Worte entgegen, die wie die Schüsse eines Exekutionskommandos klingen. »Ihr seid schon tot, und Tote meutern nicht.« Er fordert sie auf, Disziplin und Gehorsam zu wahren, und er nennt den Namen, Beruf und Geburtsort jedes einzelnen. Sein Gedächtnis arbeitet fehlerlos, selbst bei den kleinsten Einzelheiten. Er ruft die Toten einer Schlacht auf. Seine Ansprache ist eine Gedenkfeier. Er erinnert die Hingerichteten an ihre Familien, ihre Kinder, ihr fernes Zuhause, ihre Schulden, ihre Verwandten und die Höllenstrafen des Jenseits. Nicht einmal die ohne Nase und Ohren können sich retten, ihnen bleibe nichts weiter als ihre Verstümmelungen, das Gefängnis und die Schlinge um den Hals. Die Leiber von achtzig Männern baumeln am Haupt- und Besanmast. Die düstere Stimme hallt hart und unerbittlich in den brausenden Wellen und im Heulen des Sturms nach, der plötzlich losgebrochen ist und von Blitzen begleitet wird.

Ein Wetterstrahl funkelt an der Mastspitze. Die Spirale aus glühendem Gas läuft über das Schiff und verlischt mit gräßlichem Zischen im Meer. Das Großsegel sinkt langsam aufs Deck, und wie ein Vorhang verhüllt es die Aufrührer. Die Kleidung des Admirals fängt auf einmal Feuer. Ohne eine Miene zu verziehen, entledigt er sich in aller Ruhe der brennenden Kleidungsstücke. Er steht vollständig nackt da. Die versengte Haut überzieht sich mit schwarzen Flecken. Aus den verbrannten Haaren sprühen Funken. Das riesige Mannesglied hängt schlaff zwischen den dürren und schwärenbedeckten Beinen. Nun ist er ein Rauch ausströmendes Gespenst. Ruhig geht er in seine Kajüte. Ringsum verbreitet sich beißender Brandgeruch. Die Männer stecken die Köpfe aus den Falten des Segeltuchs hervor. Sie sehen sich um, und der Anblick, der sich ihnen bietet, läßt sie erstarren, als kündigte sich eine Katastrophe an.

Der Admiral ist sogleich wieder herausgetreten. Er hält den Arm hoch. Die blutige Hand, die sich vor ihnen emporreckt, ist eine fünfhundertjährige Hand. »Seht«, grollt er mit Donnerstimme, »hier habt ihr das sichere Zeichen des Gelobten Landes!« Die Männer erkennen zunächst nur einen blutbeschmierten Stumpf. Aus der verstümmelten Hand wachsen abermals lange, rote Finger hervor, die sich blutspritzend zusammenziehen. Hierauf sehen sie die Gestalt eines ungeheuren Krebses, die er in der Faust gepackt hält. In der anderen Faust flattert das mit roten Früchten besetzte Grasbüschel, das er ihnen als Unterpfand des Friedens darbietet. Es herrscht vollständiges Schweigen. Die Seeleute brechen in wahnwitziges Lachen aus, das wie eine Totenklage klingt.

Der Admiral empfindet im tiefsten Inneren den Überschwang eines namenlosen Stolzes, der jenem gleicht, wie ihn die Propheten haben, die vertrauliche Zwiesprache mit Gott pflegen. Dieser mystische Stolz füllt sein ganzes Denken aus. Das ist nicht symbolisch oder allegorisch gemeint. Es ist ein Denken, das so wirklich und handgreiflich wie der Leib und dessen Begierden selbst ist; etwas, was er tatsächlich empfindet und womit er unmittelbar umgeht, selbst bei den Niederträchtigkeiten und Täuschungen, zu denen er gezwungen ist, um sein Geheimnis zu wahren.

Er weiß, daß sich eine derartige Wahrheit nur mit Lügen ausdrücken und schützen läßt. Was ist er als Entdecker denn selbst anderes als ein obskurer Eindringling in jenen Räumen, die nie zuvor ein Schiffskiel oder ein Fuß aus dieser Welt berührt hat? Er stammelt in einem unverständlichen Dialekt.

Sein Denken ist nicht allein auf sich selbst ausgerichtet. Es ist ein Denken, das sich mit den Grenzen beschäftigt; ein Denken, das über die Beschränkung seines beschränkten Geistes nachdenkt. Zwischen ihm und der Welt gibt es lediglich ein Mißverständnis. Und in dieser Beschränkung ist der Admiral stark, weil sein Größenwahn und seine Schwäche sich gegenseitig verleugnen und aufheben. Er denkt an den prophetischen Text des Weisen aus Corduba. »›Gekommen ist die Zeit, da der Ozean die Schranken der Welt niederreißt und Tethys oder Tiphys, der neue Seemann, der als erster an Bord ging, eine neue Welt entdeckt.‹ Nicht einmal die Bibel, die alle von Gott offenbarte Weisheit wiedergibt, erwähnt andere Welten, *diese* Welt, die ich entdecken werde. Doch ist es nicht so, daß der Prophet Jesaja in der Bibel selbst von einem Mann spricht, der eine unbekannte Welt entdecken wird? Weist er damit vielleicht nicht auf mich hin?«

XXXVI

Vision des irdischen Paradieses

Nach dem langen Regen hat der Wind vollständig aufgehört. Dieser unnütze Wind. Rötliche Schleier liegen auf dem Schiff, das in der Untiefe aus Blättern, Knochen und lebenden, zwischen den Algen laichenden Aalen gestrandet ist. Undurchdringliche Stille. Der Admiral hält sich die Hände vor die Augen, aus denen Blut in dünnen Strahlen von den Lidern zu den Backenknochen rinnt, doch er kann nicht verhindern, daß mit der Stimme des sterbenden Piloten die Vision des irdischen Paradieses wiedererscheint.

Er sieht den hohen Ort, der so hoch ist, daß er sich bis zur Mondkugel erhebt, wo ihn die Wasser der Sintflut nicht erreichen konnten. Von den hohen Bergen fließen die Wasser und stürzen in riesigen Kaskaden zu einem See hinab, der rund wie die verfinsterte Mondscheibe ist, deren Rand vom leuchtenden Ring der Sonne umgeben wird. Das Getöse, das diese Wasser hervorbringen, ist derart laut, daß die Menschen dort taub geboren werden.

Da die Menschen der ersten Zeiten unempfindliche Ohren haben, hören sie allmählich mit der Haut. Und das Mysterium des Leibes, dieser Weihestätte der größten Begierden, nimmt die Wonnen in sich auf, die menschliche Augen allezeit bis zum letzten Schöpfungstag sehen und genießen können. Aus diesem See mit dem smaragdfarbenen Wasser ergießen sich die vier Hauptflüsse des Paradieses, deren Ströme in ihrem eigenen Bett emporstreben, als wollten sie erneut zu dem Berggipfel aufsteigen und abermals zurückstürzen, um ungeheuer laut brüllend wiederum emporzuspringen, mit jenem wütenden Brüllen, das die betäubten Ohren nicht mehr hören können und das man nur zu sehen vermag, wenn es mit den tausend Farben des Regenbogens hinter den Wolkengipfeln in Schwaden zerreißt ... Wolken, Gipfel und Vorgebirge, die stets eine Kugelgestalt annehmen ...

Denn diese runde Form birgt die Unendlichkeit Unseres Herrgotts, wie die Heilige Schrift bezeugt ... Und dort schuf Unser Herrgott das irdische Paradies und setzte den Baum des Lebens darein, dessen Früchte sehr saftig und ebenfalls alle kugelförmig sind, im unendlichen Maß der Kugel den Sternen des Himmels gleichen.

Die Valladolider Klause mit den zerbröckelnden, nackten Wänden verwandelt sich wieder einmal in die Schiffskajüte. Tief am Heck sehen die trüben Augen erneut den ehernen Schaft des Steuerruders, der wie ein dicker Lichtstrahl glänzt. Er fährt mit der Hand über das glänzende Metall und fühlt, daß es in seinem Inneren dunkler wird. Sein Wille erlahmt, so daß er sich entkräftet auf dem großen Brett ausstrecken muß, das ihm als Lager dient. Das ist wie ein Riß in einem sehr festen und sehr feinen Stoff, der gleichsam aus Stahl und Glas besteht und all seine Träume nährt.

Die Fahrtrouten überlagern sich und stimmen nicht überein. Die Beschreibungen des Piloten sind verläßlich, doch das Pflanzenmeer hat die beständige Folge der Tagereisen unterbrochen. Der sterbende Pilot warnte ihn vor den Gefahren, die im Archipel der *Elftausend Jungfrauen* drohen. Er gab ihm dessen genaue Position an und riet ihm, sobald er zu jenen Gegenden gelange, die in einen hauchfeinen Nebelschleier gehüllt seien, solle er nachts nicht weiterfahren und auf den Tag warten, um der riesigen Inselkette auszuweichen, die wie eine Syrte die Einfahrt zu jenem Ort schütze, wo sich gewiß der wunderreiche Garten des Ursprungs befinde.

Der Ausrufer kommt mit dem Suppennapf und unterbricht den Halbschlaf des Admirals.

»Señor, ich bringe Euch einen Rhabarberaufguß. Ihr habt Euren Arzneitrank aus Bärlapp, Schwefel und Birkensaft im Übermaß genossen. Das Feuer der Pflanzen und des Schwefels ist höchst launenhaft. Danach hole ich Euch ein Stück Hühnerfleisch, das trocken und ziemlich vermodert, indes noch eßbar ist. Es wird Euch keinen Gaumenkitzel, wohl aber Nahrung bieten ...«

Der Ausrufer Torres hält inne. Mit zusammengekniffenen Augen beobachtet er den Admiral. Er meint, dieser sei eingeschlafen.

»Ich selber spüre in den Knochen, daß ein großer Sturm naht. Sobald ich hinausgehe, will ich mich ins Meer stürzen ...«

»Was willst du, Idiot?«

»Die Tiefe des Grasbergs messen, der uns an der Weiterfahrt hindert. Wenn der Sturm losbricht, schlägt dieses Meer aus faulenden Pflanzenstoffen über dem Schiff zusammen und versenkt es.«

»Kümmere dich nicht um Dinge, die dich nichts angehen.«

»Gewiß, Señor. Aber ich habe keine Angst vor dem Wasser. Wir sind schon immer Freunde gewesen. In Palos konnte ich wenigstens hundert Faden tief tauchen. Solange die Nase nicht blutet, ist es ungefährlich. Als Junge steckte ich den Kopf unter Wasser, damit ich die Fische sprechen hörte. Sie sprechen auf eine höchst zierliche Art. Sie waren Leute wie wir, bevor der Mensch seine Fischnatur aufgab. Sie sprechen Andalusisch, Kastilisch und sogar Biskayisch, das ich nicht verstehe. Dann suchten wir nach Ertrunkenen, die still in den Gräben des überschwemmten Landes umhertrieben. Nachts hat jeder von ihnen ein Lichtchen in den kalten Augen angesteckt. Aber sie sehen nichts. Sie zünden diese kleine Kerze unter Wasser nur an, damit man nach ihnen sucht ...«

Der Admiral blickt unverwandt aufs Meer hinaus, als wäre der Ausrufer Torres unsichtbar. Durch dessen ungestalten und glasklaren Körper, der schon die Farbe des Rauchs annimmt, betrachtet er eine Vision. Wieder hat der Admiral die Augen halb geschlossen. Es ist unvorstellbar, wie tief man in sich selbst hinabsteigen kann.

Der Ausrufer faßt neuen Mut. Mit der einen Hand hält er ihm den Napf hin, mit der anderen einen Fisch, der sich erstickend in dessen Faust windet.

»Die Fische in diesem Meer der Finsternis müssen wohl in sehr fremdartigen Sprachen reden, ähnlich wie Menschen, die sich verkehrtherum bewegen und sprechen, als erinnerten sie sich. Hier bringe ich Euch einen Schwalbenfisch, der gerade an Bord gesprungen ist. Seht, Señor. Ein Fischlein mit einem schönen, peitschenförmigen Kopf. Maul, Augen und Zähne hat es am Schwanz. Ich habe beobachtet, daß es rückwärts wie die Vögel über die Reling flog ...«

»Wenn du in den Algen ertrinkst, werden dir noch sieben zusätzliche Lebenstage nach dem Tod gewährt ...«

Mit der Fußspitze schleudert ihn der Admiral an die Reling. Eine Geste ohne Groll, ohne Zorn, ohne Erinnerungen. Der Ausrufer fliegt rücklings hinaus. Er hält den Napf hoch, ohne einen Tropfen zu verschütten. Behutsam stellt er ihn auf eine Kabelrolle und springt ins Meer, den Fisch hält er immer noch in der Faust.

Bei dem Ruf *»Mann über Bord! ...«* drängen sich die Seeleute an der Reling zusammen oder klettern am Takelwerk hoch, um besser sehen zu können. Das eine oder andere sonnenverbrannte Gesicht verzieht sich zu einer geringschätzigen Grimasse, die ganz unmißverständlich bekundet, daß man eine gewisse Genugtuung empfindet. Jedenfalls ist den meisten Männern, deren Rachsucht sich nur einen Augenblick beruhigt hat, das Schicksal des Ausrufers gleichgültig. Laut ertönen unflätige Beschimpfungen des Zuträgers. Beinahe alle erwarten dessen raschen Tod, ein Ende, das sie nicht mit ansehen können, weil die dicke, verrottende Pflanzenhülle es vor ihren Blicken verbirgt.

Ein Jubelschrei lenkt die Augen in eine bestimmte Richtung. Über die Algen läuft der Ausrufer zum Schiff. Seine Schritte sind elastisch wie die eines Turners, als er fast schwerelos über einen Teppich aus verschlungenen Binsen, von einem Eiland zum anderen, von einem vermoderten Baumstamm zu Kadavern von Seetieren hüpft.

»Hundert Faden! ... Hundert Faden tief reicht dieses verdammte Grasmeer!«

Schäumende Blutstrahlen spritzen dem Ausrufer aus der Nase, doch in seinen schielenden Äuglein glänzt Siegesfreude. Die Männer wenden sich wieder von ihm ab. Ein gellender Schrei, der diesmal Schmerz und Schrecken bekundet, ist das letzte, was von dem Ausrufer übrigbleibt, während er im Strudel aus grünen und verfaulten Pflanzenteilen untergeht, wo der Hai seine Arbeit verrichtet. Noch einmal taucht der dreikantige Kopf auf und fällt gierig über den ausgemergelten Körper des Ausrufers her, und die dreifache Reihe der Zähne, die spitzer als Fleischermesser sind, hat sich rot gefärbt. Rasche Schläge mit dem Schwanz wühlen wie Rammstöße die Pflanzendecke auf und lassen schwarze Wasserfontänen emporschießen. Die bisher dicht aufeinanderfolgenden Wirbel beruhigen sich allmählich. Nur der Gestank rings um das Schiff hat sich weiter verdichtet. Dann gibt es überhaupt nichts mehr. Mit einemmal bricht die Tropennacht herein und verwandelt das endlose Meer in eine kleine, überall erbebende Insel, die nur etwas weniger dunkel als die Nacht ist.

Der Admiral steckt das zerlesene Heft in den Bronzekasten, der neben der Koje eingebaut ist, und dreht den Schlüssel siebenmal im Schloß herum. Er verwahrt den Schlüsselbund in der Tasche, streicht sich den Rockschoß glatt und steigt zum Achterkastell hinauf. Tief atmet er die laue Luft ein, die von der noch unsichtbaren, vielleicht gar nicht vorhandenen Erde herüberweht. Die äußerliche Unempfindlichkeit des abgehärteten Seefahrers scheint dahinzuschmelzen, und seine Miene wird menschlich, fast wehleidig. Die spitzen Backenknochen stoßen durch die ausgedörrte Haut. Der Rand der Adlernase erglänzt wie die Wellenkämme und die Flossen der Schwalbenfische.

Wie in Trance betrachtet er das Schattenbild des Schiffes auf dem Meer, die Umrisse der sanft geblähten Segel, die verschwommen weiblichen Formen. Es ist aus dem Schaum hervorgetaucht und gleitet geruhsam durch die Wasser. Er nähert sich der Gestalt der Schiffs-Frau. Mit den Armen rudert er in der Luft und umarmt die Schiffs-Frau unter lautem Wehklagen, will die Ruhelose ihrer Gewänder aus Segeln und Schleiern entblößen. Stark keuchend müht er sich, ihren lauteren nackten Körper einer Najade, Sirene, Fata Morgana zu küssen, und als er die fleischlichen Formen des Bildes berühren will, das ihn in seinem Wahn beherrscht, wird er ohnmächtig und fällt, von Krämpfen geschüttelt, auf die feuchten Planken.

Mit gesträubten Haaren und dem brünstigen Grunzen von Stachelschweinen belauern die Seeleute den einem wahnsinnigen Opferritus gleichenden Schwächeanfall des Admirals. Die Sauigel spähen und können die Späherblicke nicht abwenden. Die Körper sind gespannt und erstarrt, und um die Münder zieht sich eine Geiferspur. Regungslos betrachten sie die liegende Gestalt, die sich unter heiserem Stöhnen windet und mit beiden Händen krampfhaft das Mittelfleisch reibt, als ringe sie mit dem Tode. Der Admiral drückt den alten Lappen seiner Sehnsüchte aus und läßt ihn leertropfen, denn er ist für ihn ganz unnütz geworden, er kann mit ihm nicht einmal das Wasser der Jahre und Enttäuschungen abwischen ... Noch viel weniger läßt sich damit die Flüssigkeit der männlichen Begierden entfernen, die schleimig wie Frauenmilch ist ...

XXXVII

Der Admiral erzählt

Im allumfassenden Schweigen des Universums hörte ich weiter den einen oder anderen Vogel vorüberfliegen. Und dann kam keiner mehr. Nach der trügerischen Ruhe ließ der Sturm seine Furien los. Die Nacht zersprang in Stücke, und man hörte nur noch schwere Donnerschläge gleich auseinanderbrechenden Eisschollen herniedersausen und den Block der äquinoktialen Hitze spalten, der wie ein riesiger Bratrost prasselte. Blitzstrahlen durchbohrten überall die Dunkelheit und stürzten auf das Schiff herab, das zwischen den Feuerstrahlen zweier Himmel – des aufsteigenden und des herunterkommenden – eingezwängt war. Das Meer war größer als die Nacht, der Himmel hatte mehr Wasser als das Meer. Inmitten von zähflüssigen Wellen aus geschmolzenem Metall sprang das Schiff leichter als ein Holzscheit von einem Abgrund zum anderen.

Nie sahen Menschenaugen solch hohe See und einen so schrecklichen Himmel, die sich beide zu einer einzigen wütenden Masse vereinigt hatten. Der Sturm erlaubte kein Vorwärtskommen, und die Gebirge aus Schaum und Algen schleuderten uns weiter zurück, zum nächsten Abgrund, dem letzten und dem übernächsten. Dieses Gewitter entsprang am tiefen Meeresgrund, aus den inneren Feuerschichten, dieser Sturm kam vom Ende der Welt und hatte sich in ein Leichentuch aus versteinerten Wäldern gehüllt. Jedes Teilchen war ein Katarakt aus Reif, Lehm, Nordwind, Fischen, Vögeln, Blättern, Rauch und dem Schlamm des Uranfangs. Wellen in fürchterlicher, tödlicher Zahl, die dreimal höher als die Marsstenge waren. Eine vom Feuer und Eis aller Zeiten vor Christus überschwemmte See schlug über unseren Köpfen zusammen. In dieser sich bewegenden Ewigkeit waren wir festgebannt. Auf jenem Meer, das sich in Blut verwandelt hatte und wie ein Topf auf einem großen Feuer brodelte, verbrannten und erfroren wir.

Das Meer glühte, und deshalb spie es seine Flammen mit den Blitzen aus. Geblendet erblickte ich das Unsichtbare und stellte mir vor, wie die Schiffe untergingen und der Sturm die Segel und Masten, die Boote und das Takelwerk, die Taue und Anker und sogar den einen oder anderen von meinen Seebären fortriß, denen nun keine Möglichkeit zur Meuterei blieb. Unablässig prasselte Wasser herunter. Und das soll nicht heißen, daß es regnete, sondern daß eine zweite Sintflut kam, in der selbst die Arche Noah ohne Gottes Hilfe gesunken wäre.

Ich stieg vom Achterkastell hinunter. Der Steuermann drehte sich wie ein Kreisel um das Steuerruder. Juan de la Cosa, der Oberwerkmeister, lag bäuchlings auf der Kommandobrücke und biß in ein dickes Kabel. Ich klammerte mich am Takelwerk fest und kroch zu Bruder Burils Koje. Auch er hatte sich festgebunden, er hing an einem Spantenring und leerte den Kelch seiner Leiden bis zur Neige. Wenn ihm der Brechreiz eine Pause gönnte, konnte er mir nach und nach mitteilen, die Männer seien schon derart übel zugerichtet, daß sie sich den Tod wünschten, um sich so viele Torturen zu ersparen. »Das heißt, wie früher zu reden«, entgegnete ich. Hartnäckig kam ich wieder darauf zu sprechen, daß man nun Sturm und Flut, Gewittern und allen Teufeln der Hölle mit Gottes Hilfe trotzen müsse, da der Aufruhr durch ein Strafgericht der göttlichen Vorsehung niedergeschlagen sei.

In unserer Lage empfand ich das Bedürfnis, ihm wirklich und wahrhaftig, offen und ehrlich mein Herz auszuschütten, wie ich mich schon meinen Gönnern, Bruder Juan Pérez, dem Beichtvater der Königin, und Bruder Antonio de Marchena, dem sternkundigen Guardian des Klosters La Rábida und Kustoden von Sevilla, anvertraut hatte. Ich wollte Bruder Buril nicht mein Geheimnis verraten, das nunmehr unnütz und hinfällig war, sondern ihm den Strick zweier gotteslästerlicher Geständnisse zuwerfen, die meine Seele in die Hölle stürzen sollten.

Als Bruder Burils Zuckungen aufhörten und der arme Mann nichts mehr von sich geben konnte – es sei denn, er übergäbe Gott seine Seele und dem Meer seinen Leib, bis wir dann binnen kurzem am Meeresgrund wieder alle vereint wären –, beugte ich mich über ihn, preßte den Mund an sein Ohr und schrie ihm mit aller Kraft zu:

»Jetzt verlange ich wirklich von Euch, daß Ihr mir die Beichte abnehmt ... Das ozeanische Meer hat seine Fesseln gelöst. Ich möchte zum Jüngsten Gericht oder wenigstens am Tag meines Gerichts mit leichtem Gepäck erscheinen ...«

Bruder Juan Buril oder Juan Pérez oder Antonio Marchena, in jenem Augenblick erinnerte ich mich nämlich nicht mehr an seinen Namen oder verwechselte ihn mit denen aller mit mir befreundeter Mönche, blickte mich mit den wässerigen Augen einer frischgeöffneten Auster an.

Unmittelbar vor dem Tod fühlte nun auch ich wie der Pilot das mächtige und überaus dringende Verlangen, mein Schuldbekenntnis vor dem Mann abzulegen, der auf der ganzen Welt am unwürdigsten war, es zu hören: vor dem hier, der seine elenden Innereien ausspie und sich beim Erbrechen wie ein Wurm krümmte. Von dieser erbärmlichen Seele wollte ich die Erlösung der meinigen erflehen.

Vom Sturm umtost, klopfte ich ihm abermals auf die Schulter und drängte ihn, mich anzuhören. Mir dröhnte der eigene Atem in den Ohren, eine Stimme hatte ich nicht mehr. Ohne den Kopf zu heben, deutete er mit der Hand eine vage Geste an, die wie eine der Absolution oder des Abschieds aussah, und er fiel in eine tiefe Ohnmacht, wobei der Kopf im Eimer versank.

Ich ging zum Achterkastell zurück. Da sah ich im Licht der Blitze den kantabrischen Riesen, der mit einem Messer zwischen den Zähnen das Treppchen zu meiner Kajüte hinaufstieg. Als er gerade die Tür aufbrechen wollte, riß ihn ein ungeheuer heftiger Windstoß von der Treppe herunter und schleuderte ihn ins Meer. ›Die Schuldigen werden schon von den rasenden Naturgewalten bestraft‹, dachte ich. Was mich zu der Schlußfolgerung veranlaßte, das geschehe ihnen, weil Gott selbst, der Weltherrscher, dies wolle.

Der Steuermann hatte seinen Platz verlassen. Ich warf mich aufs Steuerruder, das sich wie verrückt drehte. Mit einem Tau band ich den Arm an seinen ehernen Arm. Der Sturm legte sich allmählich. Und nun konnte ich nur noch hoffen, daß an Bord kein neuer Sturm losbrach.

Stimmen, die noch vom Schrecken gelähmt waren, rissen mich aus meinen geistesabwesenden Deklamationen und Stoßgebeten. Inmitten der Windböen und Schaumspritzer sah ich undeutlich drei steife Schattengestalten. Einander fest in den Armen haltend, schwankend, wenn sich das Schiff auf die Seite neigte, und die Mauern aus Wellen und Schaum durchquerend, bewegten sich Bruder Buril, der Schreiber Rodrigo de Escovedo und der Proviantmeister Rodrigo Sánchez über das Deck. Wie Seiltänzer stiegen sie nacheinander das Treppchen hoch. Sie erschraken, als sie mich nicht in der Kajüte fanden. Auf einmal erblickten sie mich am Steuerruder, wo ich mich festgebunden hatte. Sie staunten, mich dort zu sehen. Sie konnten sich nicht erklären, wie es mir gelungen war, dort festen Halt zu finden.

Mit einer Kopfbewegung wies ich sie auf die Wasser- und die Sanduhr hin. Beide standen unbeschädigt an ihrem Platz, auf der Konsole des Kompaßhauses, und waren besser gesichert als der Großmast. Den Peilkompaß hatte die Wut der Elemente fortgerissen. Das Wasser im Hydranten war rot. Der Schreiber Escovedo fuhr mit der Fingerspitze über die Flüssigkeit und kostete sie mit der Zunge. »Das ist Blut! ...«, sagte er totenbleich. Im unteren Halbstundenglas der Sanduhr leuchtete die kleine Pyramide wie Goldstaub. Bruder Buril bestrich sich den Finger mit dem Sand und zog ihn vergoldet wie den Finger eines Pharaos hervor. »Das ist Gold! ...«, sagte er atemlos vor Staunen.

»Da seht Ihr es«, erläuterte ich. »Gold und Blut: Das ist der Preis für diese Fahrt. Mit Gott kann man nicht um Glasperlen, Glöckchen und kleine Spiegel feilschen. Ihr seid am Leben. Tröstet Euch.«

»Braucht Ihr etwas, Herr Admiral?« fragte Escovedo mit einer Miene, als wollte er mich einen Haftbefehl unterzeichnen lassen.

»Ja«, antwortete ich. »Alles.«

Ich verabschiedete sie mit einer Handbewegung.

XXXVIII

Gewinne und Verluste

Das Licht am Morgen des dritten Tages, an dem die von mir verlangte und durchgesetzte Frist endet, zeigt, wie das Flaggschiff zum Spielball der Stürme geworden ist und sich mit einer dicken Schicht aus Gras, Flechten und toten Fischen überzogen hat. Die beiden anderen Karavellen sind außer Gefahr, doch auch sie haben mehrere Männer verloren. Das eitergelbe Meer verschlang außer ein paar armen Seeleuten den starrköpfigen Protonotar Rodríguez, den Flötenspieler von Alcalá. *Requiescat in pace.* Dein Freund Horatio beweint deinen Hingang. Auf Nimmerwiedersehen begraben bist du in der Faulgrube aus Algen. Rote Aale sollen ihre Eier und Larven in deinen hohlen Schädel legen, der stets nur mit Albernheiten gefüllt war. Schlaf, edler Prinz, melancholischer Hamlet mit den kläffenden Schoßhündchen. Ein Engelchor möge dich in den ewigen Schlaf singen.

Dem Sturm ist es allerdings gelungen, uns aus dem stinkenden Sargassomeer zu befreien. Der Passatwind bläst wieder mit seinem sanften Atem und zaust die zerfetzten Segel über unseren Köpfen. Rafael Palma, der Marsgast, läßt sich in dem einzigen Boot, das unbeschädigt geblieben ist, zum Wasser hinab. Der stattliche junge Kanarier will einen Weg zwischen den Überresten des Algenmeeres erkunden. Eine Meile vom Flaggschiff entfernt sah er die Leiche einer Sirene im Wasser schwimmen, der die hungrigen Fische das Haar ausrissen. Er erzählt, die Sirene habe keinen Sirenenschwanz, vielmehr Beine und ein weibliches Geschlechtsteil. Darum denke er, sie sei keine Sirene, sondern eine Amazone. Er bringt mir das Band aus Goldplättchen, das er von ihrem Hals abgenommen hat. Ich lege es um den meinen. Ich erschauere leicht. Ein kleines, ermutigendes, erstes Probestück. Frisch gewagt ist halb gewonnen.

Nicht weit von ihr entdeckte er den Kahn, in dem sie hergekommen war. Er bestand aus einem einzigen ausgehöhlten Baumstamm. Er nahm das aus einem Mazaré-Baum gefertigte Boot ins Schlepptau und brachte es mit. Die Wurzeln dieser seltsamen Baumart blühen unter der Erde, während der Stamm, der einen Durchmesser von zwei Klaftern und Knorpel anstelle der Zweige hat, sich gerade und kahl wie ein Turm zum Himmel erhebt. Am Fuß des Baums bilden sich Luftlöcher, und durch sie atmen die unterirdischen Blüten und verströmen ihren Duft. Sein Holz ist hart und leicht wie ein sonderbares Metall. Ich ließ den Einbaum als ein Erinnerungszeichen der ersten Begegnung zweier Welten an der Schiffswand hochziehen. Bedauerlich ist, daß der Marsgast die Amazone nicht entdeckt hat, als sie noch lebte; dann hätte er sie gefangennehmen und zu unserer Dolmetscherin machen können.

Inmitten der Schwerkranken, die an der Seekrankheit leiden, schwanken und sich erbrechen, beginnen die Männer wie kettenbeladene Galeerensklaven mit der Arbeit. Man brauchte kein einziges Kommando zu rufen. Ich sehe, wie das glatte Meer backbords rückwärts gleitet und sich steuerbords vorwärts bewegt. Das mit roten Wölkchen geschmückte rosenfarbige Morgenlicht wird am Mittag wie Kohlenglut brennen. Der Himmel hat sich mit zartem, neugeborenem Blau überzogen. Ich habe die Fahrtroute des Piloten wiedergefunden, als wäre sie mit Tinte auf dem Meer eingezeichnet. Wir werden nicht durch den Archipel der *Elftausend Jungfrauen* in die Indischen Lande einfahren, sondern etwas weiter oben, in Richtung Ost-zu-Nordwest. Obwohl das Schiff manchmal noch vom Kurs abkommt, zieht es wieder seine sprudelnde und schäumende, perlmutterfarbene Kielspur hinter sich her.

Im Morgengrauen des 12. Oktober sieht man Schwärme von Sturmschwalben und einen grünen Haufen Flußbinsen am Schiff vorbeiziehen. Längere Zeit während des Tages kam dann kein Gras mehr. Die Seeleute machten wieder ein finsteres Gesicht. Die Kompaßnadeln wichen mehr als einen Strich nach Nordwest ab. Ich erkläre ihnen, es liege offensichtlich daran, daß sich der Stern bewege, nicht aber die Nadeln. Später, den restlichen Tag über, trieb wieder sehr dichtes Gras vorbei, als wollte es mir recht geben. Schwärme von Fregatt- und Tropikvögeln flogen sehr tief vorüber. Wir sahen einen Wal, eine Art, die sich gewöhnlich in Küstennähe aufhält, und eine Delphinschule. Ich fing einen Vogel, der sich auf das Leesegel gesetzt hatte. Es ist ein Flußvogel, nicht einer, der auf dem Meere zu Hause ist, und er ähnelt einem Tölpel mit Möwenfüßen.

Das Wetter ist hier wie im April und Mai in Andalusien. Allbereits spürt man gar linde Lüfte, daß es eine überaus große Freude ist, durch diesen lichten Morgen zu fahren, an dem eigentlich nichts fehlt, als das Schlagen der Nachtigall zu hören. Escovedo behauptet, er habe eine gehört. Er nennt sie Philomela. Ich vertraue durchaus nicht dem Hörvermögen und der hellenischen Gelehrsamkeit des Schreibers, wenn er die indische Nachtigall als »Philomela« bezeichnet, denn in diesen Landstrichen hat sie wohl einen anderen vortrefflichen Namen.

Die Männer von der *Pinta* sehen ein Schilfrohr und einen Stock, eine lange Stange mit Verzierungen, die aus Schlangenhaut geflochten sind, gewiß der Insignienstab einer rituellen Zeremonie der Cemíes. Sie fischen einen anderen kleinen Stock heraus, der anscheinend mit einem Eisenwerkzeug oder einem Stein bearbeitet ist. Die von der *Niña* sehen noch andere Anzeichen nahen Landes. Ihr Steuermann Niño berichtet, sie hätten zweimal vier Pelikane und drei Kormorane gesehen, die vorbeigeflogen wären und dabei die Segel gestreift hätten. Niño hat einen kleinen Stock aufgefischt, der über und über mit roten Früchten bedeckt ist, und ein gelbes Vöglein, das einem Kolibri gleicht, und voller Staunen hat er mit ihnen hierauf an Deck gespielt.

Nach diesen Vorzeichen ist die Meuterei vollständig abgeflaut. In der reinen Luft atmen alle auf und freuen sich, lachen wieder mit menschlichem Gesicht. Zum erstenmal, seitdem wir von Palos abgefahren sind, rufen sie und werfen die Mützen an die gebrochenen Stengen. Im Handumdrehen werden die Schäden beseitigt, die Segel geflickt, die Masten zusammengebaut und aufgerichtet. Wie Schnabeltiere drehen die in das Takelwerk und die Wanten gekletterten Männer sich hin und her.

Ich bat den Marsgast Rafael Palma, den vaterlosen Sohn Doña Pepinas aus Fuerteventura, den ich allmählich schon wie einen Sohn liebe, daß er den Posten des Ausrufers Torres übernehme, der unter noch nicht geklärten Umständen verschwunden sei. Mit größter Hochachtung und Zurückhaltung teilte mir Rafael mit, seit gestern nacht, als der Sturm am heftigsten tobte, habe sich jemand im Mastkorb der Marsstenge eingenistet. Eine Art Schatten oder grünes Gerinnsel von menschlichem Aussehen, und dieses Etwas habe eine gewisse Ähnlichkeit mit dem verblichenen Ausrufer.

»Der sonderbare Ausguckposten ist weiter dort ...«, murmelt der Marsgast.

»Gut«, antwortete ich. »Wenn er es ist, hat er dort oben seinen richtigen Platz. Du bleibst hier unten und übernimmst das Steuerruder.«

XXXIX

Die ferne Kerze

Der Admiral sieht, daß die *Pinta* luvwärts liegt und schnell vorankommt. Weiß wie ein Schwan, geschwind und mit voll geblähten Segeln gleitet das segeltüchtigste der drei Schiffe dahin. Es bewegt sich so gewandt, als tanzte es auf den Wellen. Ist Martín Alonso Pinzón auf ein neues Scharmützel versessen? Meutert er weiter und will er das Flaggschiff überraschend entern?

Der rebellische Schwan kreist abermals um das Flaggschiff, und der Admiral kann nicht verstehen, welche Figuren diese Drehbewegungen bilden. Das Fernglas zeigt ihm das purpurrote Gesicht des Kapitäns, der hoch aufgerichtet am Bug steht, indes bereits versöhnlich lächelt. »Was gibt es, werter Herr Don Martín?« Durchs Sprachrohr schreit dieser zu ihm hinüber, er habe sehr viele Vögel gesehen, die nach Westen flögen. Mit heiterer Miene und diabolischem Herzen kündigt Martín Alonso an, heute nacht werde er vorausfahren. Er wolle das Land als erster entdecken.

Der Admiral runzelt die Stirn. Er darf nicht zulassen, daß der ältere Pinzón, der an Geschwüren und Hochmut leidet, ihm den Ruhm der ersten Entdeckung entreißt. Dieser Pinzón war einer der starrsinnigsten Rädelsführer des Aufruhrs. Durch den Messingtrichter ruft er ihm zu:

»Höchst gefährlich ist es, werter Herr Don Martín, daß Ihr zu Gegenden vorausfahrt, die Euer Gnaden nicht kennen. Ich versichere Euch, im Norden türmen sich dichte Wolken zu einer großen und finsteren Wand auf. Das ist nicht die richtige Zeit für eine Erkundungsfahrt. Wir sind noch nicht in Gewässern, von denen aus man Land erblicken kann. Segelt beim Winde hinter der *Niña*, die ein Leck bekommen hat, um sie zu eskortieren und ihr nötigenfalls zu helfen ... Ich setze mich an die Spitze und werde Euch schon mit einem Lombardenschuß melden, wenn wir Land sichten ...«

Unter lautem Gelächter läßt Martín Alonso das Schiff eine Kreisbewegung machen. Unversehens führt er eine vollständige Drehung um die *Santa María* aus, wobei er an der Leeseite wie bei einem Reigen tänzelt. Auf nordwestlichem Kurs, geradlinig wie der Flug des Tropikvogels, segelt er zu einem Punkt am Horizont voraus, wo, wie der Admiral weiß, die Inseln auftauchen können. Zunächst dachte er daran, Pinzón die Richtung zum todbringenden Felsenriff der *Elftausend Jungfrauen* anzugeben, damit das erbarmungslose Meer den unbesonnenen Kranken, alle seine Matrosen und das stolze, wie eine brünstige Stute auf der Reitbahn des Wassers dahinstürmende und sich zur Seite wendende Schiff in den Untergang reißen kann. Im Paßgang und in Teufeleien kennt sich Pinzón aus. Unter den gegenwärtigen Umständen ist die Versenkung der *Pinta*, bei der alle Seeleute ertrinken und die Lebensmittelvorräte verlorengehen würden, nicht sonderlich ratsam. Der Admiral zuckt die Achseln und weist den Steuermann an, auf nordost-westlichen Kurs zu gehen.

Kurze Zeit nach der neunten Stunde spaziert der Admiral vom Heck zum Bug. In einem Handleuchter trägt er eine brennende Kerze, wie in den Zeiten, da er seine Seefahrten in den Büchern unternahm. Mit martialischen, würdevollen Schritten eilt der Admiral den Ereignissen voraus, während er die Flamme mit der riesigen, knochigen Hand schützt.

Genau um Mitternacht ruft die dumpfe Stimme des im Mastkorb als Gespenst spukenden Ausrufers Torres: *»Land in Sicht!«* Schnell steigt der Admiral auf das Ankerspill. In der Ferne, am dunklen Rand des Horizonts, sieht er ein kleines Licht flackern. Er hebt den Handleuchter so hoch, wie er kann, und ruft nun auch: *»Laaand ...!«* Im Dröhnen des Meeres dringt das Echo eines weiteren Rufs heran, der von ursprünglichem, grenzenlosem und tiefem Haß erfüllt ist: *»Schiiiff! ...«*

Der Admiral läßt den Flottenschreiber Rodríguez de Escovedo rufen, außerdem den königlichen Aufseher Rodrigo Sánchez de Segovia, Bruder Buril und die übrigen Beamten, damit sie beglaubigen, was geschieht. In wilder Hast eilen sie zum Vorderkastell. Der Admiral zeigt auf einen Punkt, der steuerbords in der Nacht liegt, und sagt ihnen, er sehe Licht. Der Schreiber und der Sekretär schütteln zweifelnd den Kopf und entgegnen, sie sähen nichts. Der Admiral erklärt noch einmal, »es scheine ihm, ein Licht glänzen zu sehen«.

»Ihr habt wohl den Glanz einer Sternschnuppe gesehen, Herr Admiral«, gibt Bruder Buril heimtückisch zu verstehen.

»Nein, der Glanz kommt vielmehr immer von einem Punkt.«

Sobald der Admiral dies mit solcher Überzeugung gesagt hat, geben der Schreiber und der Aufseher zu, daß sie tatsächlich einen flackernden Lichtschimmer sehen, der sich in der Ferne auf und nieder bewege.

»Es sind wohl keine kleinen Kerzen«, fügte der Schreiber Escovedo hinzu. »Vielleicht Feuerzeichen, um die Flotte zu begrüßen und ihr den Weg zu weisen.«

Daraufhin hielt es der Admiral für sicher, daß sie sich dem Land näherten. Nun befahl er, daß alle Seeleute auf dem Vorderkastell wachen und sorgsam Ausschau halten sollten, bis sie das Land im ersten Morgenlicht entdecken würden. Er sagte auch, dem ersten, der Land sehe, werde er ein seidenes Wams schenken. Doch mit keinem Wort erwähnte er die übrigen Gnaden, welche die Könige verheißen hatten, nämlich ein Jahrgeld von zehntausend Maravedí, und diese Gnade ist ein Ruhegehalt, das auf Lebenszeit aus den Staatseinkünften gewährt wird. Er übernahm wieder das Steuerruder und lenkte das Schiff auf Nordwestkurs der fernen Kerze entgegen.

Ebenfalls gegen Mitternacht hörte man einen Lombardenschuß von der *Pinta*. Wer das Land sah, war, wie man danach erfahren wird, ein Matrose namens Rodrigo de Triana oder Juan Rodríguez Bermejo, denn über seinen wahren Namen gibt es erhebliche Zweifel. Man wird nichts mehr von ihm hören. Erst viel später soll man durch die Prozesse, die der Admiral und seine Erben mit der Krone führten, die vage Kunde erhalten, daß Juan Rodríguez Bermejo, der auch Rodrigo de Triana genannt wurde, nach Afrika übersiedelte, wo er Mohammedaner wurde und selbst die letzten Tage seines Lebens damit verbrachte, den Admiral zu verfluchen und in mehreren Schriftstücken das an ihm und der übrigen Mannschaft begangene Unrecht anzuklagen.

Während der dreißigjährigen Prozesse, die auf die Entdekkung folgen sollten, brachte der Admiral lediglich vor, unmöglich hätten sterbliche Augen die Küste jenes vorausgeahnten und angekündigten, aber in der Nacht des 12. Oktober noch nicht sichtbaren Landes in einer solchen Dunkelheit erblickt, vielmehr seien das Augen gewesen, die schon in einem anderen Leben jenseits des Todes weilten.

Über diesen mysteriösen Satz läßt sich »Klarheit erzielen« (wie es in unserer heutigen – barbarischen und zweideutigen – Sprache heißt, wenn auch der Admiral zu einer anderen, wachen Klarheit gelangt war, weil er 34 Tage nicht geschlafen hatte). Im *Buch der Erinnerungen* schreibt der schlaflose Admiral: »Wenige Seefahrer in der Schiffahrtsgeschichte der Welt dürfen sich rühmen, sie hätten einen Geist als Marsgast an Bord gehabt ...« Zweifellos spielt er auf den Ausrufer und Kammerdiener Bartolomé Torres an, den ein Hai im Sargassomeer verschlang, als er schwimmend die Aaleier an den Algen absammeln wollte.

Was den berüchtigten Rechtsstreit um das seidene Wams und die zehntausend Maravedí betrifft, so scheint festzustehen, wie Las Casas mitteilt, daß der Admiral das Ruhegehalt einkassierte, das die Könige für denjenigen ausgesetzt hatten, der als erster Land sehen würde, und das aus den Einkünften der Schlachthöfe Córdobas finanziert werden sollte, und der Admiral überschrieb es seiner illegitimen Frau Beatriz Enríquez de Arana, der Mutter seines Sohns Hernando, unter deren Aufsicht die besagten Schlachthöfe bis zu deren Tod standen, wie er selbst uns berichtet hat.

Genau zu derselben Mitternachtsstunde zwischen dem 12. und dem 13. Oktober sahen die Mannschaften der drei Schiffe einen riesigen und wunderbaren Feuerzweig vom Himmel ins Meer fallen, vier oder fünf Meilen von ihnen entfernt. Dies bestätigte ihnen das gute Vorzeichen, das für sie das ungeheure Feuerwerk bedeutete, mit dem sie von seinem Schneegipfel aus der Teide begrüßte, der mehrere Stunden lang Feuer spuckte, als sie an Teneriffa vorbeifuhren.

XL

Sonnabend, 13. Oktober

Der Admiral erzählt

Etwa zwei Stunden nach Mitternacht kam in einer Entfernung von ungefähr 13 Meilen das Land in Sicht. Ich ließ alle Segel einholen. Wir behielten nur die Brefock am Mast, das ist ein Großsegel ohne Nebensegel. Die Schiffe drehten bei und warteten bis zum Morgen. Im ersten Frühlicht bot sich unseren Augen ein betörender Anblick. Langsam fuhren wir in eine schimmernde ovale Bucht ein. Sie war glatt wie ein Spiegel, und dort bewegt sich das Meer weniger als das Wasser am Grund einer Zisterne. Später sollten wir erfahren, daß es eine der Lukayischen Inseln war, der die Eingeborenen den Namen *Guanahaní* geben.

Als ich der Küste und einer unüberschaubaren Menschenmenge ansichtig wurde, die unsere Ankunft mit friedfertiger Miene verfolgte, ordnete ich an, man solle unter dem Schutz von Bewaffneten zehn Kisten mit den eigens hierfür bereitgehaltenen Tauschwaren an Land schaffen. Ich begriff, daß es am besten war, das Wohlwollen dieser Leute zu gewinnen, damit sie enge Freundschaft mit uns schlossen. Ich erkannte beim ersten Blick, daß es Menschen waren, die man eher mit Liebe denn mit Gewalt erretten und zu unserem heiligen Glauben bekehren könnte.

Ich merkte, daß ich die gleichen Bilder und Geschehnisse erlebte, die der Pilot, wie er mir berichtete, in dem Spiegel betrachtet hatte, der in dem Vogelhirn eingewachsen war. Nur daß hier, wenigstens im Augenblick und dank der Gnade Gottes, die Begebnisse friedseliger waren, und beinahe möchte ich sagen, selbst auf die Gefahr hin, dünkelhaft zu scheinen, doch ohne mich an der Wahrheit zu versündigen, daß sie wie ein triumphaler Empfang wirkten.

In einem mit Waffen ausgerüsteten und mit der königlichen Flagge versehenen Boot begab ich mich an Land. Die Kapitäne fuhren auf ihren Kähnen und hatten zwei Fahnen bei sich, die ein grünes Kreuz und daneben die beiden Buchstaben *F* und *I* trugen, die königlichen Initialen Ihrer Durchlauchtigsten Hoheiten Ferdinand und Isabella. Ich rief den Schreiber Rodríguez de Escovedo und den königlichen Aufseher Rodrigo Sánchez de Segovia und sagte, sie müßten beglaubigen und bezeugen, wie ich, der Admiral, vor aller Augen von der besagten Insel und den übrigen, die entdeckt würden, im Namen des Königs und der Königin, meiner Herren, Besitz ergriffe, und hierzu gab ich die erforderlichen öffentlichen Erklärungen ab. Die Verlesung der Urkunde und der Inbesitznahme dauerte ein gut Teil des Tages.

Ich ließ einen Mazaré-Baum fällen und daraus ein über zwanzig Klafter hohes Kreuz herstellen. Der in ein christliches Kreuz umgewandelte Baum wurde mit der Spitze nach unten als Zeichen und Sinnbild des Ortes eingepflanzt, an dem das Fort zu errichten war. Die dichtbelaubten Wurzeln, die unter der Erde blühen, leuchteten nun herrlich unter dem Himmel. Das eine Knie hatte ich zur roten Erde hinabgebeugt, als ich selbst die ersten Schaufeln dieser neu entdeckten Erde in die tiefe Grube warf, die wir an der höchsten Stelle des Hügels ausgehoben hatten, der die Bucht überragt.

Die zwei Fahnen mit dem grünen Kreuz und den königlichen Initialen wehten inmitten der maulbeerfarbenen, meergrünen und indigoblauen Blüten, die sich unter der Erde geöffnet hatten und die nun ein vortrefflicher Schmuck des Wahrzeichens Christi in der hohen und reinen Luft waren. Bei dieser in der ganzen Weltgeschichte einzigartigen und unwiederholbaren Zeremonie erfüllte deren unbeschreiblicher Duft nach Jasmin, Geranien und Reseda, nach unbekannten tropischen Pflanzen und Blüten ringsum alles mit Wohlgeruch.

Mit meinem Admiralsschwert, das ich fest gepackt hielt, schlug ich dreimal an das Gründungskreuz, wobei die Mannschaften jeden Schlag mit dem großen Ereignissen vorbehaltenen *»Salve!«* im Chor begrüßten. Sehr eindringlich und tiefgerührt richtete ich meine Gedanken auf Ihre Durchlauchtigsten Hoheiten, die Katholischen Könige, auf meine Herrin, die Königin, und auf meinen Herrn, den König. Ich erinnerte mich an den kraftvollen Ritterschlag des Königs Don Ferdinand, der mich nach den *Kapitulationen* zum Ritter, Admiral und Vizekönig der Neuen Welt auf Lebenszeit erhoben hatte. Immer noch harre ich der Erfüllung dieser Zusagen, ohne die Hoffnung, daß die Pergamente mit dem Alter an Wert gewinnen, wie der Wein an Charakter, und daß die so lange Jahre dauernde Wartezeit ihnen größere Kraft gibt, wofern mir diese Titel nicht postum gewährt werden, nicht mehr auf Lebenszeit, sondern in alle Ewigkeit. Allerdings weiß ich nicht, wer den Vorteil hiervon hätte.

In meinen drei Schwertschlägen schwang jene Erinnerung mit, die stets in meiner Seele mit der Last eines üblen Gedankens gegenwärtig ist, und ohne meine Absicht trafen sie den Stamm so kräftig und laut, daß sie einen tiefen Schnitt in seinem eisenharten, violetten Holz hinterließen. Zornig wehrte sich der Baum gegen diese grundlose Verletzung und schlug an das Metall des Schwertes. Als die Klinge zerbrach, stieß mir der Knauf hart an die Brust und warf mich rücklings auf den Erdhügel, wo ich ein paar Augenblicke besinnungslos liegenblieb, so daß etliche glaubten, die Rührung hätte mich am Baum der Entdekkung sogleich getötet. Ich richtete mich auf, als wäre nichts geschehen.

Während der Lobgesänge und Gebete betrachtete ich jene Wunde und dachte, aus ihr müsse Blut fließen. Es kam kein Blut, doch das Holz schwitzte eine schneeweiße und dicke Milch aus, daß es ein wundersamer Anblick schien, wie sie in Tropfen hervorrann, die so groß wie Perlen waren. Sie rollten über die frisch ausgehobene Erde, ohne sich zu beschmutzen, bis sie in der Grube verschwanden. Vielleicht suchten sie nach den blühenden Wurzeln, die sich nicht mehr unter der Erde befanden, sondern kerzengerade in die Höhe gestiegen waren. Aus Baumstämmen ward hierauf der schlichte Altar für den

Dankgottesdienst errichtet, und Bruder Buril und Bruder Ramón, der Eremit, zelebrierten gemeinsam die Messe. Alles war getan, und es war gut getan. Alles geschah ordnungsgemäß, außer dem, was sich bei der Messe ereignete.

XLI

Natura Naturans

In eindrucksvollem Schweigen starrten uns die Indier furchtsam und maßlos neugierig an. In dieser Menge von bestürzten und nackten Indiern gab es eine übergroße Zahl sehr junger Frauen. Ganz wenig Männer, die eingeschüchtert schienen; zahlreiche Frauen, alle von angenehmem Äußeren, beherzt und entschlossen. Sie alle, die Männer wie die Frauen (ich sah keinen, der älter als dreißig Jahre gewesen wäre), sind sehr gut gewachsen, von sehr schöner Gestalt und sehr anmutigen Gesichtszügen, haben eine vornehme Erscheinung und sehr würdevolle Gesten. Ihnen allen ist die olivbraune Hautfarbe der Kanarier gemeinsam. Und man darf auch nichts anderes erwarten, denn diese Insel liegt in ostwestlicher Richtung schnurgerade auf demselben Breitengrad wie die Kanareninsel Hierro, und sie empfängt die gleiche Menge Sonnenlicht, das diese Leute wie jene innerlich und äußerlich bräunt und vergoldet.

Sie gehen allesamt nackt herum, wie ihre Mutter sie geboren hat. Nur die Frauen, die ihre Jungfräulichkeit verloren haben, tragen ein baumwollenes Tüchlein, das kaum die Scham bedeckt. Die Männer haben glattes, kurzes und dickes Haar wie das struppige Haar in den Schwänzen der Pferde, die es hierzulande nicht gibt. Sie schneiden sich die Haare über den Augenbrauen ab, und viele dieser Jünglinge lassen sie lang auf die Schulter fallen und schneiden sie niemals. Ihre Haut ist, wie ich gesagt habe, von der Farbe der Kanarier, außer an den Stellen, wo sie sich bemalt und mit Tätowierungen bedeckt haben. Diese zeigen Tiergestalten, Sterne und ein Dreieck mit einem Auge in der Mitte, welches das Bildnis ihres höchsten Götzen ist, den ich schon genannt habe und auf dessen Nennung ich jetzt verzichte, damit man nicht glaubt, wie es Bruder Buril glaubt, daß ich auch allmählich zum Götzenanbeter werde, weil ich diesen dreieckigen Cemí mit der Allerheiligsten Dreifaltigkeit gleichsetze. Was völlig falsch und ganz haltlos ist und keinen Platz in der Seele und im Herzen eines inbrünstigen Katholiken finden kann.

Es kam ein alter, hochbetagter Mann in einem Einbaum, den er selbst sehr geschickt ruderte. Er stieg den Hügel hinauf und rief, soweit ich es durch seine Gebärden verstand, sehr laut zu der Menge hinüber: »Das sind die vom Himmel herabgestiegenen Männer! Bringt ihnen zu essen und zu trinken, und holt ihnen eure Sachen!«

Sie staunten fassungslos, als sie uns bärtige Männer sahen, die wir, wie es in den alten Prophezeiungen heißt, vom Himmel herabstiegen und dergestalt mit Kleidung bedeckt waren, Rüstungen, Helme und Panzerhandschuhe trugen und mit Schwertern und Lombarden bewaffnet waren. Sie näherten sich uns, und mit zitternder Hand berührten sie die Bärte, die uns während der Fahrt gewachsen waren, denn dort hatten die männlichen Indier überhaupt keinen Bart. Der meinige, dem Sonne und Salz eine noch rötlichere Farbe gegeben hatten, verbarg den ganzen Brustharnisch und reichte bis zu den Knien, und die Haare fielen mir auf dem Rücken bis zum Gürtel herab, und deshalb umringte mich ständig ein ganzer Schwarm von nackten Männern und Frauen, die in meinem mit Jod und Algenschleim verklebten Haargestrüpp wühlten und suchten. Sie kraulten mir den Bart, rieben sich an mir, insonderheit die Jungfrauen, die, so schien es, die arglosesten und zugleich die kecksten und beherztesten waren.

Hier konnte ich mir unmöglich vorstellen, daß ich sie weiter entblößte, als sie es schon waren und später noch mehr sein würden. Ich erprobte mein die Geilheit bekämpfendes Gegengift an einem sehr schönen Mädchen, das mein Gemächt befühlte und reizte. Es war alles vergebens. Ich spürte, daß ihre Haut, die von der metallischen Sonnenglut dieser Breiten verbrannt war, sich noch weniger als das Metall der Brustpanzer durchdringen ließ. Ihre Nacktheit war das sichtbarste Zeichen ihrer natürlichen Bestialität, von der man keine bedachtsameren Manieren verlangen oder fordern konnte, wie sie gesitteten Menschen eignen.

Diese nackten Wesen raubten mir alle Ruhe, und sie waren mir in tiefster Seele zuwider. Ich sah die Sündenwoge, die sich der Insel gleich einem weiteren, unsichtbaren Gewitter näherte, das bald losbrechen und diese heidnischen Länder gnadenlos heimsuchen würde. Ich mußte den neugierigen Händen des Mädchens einen Stups geben. Es begriff nicht, warum die vom Himmel herabgestiegenen Männer die gleichen, ja noch größere und härtere Wülste als jene hatten, die ihre Männer offen zwischen den Beinen trugen; und die Frauen selbst ließen die von sehr spärlichem Flaumhaar gesäumte Scham und die aufgerichteten Brüste frei sehen, die so vollendet geformt waren, als hätte ein indianischer Praxiteles die Körper dieser wilden Aphroditen modelliert. Sie waren so schön, daß man sich keine schöneren vorstellen konnte.

Eine solch aphrodisische Wirkung ging von diesen traumhaften und zugleich wirklichen Mädchen aus, daß die »vom Himmel herabgestiegenen Männer«, die reichlich Hunger und Mühsal, Nächte ohne Schlaf und Frauen ertragen hatten, spürten, als sie ihrer gerade erst ansichtig wurden, daß sich ihnen der Kopf in wollüstigem Schwindel drehte und drehte und daß ihre Mannesglieder gewachsen und sehr hart geworden waren. Hiergegen konnten sie nichts anderes tun, als sich niederzukauern, um solch jähe und unbezwingliche Schwellungen zu verbergen und abzuwarten, was kommen würde, denn ein jegliches hat seine Zeit.

Ich befahl, die Tauschwaren auszuteilen, damit ich die Männer wie die Frauen mit einer anderen, fröhlicheren und weniger bedenklichen Verrichtung beschäftigt hielt. Ich schlug eine Hand auf die andere, um so das bei Wucherern und Kaufleuten übliche Geben und Nehmen zu bezeichnen und den Leuten begreiflich zu machen, daß ich ihnen diese Gaben im Tausch für andere Dinge überreichte, die sie mir geben sollten. Aufmerksam bemühte ich mich, unterderhand herauszubekommen, ob es Gold in großer Menge gäbe, nämlich in Minen, goldhaltigen Bergen und Flüssen, denn ich sah, daß beinahe sämtliche Frauen goldene Ringe an der Nase und den durchbohrten Ohrläppchen trugen, und sie hatten Halsketten aus sehr feinen Plättchen, die in groben Umrissen ein Herz andeuteten, goldene Armbänder und an den Beinen klingelnde Ringe ... Ach, diese Beine, die man nicht anschauen konnte, ohne die Augen zu schließen!

Im Handumdrehen verschwanden mehr als 3000 Spiegelchen, bunte Mützen, Glaskugeln, Glöckchen und viele andere Dinge von geringem Wert, Suppennäpfe aus gewöhnlichem Glas und sogar bronzene Nachtgeschirre, über die sie große Freude bekundeten, und damit gewannen wir die Eingeborenen so sehr, daß es ein Wunder war. Die Glöckchen entzücken sie am meisten. Sie brachten und gaben uns dafür höchst bereitwillig zahlreiche kleine goldene Gegenstände von geringem Feingehalt. Die am wenigsten begüterten Indier brachten Knäuel mit Baumwollfäden und allerlei Speisen und Früchte, mit denen man nicht allein eine Kriegsflotte, sondern ein ganzes Heer ernähren konnte. Der Hügel erglänzte unter all den Geschenken, die wir bei diesem ersten, überaus gelungenen Versuch des Tauschhandels erhalten hatten, daß es auch wie ein Wunder ohne Ende schien. Die mürrischen und unschlüssigen Seeleute betrachteten sich in den goldenen Spiegeln und wollten nicht glauben, daß diese gespenstischen Gesichter die ihrigen waren.

Die indianischen Jungfrauen legten sich den Schmuck um den langen, geschmeidigen Reiher- oder Schwanenhals, setzten sich die Nachtgeschirre wie Hüte auf und tanzten wie bei einem improvisierten Karneval, und sie beherrschten den Rhythmus so sicher wie die Sevillanerinnen und Aragonierinnen. Wunderbar anzusehen war, wie sich diese nackten Körper mit der angeborenen Grazie der Naturelemente drehten: wie Luft, Feuer, Wasser, die Erde des Bildhauers, der lebendige Werkstoff sich bewegender menschlicher Formen.

Ich verbot, ihnen solch erbärmliche und grobe Dinge wie zerbrochene Glasnäpfe, Flaschenböden und Hosenlatzknöpfe zu geben; indes schien ihnen alles, was sie bekommen konnten, der größte Schatz der Welt zu sein. Für Dinge, die viel weniger oder nichts wert waren, gaben sie bei weitem mehr oder alles. Sie meinten, das seien »vom Himmel gefallene« Dinge. So kamen denn alle, Männer und Frauen, Jünglinge und Jungfrauen, nachdem ihr Herz ihnen sagte, daß ihnen von uns keine Gefahr drohe, und alle brachten Essen und Getränke mit, was sie mit wunderbarer Liebe herschenkten, und wenn sie nichts mehr hatten, boten sie ihre herrlich geformten Körper an, mit dem innigsten Verlangen, zu geben und sich ganz hinzugeben, ohne etwas anderes dafür zu fordern. Sie streckten die Arme aus, um uns anzufassen und sich selbst für die Glöckchen zu verpfänden.

Die Männer tragen keine Waffen und kennen sie auch nicht. Ich zeigte ihnen Schwerter, und sie faßten sie an der Schneide und schnitten sich aus Unwissenheit. Etliche verloren sogar ein paar Finger, so daß unsere Männer sie verbinden mußten, damit sie nicht verbluteten. Sie haben überhaupt kein Eisen. Sie kennen es nicht. Ihre Wurfspieße sind Rohrstöcke ohne Eisenspitze, und an deren Stelle haben sie lediglich einen Wildschweinzahn oder Fischgräten oder auch die Nadel eingesetzt, die der Riesenrochen als todbringenden Stachel am Schwanz trägt. Ebenso die Pfeile. Deren Beschläge und Kerben sind mit buntschillernden Papageienfedern geschmückt. Gut wäre es gewesen, wenn sie goldene Spitzen gehabt hätten, dann hätte man all jene einsammeln können, die von den heidnischen Bogenschützen verschossen wurden.

Wenn sie dieselben in die Luft werfen, um ihre Höflichkeit und Behendigkeit zu bekunden, sehen sie wie zarte Blumenpfeile aus. Zielsicher fliegen sie und schlagen in die großen Kokosnüsse an den Palmen ein, die ihnen himmelhoch aufsprudelnde, schneeweiße Milchstrahlen zurückschicken, einen Göttertrank, den sie begierig mit dem Mund auffangen, ohne einen Tropfen zu verlieren, wobei sie Luftsprünge wie griechische Turner machen und einige sogar fliegen.

Diese Bewohner San Salvadors müssen treffliche Diener und von gutem Verstande sein. Ich sehe, daß sie ganz geschwind mit überaus beredten Zeichen alles wiederholen und beantworten, was man ihnen vorsagt und sie fragt, als hätten sie zeitlebens und seit Jahrtausenden nur mit den Händen geredet. Denn was sie mit dem Munde sagen, ist nur so etwas wie Grunzen oder Bellen, wie unverständliche Geräusche, da sie mit übergroßer Hast die Laute zusammendrängen und ausstoßen, während der Mund geschlossen bleibt und sich die Kehle bei einem solchen innerlichen Wortschwall bläht.

Es sind sanftmütige, ganz arglose und sehr arme Leute. Doch alles, was sie haben, geben sie für irgend etwas her, was man ihnen schenkt, ohne mehr zu verlangen, und sie stehlen auch nichts, weil ihnen das Besitzdenken fehlt, selbst ihren Leib und ihre Seele betrachten sie nicht als ihr Eigentum. Sie wissen nicht, was dein und mein ist. Weder in diesem Leben noch im Jenseits erwarten sie Gutes oder Schlechtes, denn das einzige Gut ist für sie das der Natur, die allen gehört, wie etwa Sonne, Mond, Sterne, Regen, Feuer, Land, Wind und das Universum selbst.

Ich meine, sie könnten sich leicht zum Christentum bekehren, denn mir schien, daß sie keiner Sekte angehörten. Sie glauben an nichts außer an ihre falschen Götzen. Die Unsterblichkeit ist für sie ebenso inhaltsleer wie ein trockener Schlauch, und man muß diesen mit der Gegenwart Gottes füllen. Wenn es Unserem Herrgott gefällt und Ihre Durchlauchtigsten Hoheiten es genehmigen, werde ich bei meiner Abfahrt von hier sieben indianische Jünglinge mitnehmen, damit sie die kastilische Sprache erlernen und Ihrer Majestät dem König als Stallburschen dienen. Wenn es Ihren Hoheiten gefällt, werde ich auch sieben junge Mestizinnen mitnehmen, deren Geschichte ich im weiteren erzählen will, denn sie ist ein großes Wunder, und mit ihrer guten Sinnesart können diese Mädchen als Kammerfrauen Ihrer Durchlauchtigsten Hoheit der Königin dienen, die es entzücken wird, diese von zwei Rassen gezeugten und in den indischen Wäldern geborenen Nymphen zu sehen. Die ersten ihrer Art, welche die spanischen Reiche kennenlernen.

Eure Hoheiten dürfen glauben, daß dies hier das beste und fruchtbarste Land mit der mildesten Luft auf der ganzen Welt ist. Am innigsten wünsche ich, daß Ihr eines Tages – nachdem diese Völker, die Euch fortan als Eure ergebensten Untertanen und Vasallen dienen, befriedet und in geordnete Verhältnisse gebracht sind – diese neuentdeckten Länder aufsuchen und sie mit der ganzen Pracht Eurer königlichen Würde bereisen könnt, denn sie warten auf den Messias, der sie erretten und mit Güte, Gerechtigkeit und Weisheit regieren soll. Und solchermaßen würde denn die Sonne in Eurem grenzenlosen Reich nie mehr untergehen.

XLII

Ite, Missa Est

Sobald das große Kreuz am Platz der zukünftigen Festung aufgestellt war, hielten wir den feierlichen Dankgottesdienst ab, wie ich bereits gesagt habe. Die Insel *Guanahaní* taufte ich auf den Namen des Heilands: *San Salvador*. Denn dem Weltheiland hatten wir es zu verdanken, daß wir gerettet, auf dieser Insel, auf der Welt, wieder in der Zeit der Menschen waren und daß ich das mir *Mögliche* erreichen konnte. Burils Predigt klang wie eine Verhöhnung dieser tiefen, meine Seele beflügelnden Gefühle.

Auf einmal wurde die Hitze so unerträglich wie die eines schrecklichen Sonnenfeuers. Strahlen zuckten im Zickzack über unseren Köpfen, als wir niedergekniet waren und die heilige Messe hörten. Wir glaubten, in diesem Feuerregen zerspringe die Sonne in Stücke. Es war der Augenblick der Erhebung der heiligen Hostie, die Bruder Buril hochhielt. Ein solcher Strahl traf die runde weiße Scheibe aus ungesäuertem Mehl und verdampfte sie. Bruder Buril fiel auf die Knie und schlug mit dem Kopf auf die Erde. Da sahen wir, daß sich mehrere Strahlen an dem grob aus Holzstämmen zusammengezimmerten Altar bündelten und ihn in Brand steckten. Es gab keine heilige Kommunion und auch kein feierliches Dankgebet mehr. Nur Schreie, Wehklagen, Flammen, Rauch, den schlimmen Schrecken, der uns alle gelähmt hatte.

Erst danach verstanden wir, daß diese Strahlen lediglich der Widerschein der Sonne auf den kleinen Spiegeln waren, die wir im Tauschhandel abgegeben hatten und die nun von den indianischen Frauen benutzt wurden. Diese überschütteten uns mit der Sonne, dieser Sonne, der brennend heißen äquinoktialen Sonne, deren Glut sie mehr als vertausendfachten. Von panischer Angst ergriffen, flohen alle. Ich blieb inmitten der Flammen zurück. Ich breitete die Arme in Kreuzform aus, und sogleich zogen sich die Strahlen zu ihren armseligen Wärmequellen zurück, die nichts weiter als Ovale aus Glas und kaltem Quecksilberbelag waren.

Nun verließ auch ich den Platz, und ich sah, daß der Tanz der nackten Frauen, die sich mit Glöckchen und Glasperlen, roten Mützen, Hosenträgern, blauen Bändern und den bronzenen Nachtgeschirren als Hüten herausgeputzt hatten, in voller Ekstase weiterging und ein gleichermaßen harmonisches und wildes Bild bot ... Ich spürte, daß jemand zu mir getreten war. Ich drehte den Kopf und entdeckte den alten Mann, der in einem Einbaum eingetroffen war, als gerade die Tauschwaren ausgeteilt wurden. Seine Gebärden waren ausdrucksvoll, ja beinahe verständlich. Er sprach mich an, und mühsam begriff ich, was er wollte. Um mir größere Gewißheit zu verschaffen, rief ich den kanarischen Marsgast und Dolmetscher.

»Der Herr sagt«, erklärte der Kanarier, »daß es stets gefährlich sei, solch wertvolle Gaben an Leute zu verschenken, die deren Bedeutung nicht kennen.«

Ich erinnerte mich, daß der mehr als achtzigjährige Greis, ein würdiger Mann von achtunggebietender und überaus sanfter Stimme, der trotzdem genauso nackt wie der letzte seiner Landsleute war, dem Gottesdienst gedankenversunken beigewohnt hatte, bis der Altar in Brand geriet. Er legte die Hände auf die Flammen und löschte sie. Danach überreichte er mir als Geschenk einen Korb mit einheimischen Früchten, deren berauschender Duft so wunderbar schien, daß einem das Wasser im Munde zusammenlief. Hierauf setzte er sich neben mich und hielt die folgende Rede, die der Kanarier allgemach übersetzte:

»Wir wissen, daß du in diese dir zuvor unbekannten Länder in der Absicht gekommen bist, sie zu entdecken und zu beherrschen, was den hier lebenden Völkern zum großen Schaden gereicht. Gewiß ist dir bekannt, wenn du wirklich ein Mann vom Himmel bist, daß die Seelen, sobald sie den Körper verlassen, zwei Wege vor sich haben, einen finsteren und unheimlichen, der für jene bestimmt ist, die ihren Mitmenschen geschadet und Schmerzen zugefügt haben, und einen zweiten, gefälligen und wonnevollen für jene, die Leben, Frieden und Glück der Völker liebten, und diese Wege sind einander ähnlich und zugleich grundverschieden. Wenn du also bedenkst, daß du ein sterblicher und zugleich ewig lebender Mensch bist und daß jedem eine zukünftige Vergeltung vorherbestimmt ist, die seinen gegenwärtigen Taten entspricht, so fordere ich dich auf und ermahne dich, daß du niemandem ein Leid antust.«

Mich erstaunten die Worte des Greises, da ich sah, wie scharfsinnig solch ein nackter Mensch urteilte. Als erriete er meine Gedanken, sagte er mir sogleich: »Die Wahrheit ist nackt und läßt keine Gewänder oder Masken zu, die sie verhüllen.« Ich wies den Dolmetscher an, dem alten Mann zu übersetzen, daß ich seine Worte bewunderte und daß mir alles sehr weise scheine, was er über die verschiedenen Wege gesagt habe, welche die Seelen erwarten, wenn sie den Körper verlassen, doch hätte ich bisher geglaubt, daß der edle Greis und die übrigen Bewohner dieser Gegenden derartige Wahrheiten nicht kennten, weil sie zeitlebens mit ihrem Naturzustand zufrieden seien.

Und ich sagte dem alten Mann, ich sei von dem König und der Königin der fünf spanischen Reiche als Admiral ihrer Flotte, Vizekönig und Gouverneur dieser Länder geschickt worden, damit ich die Kannibalen und die übrigen bösen Eingeborenen besiegen und mit einer wohlverdienten Strafe züchtigen, die Unschuldigen hingegen schützen und gut behandeln sollte. Der ehrwürdige Greis erwiderte, in diesen Gegenden maße sich niemand an, er dürfe zum Strick greifen, um die Bösen zu verurteilen und zu bestrafen, und die Kannibalen seien eine entartete Ausgeburt der menschlichen Natur, und nur die Mutter Natur könne deren Wiedergeburt oder Vernichtung bewirken, wie sie dies bei allen ihren Teilen und Arten tue. Der Greis verwunderte sich höchlichst, daß ein solch großer Mann wie der Admiral eines ganzen Geschwaders der Herrschaft eines anderen unterstehe.

»Hier gibt es auch Häuptlinge, die über andere, kleinere Herren und zahlreiche Völker gebieten, ohne daß diese sich darüber im mindesten beklagen, vielmehr sind sie zufrieden, einen solchen Zustand der Unterwerfung und des Elends zu ertragen ...«, sagte ich, ohne meinen Einwand über Gebühr zu betonen.

»Obrigkeitliche Gewalt ist überall widernatürlich«, erklärte der alte Mann. »Sie ist eine falsche und unvollkommene Macht, wenn sie nicht vom Willen der Allgemeinheit ausgeht. Und eines Tages werden die Natur und die Beziehungen zwischen den Menschen verhindern, daß die Macht eines einzigen oder einiger weniger die übrigen beherrscht, und dadurch werden sie gleiche Rechte und Pflichten für alle wiedereinführen, ohne die notwendigen Unterschiede zu beseitigen.«

»Die Macht eines weisen und gerechten Königs ist notwendig, um über die großen und kleinen Dinge zu wachen«, sagte ich.

»Vier Dinge sind die kleinsten auf der Welt, und sie sind weiser als die Weisen, weil sie das Naturgesetz befolgen und niemanden brauchen, der über sie wacht. Das Ameisenvolk, das nicht stark ist, legt im Sommer einen Nahrungsvorrat an, und im Winter fehlt es ihm an nichts. Das Kaninchenvolk, das nicht mutig ist, baut sein Haus auf dem Fels. Die Feldheuschrecken haben keinen König, und sie ziehen alle in Schwärmen aus und können dem mächtigsten König der Erde das Essen rauben und ihn verhungern lassen. Die vom Himmel herabgestiegenen Männer müssen diese Wahrheiten wissen. Sie waren den bärtigen Weißen unbekannt, die viele Monde vor dir herkamen, und darum gingen sie zugrunde.«

Mein Herz krampfte sich zusammen. Ich dachte, der Greis wolle mir von dem Piloten und seinen Gefährten erzählen. Die Fragen, die ich ihm hastig mit Hilfe des Dolmetschers stellte, waren vergebens. Mit einer Geste bekundete der Kanarier seine Ohnmacht. Der Greis sagte kein Wort mehr. Er stand auf, um fortzugehen, küßte dem Admiral beide Hände, kehrte zu seinem Einbaum zurück, der am Ufer lag, und ruderte mit vollkommen rhythmischen Bewegungen auf das Meer hinaus, dessen Wasser sich im Licht spiegelte.

Eine vollständige Abschrift dieser auf den 13. datierten Stelle aus meinem *Bordbuch* findet sich bei Pietro Martire d'Anghiera im Buch III seiner *Ozeanischen Dekaden*, die er dem Summus Pontifex Julius II. widmete, mit dem er sich wenig später gewisser Weibergeschichten wegen übel verfeindete. Pietro Martire, der Bischof von Jamaika und Kuba, noch einer von meinen streitsüchtigen Panegyrikern, hat meine Notizen lediglich korrigiert und in gutes Kastilisch nebst guter Rechtschreibung gebracht, wobei er die eine oder andere von ihm selbst stammende Kleinigkeit hinzufügte. Da er seinen Bischofssitz in den neuen Ländern nie betreten hat, durfte er sich diese phantasievollen Freiheiten und ein paar unbedeutende Diebstähle erlauben, denn ein literarischer Dieb ist nicht, wer will, sondern wer kann.

XLIII

Die heidnischen Avaporú

Ich sah viele junge Burschen, deren Körper noch blutende Wundmale trugen. Durch Zeichen fragte ich sie, was das zu bedeuten habe. Sie gaben mir mit ihren Gebärden zu verstehen, die von den Nachwehen eines nicht weit zurückliegenden Schrekkens zeugten, daß Leute von anderen, nahen Inseln herkämen, die sie gefangennehmen wollten, und sie hätten sich dagegen gewehrt.

Ich hörte, daß sie ihnen den Namen *Kariben* gaben. Zunächst verstand ich *Kannibalen*. Und das waren sie: die waldbewohnenden Anthropophagen, von denen mir der Pilot mit großer Betrübnis und Furcht erzählt hatte. *Avaporú*, ein Name, der in der Eingeborenensprache der Tupí-Guaraní-Taínos »Menschenfresser« bedeutet, wie mir der Gewährsmann Chasej mitteilte, den ich auf der Fraueninsel kennenlernte und der in solchen Fragen sehr gut unterrichtet war.

Sie kastrieren die Knaben, die sie einfangen, wie wir es mit den Küken oder Schweinen tun, die wir mästen, damit sie zarteres Fleisch bekommen und wir sie verspeisen können, und sobald die Knaben groß und dick sind, werden sie von ihnen verspeist. Frauen zu verspeisen gilt bei ihnen als etwas Schändliches und Ungeheuerliches. Wenn sie ein sehr junges Mädchen ergreifen, so hüten und bewachen sie es, damit sie es schwängern und Kinder zeugen können, nicht anders als wir es bei den Hühnern, Schafen, Kälbern und den übrigen Haustieren tun. Die alten Frauen werden von ihnen als Mägde im Haushalt beschäftigt. Die alten Männer werden von ihnen umgebracht, und sie zerstampfen deren Knochen in großen Steinmörsern und benutzen den Staub, um ihre Felder zu düngen, sowie als Mittel gegen gewisse Krankheiten.

Der alte Mann, der in dem Einbaum gekommen war, sagte, daß es wirklich solche Inseln gebe, die eine sei die der grausamen *Carib*, und die andere heiße *Matininó*, wo allein Frauen leben (und ich glaube, das sind die Amazonen). Und daß die beiden Inseln zehn oder zwölf Meilen voneinander entfernt seien. Während einer bestimmten Zeit des Jahres kämen die *Avaporú*, um sich der Frauen auf rohe Weise zu bedienen. Wenn diese einen Knaben gebären, werde er von der Mutter selbst auf die Insel der *Carib* geschickt, und wenn es ein Mädchen sei, behalten sie es bei sich.

Die einsamen Frauen von *Matininó* leben in großen unterirdischen Gängen, in die sie flüchten, sobald Unbekannte ihnen außerhalb der üblichen Zeit nahen. Sie ziehen sich in Höhlen zurück, und dort verteidigen sie sich mit Giftpfeilen, mit denen sie überaus treffsicher schießen, wenn ihre Verfolger es wagen, sich gewaltsam oder arglistig Zutritt zu verschaffen.

Ich überzeugte mich, daß die Angaben des Piloten über die Insel *Matininó* zutrafen, und das erfuhr ich im östlichen Teil der Insel Guadalupe, die beinahe unmittelbar neben der Insel Martinique liegt, und beide bilden das Eingangstor in die Indischen Lande. Wenn die Kannibalen diese Insel *Matininó* während bestimmter Perioden des Jahres überfallen, so haben sich die Frauen anscheinend schon an solche Invasionen gewöhnt. Sie unterwerfen sich lieber jenen Männern, die sie bereits kennen, als Unbekannten, und sie kennen keine ungestümeren und pflichtbewußteren Ehemänner als jene, obwohl sie nur von Zeit zu Zeit kommen.

Ich glaubte, so etwas würde nicht ohne blutige Kämpfe abgehen, doch die hilflosen Frauen vermögen nichts gegen die grausamen Menschenfresser auszurichten, die sehr kräftig und mit riesigen Wurfspießen und Feuersteinmessern für ihre Metzeleien bewaffnet sind. Später hörte ich, daß sich diese Frauen nicht allzu heftig gegen ihre Fänger wehren und daß sie sich ihnen gegenüber sogar derart liebenswürdig wie wirkliche Gemahlinnen verhalten, die mit solch grausamen Gatten vereint sind. Sie verlassen ihre Höhlen, um sie zu empfangen, und gegen sie gebrauchen sie ihre Giftpfeile nicht. Sie verwandeln sich in fügsame Hausfrauen. Freiwillig finden sie sich mit diesem

Zwang ab, den ihr barbarisches und rohes Schicksal ihnen beschert.

»In der Natur gibt es alle möglichen Tiere und Pflanzen, deren Nutzen oder Gefährlichkeit sich nicht abwägen läßt«, hatte der Greis gesagt. Und ich fragte mich mit einer gewissen Bestürzung, ob die Natur, wie der Alte meinte, in ihrer Weisheit und auf ihre wilde Art nicht das Gleichgewicht der menschlichen Fauna regelte, wie sie es ebenso beim unendlich vielfältigen Pflanzen- und Tierreich tut. In der ursprünglichen Welt sind auf diese Weise die Menschenrassen, die im *Goldenen Zeitalter* jener Inseln leben, durch das unerbittliche Richtmaß der Kannibalen nicht der Gefahr ausgesetzt, sich grenzenlos zu vermehren und so das natürliche Gleichgewicht zu zerstören, von dem der alte Mann gesprochen hatte. Ich frage mich auch, wobei ich ein wenig erschaudere, ob wir, die »vom Himmel herabgestiegenen Männer«, nicht die Kannibalen sind, die kommen, um die Heiden zu schinden und zu verschlingen. Nachdem die einen vernichtet sind, werden andere uns selbst vernichten, wie es dem Naturgesetz entspricht.

Ich glaube, Matininó muß jene Insel sein, wo der Pilot und seine Leute strandeten und über ein Jahr lebten. Auf dieser Insel konnte ich noch nicht landen, weil aus ihrer Richtung der Boreas blies, auf den eine Woche vor den Iden des Oktober bereits der Volturnus folgte. Doch auf jeden Fall will ich zu ihr gelangen, denn ihre Entdeckung reizt mich am meisten. Dort leben die Kinder des Piloten und der schiffbrüchigen Matrosen. Dort befindet sich auch der Seemann Pedro Gentil, von dem ich hoffe, daß er mir als Führer und Dolmetscher dienen wird, damit ich mich mit den Eingeborenen verständigen und so den Weg zum Gold entdecken kann.

Einstweilen leistet mir Rafael Palma vortreffliche Dienste als Übersetzer, denn außer seinen sonstigen Fähigkeiten und Fertigkeiten hat er ein wunderbares Sprachtalent. In weniger als einem Monat hat er sieben indianische Sprachen und deren Dialekte erlernt. Mir kommt es so vor, als sei dieser junge Kanarier auf einer Fahrt, die er nie erwähnt hat, schon in diese Gegenden gelangt. Seine Verschwiegenheit ist grenzenlos. Häufig sind ja kanarische Flöße nach Westen gefahren, zu den Inseln und dem Festland jenseits des Ozeans, lange vor jenen Seefahrern, die dem Boreas folgten. Um diese Fahrten der Kanarier rankt sich schon eine Legende. Rafael Palma selbst ist aus ihr hervorgegangen, wie auch Doña Pepina, seine Mutter aus Fuerteventura. Er kennt die Orte und Sitten dieser Inseln, und er hat jetzt mehr Arbeit als Dolmetscher denn als Marsgast.

Ich bin mir immer sicherer, daß jene unterirdischen Gänge von Matininó dieselben sind, die König Salomo vor Jahrtausenden graben ließ, um aus ihnen das Gold für seine Tempel zu holen. Die Indier dieser Inseln haben nämlich kein Eisen oder irgendein Werkzeug, um in der Erde und noch viel weniger in den Felsen der Berge zu graben. Ich will diese Insel aufsuchen, nachdem ich die obenerwähnten Kannibalen mit Feuer und Schwert ausgerottet habe, sobald der richtige Augenblick gekommen ist und die Waffen bereit sind, um so etwas schnell und angemessen auszuführen, denn hierin bin ich nicht mit dem weisen Alten dieser Insel einverstanden, der meint, daß man der Mutter Natur die ganze Arbeit überlassen solle.

Außer diesen Ungeheuern in Menschengestalt und mit Raubtierinstinkten habe ich auf der Insel überhaupt keine Bestie entdeckt. Nie sah ich jene einäugigen Zyklopen oder Menschen mit Affenschwänzen, die in einigen alten Büchern geschildert werden. Es gibt lediglich bunte Papageien, wahrhaftige Regenbogen in Vogelgestalt, die schönsten, die ich auf meinen Weltreisen gesehen habe. Hier sah ich auch den grünen Papagei mit rotem Halsband, den Plinius in seiner Naturgeschichte beschrieben hat und den es nur in Indien gibt.

Diese Vögel mit der schwellenden und samtenen Zunge ahmen sehr geschickt alle möglichen Töne nach, selbst die der Menschen. Hier unterrichtet man sie und bringt sie zum Sprechen, indem man einen Stein nimmt und ihnen damit barbarisch an den Kopf schlägt, denn der ist sehr hart, ebenso wie der

Hakenschnabel, als wären beide aus Feuerstein. Sie könnten unsere Sprache zum Ergötzen Eurer Untertanen erlernen und sie auch das lehren, was sie von diesen wilden Sprachen wissen. Ich will ein gutes Hundert der herrlichen Vögel für die Palastgärten und zur Erheiterung Ihrer Durchlauchtigsten Hoheiten mitnehmen.

Schlangen gibt es, die durch ihre Größe in Schrecken versetzen; ein weiterer offenkundiger Nachweis, daß wir nach Indien oder in eine unbekannte Gegend des asiatischen Ostens gelangt sind. Die hiesigen Fische unterscheiden sich so sehr von den unsrigen, daß es ein wunderbarer Anblick ist. Manche sehen wie Hähne aus und haben die prächtigsten Farben der Welt. Es gibt auch Wale und Delphine. Drachen, Monstren und Basilisken sah ich überhaupt keine an Land, nur diese Papageien, mit denen die Insel anscheinend ganz bevölkert ist, dazu Echsen und sehr große Schildkröten, die im warmen Schlamm an den Flußufern schlummern. Man hat mir erzählt, sie können dort Jahrhunderte liegenbleiben; von der Leber dieser beinahe unsterblichen Tiere ernähren sich die alten Leute sowie die Unfruchtbaren und Zeugungsunfähigen jeden Alters.

Es gibt keine Pferde, Kühe, Schafe oder Ziegen und irgendwelche anderen Haustiere, oder wenigstens habe ich bisher keine gesehen. Ich hatte gemeint, ich fände hier viele Kühe mit riesigen und gekrümmten Hörnern, ist doch die Kuh das heilige Tier Indiens. Vielleicht gibt es sie weiter westlich und im Norden oder Süden auf dem Festland. Wenn es welche gibt, werde ich sie entdecken, selbst wenn sie durchsichtiger als verdunstender Tau sind.

Wie Eure Hoheiten sich selbst überzeugen können, sobald Ihr die Eingeborenen seht, die ich einfangen will, um sie Euch mitzunehmen und Euch damit zu dienen: Wenn die Sklaven erst einmal herübergebracht sind, kann man sie in Kastilien selbst verwenden. Mit wenigen Wächtern wird man sie alle im Zaum halten und sie alles tun lassen, was man will. In den Bergwerken und bei den Erwerbstätigkeiten in ganz Spanien und selbst in Portugal können sie sehr nützlich sein, so daß man für sie einen recht guten Preis bei Konzessionen und Kommenden erhalten kann, sofern man die gesetzlichen Vorschriften der Kolonisation beachtet. Wenn ich sie in den drei Schiffen zusammenpferche, so glaube ich, daß ich bei einem ersten Versuch 400 bis 500 von ihnen als versklavte Kriegsgefangene mitnehmen kann.

XLIV

Königlicher Besuch

Um die zehnte Vormittagsstunde sahen wir einen großen Kahn nahen, der Sonnensegel hatte und mit Bildern von Schlangen und Seetieren bemalt war. Ihn eskortierten lange Boote, von denen jedes über fünfzig Ruderer hatte. Sie fuhren in die Bucht ein. Dem Kahn entstiegen zahlreiche Frauen mit ihren Wächtern und ihrer Dienerschaft, und sie kamen den Hügel herauf. Diese Frauen waren ebenfalls nackt, trugen aber reichen Schmuck. Sie waren die Gemahlinnen und Töchter der Häuptlinge mehrerer Inseln in diesem Archipel. Sie erschienen, um sich ganz in unsere Hand zu geben, und sie brachten die ersten freiwilligen Tribute.

Die vornehmste indianische Dame war Anacaona, die Gattin des mächtigen Caonabó, des Königs von Cibao, dessen Name *Herr des Goldenen Hauses* bedeutet und dessen Kriegsmütze, das letzte Geschenk des Piloten, wie ich an anderer Stelle berichtet habe, bei der Beratung der *Kapitulationen* auf dem Tisch lag und schließlich in die Hände Ihrer Durchlauchtigsten Hoheit, der Königin Isabella, gelangte. Anacaona war außerdem die Schwester eines anderen Häuptlings, eines gewissen Behequio oder Beleño Anacauchoa. Die heidnischen Namen sind ein unbegreifliches und nicht zu entwirrendes Labyrinth.

Die Prinzessin Anacaona befahl ihren Dienern, sie sollten die Tribute an das Gründungskreuz legen. Ich zählte fünf große Goldspiegel, ein paar Eidechsen, die aussahen, als seien sie aus Bernstein, einen grünen Königspapagei mit rotem Halsband, den indischen Papagei des Plinius, mehrere Käfige mit Hühnern und Enten, vier umhertollende Äffchen, die wie Miniaturspielzeug aus granatrotem Wollsamt wirkten, und andere Kleinigkeiten von geringem Wert.

Die Töchter der Häuptlinge trugen zierliche und ebenfalls goldene Kränze und Bändchen auf den schwarzen Haaren, die der Scheitel in zwei glatte und glänzende Fluten teilte. Anacaona nahm ihr Diadem ab, das aus Gold, Perlen und Federn des Königspapageis bestand, und legte es behutsam an den Holzstamm. Die anderen folgten ihrem Beispiel. Sie alle hatten die Finger- und Zehennägel mit großen Krallen verlängert, die an den Gliedmaßen festgeklemmt waren und aus Gold oder Silber bestanden, wie es ihrem jeweiligen Rang entsprach. Sie trugen auch überaus lange, falsche Wimpern aus Seide, die sie mit Henna und Orlean gefärbt hatten, wodurch ihre Augen heller und träumerischer leuchteten, als blickten sie wollüstig aus dem Schatten der Palmwedel hervor. Desgleichen bemerkte ich, daß die Tüchlein, die ihre Scham bedeckten, nicht aus Baumwollgespinst waren, sondern feine Goldblättchen schienen.

Ich fragte Anacaona, ob sie etwas von bärtigen Männern wisse, die ungefähr sieben Jahre vor uns auf diesen Inseln gelandet seien. (Der Kanarier rechnete es für sie in Monde um.) Sie bejahte es, denn von den Inselbewohnern habe sie einiges über jene erfahren, und einer sei auf der Insel Matininó geblieben, wo er in der Nähe des Paradiestales zusammen mit seinen vielen Gattinnen lebte, doch die Kannibalen hätten ihn vor kurzem getötet und verspeist. Anacaona sagte, nun seien allein die blutjungen Töchter der bärtigen weißen Männer übrig, weil die Kannibalen auch deren Söhne gefangen und aufgefressen hätten.

»Wo ist das geschehen?« fragte ich. »Auf Cibao oder auf der Insel der einsamen Frauen?«

»Das weiß ich nicht genau. Vielleicht hat sich das auf beiden Inseln zugetragen«, antwortete sie ausweichend und versuchte, mit einem vieldeutigen Lächeln von diesem Thema abzulenken.

Mir entschlüpften eine Träne und ein Seufzer. Pedro Gentil lebt also nicht mehr in seiner eigenen menschlichen Gestalt, sondern in dem Blut und den Menschen, die ihn zum Frühstück verzehrt haben.

Anacaona, eine wunderschöne, sehr wohlerzogene und ungemein geistvolle Frau, hatte etwas Geheimnisvolles und Unergründliches. Vom ersten Augenblick an erkannte ich in ihr den üblen Ursprung unseres Verderbens, wie sich dies tatsächlich später bestätigte. Sie wollte sich bei mir einschmeicheln und mich mit gleisnerischen Künsten verführen, um die sie die raffinierteste und verderbteste Kurtisane beneidet hätte. Ich verzichtete darauf, ihr in meiner Phantasie die Haut abzuziehen. Das würden schon andere besorgen. Ich rief meinen Bruder Bartolomé, einen eingefleischten Frauenhelden und sachverständigen Courschneider, damit er sich um das Weibervolk kümmerte.

»Schaff sie fort«, sagte ich ihm schnell. »Diese Frauen sind für uns jetzt weniger wert als die Hühner, die sie mitgebracht haben.«

»Nein«, widersprach Bartolomé, »sie sind bei weitem mehr wert. Man muß nur wissen, wie man ihnen am besten den Saft auspreßt.«

»Hüte dich, daß du dich an keiner einzigen und noch viel weniger an der Frau Caonabós vergreifst, dessen Bündnis wir uns sichern müssen. Denk daran, daß ich dich zum Statthalter dieser Lande ernannt habe. Treib es nicht zu weit mit ihnen. Du weißt ja genau, daß ein einziges Schamhaar einer solchen Frau wie Anacaona kräftiger zieht als eine Ankerkette. Diese Frau wird uns alle in den Untergang reißen.«

»Ich will sie als Dolmetscherin gebrauchen, damit wir uns durch ihre Zunge mit ihren Leuten verständigen können.«

»Du verlierst noch deine eigene Zunge. Laß die fremde Katze laufen, Milch gibt sie doch nicht.«

Das sagte ich aus einem bloßen Vorgefühl heraus. Damals ahnte ich noch nicht, daß ich König Caonabó und seinen Schwager Behequio Anacauchoa verhaften und in Ketten nach Spanien schaffen würde, weil sie mich verraten hatten und ermorden wollten. Sie starben während der Überfahrt, denn sie litten unerträglich an den Ketten und dem Haß, in dem sie gegen mich entbrannt waren. Ich sah nicht voraus, daß die in die Verschwörung verstrickte Anacaona in einer Unglücksstunde auf barbarische Art sterben sollte; sie wurde auf Bartolomés Befehl getötet, während ich fern in Spanien weilte. Er tat das aus Eifersucht und von dem Wahnsinn getrieben, den diese Frau mit Zaubertränken in der Seele und dem Fleisch meines Bruders entfacht hatte, der willensschwach und wenig standhaft war. Deshalb gab es zwischen uns einen heftigen Streit, in dem wir beinahe mit Dolchen und tiefinnerer, sich in den Klingen spiegelnder Wut aufeinander losgegangen wären. Es kam nicht zum Blutvergießen, doch etwas Schlimmeres geschah. Das werde ich ein wenig später berichten.

Zumindest vorläufig verpflichten sich die 34 Häuptlinge durch Vermittlung ihrer als Botschafterinnen erschienenen Frauen, einen hohen Tribut an Gold, Spezereien, Naturalien, Silber und Perlen zu entrichten und uns riesige Mengen Viktualien und Proviant zu liefern, als da sind allerlei eßbare Tiere und beide Brotsorten, mit denen sie sich nähren; das heißt sowohl das Wurzelbrot (nämlich das aus Maniokmehl, das man aus der Yucca gewinnt, die auch Kassave liefert) als auch das Maisbrot. Im Namen ihres Gemahls Caonabó und ihres Bruders Behequio (denn ich schon *das Schlitzohr* nannte) bot uns Anacaona an, uns auf die große Insel Cibao mitzunehmen, die Caonabós Reich war. Cibao ist für mich nichts anderes als das Cipango Marco Polos und des Physikers Paolo Toscanelli.

Wir, die drei Schiffe mit ihren Kapitänen und der ganzen Mannschaft, fuhren an diesem Mittag aufs Meer hinaus, um Anacaonas bunten Kahn zu eskortieren. Sie äußerte den lebhaften Wunsch, daß Bartolomé mit ihr kommen solle, dem sie offen den Hof machte, dies aber mit dem Feingefühl und der Wohlerzogenheit einer wahren Dame. Sie betrachtete ihn mit ihren von den langen Wimpern überschatteten Augen, und Bartolomé war vor Freude und Wonne ganz außer sich, daß die schöne Frau ihm den Vorzug gab. Sie ließ ihre Dienerinnen und Wächter auf Boote steigen, und sie allein fuhr zusammen mit Bartolomé. Ihre einzige Gesellschaft waren die zwei Reihen der sonnengebräunten Ruderer, die den Kahn so geschwind vorauseilen ließen, daß wir ihn sehr bald aus den Augen verloren.

XLV

Der Erzähler erinnert sich

Die verlorene Denkschrift

Die Berichte des vorigen Kapitels sind zu einem Teil dem *Bordbuch* und zum anderen den Entwürfen des *Buchs der Entdekkung* entnommen. Diese Texte bilden das Material für die Denkschrift, die der Admiral, wie er versichert, von Guanahaní aus den Königen zugeschickt hat, nachdem er wenige Tage zuvor auf der Insel angekommen war, die er soeben »San Salvador« getauft hatte. Das Schriftstück erreichte nie seinen Bestimmungsort. Die erste Nachricht, die man in Spanien über das Entdeckungsunternehmen erhielt, war die ausführliche Darstellung, die der Admiral in seinem Brief an den Verwalter der königlichen Privatschatulle und Schatzmeister des Königreichs Luis de Santángel gab, und zwar genau vier Monate später, am 13. Februar.

Die Schilderung der Ereignisse und der Ton dieses Briefes unterscheiden sich deutlich von denen der Denkschrift, die er angeblich an die Könige geschickt hat. Diese fühlten sich äußerst gekränkt über einen solch schweren Verstoß gegen die im Umgang mit den Königen zu wahrende Etikette. Hinzu kam, daß der Admiral bei der Rückreise zunächst am Lissabonner Hof erschien, um dem portugiesischen König João einen Höflichkeitsbesuch abzustatten. Was im Grunde eine weitere Beleidigung der Katholischen Könige war, da zwischen beiden Ländern ein beinahe kriegerischer Wettstreit bestand, wem der Vorrang bei der Entdeckung gebühre. Wenig später sollte König Ferdinand den Admiral diese Verfehlungen teuer bezahlen lassen.

Die Entschuldigung, die der Admiral in einem Brief an die Könige anführte, wurde nicht als Rechtfertigung anerkannt. Er erklärte, er sei von einem mächtigen Sturm zum Felsen von Cintra abgetrieben worden, das ist ein ungeheures Riff an der Flußmündung von Lissabon; und die Karavelle Martín Alonsos habe es in eine unbekannte Richtung verschlagen. Überdies und vor allem sei es dazu gekommen, weil Admiral Bartolomeu Dias von Lissabon, der König Joãos Flaggschiff – das größte und am besten bestückte Schiff Europas – befehligte, ihn auf Weisung des Monarchen aufgefordert habe, sich am Hofe vorzustellen und Rechenschaft über seine Indienfahrt abzulegen. Und wenn er es nicht tue, so sehe er sich genötigt, dessen Schiff zu versenken, denn er könne es nur als ein Korsarenschiff ansehen, das im Dienste einer ausländischen Macht in portugiesischen Gewässern kreuze, sofern er die erforderlichen Beweisurkunden nicht vorlegen könne oder wolle. Beim Schiffbruch vor Cibao hatte der Admiral alle seine Papiere verloren. Daher durfte er sich der Aufforderung nicht entziehen. Er besuchte den lusitanischen Monarchen, und er mußte ihm schließlich, wie er behauptet, eine große Goldmenge überlassen, um sich freizukaufen. Das hat der Admiral gesagt und geschrieben.

Er erzählte nicht, daß König João II. ihm einen lebenslänglich gültigen Schutzbrief gewährt hatte, der an anderer Stelle angeführt wird. Noch weniger verriet er, daß er vor seiner Abfahrt von Hispaniola dem Schreiber Rodrigo de Escovedo zur Aufbewahrung und Bewachung heimlich vier große und fünf kleinere Kisten »mit dem Auftrag« aushändigte, »sie nicht zu zeigen oder wegzugeben, auch niemandem von ihnen zu erzählen, außer wenn ich es verlange, weil es sich um Dinge handelt, die ganz und ausschließlich mir gehören. Diesen Vertrauensbeweis gebe ich Euch um der Freundschaft, Ehrenhaftigkeit und Gerechtigkeitsliebe willen, die Euch in dem Amt auszeichnen, das Ihr auf dieser Insel ausübt ...« So heißt es in dem an Escovedo gerichteten Brief, der auf den 4. Januar datiert ist und Hispaniola als Anschrift nennt.

Jahre später, nachdem der Admiral bereits verstorben war, sollte man in den Prozessen herausfinden, daß Escovedo die neun Kisten behalten hatte, in denen über hundert Arroben Gold eingepackt waren. Doch auch Rodrigo de Escovedo war schon verstorben. Seine Erben legten den vertraulichen Brief vor und forderten vergebens das Gold zurück, das sich in Rauch aufgelöst hatte.

Diese Denkschrift setzt sich aus den lückenhaftesten und durch die maßlose Begeisterung über die Ankunft in den »Indischen Landen« gleichsam widersinnig wirkenden Teilen des *Buchs der Erinnerungen* zusammen, eines unvollendeten und ebenfalls verschollenen Buches, von dem sich nur unlesbare und kryptische Notizen in den Schriften erhalten haben, die der Admiral selbst später widerrufen hat. Bartolomé de Las Casas, der Exeget des Admirals, ein gerechter und leidenschaftlicher Mann, und Hernando, dessen Testamentsvollstrecker und Biograph, der in seiner Sohnesliebe eifersüchtig über das Andenken und den guten Namen des Vaters wacht, verzichten vollständig darauf, diese Texte in ihren Büchern zu erwähnen oder die kleinste Anspielung auf sie durchblicken zu lassen.

Jedenfalls erhielten Ihre Majestäten diese Denkschrift nie. Wie so viele andere Schriften, die der unermüdlichen Graphomanie des Admirals zu verdanken sind, ging sie für immer verloren. Sie war ein Ergebnis seines ungeheuren Ehrgeizes, der mit seiner mystischen, paranoiden Besessenheit übereinstimmte. Einige sachkundige Geschichtsschreiber haben ausgerechnet, daß der Admiral mehr Zeit damit verbrachte, diese Denkschriften, Briefe, Belobigungsschreiben, Zueignungsschriften und mannigfaltigen Klage-, Protest- und Beschwerdebotschaften zu verfassen, als er in 14 Jahren, bis zu seinem Tod im Jahre 1506, für die vier Reisen benötigte; und während seiner ingrimmigen seemännischen und menschlichen Odyssee, die sehr wenig Ähnlichkeit mit jener Jasons oder des Odysseus hatte, legte er insgesamt annähernd 67.000 Meilen auf dem Meer zurück, erlitt 7 Schiffbrüche und überstand 43 Stürme und Unwetter.

Wahrscheinlich hat der Admiral diese vieldeutige Denkschrift überhaupt nicht abgeschickt, die von Fehlern, Widersprüchen und falschen Aussagen strotzte, als hätte er sie im Würgegriff seiner Dämonen geschrieben. Man sollte sogar die Möglichkeit nicht ausschließen, daß er selbst sie in einem seiner Wutanfälle vernichtet hat, die ihn verleiteten, seine Amtsgewalt offenkundig, häufig grundlos und blutrünstig, gegen die eigenen Männer zu mißbrauchen, die er wegen unbedeutender Vergehen oder angeblicher Verrats- und Rebellionsversuche bestrafte. Das begann schon bei der Ankunft auf Guanahaní, und immer schlimmer wurde es während der drei folgenden Fahrten, in seiner zweiten, dritten und vierten Entwicklungsphase als Konquistador, Kolonisator, Grundherr und charismatischer Messias.

Als bezeichnendes Beispiel sei ein eher nebensächlicher Fall angeführt. Da er der ständigen Mißerfolge bei seiner Suche nach Cipango und Cathay – dem asiatischen Festland – überdrüssig war, beschloß er enttäuscht, aus der Insel Kuba das Festland der »hiesigen Indischen Lande« zu machen, was der Gerichtsschreiber (Escovedo selbst) beurkundete, und denen, die das Gegenteil behaupteten, drohte er eine Strafe von 10.000 Maravedí sowie das Abschneiden der Zunge und Nase an. Die Strafe wurde für diejenigen mit hundert täglichen Peitschenhieben verschärft, die sich weigerten, den augenscheinlichen Betrug anzuerkennen, bis sie ihren »Irrtum« widerriefen. Als der Admiral auf diese List verfiel, um die ungeduldigen Könige zu beschwichtigen, die ihn drängten, er solle endlich das Festland entdecken, wußte er bereits, daß die Insel Kuba nicht das Festland ist. Doch er verstand sich geschickt auf solche Taschenspielertricks.

Seit jenem 13. Oktober, dem bedeutendsten und folgenschwersten Datum in der Seefahrtsgeschichte der Menschheit, lebte die Seele des Admirals in einem ständigen Trance- oder Wahnsinnszustand, und sein Leib wurde mitunter von unbezwinglichen Schrecken und Zuckungen geschüttelt.

Diese Zwangsvorstellung brachte ihn dazu, sich für einen wiedergeborenen Jeremias oder wehklagenden Hiob zu halten. Irgendwie wollte er eine biblische Person werden, und diesen Anspruch stützte er auf die Prophezeiungen Esras und Jesajas, die im Buch der Bücher natürlich keine einzige Zeile über die Neue Welt geschrieben haben. Noch viel weniger über deren mutmaßlichen und erst in ferner Zukunft zu erwartenden Entdecker.

Weniger abwegig war, wie er selbst glaubte und sein Sohn Hernando bestätigte, die Weissagung Senecas in einem Chor der Tragödie *Medea*, und der Admiral erkannte sich in einer Person des Dramas wieder, wobei er deren ursprünglichen Namen Tethys, den die Gemahlin des Vaters Okeanos trug, durch den des Tiphys ersetzte, der als erster Seemann an Bord eines Schiffes ging und Jason zum Goldenen Vlies führte. Seine wiederholten Irrtümer, die das große Unternehmen bei jedem Schritt mit unvorhergesehenen Abweichungen, Umwegen und unüberwindlichen Enttäuschungen gefährdeten, verdüsterten seinen Charakter und bestärkten ihn in seinem Eigensinn. Seine Fähigkeit, stets aufs neue nicht nur die anderen, sondern auch sich selbst zu täuschen, konnte ihm schließlich nicht die Einsicht ersparen, daß er kein Prophet der verheißenen Epiphanie einer neuen Welt und der Begegnung zweier Welten, sondern lediglich ein Gescheiterter, ein Versager, der Irrfahrer des Anfangs, ein mustergültiger, unrettbar verlorener Paria war.

Es genügt, von den Widersprüchen und Unwahrheiten der vieldeutigen Denkschrift einen einzigen Punkt zu erwähnen: die Rolle, die Königin Anacaona, die Gattin und spätere Witwe Caonabós, bei der Verschwörung der Häuptlinge gegen den Admiral spielte. Das Schnellgerichtsverfahren, das dieser gegen die indianische Königin einleitete, bezichtigte sie des Aufruhrs und eines direkten Mordversuchs. Wie man aus einigen sorgfältig verheimlichten und in Buchfalten versteckten Nachschriften (in seinem blinden Glauben an das geschriebene Wort notierte er alles) schließen kann, beabsichtigte der Admiral, Anacaona als Gefangene nach Spanien zu schicken, sie dort dank der Fürsprache seiner mächtigen Freunde freizulassen und sie hierauf zu seiner legitimen Frau und Teilhaberin am Unternehmen des entstehenden Weltreichs zu machen.

Das Scheinbild der Wahrheit verbarg eine weitere Täuschung, eine neue Tarnung. Anacaonas scharfer Verstand lockte den Admiral und seinen Bruder Bartolomé in ein viel feiner gesponnenes Netz, als sie es sich vorzustellen vermochten. Die Frau wußte, daß der Admiral trotz seiner abweisenden Maske, seiner »ekstatischen Weltentrücktheit«, ihr vom ersten Augenblick an wie ein grüner Jüngling mit Haut und Haaren verfallen war.

Da sie außerdem die Rivalität fühlte, die schon zwischen den Brüdern bestand und die vor allem von Bartolomé geschürt wurde, überlegte sie, wie sie den unfehlbaren Keil der Eifersucht zwischen beide treiben könne. Sie umgarnte jeden im traulichen Zwiegespräch und bot beiden die militärische Macht und die Versorgungsmöglichkeiten der einheimischen Häuptlinge an. Als der Admiral nach Spanien zurückfuhr, wollte Bartolomé eine Entscheidung erzwingen. Anacaona widersetzte sich standhaft den unermüdlichen Bemühungen des Statthalters, sexuellen und politischen Druck auf sie auszuüben. Und das nicht nur, weil sie als Frau den Admiral bevorzugte, sondern auch, weil sie wußte, daß er die Hauptfigur in dem Plan war, die Eindringlinge zu vernichten, den sie und ihr Gatte entworfen hatten, sobald jene gelandet waren.

Bartolomé rächte sich grausam an ihr. Gleichzeitig übte er Vergeltung an seinem unerbittlichen und despotischen Oberherrn, denn er hatte zwar dieselbe Mutter wie er, jedoch nicht dessen Macht. An einer gewissen Stelle seines *Privattagebuchs* verurteilt der Admiral mit den harten Schmähreden eines »verwitweten Liebhabers« das barbarische Verbrechen seines Bruders und beklagt den Verlust dieser außergewöhnlichen Frau. Sie hätte, wie er sagt, »bei meinen Entdeckungs- und Eroberungszügen in der Neuen Welt eine unübertreffliche Gefährtin sein können«.

War dies nur ein neuer Ausbruch seiner unheilbaren, explosiven Erotomanie? Oder ein echtes Gefühl? Ahnte er etwa das Schicksal der *Malinche* in der dramatischen Lebensgeschichte des Cortés voraus? Das erriet er vielleicht nicht, doch er erkannte als erster, daß die Eroberung der Indischen Lande ohne den Verrat einiger Eingeborener undurchführbar geblieben wäre. Da dem Admiral das politische und militärische Genie des

Eroberers Mexikos fehlte, konnte er hingegen nicht die List des Cortés, dem er den Weg bahnte und als Vorbild diente, durchschauen und noch viel weniger nachahmen.

Der Admiral schrieb seinen Rechtfertigungsbrief an die Könige, sobald er am Freitag, dem 15. März 1493, zur Saltés-Bank kam und in den Hafen Palos einlief, denselben Ort, von dem er sieben Monate zuvor, am Donnerstag, dem 2. August des vorhergehenden Jahres, aufgebrochen war. »Des vorhergehenden Jahres« ist allerdings dick durchgestrichen; möglicherweise kann man an Stelle dieser Worte eine andere, irrtümliche Zeitangabe lesen: »des Jahres, das nicht angebrochen war«. Der Brief, in dem er sich vor den Königen von jeder Schuld reinwaschen möchte, wurde jedenfalls – genau einen Monat – später als die sehr ausführliche Epistel an Santángel abgefaßt.

In dem kurzen Schreiben, einem an Bord der Karavelle verfaßten Briefchen, das absichtlich hochmütig wirkt und das der Admiral den Königen zugehen läßt, heißt es wörtlich: »Ich beehre mich, Ihren Durchlauchtigsten Hoheiten die Gründe für meine Verspätung darzulegen. Ich hatte mir vorgesetzt, übers Meer nach Barcelona zu fahren, denn wie man mir mitgeteilt hatte, weilten Eure Hoheiten in selbiger Stadt, und ich gedachte es zu tun, um Euch Bericht über meine Reise zu erstatten.

Unser Herrgott hat durch viele aufeinanderfolgende Wunder gezeigt, daß es sein Wille war, diese Fahrt so vonstatten gehen zu lassen, wie es geschehen ist. Auch diese Wunder künden von mir, der ich mich seit so langer Zeit an Eurem königlichen Hof aufhalte und mich gegen den Widerstand und das Urteil so vieler vornehmer Persönlichkeiten, etlicher unedler Adliger, verteidigen mußte, welche alle den Halbmond der Hörner ihrer Stirn auf mich richteten und die Entdeckung zur Zielscheibe des Spottes ihrer erbärmlichen Seelen machten, während ich im Gegenteil hoffe, daß diese Entdeckung der Christenheit, der Krone und dem Papsttum zur höchsten Ehre gereichen wird, was solchermaßen von ungefähr niemals geschehen ist.«

XLVI

Entdeckung = Verdeckung

Auf Guanahaní (und sogar noch viel früher) beginnt die Verdekkung des Kontinents, der den Namen »Amerika« erhalten sollte, und der Eingeborenengesellschaften, die man eines Tages »entdecken« würde. Nicht nur der Admiral versetzt mit dem Fanatismus eines Erleuchteten ganze Regionen Ostasiens wie einen riesigen Zauberteppich an die Stelle der Neuen Welt und bedeckt sie damit. Er isoliert sich auf den Inseln der alten und schon bekannten *Antyliae*. Er wagt nicht, wie es ihm der erste Seefahrer und Vorentdecker, der Huelvaner Alonso Sánchez, angeraten hatte, an das ungeheure Wassertor des Orinoko zu klopfen, das wütenden Bisonherden gleichende Ströme bewachen, um die Festlandsregion zu betreten, die »unendlich, ganz unendlich« ist, wie ihn der Pilot unterrichtet hatte.

Insgeheim dringt der Admiral bis zum Golf von Paria vor und zieht sich wieder zurück. Leichter ist es, aus der Insel Kuba ein Festland zu machen, was auf Kosten der Nasen und Ohren derjenigen geschieht, die sich keine geographische Lügenmär aufbinden lassen, und das bringt ihnen auch noch eine Geldbuße von 10.000 Maravedí und hundert tägliche Peitschenhiebe ein. Jedes Hilfsmittel ist willkommen, um die ungeduldigen Könige zu täuschen und ihnen »den Wind aus den Segeln zu nehmen«, da er ihnen – ach ja! – nicht dieselbe Strafe zumessen kann.

Damals wurde – wie der Jesuit Bartomeu Meliá erklärt, der Beschützer der Indios Paraguays und Brasiliens, der Adoptivsohn der Mbya-Guaraní, die dem »bärtigen Weißen« seinen Geheimnamen beilegten – die dreifache Verleugnung Amerikas angekündigt: die eines selbstgenügsamen Wirtschaftssystems, die der wahren Religionen, die eigener Sprachen und Kulturen. Als einer der ersten bezeichnete der Anthropologe, Sprachforscher und Humanist Meliá die Entdeckung als Verdeckung.

Im Widerspruch zu dem, was der verblendete Admiral der

Krone in der verlorenen Denkschrift darlegt (am leichtesten gehen Erinnerungen verloren), berichtet er den Königen wohlwollend von der Güte und Sanftmut dieser Menschen und von ihren religiösen Gefühlen: »Ich kenne bei ihnen keine einzige Sekte, und ich glaube, sie ließen sich gar bald und leicht zum Christentum bekehren.«

Sie bringen den soeben eingetroffenen »Männern vom Himmel« alle Geschenke, die viele sind, doch der Admiral hält sie gerade in dem Augenblick für sehr arme Leute, da er alles von diesen Armen entgegennimmt. Der Entdecker erkennt das Wirtschaftssystem der Eingeborenen nicht an, als er von ihm ernährt und unterstützt wird. »Diese Leute«, sagt der Admiral, »gaben und nahmen alles von dem, was sie hatten«, und man darf nicht behaupten, weil sie es gaben, sei es wenig wert gewesen. Auf gleiche Weise handelten jene höchst freigebig, die Goldstücke schenkten, wie jene, die mit Wasser gefüllte Kalebassen schenkten; und es läßt sich unschwer erkennen, wenn etwas aus dem herzlichen Verlangen gegeben wird, es zu verschenken.

Bei der Verleugnung der Landessprachen verfällt der Admiral bewußt oder unbewußt ebenfalls einem Irrtum. Verhältnismäßig leicht verständigt er sich mit ihnen durch Äußerungen und Gebärden, doch er findet geringschätzige Worte für die Sprache der Eingeborenen, die er als unverständliche Laute, als Grunzen und Bellen verunglimpft, während er sie in seiner kurzzeitigen Entdeckungseuphorie und sinnlichen Verzückung »die Vogelgezwitscher gleichende lieblichste Sprache der Welt« genannt hatte. Er bedenkt nicht, wie seine Sprache für die Eingeborenen klingt. »Der erste Schritt einer Eroberung«, sagt Meliá, »ist die Besetzung eines Territoriums. Ihr letzter, abschließender Schritt erfolgt, wenn auch die Sprache eines Volkes okkupiert worden ist.« Es darf also nicht erstaunen, daß eine der letzten Zufluchtsstätten im Widerstandskampf der Völker immer in der Sprache bestanden hat.

XLVII

Schiffbruch und Bündnisse

Der Admiral versichert den Königen in der verlorenen Denkschrift, nirgends in Kastilien könnte man alle Dinge so wohl verwahren, wie dies bei den Menschen hier geschehen sei. »Sie gehen allesamt nackt herum, was ich schon sagte«, erklärt der Admiral, »wie ihre Mutter sie zur Welt gebracht hat, indes dürfen Eure Hoheiten glauben, daß sie untereinander sehr gute Sitten und Gebräuche haben. Es sind außergewöhnlich gutherzige Leute, die in gewisser Hinsicht so maßvoll und wohlerzogen sind, daß es ihnen Freude bereitet, alles anzusehen und zu zeigen, ohne lästig oder aufdringlich zu sein. Sie haben ein bewundernswertes Gedächtnis, wollen alles wissen und fragen, was es sei und wozu es diene.

Ich versichere Euren Hoheiten, daß es auf Erden keine besseren Menschen und kein besseres Land gibt, so glaube ich, als diese grünen und blühenden *Antyliae*. Sie lieben ihre Nächsten wie sich selbst, Lachen und Lebensfreude äußern sich bei ihnen ganz unwillkürlich, und sie haben eine solch liebliche Sprache wie Vogelgezwitscher, daß es etwas Wunderbares ist, sie reden zu hören.

Der König dieses Cipango (sie sagen Cibao, weil sie es falsch aussprechen), der Caonabó heißt, und seine Gemahlin Anacaona, eine junge, doch sehr verständige und schöne Frau, haben alles, was man haben muß, daß es ein wahres Wunder scheint, nackte Leute zu sehen, denen solche Würde, Vornehmheit und Sittsamkeit eignet. Das Königspaar hat mich eingeladen, es in seiner Residenzstadt zu besuchen, und ich bin mit den drei Schiffen und ihren Mannschaften hingefahren, damit sie unsere Macht und Entschlossenheit sehen. Wenn die Dinge gut vonstatten gehen, will ich mit dem König von Cipango ein Bündnis schließen, das unsere Stellung weiter stärkt, ohne die angemessenen Steuern und Tribute zu verringern.«

Das sagt er einen Tag vor Weihnachten, dem Fest, mit dem die Geburt des Sohns Gottes gefeiert wird. An diesem Tag läuft das Flaggschiff auf ein Riff vor der Insel Cibao auf und scheitert, anderthalb Meilen von der Stadt des Häuptlings entfernt. Die Matrosen fliehen, um nicht dem Admiral in die Hände zu fallen. Sie ziehen sich zur Karavelle Martín Alonso Pinzóns zurück.

»Als Caonabó vom Schiffbruch des Flaggschiffs erfährt, das auf eine Sandbank geraten war, eilt er herbei und vergießt heiße Tränen, und alle seine Leute folgen ihm und stimmen in sein Wehklagen ein. Für mich war der Schiffbruch der *Santa María* kein Unheil, vielmehr sollte er einen großen Glücksfall bedeuten. Der König mit seinem ganzen Volk weint so bitterlich«, sagt der Admiral, »daß ihr Kummer mir ein wenig übertrieben schien. Fortwährend zeigt er sich höchst betrübt über das Geschehene. Er weist seine Leute an, das seitwärts auf dem Riff liegende Schiff zu entladen und sämtliche Güter, die sich retten lassen, auf große Kanus zu verfrachten. Das alles vollzieht sich in kürzester Zeit, so schnell und eifrig kümmerte sich jener König um die Rettung des Schiffs und der Ladung.

Anacaona selbst erschien und umarmte den Admiral, um an dessen Schulter zu weinen«, erzählt er, als spreche er von einem anderen. »Hiernach beaufsichtigte sie persönlich die Frauen ihres Gesindes, so daß das Ganze sehr gut verwahrt wurde. Caonabó befahl, alles zu bewachen, was man an Land geschafft hatte.«

Der Admiral, der auf einem Tarpejischen Felsen saß (wie sich offenbar aus dem verworrenen Bericht schließen läßt; seine dialektalen syntaktischen Formen und die Zeiten, Geschlechter und Personen werden immer labyrinthischer und »schleierhafter«), überwachte die Wache und das bewachte Gut, damit es in doppelter Obhut war. Um Mitternacht kehrte Anacaona zurück und brachte eine Botschaft ihres Gatten, des Königs. Sie richtete dem Admiral aus, er solle sich nicht grämen oder ärgern, denn er werde ihm alles geben, was er habe, und ihm die Schäden und Verluste zwiefach ersetzen lassen.

Der Admiral verabschiedete sie kühl, doch sie – schweigend, zutiefst demütig und wohlgesittet – stellte sich hinter ihn. Die ganze Nacht über, bis zum Morgengrauen, blieb sie dort an seiner Seite stehen und weinte still, als beklagte sie wahrhaftig den Tod eines geliebten Wesens; es waren gespenstische, gleichsam aus der Erde hervorquellende Tränen, wie Frauen sie vergießen, deren Klagen schon versiegt sind. Mit kleinen Bändern an der Stirn und Trauerschleiern über der Haarflut, mit reinem und ungeschminktem Gesicht schien die Frau des Königs in ihrer strengen Einfachheit noch schöner, als sie es mit ihren Juwelen und Schönheitsmitteln war.

Mehr wurde dem Admiral nicht bewußt. Er sank der Länge nach hin, um auf dem Sand einzuschlafen – nachdem er so viele Tage durchgewacht hatte, weil die zahllosen Verrichtungen und Sorgen ihn um den Schlaf brachten –, ohne daß er zu entschleiern vermochte, was von diesem Augenblick an geschah.

Als die Königin sah, daß er ruhig schlief, befahl sie der Wache, sich zurückzuziehen. Sie allein blieb da, um das Schiff und den Admiral zu beschützen. Mit einem kaum hörbaren rhythmischen Singsang wie jenem, mit dem die Mütter auf den Antillen ihre Kinder in den Schlaf singen, jenen sagenhaften *Areítos* und altüberlieferten Wiegenliedern, strich sie ihm nun mit einem Büschel kräftig duftender Kräuter über die Stirn.

Der Admiral erwachte, als die Sonne hoch stand, und er entdeckte, daß jemand eine Zeltbahn über ihn gebreitet hatte, die ihn vor der Sonnenglut schützte. Er roch, daß ihm Balsamduft aus Bart und Haupthaar aufstieg, der offenkundig nicht von den vermoderten Algen stammen konnte. Er richtete sich auf, stieß die Zeltbahn mit einem Fußtritt beiseite und rannte zu der Schiffsfracht hinüber, die auf dem Sand und Fels der Uferböschung aufgeschichtet war. Er beruhigte sich erst, als er feststellte, daß alles unberührt dalag, genauso, wie er es angeordnet hatte.

Aus dem Spantenwerk und den übrigen Schiffstrümmern, außerdem mit den Bäumen, welche die Männer Caonabós gefällt hatten, der selber in seiner Stadt geblieben war, ließ der Admiral dort das Fort errichten, das er *Navidad* – »Weihnachten« – nannte und das einen Turm, Festungswerke, Wälle und Gräben hatte, so daß die Verteidiger vor Pfeilen und Wurfspießen geschützt waren. Als die Geflohenen vom Eintausch des Goldes erfuhren, kamen sie zurück, und alle tauschten viele Goldstücke für Glöckchen, Knöpfe und sogar Gürtelriemen ein. Ihm blieb nichts anderes übrig, als auf der Karavelle der Pinzón zurückzufahren. Doch er zog es vor, die Zimmerleute an Ort und Stelle ein neues Schiff bauen zu lassen, das zuverlässiger und seetüchtiger als die zertrümmerte *Santa María* sein sollte. Er taufte das neue Flaggschiff zu Ehren der Königin auf den Namen *Santa Isabel.*

Auf Caonabós Anweisung wurde der Frachtraum des Schiffes mit Wurzel- und Maisbrot vollgeladen. Der König hatte sofort verstanden, daß alles Trachten des Admirals nur darauf gerichtet war, Gold zu erlangen, und daß dies sein einziger, tödlicher Kummer war. Er ließ eine große Maske bringen, die an den Ohren, auf den Augen und an anderen Stellen massive Goldstücke hatte. Der König selbst setzte dem Admiral die Maske auf und legte ihm noch dazu Ketten und Geschmeide aus demselben Metall und aus Papageienfedern um den Hals. Das alles gab dem Admiral ein unbekanntes und wunderliches Aussehen.

Er schenkte dem König seine reichlich fadenscheinigen Robbenfellhandschuhe und den Schiffskompaß, der durch den Sturm unbrauchbar geworden war. Auch der behandschuhte König schien ein anderer zu sein: ein indianischer König, der keiner war. Unaufhörlich besah er die seltsam verwandelten Hände und den Kompaß, dessen unbewegliche Nadel nach Süden zeigte, ohne daß er begriff, was dies bedeutete.

Sie verbrachten mehrere Tage in der großen Lehmhütte des Herrn des Goldenen Hauses. Der Oberhäuptling stammte zwar aus einer Kannibalenfamilie, war jedoch ein wohlgesitteter Mann von außergewöhnlichem Scharfsinn und mit maßvollen

Sitten, der nur Yuccabrot aß und nichts als Wasser trank. Der Admiral betrachtete das Strohdach und konnte sich nicht vorstellen, daß es aus Rohr war. In einiger Entfernung hatte Anacaona ihre Hütte, die auch aus Rohr und Lehm bestand und die Form eines hochgewölbten Kegels hatte. Von dort aus leitete sie durch Vermittlung ihrer Dienerinnen das Frauengemach des Königs, eine Gemeinschaft von ungefähr fünfzig jungen Frauen, die er auserwählt hatte. Anacaona übernahm es persönlich, diejenigen zu entfernen, die über das siebzehnte Lebensjahr hinausgelangt waren und allmählich alt wurden, und sie selbst ersetzte sie, denn sie kannte ja die Neigungen und Vorlieben des Königs. Das alles kam dem Admiral höchst sonderbar vor, und er verzichtete darauf, die Logik der indianischen Sitten, vor allem die des Geschlechtslebens, zu verstehen, obgleich er sie fasziniert bewunderte.

Caonabó erzählte ihm, daß sie sich vor den Kannibalen fürchteten, die von ihnen *Kariben* genannt werden. Caonabós Großvater habe sich von der bestialischen Gewohnheit seines bisherigen Volkes losgesagt, und die *Kariben* bedrohten nun Caonabó ständig, wagten es aber nicht, ihn anzugreifen. Der Admiral sagte ihm, er solle sich nicht länger ängstigen; die Könige von Kastilien und Aragonien hätten ihn geschickt, um die Kannibalen zu vernichten, und alle Überlebenden werde er mit gefesselten Händen herbringen. Er befahl, mit einer Lombarde und einer Hakenbüchse auf einen Baum zu schießen, um dem König die Durchschlagskraft seiner Waffen zu zeigen. Der Eindruck, den die Schüsse hervorriefen, war ungeheuer groß. Der König und seine Leute fielen alle zusammen auf die Erde, hielten sich die Ohren zu und stießen angesichts des zerfetzten und brennenden Baums ein irrsinniges Geschrei aus.

Hierauf erhoben sie sich und umtanzten den Baum, der König und der Schamane an ihrer Spitze, wie in einem feierlichen Sühneritus. Sie forderten den Admiral auf, sich dem Tanz anzuschließen, und er mußte gehorchen, wobei er sich ohne jeden Rhythmus und sehr plump bewegte. Die Maske, die Halsketten und seine hinkenden, schwärenbedeckten Füße machten nun aus ihm eine Vogelscheuche der Sonnenmythen, während ihn die Indios lachend umringten, die sich über die unbegreifliche Schwerfälligkeit des vom Himmel gekommenen Mannes lustig machten.

XLVIII

Der Eremit erzählt

Der Admiral bereitete seine Rückkehr nach Spanien vor. Er hatte schon die sieben Hauptinseln der Antillen entdeckt, von ihnen Besitz ergriffen und ihnen christliche Namen gegeben. *San Salvador*, *La Isabela*, *Fernandina*, *La Magdalena*, *Jamaika*, die Küste *La Juanas*, einen Teil der riesigen Insel *Kuba*, von der er zunächst glaubte, sie sei das Festland. Er sollte weitere achttausend Inseln entdecken. Ich begleitete den Admiral auch in das *Paradiestal* auf der *Fraueninsel.* Er war sicher, die Kinder des unbekannten Piloten und der übrigen Männer der spanischen Schiffsbesatzung zu finden, die vor dieser Insel Schiffbruch erlitten hatten, eine Geschichte, die er mir berichtet hat und die ich bereits aus Hinweisen der Eingeborenen kannte.

Unter den einheimischen Frauen entdeckten wir tatsächlich ungefähr zwanzig Mädchen mit vollkommen weißer Haut, und einige hatten blondes Haar und blaue oder helle oder auch braune Augen. Keine von ihnen war schon über das Mädchenalter hinaus. Diese Begegnung rührte den Admiral tief. Die mestizischen Jungfrauen mischten der Taíno-Sprache spanische Wendungen, Ausdrücke und Wörter bei, was einen sehr lieblichen und reizvollen Dialekt ergab.

Der Admiral fragte sie nach ihren Brüdern. Sie sagten, diese seien von den Kariben gefangen und gefressen worden. Er fragte sie auch nach Pedro Gentil, der auf der Insel zurückgeblieben war. Eine seiner Töchter antwortete ängstlich, daß er das gleiche Schicksal erlitten habe. Der Admiral fragte sie, ob sie nach Spanien fahren wollten, um die Heimat ihrer Väter kennenzulernen. Ein paar nahmen die Einladung mit einer gewissen Zurückhaltung an. Der Admiral wählte sieben von ihnen aus, deren Gesichtszüge und Wesensart typisch andalusisch und sogar deutlich maurisch waren. Er ließ sie mit strahlend weißen Novizinnengewändern bekleiden, die er hierfür mitgenommen hatte, und brachte sie aufs Schiff, nachdem sie sich mit Umarmungen und unter Tränen von den anderen verabschiedet hatten, die dablieben, um dort ihr trauriges Schicksal zu beschließen.

Auf Cibao, das der Admiral nach seinem Treffen mit Caonabó, dem Herrn des Goldenen Hauses und mächtigsten König der Insel, *Hispaniola* nannte, gab es weitere drei vornehme Häuptlinge, die dessen Oberherrschaft unterstanden und Higuamá, Behechio und Guarionex hießen. Trotz der Aufforderung Caonabós und seiner Frau Anacaona sträubten sich diese drei Kleinkönige, die Autorität des Admirals anzuerkennen und die von ihm verlangten Tribute zu entrichten. Dieser ließ mich rufen und ersuchte mich, ich solle in das Reich des Guarionex übersiedeln, der ein mächtiger, über viele Vasallen gebietender Herr sei und in der Cibao benachbarten Provinz *La Vega Real* – dem »Königsgau« – herrsche. Er sagte, es sei für die Sache der Krone und des Papsttums von großem Nutzen, Guarionex und seine Leute zu unserem christlichen Glauben zu bekehren, und ich müsse mich bemühen, es zu vollbringen, so gut ich es vermöchte; dort solle ich mit der Aufgabe beginnen, den Heiden auf diesem weiten Archipel das Evangelium zu predigen.

So tat ich es. Ich begab mich nach *La Vega* und lebte dort in einer Höhle. Guarionex besuchte mich und verwunderte sich höchlichst, daß ich wie ein wildes Tier hausen könne. Ich machte ihm begreiflich, daß Gott für die Bedürftigsten seiner Kinder sorgt. Die ganze Zeit über unterrichtete ich ihn und die Seinen, ich lehrte sie das Vaterunser, das Ave-Maria, das Credo und alle anderen Gebete und Dinge, die für einen Christen eigentümlich sind. Anfangs zeigte er aufrichtiges Verlangen und große Bereitwilligkeit, und er selbst bekehrte auf seine Weise die Leute seines Hauses und ließ sie dreimal täglich die Gebete verrichten.

Er und über zweitausend seiner Leute waren schon beinahe soweit, unsere Lehre anzunehmen. Ich hatte die gemeinsame Taufe für Karfreitag, den Tag der Kreuzigung Unseres Herrn Jesus Christus, vorbereitet. Alle bekundeten große Reue und inbrünstigen Kummer über das Opfer des Weltheilands. Beim Aufgang und Untergang der Sonne brachen sie in heftiges Wehklagen aus.

Diese Bekehrung scheiterte, weil ein Flüchtling eintraf und meldete, die weißen Männer hätten Caonabó, Anacaona und viele wichtige Bundesgenossen des Königs von Cibao gefangengenommen. Das versetzte Guarionex in große Wut, und äußerst ergrimmt befahl er, mich des Landes zu verweisen, wobei er die blutdürstigen weißen Männer verfluchte. Ich machte mich auf den Rückweg zur Festung Navidad. Verirrt und verloren wanderte ich über hundert Meilen inmitten wilder, reißender Tiere, die mich, wie es Gottes Wille war, am Leben ließen. Im Fort erfuhr ich von der Expedition, die Hojeda, Roldán Ximénez und Corvalán gegen den König von Cibao und die Insel der Kariben durchgeführt hatten. All dies geschah, während der Admiral nach Spanien zurückfuhr und lange Zeit dort blieb.

Als der Admiral gerade mit vielen Schiffen, Männern, Pferden und Waffen angekommen war, traf ich ihn und sah, daß er sehr niedergeschlagen war. Jemand sagte mir, tief bekümmert habe ihn jene Expedition gegen Caonabó, die der Bruder des Admirals, der Statthalter, ohne dessen Genehmigung befohlen hätte. Vielleicht galt das für seinen gegenwärtigen Zustand. Doch die Niedergeschlagenheit, die den Admiral innerlich verzehrte, hatte weitaus tiefere Wurzeln, sie ergriff ihn an dem Tag, da er mit dem Schwert an den Baumstamm schlug, aus dem das Gründungskreuz von Guanahaní bestand. Ich erinnere mich, daß das zurückprallende Eisen, das den Baum zerhackt hatte, ihn zu Boden stürzen ließ, so daß er mehrere Stunden besinnungslos liegenblieb. Und nun waren zu diesem Mißgeschick die Folgen hinzugekommen, die der verräterische Angriff seines Bruders Bartolomé auf den König von Cibao, seinen wichtigsten Verbündeten, mit sich brachte.

Nach der Darstellung des Statthalters war der Grund hierfür die Weigerung Caonabós, die hohen Tribute an Gold und Spezereien weiterzubezahlen, die der Admiral von ihm verlangt hatte, und außerdem habe er es abgelehnt, den Ort zu verraten, wo die in den Goldenen Berg getriebenen Gruben lagen, denn dort, so vermutete man, befand sich die größte Mine dieses Metalls auf den Antillen. Jedenfalls waren diese Gruben seit Jahrtausenden stillgelegt und aufgegeben. Er behauptete auch, er hätte eine Verschwörung Caonabós und der übrigen Häuptlinge gegen den Admiral und gegen ihn selbst entdeckt. Und Anacaona wäre die Anstifterin und Rädelsführerin dieser Verschwörung.

Roldán Ximénez und Corvalán, die am Kampf teilgenommen hatten, sagten, die ersten, die Caonabó angegriffen hätten, seien die Kariben gewesen, da dieser König sie verraten habe, wofür sie ihn mit Tod und Vernichtung bedrohten. Hauptmann Hojeda erzählt, als er mit seiner bewaffneten Truppe einmarschiert sei, um Caonabó zu verteidigen, hätten sie die vor ihrer Hütte an einen Baum gefesselte Königin Anacaona gefunden, nachdem mehrere hundert Kannibalen sie viehisch vergewaltigt hätten. Durch Hojedas Angriff kamen viele Männer Caonabós und seines Schwagers Behechio ums Leben. Sie nahmen den König von Cibao, seine verblutende und schon beinahe dem Tode nahe Frau sowie die übrigen Häuptlinge und Kaziken als Geiseln mit. Anacaona, die man in einer Kerkerzelle der Festung auf einen Strohsack gelegt hatte, starb noch in derselben Nacht, sie wurde mit mehreren Messerstichen ermordet. Man fand nie zuverlässig heraus, wer der Mörder war und welche wirklichen Beweggründe das Verbrechen hatte. Das raubte dem Admiral noch mehr den Schlaf, doch es entschleierte ihm nicht das Geheimnis.

Die Verwirrung und die sich wie ein Lauffeuer verbreitenden Gerüchte hielten sich lange Zeit. Der Admiral verfiel in tiefe Melancholie. Er sagte kein Wort, doch man sah deutlich, daß er sich am Rande des Todes befand. Die ganze Zeit blieb ich bei ihm, um ihn zu umsorgen und zu trösten. Fieberwahn hielt ihn gepackt. Er stieß Schreie und Beleidigungen aus, erteilte Befehle. In einem ruhigen Augenblick bat er mich, ich solle veranlassen, daß man sich um Anacaona kümmere, denn er hatte vergessen, daß sie nicht mehr von dieser Welt war. Gegen Morgen erklärte er, vor dem Tode wolle er den Zauberer sehen, der das Heiligtum Yucahuguamás behüte, des höchsten Götzen der Eingeborenen auf den Antillen. Davon ließ er sich nicht abbringen. Mit Worten, wie sie ein Sterbender sagt, wies er mich an, ihn herzuholen. So tat ich es.

Unter tausend Schwierigkeiten fand ich das Heiligtum des Cemí-Götzen. Den Zauberer entdeckte ich nicht. Ich betrat den Raum, dessen Luft von dem Gestank der Räucherharze und den in hohen Terrakottakrügen vergorenen magischen Tränken dunstig und stickig war. Auf einem Sockel erblickte ich den großen, dunklen und dreieckigen Stein des Cemí-Götzen. Ich trat näher heran, um sein einziges Zyklopenauge zu betrachten, das im Dämmerlicht wie Phosphor leuchtete. Auf einmal schrie der Cemí laut und sprach mit Donnerstimme in seiner Sprache, deren Klang aus der Erde hervorzudringen schien oder aus weiter Ferne zu mir gelangte.

Die Bestürzung lähmte mich. Da entdeckte ich unter dem Sockel so etwas wie ein Blasrohr oder eine Trompete, die in einen noch dunkleren, mit Blattwerk bedeckten Winkel des Heiligtums führte. Dorthin ging ich und stieß auf den Zauberer, der das Mundstück der Trompete angesetzt hatte. Nun durchschaute ich, daß die ganze Anlage des Heiligtums auf Täuschung beruhte. Der mit schrecklichen Farben vollgeschmierte Zauberer kam hervor und bat mich inständig, dem Oberhäuptling der Insel und seinen Vasallen nicht das geringste zu verraten, denn mit jener List halte er sie alle in Gehorsam. Ich verlangte von ihm, gemeinsam mit mir den Admiral aufzusuchen. Unterwegs berichtete ich ihm, daß er an einem sonderbaren Übel leide, und ich sagte weiter, er habe angeordnet, den Zauberer zu holen, damit dieser ihm helfe.

Der Zauberer folgte mir in großer Furcht, weil er glaubte, es handele sich um eine Finte und man wolle ihn umbringen. Er betrat das Zelt, wo der Admiral im Delirium lag. Er wies an, ihn hinauszutragen, vollständig zu entkleiden und unter einem Baum auf die Erde zu legen. Mit trockenen Zweigen, die er aus der Tasche holte, entzündete er ein Feuer. Vom duftenden

Rauch umweht, auf Knien und mit äußerst verzwickten zeremoniellen Gesten hörte er dessen ganzen Körper von Kopf bis Fuß ab, wobei er sich besonders lange bei den Schamteilen aufhielt.

Ringsum hatte sich ein Kreis aus sehr vielen Leuten gebildet. Die Männer des Forts und die Eingeborenen betrachteten den keuchenden Leib, der sich am Boden in den Händen des Zauberers krümmte. Dieser hieß sie mit beinahe krampfartigen Gebärden zurücktreten. Dann kniete er erneut nieder und hauchte seinen Atem in den Mund, auf die Brust und in die Ohren des Admirals. Ablehnend oder zweifelnd schüttelte er den Kopf. Hierauf sagte er langsam und in einem unerbittlich gebieterischen Ton, der Kranke habe den lebensnotwendigen Saft vollständig verloren, und sein Blut gerinne im Reif des Todes. Man müsse ihm unverzüglich Nahrung geben, denn der Tod lauere schon im Unterleib und steige zum Herzen und zum Kopf hinauf. Man fragte ihn, welche Nahrung sie ihm geben sollten. Er antwortete, die einzige Nahrung, die ihn zu neuem Leben erwecken könne, sei die Milch einer Wöchnerin, die soeben entbunden habe.

Es fiel nicht schwer, eine indianische Wöchnerin zu finden. Sie selbst kam mit ihrem neugeborenen Kind und bot ihre milchprallen Brüste dar. Sie war eine junge, kaum halbwüchsige Frau voller Lebenskraft. Der Zauberer befahl ihr, niederzuknien und den Kranken zu säugen. Mit mütterlicher Behutsamkeit legte sie den Kleinen auf die Erde; dann steckte sie dem Admiral eine Brustwarze in den Mund. Schneeweiß rann ihm Milch über die Brust. Die Frau versuchte es mit der anderen Brustwarze, und nun begann der Admiral, gierig zu saugen, als koste auch er die lebenspendende Nahrung tatsächlich zum ersten Mal in seinem Leben. Nach und nach beruhigten sich seine Zuckungen. Langsam ergriff ihn die Ruhe eines Menschen, der träumt, daß er schläft. Wir glaubten, die Klagelaute, die er im Schlaf ausstieß, seien das Quäken eines Neugeborenen. Es war das indianische Kind, das wimmernd nach dem verlangte, was ihm gehörte.

Die Augen des Admirals öffneten sich und musterten eindringlich die zärtlichen Augen der indianischen Mutter. Er betrachtete sie längere Zeit, als begreife er nicht, was vor sich ging. Die Milch rann ihm weiter über den erdfarbenen Bart. Die Frau sah den Zauberer an und wartete auf seine Anweisungen. Er gab ihr durch Gebärden zu verstehen, daß sie gehen solle. Die Augen des Admirals schlossen sich wieder.

XLIX

Rückkehr zur Grenze

In der düsteren und trostlosen Valladolider Kartause ruht der Admiral auf seiner Lagerstatt, und immer noch hat er die Augen geschlossen. Das Abendlicht dringt durch die Ritzen des zerborstenen großen Fensters und beleuchtet schwach die leichenblassen Gesichtszüge. Er schläft nicht, und er ist nicht tot. Er liegt erst im Sterben. Die zuckenden Lider geben zu erkennen, daß das unendliche Rund der Welt in jenen Augäpfeln zusammengeschrumpft ist, die das plötzliche Altern getrübt hat.

Blind für die äußeren Dinge, betrachten jene Augäpfel im Inneren des Mannes etwas Unwiederbringliches. Der Wachzustand eines ganzen Lebens erstirbt in den glanzlosen Blicken. Dieses über den Schlaf hinausreichende Stadium wird von einigen als Erinnerung bezeichnet, von anderen als Tod des Gedächtnisses, von wieder anderen als Visionen der Seele jenseits des Todes. Derartige Kapriolen oder Bruchstücke des toten Gedächtnisses erreichen ihn zeitversetzt, wie uns das Licht eines vor Jahrmillionen erloschenen Sterns erreicht. Diese Augen sehen noch für einen Augenblick, was gewöhnliche Augen nicht mehr sehen können.

Jetzt ist die Zeit für den darniederliegenden Greis nichts weiter als eine zusammenhanglose Bildfolge. Kein Wort könnte deren unsagbar flüchtige Schwankungen erfassen und ausdrücken, die wie Bewußtseinsblitze vorbeizucken; Blitze, die bei diesem lautlosen, das letzte Ende bringenden Gewitter zwangsläufig dunkel sind. Keine Schrift könnte deren atemberaubendes Delirium wiedergeben. Rasend schnelle Schwankungen, beinahe unmerkliche Variationen, die durch ihre eigene Geschwindigkeit in sich selbst feste Gestalt annehmen und reglos verharren.

Solche und viele ähnliche Bilder geben seinem Sterben die

illusorische Kontinuität einer falschen Zeit, denn sie ist ja nichts weiter als die Nichtexistenz der Zeit. Doch diese letzte Täuschung ist die einzige, an die er nunmehr unumschränkt glauben kann, falls diesem Wort noch irgendein Sinn bei der endgültigen Entmachtung der Sinne bleibt.

Die Blicke sind fest zu einem Punkt gerichtet, der im Westen auf dem Meer der Finsternis liegt. Zu der Stelle, wo die Entdekkungsschiffe im knochigen und verrottenden Algenmeer gestrandet sind. Diese regungslose Fahrt verdichtet und vollendet alle Fahrten des Admirals. Die er zu Lebzeiten unternommen hat. Die er nach dem Tode antreten wird. Sie haben keine Spur hinterlassen. Nur einen Namen. Den unbekannten Namen eines Unbekannten.

Wo ist nun jener Mann, der alles für sich wollte, der soviel vermochte und sowenig erreichte? Was wurde aus jenem Unternehmen, das wie eine Reihe von Wundern begann, bei denen Zufall und Notwendigkeit zusammenwirkten, denn aus keinem anderen Nährboden entsteht ja das, was wir Wunder nennen? Ein tödlich wirkender Stoff hat es allmählich zu einer anderen Kette von Gegenwundern zersetzt, verdorben und aufgelöst, die durch das traurige und anscheinend unabänderliche Wesen der menschlichen Natur geschmiedet worden ist.

Er sieht eine Menge nackter Männer und Frauen. Er sieht, daß sie in einem einzigen, nackten Mann-Weib mit gemischten Geschlechtsorganen vereint sind. Man reißt ihm mit Peitschenhieben die Haut herunter und bringt es um. Es ist eine aus dem Felsen gehauene, in uraltes Licht getauchte Gestalt. Bei jedem Peitschenknall und mit dem Blut, das nach der Säure des wilden Eisenhuts stinkt, nimmt das an Pfähle gebundene Mann-Weib mit den gekreuzten Armen und Beinen eine zweite, stille und knochendürre Gestalt an, die hier ruht, auf ihrem Sterbebett zusammengesunken ist.

Das Trugbild des urweltlichen Lichts verbindet und umhüllt sie, vermischt und verwandelt sie, macht aus den beiden ein vom Ozean zusammengekettetes Wesen. Das Mann-Weib von da drüben ist der Admiral selbst, der hier ruht, der gerade in Valladolid stirbt, den sie indes dort in der Ferne weiter schlagen. Er hört die Schmerzensschreie, als wären es seine eigenen. Und sie sind es, selbst wenn man sie nicht hört. Im Zwielicht des Zimmers gibt es niemanden, der diese Schreie eines Geopferten hören könnte. Hier gibt es niemanden außer ihm selbst. Dem Mann der letzten Minute. Nur er wartet allein, ohne andere Gesellschaft als seine Erinnerungen, als das Hinabfallen des letzten Sandkorns in das Halbstundenglas. Windstöße lassen die Fensterläden quietschen. Von einem leichten Schreck gepackt, fährt der Admiral hoch. Er hatte geglaubt, das laute Knirschen des Steuerruders auf dem Schiff zu hören. Seine Fäuste verkrampfen sich über der Brust, doch seinen Bemühungen gehorcht kein Steuer mehr.

Es ist ein Zeitraum vergangen, den kein Astrolabium oder Sextant und auch nicht das hohe Licht des Polarsterns messen können. Der Nordstern ist sehr hoch emporgestiegen. Der Wind pfeift durch die Löcher in der Zimmerdecke, und durch diese Öffnungen betrachtet das leuchtende Auge den alten, im Bett sterbenden Seemann. Es bedauert seinen früheren Liebhaber, der es an das falsche, im Inneren der Erde aufscheinende Licht verraten hat, der das grenzenlose Meer verraten und die Lagerstatt vorgezogen hat, in der er nun ruht und die feucht von seinen eigenen Körpersäften ist.

Gewiß wirkt nicht alles düster, finster oder trügerisch. Es gibt auch überschwengliche Freudenszenen, die durchaus eine ganze Welt wert sind. Er sieht den Triumph- und Ruhmeszug der ersten Heimkehr, der ihn erwartet, als er nach der wundergleichen Rückfahrt wieder die Saltés-Bank und den Hafen Palos erreicht.

Das Schiff hat unzählige indische Papageien in allen Regenbogenfarben geladen. Es bringt Männer und Frauen mit asiatischen Gesichtszügen, die lediglich mit baumwollenen Wämsern und Beinkleidern bedeckt sind. Es ist übervoll von fremdartigen Früchten und Tieren. Der Admiral geht mit sieben Jungfrauen und sieben Jünglingen von außergewöhnlicher Schönheit an

Land. Sie sehen aus, als wären sie den Gemälden Botticellis, Ghirlandaios, Michelangelos, Leonardo da Vincis entstiegen. Vielleicht hat der Admiral selbst die Jünglinge und die mestizischen Jungfrauen wegen ihrer Ähnlichkeit mit den Bildnissen dieser Maler ausgewählt, die er kennenlernte, als sich die Fesseln des Meeres lösten und den Entdeckungsweg freigaben, während diese Maler gerade die Tore der Renaissance aufstießen.

Ein grauenvoller Fleck steigt ruckartig von Deck herunter. Eine endlose Kette, die aus mehreren hundert ausgemergelten Wesen besteht. Sie sind aneinandergefesselt und werden von bewaffneten Matrosen bewacht. Vertiert, mit gesträubten Haaren, ziehen sie weiter. Schaum quillt ihnen aus dem Mund. Die Menge, die im Hafen zusammengeströmt ist, erlebt eine Szene mit, die ihr so vorkommt, als sei sie nicht von dieser Welt.

Von Ochsen oder Mauleseln gezogene Wagen, improvisierte Käfige, von den aneinandergeketteten Sklaven gezogene Karren werden mit der Galeonenfracht vollgepackt. Tausende nackter Füße wirbeln den Staub der Wege Spaniens auf. Die Karawane durchquert den ganzen Süden des Königreichs, Barcelona entgegen, wo Ihre Durchlauchtigsten Hoheiten gegenwärtig Hof halten. »Wer hat meinem Admiral gestattet, Sklaven nach Spanien zu bringen?« ruft die Königin aus, als sie vom Zug der über fünfhundert zusammengekoppelten Galeerensklaven erfährt, den sie hierauf mit eigenen Augen sieht. »Majestät«, erklärt der Admiral demütig, beinahe gedemütigt. »Es sind die Kannibalen, die in dem Krieg ergriffen wurden, den ich gegen sie geführt habe. Ich habe ihnen den Garaus gemacht. Ich habe ihre Hütten, Beinhäuser und Boote, ihre Sünden, ihre Existenzgrundlage verbrannt. Sie existieren nicht mehr als Kannibalen. Das hier sind keine Sklaven. Es sind Kriegsgefangene.«

»Ja«, bemerkt Joan de Coloma mit einem gewissen Spott, »aber Sklaven und Gefangene bezahlen keine Steuern. Tiere auch nicht.«

»Man muß sie verkaufen oder vermieten«, trägt der Admiral hochmütig vor und blickt geradeaus, ohne daß er geruht, auf den erbärmlichen Sekretär des Königreichs hinabzusehen.

»Ja«, erwidert Coloma. »Euer Gnaden müssen in der Bucht von Cádiz eine Marktbude für Gutsherrschaften und Sklavenzuteilungen aufmachen und diese hier dem Meistbietenden verkaufen. Oder noch besser, bringt sie selbst auf Eurem Schiff dem lusitanischen Monarchen, der darauf erpicht ist, diese Trophäen zu erwerben. Euer Gnaden, Ihr hättet sie ja schon bei Eurem Aufenthalt am Lissabonner Hof dalassen können, da Ihr João II. besuchen konntet, als hätte er die Schirmherrschaft über Eure Reise inne.«

Der Zorn der Könige kennt keine Grenzen. Er beruhigt sich erst teilweise, als der Admiral die bis zum Rand gefüllten Kisten öffnen läßt. Goldene Spiegel leuchten blau in der Mittagssonne. Der Admiral überreicht seinen besten Freunden und Wohltätern, dem königlichen Hauptschatzmeister Kastiliens Don Alonso de Quintanilla und Don Luis de Santángel, die Liste der aus Indien mitgebrachten Schätze. Don Luis de Santángel sagt dem Admiral etwas ins Ohr. Er lächelt mit den Mundwinkeln, als gewinne er dieser Szene eine amüsante Seite ab. Don Luis de Quintanilla rechnet fieberhaft in seinem Notizbuch.

Die seltsame Karawane kehrt nach Sevilla zurück, sie hat größere Ähnlichkeit mit einer Wallfahrt oder einem Trauerzug als mit einem Triumphmarsch. Der Admiral sieht, daß sich in dem halbdunklen Zimmer von neuem der Goldturm erhebt, den man soeben eingeweiht hat, um die indischen Schätze aufzunehmen. Die Wände des mit vergoldeten Fliesen bedeckten, prismenförmigen Turms glitzern in der Sonne und blenden die blutigen Augen des Entdeckers. Auf dem Turm wehen die grünen Banner mit den Initialen der Könige. Es gibt Zelte und Baldachine mit fremdländischen Insignien und Fahnen. Gesandte der Könige ganz Europas, die sich mit ihren besten Galakleidern herausstaffiert haben, vergehen vor Hitze am Ufer des Guadalquivir, wo die erste Weltausstellung stattfindet. Der Zug gerät ins Stocken, als ihn die Menge voll überschäumender Begeisterung empfängt.

Endlich kann der Admiral den Turm betreten. Er läßt die

Kisten am Altar absetzen. Dann küßt er die Hand Juan Rodríguez de Fonsecas, des Erzdiakons von Sevilla, Bischofs von Badajoz und königlichen Beauftragten für die indischen Angelegenheiten. Dieser segnet das Gold, umarmt den Admiral und küßt ihn auf beide Wangen. Mit den Goldfransen der Stola muß er sich die Lippen abwischen, denn sie sind mit dem Blut befleckt, das dem Admiral in feinen Strahlen übers Gesicht läuft. Die Messe beginnt. Freiwillig und als ein Akt der Unterwerfung und Demütigung dient der Admiral als Ministrant.

Während der Admiral den Weihrauchkessel vor der Monstranz schwenkt, fällt er auf den Altarstufen erneut in Ohnmacht, und mit der Glut des Rauchfasses verbrennt er sich den Hals. Bruder Juan Pérez und Bruder Antonio de Marchena, denen Diego, der Sohn des Admirals, und Rafael, der Marsgast, beistehen, heben ihn auf eine Bahre und tragen ihn wie beim ersten Mal in das Kloster La Rábida. Der hoch aufgestiegene und gramgebeugte Ligurer kehrt zu der *Grenze* zurück, die für ihn jener Nicht-Ort bezeichnet, wo die Utopie begann und nun zu ihrem Ende gelangt. Es wird keine weiteren gotteslästerlichen Beichten geben. Der Sünder, dem Vergebung gewährt wurde, findet zu seiner wortlosen Sprache zurück.

L

Ende der Reise

Der ohnmächtige Seefahrer bringt die Fahrten durcheinander. Im Kielraum des Schiffs, zwischen den gefangenen Kannibalen, sieht er sich selbst gefangen und angekettet, und ebenso sieht er seinen Bruder Bartolomé, nachdem Francisco de Bobadilla, der Komtur und königliche Aufseher, sie ihres Amtes enthoben hat. Seine tastenden Finger sagen ihm, daß er mit genauso vielen Ketten wie die Kannibalen beladen ist. Er ißt mit ihnen aus ein und demselbem Napf: das steinharte Wurzel- und Maisbrot, kärgliche Kräuternahrung, die aus dem Meer gefischten Algen.

»Bald einmal«, sagt er in einem Brief, »fressen sie uns nachts roh auf, wenn die Wächter nicht achtgeben. Bartolomé, der rote Wangen und kräftiges Fleisch hat, wird ihnen köstlich schmekken. Wenn sie mein Fleisch genießen wollen, so wird ihnen das recht schwerfallen, weil mir lediglich die Knochen geblieben sind. Sie können nichts anderes damit anfangen, als sie abzunagen und zu zerbeißen, wie sie es mit ihren scharfen Zähnen zu tun pflegen. In der furchtbaren Pein der Enthaltsamkeit tritt ihnen gelber Schaum vor den Mund. Ein Kannibale hat die eigene Hand verschlungen. Da er verblutet war, mußten sie ihn ins Meer werfen, wo die Haie lauern. Gott hat sie alle gleich geschaffen, sagte der Teufel, da fiel er unter die Kannibalen.«

Er wird nach Jamaika verbannt, das er in seinen *Erinnerungen* mit Kuba verwechselt. Ihm ist strengstens verboten, Hispaniola zu betreten, das er entdeckt und dessen Kolonisation er begonnen hatte. Er kann die unwiderrufliche Landesverweisung nicht rückgängig machen. Er ist nur noch eine Molluske, die von der ungeheuren Austernschale einer bedrängten, belagerten, verdammten, dämonisierten Insel eingeschlossen wird. »Ist jemals ein Mensch geboren, Hiob nicht ausgenommen, der so verzweifelt seinem Tod entgegensah, war es mir seinerzeit doch verboten, das Land und die Häfen zu betreten, die ich durch Gottes Willen für Spanien einst mit Blut und Schweiß gewann?« schreibt er am 7. Juli 1503 aus Jamaika in seinem Brief an die Könige. »Das reißt mir hinterrücks das Herz aus dem Leib, wo mir nur noch drei knappe Lebensjahre bleiben, wenn Leben das ist, was man lebt und mit dem Tod beschließt. Nun kann ich nur noch mit der Zunge schwitzen und weinen, wie ein kranker, von seinem Herrn im Stich gelassener Hund.

Daß ich so weit gelangt war, in jene Gegenden, wo ich so viele Offenbarungen erwartete, um dann lediglich zu entdecken und zu fühlen, wie verirrt, verlassen, ruhelos, erfolglos ich war ... Sollte ich auf Erden jemals Freude gefunden haben, ein Gefühl, das keine Angst oder unabänderliche Verzweiflung wäre, statt dieses Lanzenstichs in die Seite, dieser schmerzenden Schrunden, die mich Tag und Nacht peinigen, mir das Fleisch aufreißen und mich blutige Tränen schwitzen lassen? Sollte es für mich etwas geben, was sich nicht an der Schwelle des Todes ereignet, und ließe sich ein Körper finden, der nicht der meinige wäre, der Körper eines Mannes wie des guten Schächers oder einer Frau wie der Samariterin, der mir hülfe, mein ständiges Kreuz zu tragen?

Auf dieser Insel Kuba, der größten und schönsten Antilleninsel, die ich in ihrer ganzen Ausdehnung entdeckt und deren Bewohnern ich zu Wohlstand und Glück, zu ihrer wahren Bestimmung verholfen habe, bin ich wie ein gewöhnlicher Verbrecher gefangen.

Die Menschen dieser Insel trösten mich mit ihrer Gesellschaft, mit ihren Liedern und Speisen. Sie haben mich gelehrt, Tabak zu rauchen, ein wahres Allheilmittel für die Traurigen und Trübsinnigen. Sie nehmen mich zu ihren rituellen Festen mit. Für mich singen sie die *Areítos* der Taínos und Kariben, die ihre Spielmannsdichtungen sind und ihre Mythen und Sagen enthalten, daß es ein wahres Wunder ist. Ich nehme an den rituellen Feiern der Eingeborenen teil. Ich habe gesehen, wie der *Titundia*-Tanz auf den Festen der Musikantenstämme von Guanábano entstand. Wenn es das alles nicht gegeben hätte, so wäre ich schon an Gram und unendlichem Kummer gestorben, wiewohl es mir auch auf der Insel Kuba widerfuhr, daß mein Blut von der Zuckerkrankheit befallen wurde.

Ihre Majestäten haben befohlen, mich zu verhaften, und sie wollen mich durch Hunger und Verzweiflung bezwingen, indem sie mir das Joch eines ungerechten Verbotes auferlegen, das nicht den Sitten und Gebräuchen der zivilisierten Nationen entspricht. Siebzehn Schiffe, die größten und mit den stärksten Geschützen versehenen des Königreichs, blockieren die gesamte Insel, als wäre sie ein Nest voller Ratten, die mit einer anstekkenden Krankheit verseucht wären, um mich daran zu hindern, zu fliehen und zu anderen Inseln zu entkommen, die eigentlich unter meiner Herrschaft und Regierung als Vizekönig, Admiral und Gouverneur dieser Länder stehen müßten, wenn die Bestallungsurkunden nicht falsch sind, die Eure Gnaden mir gegeben haben, wie sich nun erweist, daß sie es sind.

Zum ersten Mal in der Weltgeschichte wird eine große Insel mit einer zahlreichen heidnischen Bevölkerung insgesamt einer solch harten Belagerung und Blockade unterworfen, weil sie den gefährlichen Mann beherbergt und unterstützt, zu dem mich meine Feinde erklärt haben, und das des einzigen Vergehens wegen, daß ich Spanien ein Weltreich gegeben und gemeinsam mit dem Sieg des Christentums das höchste Wohl für die ganze Menschheit gewünscht habe.

Eine überaus sanfte, doch unnachgiebige Stimme sagt mir: ›O du Tor und Zauderer im Glauben und im Dienst an deinem Gott und deinen Königen! Was hat Er wohl mehr getan für Moses oder David, seine Knechte? Seitdem du geboren bist, nahm Er sich deiner stets sehr fürsorglich an. Als Er sah, daß du das Alter erreichtest, dessen Er zufrieden war, da ließ Er wundersam deinen Namen allenthalben auf der Erde erschallen.‹ Nun aber züchtigen mich meine innigstgeliebten Könige, verleugnen mich und belegen mich mit solchen Bannflüchen, daß es kein Grab geben mag, das tief genug in der Erde liegt, um meine sterbliche Hülle aufnehmen und bewahren zu können. Die Indischen Lande, die der reichste Teil der Welt sind, habe ich Euch zu eigen gegeben, und Ihre Hoheiten vergelten es mir mit Undank, Geringschätzung und dem vorweggenommenen Tod des Vergessens.

Die Stimme sagt mir: ›Nun zeige den Preis für diese Mühen, Gefahren und endlosen Qualen, die du erlitten hast, als du anderen für überhaupt nichts dientest, was übler ist als ein geringer Lohn ...‹ Da ich so in einer tiefen Ohnmacht versunken war, vernahm ich all diese Gründe, die mir Blut, Seele und Verstand eingaben, doch ich fand keine Antwort auf solch triftige Worte, außer daß ich angesichts meiner Irrtümer weinte. Schließlich sprach Er, wer es auch immer war, und sagte: ›Fürchte nichts. Vertraue. Geschrieben standen im voraus all diese Prüfungen, gehauen in Marmorstein, und nicht ohne Grund kamen sie ...‹ So ist es. Das Schlimme ist, daß sie mir auch auf die Haut geschrieben sind, in den Körper, ins Herz und in die Seele, die Gott retten soll, falls er sich meiner erbarmt ...«

LI

Letzte Irrfahrt

Sie erlauben ihm die Rückkehr nach Spanien, ohne die Anordnung aufzuheben, die ihm verbietet, eine der von ihm entdeckten Inseln zu betreten. Er wendet sich an alle Instanzen. Er legt Gesuche und Denkschriften vor, und alle verhallen ungehört. Sämtliche Einsprüche scheitern am bleiernen Schweigen des Hofes. Seine besten Freunde und größten Wohltäter haben sich von ihm abgewandt, gehen ihm aus dem Weg oder tun so, als kennen sie ihn nicht.

Mit dem unerschütterlichen Starrsinn, der für ihn später sprichwörtlich werden sollte, folgt er trotz der sich verschlimmernden Zuckerkrankheit den Reisen der Könige von Sevilla nach Valladolid, von Granada nach Barcelona und bettelt um eine Audienz, die ihm nicht gewährt wird. Es mißlingen alle seine Versuche, diese letzte Gnade zu erwirken. Der König selbst weist ihn ab und hat ihn an den Pranger gestellt. Die Königin ist schwer erkrankt, sie geht nicht mehr aus und läßt sich von niemandem sehen. Sie widmet sich ganz ihrer Tochter Johanna, deren Ehe mit Philipp dem Schönen, dem Erzherzog von Österreich, ihr alle Ruhe geraubt hat. Gerüchteweise verlautet, daß die Prinzessin erste Anzeichen einer Geisteskrankheit erkennen läßt. Die Vereinbarung *»Genauso hoch steigt Ferdinand / wie Isabel, das ist bekannt«* wurde zugunsten Ferdinands gebrochen. Das geflügelte Wort kursiert nun in einer korrigierten und erweiterten Fassung: *»So hoch steigt Isabella nicht, / erst recht nicht Johanna, die vom Wahn geschlagen, / verschleiern muß sie ihr Tränengesicht, / will alle Tage Trauer tragen ...«*

Der Admiral läßt nicht von seinem Vorsatz ab, den König zu sehen, weil er von ihm persönlich die Titel und Privilegien zurückfordern will, die ihm gewährt und dann aberkannt wurden.

Auch das Majorat steht auf dem Spiel, das für seinen Sohn Hernando errichtet wurde. Mit den übriggebliebenen Kupfermünzen und mit einigen Darlehen, die ihm gewisse Freunde gewähren – sie hoffen noch, daß der Admiral seine Titel und Güter wiedererwerben kann –, nimmt er acht kräftige Manchaner Bauernburschen in Dienst. Er nennt sie seine Sancho Panzas und erklärt, sie seien seine Schildknappen auf der fünften Reise, die nunmehr keine andere als die über den Styx sein wird.

Der Admiral läßt sich in einer Sänfte tragen, einem unvollkommenen und erbärmlichen Kahn, und überallhin folgt er der Karosse des Königs, als wäre es das Schicksal des Genuesen, ruhelos einer Schimäre nachzujagen, die sich jetzt in einen umherziehenden, unter seinem riesigen Hut gesichtslos und verwegen wirkenden König verwandelt hat. Ihm scheint, diese Landreise sei die mühseligste und kläglichste all seiner Seefahrten. Auf der Höhe von Teruel stirbt ein Schildknappe, den eine Natter gebissen hatte. Dazu sagt der Admiral lediglich: »Es hat ihm das Leben gekostet, daß er das meinige gerettet hat, und es war eine große Natter! ...« Auf der Reise überwinden sie Täler, Hochebenen und Gebirge, trotzen Nordwind, Schnee und heißen Wüstenstürmen, schwanken zwischen Hoffnung und Verzweiflung, ertragen die brennende Sonne Andalusiens oder den Nebel auf den Bergen Asturiens und Aragoniens.

In Argamasilla de Alba bahnt sich die Sänfte einen Weg durch den Menschenhaufen, der die Karosse des Monarchen umringt, dem das Volk zujubelt, das heißt alle Behörden und heiligen Kollegien. Die Sänfte dringt zum Trittbrett der Karosse vor. Dort steht kerzengerade Don Ferdinand und grüßt mit seinem riesigen aragonesischen Hut nach links und rechts.

Über die Dreistigkeit des lebenden Leichnams ergrimmt, schreit der Monarch seine Wachen an:

»Wer ist dieser Hampelmann?«

Der Admiral richtet sich von seiner wandelnden Lagerstatt auf und entgegnet mit fester Stimme:

»Jemand, der Eurer Hoheit das indische Reich geschenkt hat!«

Der König glaubt, es sei der geschmacklose Scherz eines Wahnsinnigen. Mit lautem Knall schlägt er die Karossentür zu und befiehlt seinen Adjutanten, die Fahrt fortzusetzen. Mitten auf dem Weg, in einer Staubwolke, von Soldaten der königlichen Eskorte eingekreist, bleibt der Admiral mutterseelenallein in der schlammbespritzten, armseligen Sänfte zurück. Zum ersten Mal weint er vor Wut. Ihn packt abermals der Niesreiz aus jener Zeit, da er Wolle in der väterlichen Weberei kämmte. Die Bauerntölpel sind geflohen. Danach kommen sie zurück, als sie den Schreck überstanden haben, und holen ihren Herrn im Gemeindehaus ab, wo der Admiral wieder einmal in einer Gefängniszelle gelandet ist.

Um sein Unglück vollzumachen, erfährt er wenig später vom Tod der Königin. Er schreibt ihrer Tochter, der Prinzessin und nunmehrigen Königin Johanna, den folgenden Kondolenzbrief:

»Durchlauchtigste Hoheit!

Das ganze Leid des Himmels und der Erde vereint sich in meinem Herzen, und mit ganzer Seele nehme ich Anteil an Eurem Schmerz über den Tod Ihrer Majestät der Königin Isabella. Die unheilvolle Botschaft hat mich heute erreicht, sie ward mir von den Bettlern überbracht, die sich hier in dieser Stadt Toledo am Spital herumtreiben, in welchem man mich als unheilbaren Verrückten eingesperrt hat.

So kommt denn der Schmerz über den Tod Eurer Mutter, der Königin, zu jenem hinzu, den Ihr über den Tod Eures erhabenen Gemahls empfindet, des Erzherzogs Philipp, dessen Schönheit die ganze Welt überschwenglich lobt und preist. Man hat mir erzählt, dieser doppelgesichtige Kummer habe Euren Verstand getrübt, und so etwas ist eine andere Art des Todes, der noch schrecklicher als der endgültige Hingang erscheint. Euer Wahnsinn bedeutet darum eine Ehre, die Eure Durchlauchtigste Hoheit der außerordentlichen Innigkeit Eurer Gefühle erweist.

Die Alte Welt verdankt der verehrten Königin, Eurer Mutter,

eine Neue Welt; Eure Hoheit verdankt ihr das edle, wiewohl kummerreiche Leben, das sie Euch geschenkt hat, und ich verdanke ihr diese Reste eines erschöpften Lebens, das ich inbrünstig und uneingeschränkt bis zum Ende ihrem Dienst und ihrer Ehre geweiht habe. Aus diesem Grunde sind wir, Eure Hoheit in Eurem höchsten und dieser Euer Knecht in seinem tiefsten Schmerz und Gram, durch die unendliche Barmherzigkeit Unseres Herrgotts gewissermaßen verschwistert.

Ich gestatte mir, mit schon zitteriger und untüchtiger, wenn auch ehrerbietiger und untertäniger Hand Eurer Majestät diese Zeilen zu schreiben, um meinen Schmerz mit dem Eurigen zu vereinen und ihn zu den Füßen des Eurigen zu legen, der unermeßlich ist. Dies tue ich in einem Augenblick, da auch mein Leben dem Erlöschen nahe ist, ohne daß dies für jemanden einen Schaden oder einen Verlust bedeutet. Gestern hat man mir die Letzte Ölung gegeben, und heute schreibe ich diesen Brief: Die Zeit ist kurz, die Hoffnungen schwinden, und trotz alledem ersehne ich mit aller noch verbleibender Lebenskraft, so lange zu leben, bis ich den Glanz Eurer Königsherrschaft sehe, wie er in der Prophezeiung verheißen ist.

Eure Hoheit möge sich nicht von den Schatten verwirren lassen, die auf Eure Seele gefallen sind, denn der Wahnsinn ist die höchste Gabe, die Gott seinen Auserwählten gewährt. Ich habe als Verrückter gelebt, und ich sterbe bei Verstand, und so kenne ich denn diesen Hingang, bei welchem die gepeinigte Seele endlich bereit ist, hellsichtig die Verstandesruhe in sich aufzunehmen, ohne die wahnwitzige Nachtseite der Seele zu verleugnen oder zu verabscheuen.

Ich küsse die Füße Eurer Hoheit und bitte Unseren Herrgott, Er möge Euch Trost in Eurem Leid und einen Lichtstrahl Seiner göttlichen Vorsehung in den Schatten finden lassen, die ungerechterweise Eure Seele verdüstern.«

LII

Der Admiral nimmt Abschied

Gestern wurde der Pfarrer der Trinitarierinnen in aller Eile gerufen (bis zur Gründung des Trinitarierklosters werden noch hundert Jahre vergehen). Er hat dem Admiral die beinahe schon postume Beichte abgenommen und die Letzte Ölung gegeben. Die Beichte wurde mit ziemlich lautem Geschrei abgelegt, weil der Trinitarier halb taub ist. Der Herr Pfarrer trat heraus, und mit der Unerschütterlichkeit seines apostolischen Eifers sagte der fromme Mann:

»Wahrhaftig, er stirbt, und wahrhaftig ist der wieder bei Verstande, der ein närrischer seefahrender Ritter gewesen. Unbesorgt können wir den Gerichtsschreiber rufen, damit er sein Testament diktiert.«

»Das hat er schon getan und bis in die kleinsten Einzelheiten ausgeführt, mit allen Vermächtnissen, die er in mehr als tausend Kodizillen hinzufügte«, sagte schnell und in vorgeblich natürlichem Ton Hernando, der natürliche Sohn, den ihm Beatriz Henríquez de Arana geboren hatte. Melancholisch prangte Hernando in der strahlenden, von der Mutter ererbten Schönheit. Er würde sich nicht mit Schlachthöfen abgeben, sich vielmehr im Lauf der Jahre mit der Biographie und der Vollstreckung des Testaments seines erlauchten Vaters beschäftigen, weil dessen letzter Wille bei den zwei Jahrhunderte dauernden Prozessen nicht berücksichtigt wurde.

Um die Lagerstatt drängten sich der obgenannte Hernando; Bartolomé, der Bruder; die beiden Diegos, Sohn und Bruder; der Pfarrer der Trinitarierinnen; Bartolomé de Las Casas, der Seminarist und zukünftige Bischof von Chiapas, der frühere junge Freund und spätere Exeget des Admirals; die Haushälterin und die Nichte, die ihm von seinen verwaisten spanischen Familien zugefallen waren, und ihnen überträgt er zwei recht unbedeutende Rollen in dem größten Buch erdichteter Geschichten, welches die Jahrhunderte lesen werden. Es fehlt auch nicht der Barbier, der ihm das Gesicht vom grauen Bartgestrüpp gesäubert hat.

Von den Kanaren ist Rafael gekommen, der Marsgast und Sohn Doña Pepina Palmas, den der Admiral »meinen kanarischen Erzengel« nennt und als dessen Adoptivvater er sich fühlt. Der Marsgast hat gerade seine Mutter in Fuerteventura begraben. Der Admiral liest die Trauerbotschaft am Gesicht des Waisenkinds ab. Mit seinen Knochenfingern drückt er ihm die Hand. Ebenfalls eingetroffen sind die sieben Sancho Panzas, die ihn bei der erfolglosen Irrfahrt auf den Spuren König Ferdinands befördert haben und die sich schon bereit machen, den Sarg des Admirals mit demselben kraftvollen Wandertrieb zu tragen, den sie bei der Sänfte gezeigt haben.

»Meine Herren«, sagte der Admiral in einem letzten Atemzug, der bereits von jenseits des Grabes schien, »gehen wir behutsam zu Werke, denn das Nest ist leer in diesem Jahr, das letztes Jahr voll Vöglein war, und mir fliegen auch nicht mehr die Vögel des Meeres der Finsternis im Kopfe herum, denen ich die Entdeckung zu verdanken hatte. Ich war verrückt, und nun sterbe ich bei Verstande. Ich war Admiral, Vizekönig und Gouverneur auf Lebenszeit aller Indischen Lande. Wehe dem Wahn jener, die ihre schimärische Hoffnung auf die Ehren und Schätze dieser Welt setzen! Nun bin ich abermals nichts weiter als der ligurische Schiffsjunge, der Irrfahrer zu Lande und zu Wasser, der überführte und bekehrte Ewige Jude, der ich zu meiner Ehre und ohne allen Nutzen stets gewesen bin. Möge ich, mit dem Beistand Eurer Gnaden, mit meiner Reue und meiner letzten Wahrheit, der einzig echten und gültigen, den Ruf zurückgewinnen, den ich genoß ...« Ein heiserer Husten unterbrach dieses Requiem, das der Sterbende für sich selbst sprach.

»Was sagen Euer Gnaden da, Señor?« fragte die Haushälterin mit Tränen in den Augen.

»Nichts, meine Lieben ...«, erwiderte der Admiral, »nur daß ich eilends sterbe. Und bevor mir die Zunge im Sarg meines Mundes für immer verstummt, möchte ich euch lediglich bitten, daß ihr den Wahnsinn dieser Geschichte verzeiht, die großen Torheiten, die in ihr als wahrhaftig geschildert werden und die es allein für mich sind ...«

»Vater, es gibt keine Torheit, nicht die allergeringste, in der großen Geschichte Eures ruhmreichen Lebens, das ich genau so erzählen werde, wie es ist.«

»Kümmere dich nicht um Sachen, um die man dich nicht bittet, Hernando, mein Sohn. Ich danke dem allmächtigen Gott, der mir so viele Wohltaten erwiesen hat. Seine Barmherzigkeit kennt keine Grenzen, und meine Sünden schmälern und vereiteln sie nicht, so daß ich mich denn mit meinem Verstand der Gabe des gesunden Sinns vollständig erfreuen kann, die Er mir gewährt hat, als die Halme nicht mehr zu Flötenrohren taugten und nicht mehr zu Torheiten das Eiserne Zeitalter, in welchem wir leben und sterben.«

Der Trinitarier, der etwas harthörige Ohren hatte, hüstelte unbehaglich und glaubte, er sei als neuer, lebenslänglicher und geheimer Bewahrer solcher Sünden gemeint. Der Sterbende sagte noch einmal »Verstand und Wahnsinn«, und der Pfarrer zappelte mehrmals hin und her, da er schlecht hörte und deutlich zu hören meinte, daß der andere von ihm rede.

»Euer Gnaden, Herr Pfarrer, sorgt Euch nicht mehr um meine Seele«, sprach der Unglückliche mit immer schwächerer Stimme weiter. »Mein Verstand ist schon frei und klar, von der bitteren und hartnäckigen Legende erlöst, die ihm die Taten und Daten und meine Ehrabschneider aufgebürdet hatten. So inständig ich es vermag, bitte ich die Geschichtsschreiber und Sidis Hametes Benengelís um Verzeihung, die Verfasser der wahrhaftigen Geschichte, die meinem Leben zuteil werden kann. Mir war es nur vergönnt, dieses Leben zu leben. Ihnen ist es vorbehalten, es wiederzuerleben, und beim zwanghaften Drang des Erzählens ist das der mühseligste und schwierigste Teil.«

Er stockte, weil er keine Luft bekam. Hierauf fuhr er fort:

»Diese guten Leute haben sich blind studiert, ihre Seele verpfändet und ihr Leben bei der beschwerlichen und langwierigen, fünfhundert Jahre andauernden Aufgabe gelassen, daß sie ergründen wollten, wer ich bin. Und ich sterbe, ohne das zu wissen, was gottlob keiner je wissen wird. Jeder einzelne Mensch ist unendlich und geheimnisvoll wie das Universum selbst, und die Vorstellungskraft erzittert ängstlich vor einem jeden, ohne daß sie weiß, womit sie beginnen soll, um ihn zu verstehen, und noch viel weniger, an welchem Punkt sie aufhören soll. Darum hat keine Geschichte einen Anfang oder ein Ende, und alle haben so viele Bedeutungen, wie es Leser gibt.

In aller Ruhe sage ich euch Lebewohl. Vielleicht wird eine Zeit kommen, da ich an diesen zerrissenen Faden anknüpfe und sage, was ich hier versäumt habe und wovon ich weiß, daß es angebracht wäre. Lebt wohl, ich danke euch allen, lebt wohl, ihr Scherze, lebt wohl, ihr lustigen Freunde, denn ich gehe in ein anderes Leben ein und wünsche, daß ich euch dort bald sehe, zufrieden und mit mir zusammen! ...«

Die Wehklagen wurden heftiger. Die Tränen der Verwandten, dieser Tau der sündigen Augen, zogen zarte, bebende Linien im Zwielicht, wenn sie herabliefen. Verwandte mögen keine Schulden, und einige dachten an die vielen, die er im Testament hinterlassen hatte, und wünschten, daß nicht sie allein als beschwerliche Erinnerung an den armen Admiral blieben, und das trotz seiner leichtfertigen Träume von Majoraten und Titeln auf Lebenszeit.

»Unterlaßt alle Prozesse und Einsprüche, meine Kinder!« bat der Admiral, als erriete er diese Gedanken über die irdischen Streitigkeiten um mein und dein, die nun feste Gestalt annahmen, da seine Gestalt zugrunde ging. »Denn wie der Dichter gesagt hat: ›Mir bleibt nur die armselige Rechnung meiner zahlreichen Übel.‹«

Der Ausgleich der vom Admiral hinterlassenen Rechnung dauerte über zweihundert Jahre. Die große Rechnung blieb fünfhundert Jahre offen, und diese Frist ist heuer abgelaufen, ohne daß über sie entschieden wurde, und dabei hat man sie, was noch schlimmer ist, mit den Zinsen und Begierden anderer, jüngerer, anmaßender und mächtiger Weltreiche erhöht und erweitert, denn das spanische Weltreich erhielt sich nicht über die

Schlacht von Ayacucho hinaus, als es schon von der Bürde seiner eigenen Vergangenheit erschöpft war – von seiner eigenen Größe, wie manche sagen.

Ruhigen Mutes bat der Sterbende, man möge ihn allein lassen. Er wollte einen Augenblick lang meditieren und sich mit der eigenen Seele versöhnen, bevor er den letzten Seufzer aushauchte. Alle gingen hinaus. Der Wind pfiff durch die zerbrochenen Dachziegel.

LIII

Eine klare Rechnung

Von einer Stimme gerufen, die sie zu hören vermeinten, treten die Haushälterin und die Nichte ein. Sie zünden die Lampe am Kopfende des Bettes an und schüren die halb erloschene Glut im Ofen. Als sich die Haushälterin dem Sterbenden zuwendet, fährt sie erschrocken zusammen:

»Es scheint, daß er das Kreuzzeichen gemacht hat!« alarmiert sie leise die Nichte.

»Nein, vielmehr habe ich euch ein Zeichen gegeben, daß ihr näher kommen sollt«, wird sie von der entrückten Stimme unterbrochen.

»Womit können wir Euch dienen, Señor?« fragt fürsorglich die Haushälterin.

»Holt noch einmal den Gerichtsschreiber, denn ich muß ihm eine letzte Testamentsänderung diktieren.«

Wie vom Teufel gepackt, liefen beide hinaus, und schon waren sie zurück, als hätten sie sich nie entfernt, und schleppten den Schreiber am Arm herbei. Es war kaum genug Zeit verstrichen, daß der Admiral wieder Atem schöpfen und in Gedanken die Worte ordnen konnte, die er diktieren wollte.

»In diesem Schrank, der keine geistigen, sondern materielle Dinge enthält, liegt das Testament«, sagte er mit schon vereinsamter Stimme und zeigte auf ein ramponiertes Möbelstück, das riesig und dunkel wie eine untergegangene Galeone aussah. »Ich möchte, daß Ihr, Euer Gnaden, Herr Schreiber, dieses unnütze und verdorbene Testament ins Feuer werft, ohne eine Minute zu verlieren, denn sie ist die letzte, die mir bleibt.«

Angesichts der Verblüffung des Tintenklecksers, der Haushälterin und der Nichte zeigte der Admiral auf das Feuer im Ofen.

»Werft es, Euer Gnaden, genau dort und gleich jetzt hinein.«

Der Schreiber gehorchte, ohne sich zu mucksen. Die Anweisungen eines Sterbenden mißachtet man nicht. Er packte das von bunten Fransen wimmelnde Flickwerk, als ginge es darum, einen Sünder in das Feuer der Inquisition zu werfen. Die Lackpetschaften, die Siegelmarken aus Salz und Kohle der Kodizille zerplatzten wie eine Kette von Knallfröschen beim Feuerwerk eines hohen Festes, des Namensfestes des Admirals.

»Mein einziges und letztes Testament ist das folgende ...«, der Rauch und Gestank des Feuerwerks breiteten sich im ganzen Zimmer aus und brachten die Anwesenden zum Husten. »Item zum ersten: Ich verfüge, daß alle früheren Vermächtnisse widerrufen werden, die es in irgendeinem Erdenwinkel geben mag und die sich in der Hand irgendeines Testamentsvollstrekkers befinden, außer in der des unsterblichen und allmächtigen Vollstreckers, der Gott selbst ist. Item zum zweiten: Ich verzichte auf alle Titel, Privilegien und Ehren, die mir gewährt, suspendiert oder aberkannt worden sind; und diesen Verzicht macht der nahe Tod meines Leibes unabweislich und unumstößlich. Item zum dritten: Ich verfüge, daß alle Länder und Besitzungen, die man mir als Lohn für eine Entdeckung verliehen hat, die ich nicht vollbracht habe, und für eine Eroberung, die ich begonnen habe und die allen Gesetzen Gottes und der Menschen widerspricht, ihren natürlichen und ursprünglichen Eigentümern zurückgegeben werden (man muß diesen Pleonasmus respektieren, der gar kein solcher ist, Herr Gerichtsschreiber). Dies soll durch die Mitwirkung des Westindienrates und seiner gesetzlich anerkannten Behörden sowie mit der Beglaubigung durch die spanische Krone geschehen. Die großen Verluste und die Vernichtung von mehr als hundert Millionen Indios müssen materiell und ideell an ihren Nachkommen und den Überlebenden wiedergutgemacht werden. Item zum vierten: Da es mir meine Kräfte nicht mehr erlauben, meine rechtmäßige und religiöse Unterschrift *Christo Ferens* unter dieses Dokument zu setzen (ich bin nicht mehr der Träger Christi, sondern der von Christus Verlassene), drücke ich die Zeichen meiner Fingerkuppen mit dem Naß meiner Augen darauf. Dieses Dokument soll von den hier anwesenden Zeugen unterzeichnet und bei den zuständigen Gerichtshöfen und Stadtgerichten Spaniens und der Indischen Lande registriert werden, damit man es sogleich in die Tat umsetzt, bis seine Bestimmungen vollständig erfüllt sind ...«

Von Haushälterin und Nichte unterstützt, bestrich er sich die Finger mit der blutigen Flüssigkeit, die ihm aus den Augen rann, und drückte sie am Ende jenes Pergaments ab, des letzten Rechtstitels seines endgültigen Besitzentzugs, den er sich selbst und seinen Erben auferlegte. Ein allerletzter Knallfrosch explodierte. Die einsame Schattengestalt des Admirals verschwand allmählich in der immer dichter werdenden Rauchwolke, bis man ihn nicht mehr sah.

Schluchzend und wie aus einem Munde sagten Haushälterin und Nichte:

»Er ist nicht mehr von dieser Welt ...«

Danksagung

Ich danke Josefina Plá, der würdigsten Vertreterin der hispanischen Literatur im heutigen Amerika, die in ihrem entbehrungs- und schaffensreichen Leben die Liebe und Treue zu ihrer spanischen Heimat mit der Anteilnahme am Leid Paraguays vereinen und zur beispielhaften Mittlerin zwischen den Kulturen beider Völker werden konnte.

Ich danke meinen alten und lieben Freunden Eva und Carlos Abente, die den ersten Entwurf und das Manuskript dieses Romans zusammen mit einigen anderen Papieren und Büchern über vierzig Jahre aufbewahrten. Im Jahre 1947, als der große paraguayische Exodus begann, rettete Carlos Federico, der Arzt und Wohltäter dieses zum Wanderleben verurteilten Volkes, mir in Buenos Aires das Leben, und er rettete auch diese Papiere – doch weiß ich nicht, ob man ihm für diese Wohltaten danken oder ihn tadeln soll.

Eine lange Landesverweisung oder ein erzwungener Auslandsaufenthalt ist – ungeachtet aller berühmter Gegenbeispiele – für kleinere Geister nicht produktiv oder vorteilhaft; wenn man im Ausland die eigene Sprache verliert, so führt das vielmehr dazu, das Leben eines alltäglichen und gewöhnlichen Menschen, seine Weltsicht und seine Vorstellung von der Geschichte einer Erde zu entstellen, einer Erde, »die« – wie es der Dichter Luis Cernuda schmerzerfüllt gesagt hat – »ihn schuf nach ihrem Bilde, um ihn von sich zu stoßen«.

Die im Zusammenhang mit dem fünfhundertsten Jubiläum des Entdeckungsunternehmens entflammte Polemik, die uns alle betrifft, hat mich ermutigt, an ihr auf die einzige Art teilzunehmen, in der ich es vermag: als Schriftsteller und innerhalb der Grenzen dieses Berufs, als alltäglicher und gewöhnlicher Mensch, als Lateinamerikaner, der zu »zwei Welten« gehört. Ich holte die alten Aufzeichnungen wieder hervor, versenkte mich in die Wachträume des Admirals, die ich vor über vierzig Jahren nachempfunden hatte, und ich bemühte mich, sie so gut zu er-

zählen, wie es in meinen Kräften stand, und zwar aus meiner persönlichen Sicht, in dem »umnachteten Gang, der die Geschichte ist«, wie der Skeptiker Cioran sie zutreffend bezeichnet hat.

Die zuvor versiegte Quelle floß wieder in Strömen, und in weniger als drei Monaten war das Werk beendet, das ich hiermit der Öffentlichkeit vorstelle, nachdem ich siebzehn Jahre als Romanautor geschwiegen hatte.

Aufrichtig und ganz besonders danke ich den hervorragenden Historikern Francisco Morales Padrón, Consuelo Varela, Juan Gil und Juan Manzano Manzano (dessen Buch Kolumbus und sein Geheimnis *mir scharfsinnig und hellsichtig die wirkliche Existenz des Vorentdeckers Alonso Sánchez, des wahren zweiten Helden dieser* Nacht, *bestätigt hat); einen dankbaren Gruß widme ich dem italienischen Professor und Gesetzgeber Paolo Emilio Taviani. Ohne sie alle und ohne eine lange Liste von Kolumbusforschern, die ich nicht zitiere (Zitieren heißt weglassen, hat Borges gesagt), hätte diese erdichtete Geschichte nicht ersonnen und geschrieben werden können.*

In diesem Danksagungskapitel möchte ich die Schriftstellerin und Essayistin Margo Glantz, meine talentierte mexikanische Freundin, nicht unerwähnt lassen. In ihren Texten, vielleicht den vollkommensten, die heute in Amerika geschrieben werden, habe ich historische Analogien und Äquivalenzen gefunden, die für mich von großem symbolischem Wert sind. Ebensowenig vergessen möchte ich Miguel Cereceda wegen seiner Schachlektion über das Rätsel des Fahnenträgers als Königin in der Zeit Alfons' des Weisen, Mónica Fernández-Aceytuno, die, in einer Rundfunkdiskussion für das Sendernetz SER, über die weiße Finsternis der Mittagsstunde, über Schatten, Wärme und Liebe sprach und mir den schönen Mythos vom Baum geschenkt hat, dessen Wurzeln unterirdisch erblühen und dessen nicht existierender Wipfel dem Wanderer seinen duftenden Schatten bietet.

Toulouse (Frankreich) A. R. B.
Mai-Juli 1992